民國文化與文學 研究文叢

十五編

李 怡 主編

第 18 冊

越界與歸趨：才女呂碧城（1883～1943）的後期書寫

張晏菁 著

國家圖書館出版品預行編目資料

越界與歸趨：才女呂碧城（1883～1943）的後期書寫／張晏菁
著 -- 初版 -- 新北市：花木蘭文化事業有限公司，2022〔民
111〕
序 2+ 目 4+268 面；19×26 公分
（民國文化與文學研究文叢　十五編；第 18 冊）
ISBN 978-986-518-976-1（精裝）
1.CST：呂碧城 2.CST：傳記 3.CST：文學評論 4.CST：中國
820.9　　　　　　　　　　　　　　　　　　　111009890

ISBN-978-986-518-976-1

特邀編委（以姓氏筆畫為序）：

丁　帆	王德威	宋如珊
岩佐昌暲	奚　密	張中良
張堂錡	張福貴	須文蔚
馮　鐵	劉秀美	

民國文化與文學研究文叢
十五編　第十八冊　　　　　　ISBN：978-986-518-976-1

越界與歸趨：才女呂碧城（1883～1943）的後期書寫

作　　者　張晏菁
主　　編　李　怡
企　　劃　四川大學中國詩歌研究院
總 編 輯　杜潔祥
副總編輯　楊嘉樂
編輯主任　許郁翎
編　　輯　張雅淋、潘玟靜、劉子瑄　美術編輯　陳逸婷
出　　版　花木蘭文化事業有限公司
發 行 人　高小娟
聯絡地址　235 新北市中和區中安街七二號十三樓
　　　　　電話：02-2923-1455 ／傳真：02-2923-1452
網　　址　http://www.huamulan.tw 信箱 service@huamulans.com
印　　刷　普羅文化出版廣告事業
初　　版　2022 年 9 月
定　　價　十五編 21 冊（精裝）新台幣 55,000 元

越界與歸趨：才女呂碧城（1883～1943）的後期書寫

張晏菁　著

作者簡介

張晏菁，臺灣高雄人。東吳大學中國文學系學士、碩士，中正大學中國文學系博士。

現任嘉義大學中國文學系專案助理教授，研究專長為莊子哲學、近現代佛教文學、藝文評論。碩博士學位論文：《劉辰翁「莊子南華真經點校」研究》（2008，專書於 2018 於花木蘭出版）、《越界與歸趨：才女呂碧城（1883 ～ 1943）的後期書寫》（2016）。學術論文、教學論文數篇，刊於各大期刊、學報；佛教文學、佛教電影評論刊於《海潮音》；書評、影評、採訪刊於《停泊棧》；編輯〈題畫文學知見續錄（2000 ～ 2010）〉、《中國歷代才媛詩選》、《嘉大・食農・故事田》等書。

提　　要

本文《越界與歸趨：才女呂碧城（1883 ～ 1943）的後期書寫》，旨在探析呂碧城自 1920 年跨越疆界至 1943 年間，以散文為主，兼論詩、詞，涵攝三大主題——旅行、護生、信仰，所鋪展的後期書寫。其次，為多重身分／形象的呂碧城，建構流動的生命圖景。再者，以歷時性／並時性的視角，分析呂碧城在書寫上，對於才女傳統的承繼與創新。全文共有六章：第一章，說明研究動機與背景，進行文獻回顧與述評，敘述本文的問題意識、研究方法、著作存佚與出版，取材以及章節架構。第二章，綜述從才女轉側到新女性，再轉向護生、佛教的追求；既孤獨又時尚的呂碧城鋪展出的多采生命歷程。第三章，以呂碧城前兩次出國的書寫為研究範圍，側重討論《歐美漫遊錄》，探析跨越地理疆界後，西方文明、現代性的衝擊如何影響觀看與書寫。再詮釋呂碧城以旅行者兼具報導者的雙重身分，如何悠遊在地理、文學、靈異等虛實空間。第四章，以呂碧城編譯的《歐美之光》，及其相關的護生論述為文本依據，試圖構築其融合中西的護生結構。第五章，整理呂碧城書寫文學與佛學的夢境，分析以文學之筆鋪寫佛教夢境的特殊性，再分析夢境與修行在呂碧城的生命版圖刻畫下何種地形樣貌。第六章，綜述本文的研究成果，侷限與展望。

從地方文學、區域文學到地方路徑
——《民國文化與文學研究文叢·
十五編》引言

李　怡

　　2020 年，我在《成都與中國現代文學發生的地方路徑問題》中，以內陸腹地的成都為例，考察了李劼人、郭沫若等「與京滬主流有異」的知識分子的個人趣味、思維特點，提出這裡存在另外一種近現代嬗變的地方特色。這一走向現代的「地方路徑」值得剖析，它與多姿多彩的「上海路徑」「北平路徑」一起，繪製出中國文學走向現代的豐富性。沿著這一方向，我們有望打開現代文學研究的新的可能。〔註1〕同年1月，《當代文壇》開始推出我主持的「地方路徑與文學中國」的學術專欄，邀請國內名家對這一問題展開多方位的討論，到 2021 年年中，共發表論文 33 篇，涉及四川、貴州、昆明、武漢、安徽、內蒙古、青海、江南、華南、晉察冀、京津冀、綏遠、粵港澳大灣區等各種不同的「地方」觀察，也有對作為方法論的「地方路徑」的探討。2020 年 9 月，中國作協創研部、四川省作協、中國人民大學書報資料中心、《當代文壇》雜誌社還聯合舉行了「地方路徑與文學中國」學術研討會，國內知名學者與專家濟濟一堂，就這一主題的問題深入切磋，到會學者包括阿來、白燁、程光煒、吳俊、孟繁華、張清華、賀仲明、洪治綱、張永清、張潔宇、謝有順等等。〔註2〕2021 年 10 月，中國現代文學理事會在成都召開，會

〔註1〕 李怡：《成都與中國現代文學發生的地方路徑問題》，《文學評論》2020 年 4 期。

〔註2〕 研討會情況參見劉小波：《地方路徑與文學中國——「2020 中國文藝理論前沿峰會暨四川青年作家研討會」會議綜述》，《當代文壇》2021 年 1 期。

議主題也確定為「地方路徑與中國現代文學」，線上線下與會學者 100 餘人繼續就「地方路徑」作為學術方法的諸多話題廣泛研討，值得一提的是，這一主題會議還得到了第一次設立的國家社科基金「學術社團主題學術活動資助」。

經過了連續兩年的醞釀和傳播，「地方路徑」的命題無論是作為理論方法還是文學闡述的實踐都已經產生了重要的影響，在這個時候，需要我們繼續推進的工作恰恰可能是更加冷靜和理性的反思，以及在更大範圍內開展的文學批評嘗試。就像任何一種理論範式的使用都不得不經受「有限性」的警戒一樣，「地方路徑」作為新的文學研究方式究竟緣何而來，又當保持怎樣的審慎，需要我們進一步辨析；同時，這種重審「地方」的思維還可以推及什麼領域，帶給我們什麼啟發，我們也可以在更多的方向上加以嘗試。

一

「名不正，則言不順」，這是《論語》的古訓，20 世紀 50 年代以來，西方史學發現了「概念」之於歷史事實的重要意義，開啟了「概念史」（conceptual history）的研究。這是我們進一步推進學術思考的基礎。

在這裡，其實存在著一系列相互聯繫卻又頗具差異的概念。地方文學、地域文學、區域文學、文學地理學以及我所強調的地方路徑，它們絕不是同一問題的隨機性表達，而是我們對相近的文學與文化現象的不同的關注和提問方式。

雖然「地方」這一名詞因為「地方性知識」的出現而變得內涵豐富起來，但是在我們的實際使用當中，「地方文學」卻首先是一個出版界的現象而非嚴格的概念，就是說它本身一直缺乏認真的界定。地方文學的編撰出版在 1990 年代以後逐漸升溫，但凡人們感到大中國的文學描述無法涵蓋某一個局部的文學或文化現象之時，就會自然而然地將它放置在「地方」的範疇之中，因為這樣一來，那些分量不足以列入「中國文學」代表的作家作品就有了鄭重出場、載入史冊的理由。近年來，在大中國文學史著撰寫相對平靜的時代，各地大量湧現了以各自省市為單位的地方文學史，不過，這種編撰和出版的行為常常都與當地政府倡導的「文化工程」有關，所以其內在的「地方認同」或「地方邏輯」往往不甚清晰，不時給人留下了質疑的理由。

這種質疑很容易讓我們聯想到「區域文學」與「地域文學」的分歧。學

界一般認為，「地域文學」就是在語言、民俗、宗教等方面的相互認同的基礎上形成的文學共同體形態，這種地區內的文學共同體一般說來歷史較為久遠、淵源較為深厚，例如江左文學、江南文學、江西詩派等等；「區域文學」也是一種地區性的文學概念，不過這樣的地區卻主要是特定時期行政規劃或文化政治的設計結果，如內蒙古文學、粵港澳大灣區文學、京津冀文學等等，其內在的精神認同感明顯少於地域文學。「『地域』內部的文化特徵是相對一致的，這種相對一致性是不同的文化特徵長期交流、碰撞、融合、沉澱的結果，不是行政或其他外部作用所能短期奏效的。而『區域』內部的文化特徵往往是異質的，尤其是那種由於行政或者其他原因而經常變動、很難維持長期穩定的區域，其文化特徵的異質性更明顯。」〔註3〕在這個意義上，值得縱深挖掘的區域文學必須以區域內的歷史久遠的地域認同為核心，否則，所謂的區域文學史就很可能淪為各種不同的作家作品的無機堆砌，被一些評論者批評為「邏輯荒謬的省籍區域文學史」，「實際上不但割裂了而且扭曲了文化的真實存在形態」。〔註4〕1995年，湖南教育出版社開始推出嚴家炎先生主編的《二十世紀中國文學與區域文化》叢書，涉及東北文學、三晉文學、齊魯文學、巴蜀文學、西藏雪域文學等等，歷經近二十年的沉澱，這套叢書在今天看來總體上還是成功的，因為它雖然以「區域」命名，卻實則以「地域文學」的精神流變為魂，以挖掘區域當中的地域精神的流變為主體。相反，前面所述的「地方文學」如果缺乏嚴格的精神的挖掘和融通，同樣可能抽空「地方性」的血脈，徒有行政單位的「地方」空殼，最終讓精神性的文學現象僅僅就是大雜燴式的文學「政績」的整合，從而大大地降低了原本暗含著的歷史價值。

中國傳統文化其實也一直關注和記錄著地域風俗的社會文化意義，《詩經》與《楚辭》的差異早就為人們所注目，《禹貢》早已有清晰明確的地域之論，《漢書》《隋書》更專列「地理志」，以各地山川形勝、風土人情為記敘的內容，由此開啟了中國文化綿邈深遠的「地理意識」。新時期以後，中國文學研究以古代文學為領軍，率先以「文學地理」的概念再寫歷史，顯然就是對這一傳統的自覺承襲，至新世紀以降，文學地理學的理論建構日臻自覺，似有一統江山，整合各種理論概念之勢——包括先前的地域文學、區域文學。有學者總結認為：「文學地理學是由中國本土學者提出並發展起來的一門學

〔註3〕曾大興：《「地域文學」的內涵及其研究方法》，《東北師大學報》2016年5期。
〔註4〕方維保：《邏輯荒謬的省籍區域文學史》，《揚子江評論》2012年2期。

科，也是由中國本土學者提出與發展起來的一種新的文學批評方法。」〔註5〕
這也是特別看重了這一理論建構與中國傳統文化的深刻聯繫。

當然，也正如另外有學者所考證的那樣，西方思想史其實同樣誕生了「文
學地理學」的概念，並且這一概念也伴隨著晚清「西學東漸」進入中國，成為
近代中國文學地理思想興起的重要來源：「文學地理學是 18 世紀中葉康德在
他的《自然地理學》中提出的一個地理學概念，由於康德的自然地理學理論
蘊涵著豐富的人文地理學和地域美學思想，在西方美學和文學批評中產生了
深遠的影響。清末民初，在西學東漸和強國新民的歷史大潮中，梁啟超、章
太炎、劉師培等人將康德的『文學地理學』和那特硜的『政治學』用於中國古
代文學藝術南北差異的研究，開創了中國文學地理學的學科歷史。」〔註6〕認
真勘察，我們不難發現西方淵源的文學地理學依然與我們有別：「在康德的眼
裏，文學地理學是地理學的一個分支學科而不是文學的分支學科」〔註7〕，後
來陸續興起的文化地理學，也將地理學思維和方法引入文學研究，改變了傳
統文學研究感性主導色彩，使之走向科學、定量和系統性，而興起於後殖民
時代的地理批評以「空間」意識的探究為中心，強調作品空間所體現的權力、
性別、族群、階級等意識，地理空間在他們那裡常常體現為某種的隱喻之義，
現代環境主義與生態批評概念中的「地方」首先是作為「感知價值的中心」
而非地理景觀，用文化地理學家邁克‧克朗的話來說就是：「文學作品不能被
視為地理景觀的簡單描述，許多時候是文學作品幫助塑造了這些景觀。」〔註
8〕較之於這些來自域外的文學地理批評，中國自己的研究可能一直保持了對
地方風土的深情，並沒有簡單隨域外思潮起舞，雖然在宏觀層面上，我們還
是承認，現當代中國的文學地理學是對外開放、中西會通的結果。

「地方路徑」一說是在以上這些基本概念早已經暢行於世之後才出現的，
於是，我們難免會問：新的概念是不是那些舊術語的隨機性表達？或者，是
不是某種標新立異的標題招牌？

這是我們今天必須回答的。

〔註5〕鄒建軍：《文學地理學：批評和創作的雙重空間》，《臨沂大學學報》2017 年 1
期。
〔註6〕鍾仕倫：《概念、學科與方法：文學地理學略論》，《文學評論》2014 年 4 期。
〔註7〕鍾仕倫：《概念、學科與方法：文學地理學略論》，《文學評論》2014 年 4 期。
〔註8〕【英】邁克‧克朗（Mike Crang）：《文化地理學》，楊淑華、宋慧敏譯，南京
大學出版社 2003 年版，第 55 頁。

二

在現代中國討論「地方路徑」，容易引起的聯想是，我們是不是要重提中國文學在各個地方的發展問題？也就是說，是不是要繼續「深描」各個區域的文學發展以完整中國文學的整體版圖？

我們當然關注現代中國文學的一系列共同性的問題，而不是試圖將自己侷限在大版圖的某一局部，為失落在地方的文學現象拾遺補缺，從這個意義上來說，跨出地方的有限性，進入區域整合的視野甚至民族國家的視野乃題中之義。但是，這樣的嘗試卻又在根本上有別於我們曾經的區域文學研究。

在中國，區域文學與文化研究集中出現在 1990 年代中期，本質上是 1980年代以來「走向世界」的改革開放思潮的一種延續。嚴家炎先生主編的《二十世紀中國文學與區域文化》叢書最早在 1995 年推出，作為領命撰寫四川現代文學與巴蜀文化的首批作者，我深深地浸潤於那樣的學術氛圍，感受和表達過那種從區域文化的角度推進文學現代化進程的執著和熱誠。在急需打破思想封閉、融入現代世界的那種焦慮當中，我們以外來文化為樣本引領中國文學與文化的渴望無疑是真誠的，至今依然閃耀著歷史道義的光輝，但是，心態的焦慮也在自覺不自覺中遮蔽了某些歷史和文化的細節，讓自我改變的激情淹沒了理性的真相。例如，我們很容易就陷入了對歷史的本質主義的假想，認為歷史的意義首先是由一些巨大的統攝性的「總體性質」所決定的，先有了宏大的整體的定性才有了局部的意義，中國文化的現代化進程也是如此，先有了整個國家和民族的現代觀念，才逐步推廣到了不同區域、不同地方的思想文化活動之中，也就是說，少數先知先覺的知識分子對西方現代化文化的接受、吸收，在少數先進城市率先實踐，形成了中國現代文化的「總體藍圖」，然後又通過一代又一代的艱苦努力，傳播到更為內陸、更為偏遠的其他區域，最終完成了全中國的現代文化建設。雖然區域文學現象中理所當然地涵容著歷史文化的深刻印記，但是作為「現代文學」的歷史進程的重要環節，我們的主導性目標還是考察這一歷史如何「走向世界」、完成「現代化」的任務，所以在事實上，當時中國文學的區域研究的落腳點還是講述不同區域的地方文化如何自我改造、接受和匯入現代中國精神大潮的故事。這些故事當然並非憑空捏造，它就是中國文化在近現代與外來文化交流、溝通的基本事實，然而，在另外一方面的也許是更主要的事實卻可能被我們有所忽略，那就是文化的自我發展歸根到底並不是移植或者模仿的結果，而是自我的一

種演進和生長，也就是說，是主體基於自身內在結構的一種新的變化和調整，這裡的主體性和內源性是不可或缺的基礎。如果說現代中國文學最終表現出了一種不容迴避的「現代性」，那麼也必定是不同的「地方」都出現了適應這個時代的新的精神的變遷，而不是少數知識分子為中國先建構起了一個大的現代的文化，然後又設法將這一文化從中心輸送到了各個地方，說服地方接受了這個新創建的文化。在這個意義上，地方的發展彙集成了整體的變化，是局部的改變最後讓全局的調整成為了現實。所謂的「地方路徑」並非是偏狹、個別、特殊的代名詞，在通往「現代」的征途上，它同時就是全面、整體和普遍，因為它最後形成的輻射性效應並不偏於一隅，而是全局性的、整體性的，只不過，不同「地方」對全局改變所產生的角度與方向有所不同，帶有鮮明的具體場景的體驗和色彩。從這裡，我們可以得出結論：在現代中國文學的學術史上，我們曾經有過的區域文化研究其實還是國家民族的大視角，區域和地方不過是國家民族文學的局部表現；而地方路徑的提出則是還原「地方」作為歷史主體性的意義，名為「地方」，實則一個全局性的民族文化精神嬗變的來源和基礎，可謂是以「地方」為方法，以民族文化整體為目的。

「地方」以這種歷史主體的方式出場，在「全球化」深化的今天，已經得到了深刻的證明。

在當今，全球化依然是時代的主題。然而，越來越多的人都開始意識到一個重要的問題：全球化是不是對體現於「地方」的個性的覆蓋和取消呢？事實可能很明顯，全球化不僅沒有消融原本就存在的地方性，而且林林種種的地方色彩常常還借助「反全球化」的浪潮繼續凸顯自己，在一個相當長的時期內，全球化和地方性都會保持著一種糾纏不清的關係，有矛盾衝突，但也會彼此生發。

文學與地方的關係也是如此。現代中國的文學一方面以「走向世界」為旗幟，但走向外部世界的同時卻也不斷返回故土，反觀地方。這裡，其實存在一個經由「地方路徑」通達「現代中國」的重要問題。

何謂「現代中國」？長期以來，我們預設了一些宏大的主題——中國社會文化是什麼？中國文學有什麼歷史使命、時代特點？不同的作家如何領悟和體現這樣的歷史主題？主流作家在少數「中心城市」如何完成了文學的總體建構？然而，文學的發生歸根到底是具體的、個人的，人的文學行為與包裹著他的生存環境具有更加清晰的對話關係，也就是說，文學人首先具有切

實的地方體驗，他的文學表達是當時當地社會文化的有機組成部分，文學的存在首先是一種個人路徑，然後形成特定的地方路徑，許許多多的「地方路徑」，不斷充實和調整著作為民族生存共同體的「中國經驗」，當然，中國整體經驗的成熟也會形成一種影響，作用於地方、區域乃至個體的大傳統，但是必須看到，地方經驗始終存在並具有某種持續生成的力量，而更大的整體的「大傳統」卻不是一成不變的，「大傳統」的更新和改變顯然與地方經驗的不斷生成關係緊密。正是在這個意義上，我們認為，並不是大中國的文化經驗「向下」傳輸逐漸構成了「地方」，「地方」同樣不斷凝聚和交融，構成了跨越區域的「中國經驗」。「地方經驗」如何最終形成「中國經驗」，這與作為民族共同體的「中國」如何降落為地方性的表徵同等重要！在現代中國文學發展的過程之中，不僅有「文學中國」的新經驗沉澱到了天南地北，更有天南地北的「地方路徑」最後匯集成了「文學中國」的寬闊大道。〔註9〕

這樣，我們的思維就與曾經的區域文學研究有所不同了。

在另外一方面，地方路徑的提出也意味著我們將有意識超越「地域文學」或者「地方文學」的方式，實現我們聯結民族、溝通人類的文學理想。

如前所述，我們對區域文學研究「總體藍圖」的質疑僅僅是否定這樣一種思維：在對「地方」缺乏足夠理解和認知的前提下奢談「走向世界」，在缺乏「地方體驗」的基礎上空論「全球一體化」，但是，這卻並不意味著我們要固守在「地方」之一隅，或者專注於地方經驗的打撈來迴避民族與人類的共同問題，排斥現代前進的節奏。與「區域文學」「地方文學」的相對靜止的歷史描述不同，「地方路徑」文學研究的重心之一是「路徑」，也就是追蹤和挖掘現代中國文學如何嘗試現代之路的歷史經驗，探索中國文學介入世界進程的方式。換句話說，「路徑」意味著一種歷史過程的動態意義，昭示了自我開放的學術面相，它絕不是重新返回到固步自封的時代，而是對「走向世界」的全新的闡發和理解。

同樣，我們也與「文學地理學」的理論企圖有所不同，建構一種系統的文學研究方法並非我們的主要目的，從根本上看，我們還是為了描述和探討中國文學從傳統進入現代，建設現代文學的過程和其中所遭遇的問題，是對現代中國文學的「現象學研究」，而不是文藝學的提升和哲學性的概括。當然，包括中外文學地理學的視角、方法都可能成為我們的學術基礎和重要借鑒。

〔註9〕參見李怡：《「地方路徑」如何通達「現代中國」》，《當代文壇》2020 年 1 期。

三

現代中國文學的「地方路徑」研究當然也有自己的方法論背景，有著自己的理論基礎的檢討和追問。

「地方路徑」的提出首先是對文學與文化研究「空間意識」的深化。

傳統的文學研究，幾乎都是基於對「時間神話」的迷信和依賴。也就是說，我們大抵都相信歷史的現象是伴隨著一個時間的流逝而漸次產生的，而時間的流逝則是由一個遙遠的過去不斷滑向不可知的未來的勻速的過程，時間的這種不以人的意志為轉移的勻速前進方式成為了我們認知、觀察世界事物的某種依靠，在很多的時候，我們都是站在時間之軸上敘述空間景物的異樣。但是，二十世紀的天體物理學卻告訴我們，世界上並沒有恒定可靠的時間，時間恰恰是依憑空間的不同而變化多端。例如愛因斯坦、霍金等人的宇宙觀恰恰給予了我們更為豐富的「相對」性的啟示：沒有絕對的時間，也沒有絕對的空間，時間總是與空間聯繫在一起，不同的空間有不同的時間。「相對論迫使我們從根本上改變了我們的時間和空間觀念。我們必須接受，時間不能完全脫離開和獨立於空間，而必須和空間結合在一起形成所謂的時空的客體。」〔註10〕二十世紀以後尤其是 1970 年代以後，西方思想包括文學研究在內出現了眾所周知的「空間轉向」，傳統觀念中的對歷史進程的依賴讓位於對空間存在的體驗和觀察，這些理念一時間獲得了廣泛的共識：「當今的時代或許應是空間的紀元……我們時代的焦慮與空間有著根本的關係，比之與時間的關係更甚。」〔註11〕「在日常生活裏，我們的心理經驗及文化語言都已經讓空間的範疇、而非時間的範疇支配著。」〔註12〕「一方面，我們的行為和思想塑造著我們周遭的空間，但與此同時，我們生活於其中的集體性或社會性生產出了更大的空間與場所，而人類的空間性則是人類動機和環境或語境構成的產物。」〔註13〕有法國空間理論家列斐伏爾等人的倡導，經由福柯、

〔註10〕【英】霍金：《時間簡史》，吳忠超譯，湖南科學技術出版社 2002 年版，第 22 頁。

〔註11〕【法】福柯：《不同空間的正文與上下文》，陳志悟譯，見包亞明主編：《後現代性與地理學的政治》，上海教育出版社 2001 年版，第 18 頁、20 頁。

〔註12〕【美】詹明信：《晚期資本主義文化的邏輯：詹明信批評理論文選》，陳清僑等譯，三聯書店 1997 年版，第 450 頁。

〔註13〕愛德華‧索亞語，見包亞明：《後大都市與文化研究‧前言：第三空間、後大都市與文化研究》，上海教育出版社 2005 年版，第 1 頁。

詹姆遜、哈維、索雅等人的不斷開拓，文學的空間批評得到了前所未有的長足發展，文本中的空間不再只是故事發生的背景，而是作為一種象徵系統和指涉系統，直接參與到了主題與敘事之中，空間因素融入傳統的社會歷史批評、文化批評、性別批評、精神批評等，激活了這些傳統文學研究的生命力，它又對後現代性境遇下人們的精神遭際有著獨到的觀察和解讀，從而切合了時代的演變和發展。

如同地理批評遠遠超出了地方風俗的文學意義而直達感知層面的空間關係一樣，西方文學界的空間批評更側重於資本主義成熟年代的各種權力關係的挖掘和洞察，「空間」隱含的主要是現實社會中的制度、秩序和個人對社會關係的心理感受。

在中國現代文學的研究中，我們長期堅信西方「進化論」思想的傳入是驚醒國人的主要力量，從嚴復的「天演公例」到梁啟超的「新民說」、魯迅的「國民性改造」，中國文學的歷史巨變有賴於時間緊迫感的喚起，這固然道出了一些重要的事實，然而，人都是生存於具體而微的「空間」之中的，是這一特殊「地方」的人生和情感的體驗真實地催動了各自思想變化，文學的現代之變，更應該落實到中國作家「在地方」的空間意識裏。近現代中國知識分子，同樣生成了自己的「空間意識」：

> 中國近現代知識分子是在一種極為特殊的條件下形成自己的時空觀念的。不是時間觀念的變化帶來了他們空間觀念的變化，而是空間觀念的變化帶來了他們時間觀念的變化。我們知道，正是由於鴉片戰爭之後中國的知識分子發現了一個「西方世界」，發現了一個新的空間，他們的整個宇宙觀才逐漸發生了與中國古代知識分子截然不同的變化。

> 中國現代知識分子的「地理大發現」，發現的卻是一個無法統一起來的世界，一個造成了空間割裂感的事實。這種空間割裂感是由於人的不同而造成的。

> 我們既不能把西方世界完全納入到我們的世界中來，成為我們這個世界的一個有機組成部分，我們也不願把我們的世界納入到西方世界中去，成為西方世界的一個有機組成部分。二者的接近發生的不是自然的融合，而是彼此的碰撞。

> 上帝管不了中國，孔子管不了西方，兩個空間結構都變成了兩

個具有實體性的結構，二者之間的衝撞正在發生著。一個統一的沒有隙縫的空間觀念在關心著民族命運的中國近現代知識分子的意識中可悲地喪失了。這不是一個他們願意不願意的問題，而是一個不能不如此的問題；不是一個比中國古代知識分子「先進」了或「落後」了的問題，而是一個他們眼前呈現的世界到底是一個什麼樣子的問題。正是這種空間觀念的變化，帶來了他們時間觀念的變化。〔註14〕

近現代中國知識分子同樣在「空間」感受中體驗了現實社會中的制度與秩序，覺悟了各種不平等的權力關係，但是，與西方不同的在於，我們在「空間」中的發現主要還不是存在於普遍人類世界中的隱蔽的命運，它就是赤裸裸的國家民族的困境，主要不是個人的特異發現，而是民族群體的整體事實，它既是現實的、風俗的，又是精神的、象徵的，既在個人「地方感」之中，又直陳於自然社會之上。從總體上看，近現代中國的空間意識不會像西方的空間批評那樣公開拒絕地方風土的現實「反映」，而是融現實體驗與個人精神感受於一爐。我覺得這就為「地方路徑」的觀察留下了更為廣闊的可能。

「地方路徑」的提出也是對域外中國學研究動向的一種回應。

海外的中國學研究，尤其是美國漢學界對現代中國的觀察，深受費正清「衝擊／反應」模式的影響，自覺不自覺地站在西方中心的立場上，以西歐社會的現代化模式來觀察東方和中國，認定中國社會的現代化不可能源自本土，只能是對西方衝擊的一種回應。不過，在 1930、40 年代以後，這樣的思維開始遭受到了漢學界內部的質疑，以柯文為代表的「中國中心觀」試圖重新觀察中國社會演變的事實，在中國自己的歷史邏輯中梳理現代化的線索。伴隨著這樣一些新的學術思想的動態，西方漢學界正在發生著引人矚目的變化：從宏大的歷史概括轉為區域問題考察，從整體的國家民族定義走向對中國內部各「地方」的再發現，一種著眼於「地方」的文學現代進程的研究正越來越多地顯示著自己的價值，已經有中國學者敏銳地指出，這些以「地方」研究為重心的域外的方法革新值得我們借鑒：「從時間與空間起源上，探究這些地區如何在大時代的激蕩中形成具有現代意義的文學觀念、如何生發具有地域特色的文學文本，考察文學與非文學、本土與異域、沿海

〔註14〕王富仁：《時間・空間・人（一）》，《魯迅研究月刊》2000 年 1 期。

與內地、中心與邊緣之間的多元關係，便不失為中國現代文學研究的一種新路徑。」〔註15〕

當然，必須指出的是，中國學者對「地方路徑」問題的發現在根本上說還是一種自我發現或者說自我認知深化的結果，是創立中國學術主體性的積極體現。以我個人的研究為例，是探尋近現代白話文學發生的過程中，接觸到了李劼人的成都寫作，又借助李劼人的地方經驗體驗到了一種近代化的演變曾經在中國的地方發生，隨著對李劼人「周邊」的摸索和勘察，我們不斷積累著「地方」如何自我演變的豐富事實，又深深地體悟到這些事實已經不再能納入到西方—中國先進區域—偏遠內陸這樣一個傳播鏈條來加以解釋了。與「中國中心觀」的相遇也出現在這個時候，但是，卻不是「中國中心觀」的輸入改變了我們的認識，而是雙方的發現構成了有益的對話。這裡的啟示可能更應該做這樣的描述：在我們力求更有效地擺脫「西方中心」觀的壓迫性影響、從「被描寫」的尷尬中嘗試自我解放、重新獲得思想主體性的時候，是西方學者對他們學術傳統的批判加強了這一自我尋找的進程，在中國人自己表述自己的方向上，我們和某些西方漢學家不期而遇，這裡當然可以握手，可以彼此對話和交流，但是卻並不存在一種理論上的「惠賜」，也再不可能出現那種喪失自我的「拜謝」，因為，「地方路徑」的發現本身就是自我覺醒的結果。這裡的「地方」不是指那種退縮式的地方自戀，而是自我從地方出發邁向未來的堅強意志。在思考人類共同命運和現代性命題的方向上我們原本就可以而且也能夠相互平等對話，嚴肅溝通，當我們真正自覺於自我意識、自覺於地方經驗的時候，一系列精神性的話題反而在東西方之間有了認同的基礎，有了交談的同一性，或者說，在這個時候，地方才真正通達了中國，又聯通了世界。在這個時候，在學術深層對話的基礎上，主體性的完成已經不需要以「民族道路的獨特性」來炫示，它同時也成為了文學世界性，或者說屬於真正的「人類命運共同體」的有機組成部分。

上世紀 20 年代，詩人聞一多也陷入過時代發展與「地方性」彰顯的緊張思考，他曾經激賞郭沫若《女神》的時代精神，又對其中可能存在的「地方色彩」的缺失而深懷憂慮，他這樣表達過民族與世界、地方與時代的理想關係：「真要建設一個好的世界文學，只有各國文學充分發展其地方色彩，同時又

〔註15〕張鴻聲、李明剛：《美國「中國學」的「地方」取向與中國現代文學研究——以中國現代文學研究的區域問題為例》，《中國現代文學論叢》2018 年 13 輯。

貫以一種共同的時代精神，然後並而觀之，各種色料雖互相差異，卻又互相調和」〔註16〕。在某種意義上，這可以被我們視作中國現代文學沿「地方路徑」前行的主導方向，也是我們提出「地方路徑」研究的基本原則。

〔註16〕聞一多：《〈女神〉之地方色彩》，《創造週報》第 5 號，1923 年 6 月 10 日。

自　序

　　一直覺得自己能從國貿轉讀中文，一路前進，得到博士學位，到中文系任教，是豐盛的奇蹟，是上天給予的恩賜。猶記當年還在外雙溪愛徒樓研讀義理、考據、辭章等典籍，怎麼一晃眼已經過了兩個十年。這期間到了中正大學攻讀博士學位，再到嘉義大學來任教，任憑時光匆匆，所幸馬齒徒增，亦有諸多收穫銘記在心頭。

　　感謝恩師毛文芳教授的推薦，讓拙作能於花木蘭出版，老師不論在研究、教學各方面均成果裴然，備受稱譽，是學生終身學習的典範。感謝口試委員羅秀美、蕭義玲、呂明純與秦方四位教授，惠賜寶貴的意見，提點諸多議題和思考方向，未來都可再開拓深研。

　　特別感謝碩士論文指導老師　劉文起教授，謝謝老師在學問上的啟迪與教導，讓學生在莊學研究中感受到瑰麗與美好。另則是東吳大學中文系的林伯謙教授、侯淑娟教授，謝謝老師們在大學及碩士階段的啟蒙與指導，至今仍在學問、處事上嘉惠學生甚多。感謝嘉義大學文學院陳茂仁院長、中文系蔡忠道教授、陳政彥主任、曾金承教授、周盈秀老師，給予教學、工作的策勵與指導；謝謝同窗好友林宏達老師，從大學至今多年的支持、鼓勵與建議。最後，感念家人全心護持，一路苦心栽培自己至博士畢業。

　　本書保留博士論文的章節輪廓，主要致力修改敘述不甚妥切、觀點不夠周延，及文字之刊謬。惟個人囿於學識，難免不足疏漏，尚祈方家不吝斧正。

2022 年 4 月　張晏菁　謹誌於桃城

目

次

表目次

圖目次

第一章 緒 論

第一節 研究動機

> 聞樓下有聲，疑為肱篋之徒，乃起立，凝神靜聽聲之所在，復取手
> 槍。平時因避免危險槍機悉已拆卸，此時予乃將彈筒及彈粒一一裝
> 配，費時約五分鐘，則腦力已清醒。〔註1〕

故事發生在民初上海公共租界一隅的豪邸，這位冷靜沉著，身手俐落的主角，
竟是自幼享才女之名，有「近代女詞人中第一」〔註2〕、「奇特而美豔的詞人」
〔註3〕、「古今第一奇女子」〔註4〕之譽的呂碧城。

紙帳銅瓶室主，即民初著名報人鄭逸梅，回憶當時的呂碧城「居海上同
孚路，夷樓一角，位置井然，蓄犬一，女士琴書遣興，犬即偎伏其旁，出入汽
車代步，生活殊富贍焉。」〔註5〕《申報》報導呂碧城創設「紀麗斯跳舞傳習

〔註 1〕呂碧城，〈與 The Chronicle 報談靈魂之函〉，收入李保民校箋，《呂碧城集》
（上海：上海古籍出版社，2015 年），上冊，頁 408。李氏校箋本（上下冊），
是目前收錄呂碧城自撰作品最完善之版本，故本文撰寫主要引用此本，若該
書無收錄者，或與原文有出入或不完備者，則以呂碧城原投稿之報刊、雜誌
為依據。

〔註 2〕錢仲聯，《清詞三百首》（長沙：岳麓書社，1992 年），頁 446。

〔註 3〕觀點引自李又寧教授的訂題，參閱氏編著，〈呂碧城（1883～1943）——奇特
而美豔的詞人〉《近代中華婦女自述詩文選》，頁 197。

〔註 4〕仁果法師跋語。參閱《覺有情半月刊》，收錄於黃夏年主編，《民國佛教期刊
文獻集成補編》（北京：中國書店，2008 年），第 62 卷，頁 5。

〔註 5〕紙帳銅瓶室主，〈呂碧城〉，收入李保民校箋，《呂碧城集》，下冊，頁 703。

所」〔註6〕，時與聶雲台太夫人（按：曾紀芬）、胡維德夫人朱銀棣女士、張默君等女界人士進行交誼〔註7〕；在北京飯店開幕當日，同各國公使、政商人士與會，並公開展現好舞藝。〔註8〕然而，十多年後，佛教期刊上卻出現一則「呂碧城啟事」：

> 鄙人前居海外與諸人欠疏音訊，今已歸國，欲集合女同志專修淨業，凡我舊友或同學之信仰佛法者，請寄示居址，由本刊（《佛學半月刊》）轉交為荷。〔註9〕

才貌、智勇雙全的奢華名媛，何以轉變成素樸、專修淨土的佛教女居士？民初著名教育家，與呂碧城訂有文字交的蔣維喬（1873～1958），亦提及她在滬時「絕無傾向佛學之意……約在民二十後，則來函常涉佛教，且茹素念佛，篤信淨土，前後判若兩人，亦足奇矣。」〔註10〕生命前後期呈現如此巨大的反差，彷彿判若兩人的張力，正是筆者被呂碧城吸引，且確定涉入研究的主要動機。

由莊子哲思跨越女性文學，是進入博士班以來最大的「轉折」與「越界」，緣起於指導老師毛文芳教授的悉心引領，讓明清女性文學的繁華盛景再現，使筆者無限嚮往，遂以此開展論題的擇取方向。在一片繁盛之中，會關注到呂碧城，源自秦方〈晚清才女的成長歷程——以安徽旌德呂氏姊妹為中心〉。〔註11〕山西學政呂鳳岐（1837～1895）、嚴士瑜所生四女：惠如、美蓀、碧城、坤秀，竟皆是才女，因坤秀早逝，其他三姊妹陸續活躍在文壇，在其鼎盛時期，享有「淮南三呂，天下知名」〔註12〕之美譽。其中，最為亮眼的即是「五歲能詩，七歲能畫」〔註13〕的呂碧城。

筆者進而查閱其生平，得知呂碧城是一位才貌、財富並具的女性，承繼

〔註6〕〈紀麗斯跳舞傳習所〉，《申報》，1922年9月17日，第15版。

〔註7〕〈女界交誼會紀事〉，《申報》，1917年2月8日，第11版。

〔註8〕〈北京〉，《申報》，1920年3月8日，第8版。

〔註9〕呂碧城，〈呂碧城啟事〉，《佛學半月刊》，收錄於黃夏年主編，《民國佛教期刊文獻集成》（北京：全國圖書館文獻縮微復制中心，2006年），第48卷，頁398。

〔註10〕蔣維喬，〈紀念呂碧城女士〉，收入李保民校箋，《呂碧城集》，下冊，頁762～763。

〔註11〕秦方，〈晚清才女的成長歷程——以安徽旌德呂氏姊妹為中心〉，《近代中國婦女史研究》第18期（2010年12月），頁260～294。

〔註12〕章士釗，〈異言·跋〉，《甲寅》卷1號43（1927年1月），頁19。

〔註13〕光鐵夫，《安徽名媛詩詞徵略》（合肥：黃山社，1986年），頁208。

閨秀文化傳統，因家變寄宿溏沽舅家，為探女學被舅罵阻，負氣離家獨往天津。因才華被天津《大公報》創辦人英斂之賞識，留任《大公報》助理編輯。獲英斂之、袁世凱等男性社會精英資助，創辦北洋女子公學，任總教習，後升任監督（即今之校長）。民初，轉換職場，至袁世凱公府任公職，擔任秘書。後奉母居於上海，與西商貿易，獲利頗豐，終生不愁衣食。年近不惑方至哥倫比亞大學研讀美術，遊歷各州。返國後數年，再次出國漫遊歐美，期間開始念佛、引介西方保護動物的護生思想、深信淨土宗，晚年並將資產全數布施佛事，囑託友人將其骨灰和成麵丸，擲入大海與水族結緣。〔註14〕在如此矛盾的張力之中，筆者被吸入呂碧城多重身分的流動，形象的轉變，與生命轉折的圖景，及其生命境遇所拓展出的女權、女學、漫遊、護生、信仰議題，因此開始蒐求其著作的原始資料。

　　呂碧城一生著作等身，身後遺著中、英文各十種，合為《夢雨天華室叢書》〔註15〕，多年來已散佚難尋，因此筆者以出版文集、報紙、期刊三方面來蒐羅。在出版品方面，購得李保民校箋《呂碧城集》、《呂碧城詞箋注》、《呂碧城詩文箋注》，其書在詩詞方面校勘完備，文集則收錄《歐美漫遊錄》（又名《鴻雪因緣》）全卷，以及散見在報刊的文章，是裨益學者之善本。其後，購印呂碧城創作的《呂碧城集》、《曉珠詞》，護生思想集結的《歐美之光》，佛學菁華之《香光小錄》、《觀無量壽佛經釋論》，英譯《淨土四經》、中英對照《觀世音菩薩普門品》等書；特別誌謝首都師範大學秦方教授，傳遞珍貴的《呂氏三姊妹集》內容照片。報刊方面，在《申報》資料庫尋得有關呂碧城的報導近八十則，另有《紫羅蘭》刊登的《鴻雪因緣》，又在黃夏年主編《民國佛教期刊文獻集成》、《民國佛教期刊文獻集成補編》，先後印得呂碧城對護生、佛教的見解，以及後人評價，凡兩百餘篇。是以，研究呂碧城的原始資料大致完備。

　　陸續蒐集相關研究成果之中，筆者也隨之進入閱讀文本的旅程。呂碧城的時代背景，介於晚清與民國之間，身分則由女編輯、女校長流動為女商人、

〔註14〕關於呂碧城之傳記、生平，參閱李保民，〈呂碧城年譜〉，《呂碧城集》，下冊，頁 801～824。方豪，〈呂碧城傳略〉，《呂碧城集》，下冊，頁 699～702。于凌波，《中國近現代佛教人物志》（北京：宗教文化出版社，1995 年），頁 505～511。旌德縣地方誌編纂委員會編，《旌德縣誌》（合肥：黃山書社，1992 年），頁 566～567、569～570。

〔註15〕李保民，〈呂碧城年譜〉，《呂碧城集》，下冊，頁 824。

女居士。她的書寫歷程，由進入《大公報》發跡的雙十年華起算，有四十年之久，以西遊為分界，前期以詩詞抒發情思，為文倡導女權、女學，後期是其創作高峰期，為文撰寫歐美漫遊，護生引介，修持信仰等重要議題，另有海外新詞百來首，亦在歐遊時所作，而且增補後的詞集，文集、譯作等專書，皆在後期所出。因此，西行的經歷是被形容成「判若兩人」的呂碧城，生命對照的重要分野，遊歷後的創作是其生命轉折與超越的重要依據。尤其目前的研究成果多集中在呂碧城歐遊以前的女權、女學，或詞學研究，筆者則將研究視角轉向探析其後半生的漫遊、護生、佛教等議題。

首先，在毛文芳教授所開設「女性文學專題研究」課程中，討論呂碧城《歐美漫遊錄》的旅行書寫。其後，隨毛老師參加淡江大學中文系主辦「2014女性文學與文化學術研討會」，以〈匆匆說法談經後／我到人間只此回：論呂碧城的學佛歷程〉，獲取諸師之寶貴提點。繼續研讀與思考之後，以〈呂碧城學佛的日常實踐與終極依歸：從《香光小錄》談起〉為題，參加上海華東師範大學哲學系舉辦「文獻、歷史、思想與文化——現代視野下的佛學研究」學術研討會；在閱讀呂碧城的佛學論述時，發覺她喜歡說夢，夢與修行之間相為表裡，幾經構思，以〈呂碧城學佛歷程之夢境書寫〉為題，幸而獲選參加香港中文大學／禪與人類文明研究中心合辦「第十屆青年佛教學者學術研討會」；至於呂碧城的護生課題，交涉西方保護動物觀念，佛教戒殺，儒家仁恕等文化，經層層梳理之後，以〈呂碧城護生運動之思想開展與實踐轉折〉參加上海華東師範大學哲學系主辦「第一屆佛教義學會議」。在各次研討會席間得到諸多學術先進的寶貴意見，使筆者得以深入思考與改正。

特別一提的是，因參加中研院近史所舉辦「史料中的性別研習營」，認識王超然博士，經他引薦得以與首都師範大學秦方教授聯繫。秦老師從碩士班起即以呂碧城為考察對象，在美學成歸國之後，對於晚清民初的女界亦多所發揮，能因此獲得秦方老師的慷慨贈文，及在呂碧城研究觀點的啟發，實為幸事之一。此外，2015 年 8 月，李保民先生集結呂碧城著述出版《呂碧城集》上下冊。彼時在台購置不得，經由上海華東師大趙東明教授廣而宣之，使筆者榮獲該校鍾錦教授贈書，再由鍾教授引薦與李先生取得聯繫。李保民先生廣蒐呂碧城撰著十餘年，其用功之深，令後輩學者無敢望其項背。透過通訊軟體的交流，筆者亦建議李先生廣收呂碧城的護生、佛學單篇論著，並提供相關佛學資料來源，報刊資料庫索引，以及呂碧城著作的相關版本，能獲得

採納與回應，實為幸事之二。

　　綜言之，跨轉領域之後，發現呂碧城，閱讀呂碧城，其風華絕代的生命歷程所展現的豐厚與繁盛，不論是其承繼的才女傳統，轉側於新女性的身影，其中自我形塑的展演性與自我認同，或是對家／國的認知，在生命的轉折中所展現的焦慮與不安，出國對生命帶來的差異與變動，乃至對生命的擺放，最終邁向追求宗教；這些種種的越界，皆是為了探求生命本質的回歸，而這些追求卻又趨向宗教性的指涉。為了深入理解、釐清並尋求解答，正是筆者研究呂碧城的主要動機。其次，廣蒐呂碧城相關著作期間，幸能得到諸師友的協助，與研究呂碧城的學者相識；發表研究成果中，在旅行、護生、佛教等主題，得到前輩學者諸多指正，遂使筆者從中獲得許多靈感與啟發，因之開展出博士論文的撰寫方向。回到初衷，綜觀所有珍貴的因緣及增上緣，皆是因呂碧城研究而緣起。

第二節　研究背景

一、傳統與現代性

　　一個人的生命歷程如何被形塑，應回歸所屬的特定時空，因此，進行個案研究，必須先架構她的時代。呂碧城出生在晚清，這個被稱為「三千年未有之大變局」的末代，展現出光怪陸離，五光十色的景觀。晚清帝國統治急轉直下，皇權沒落，政治情勢動盪，西方列強入侵，使民族存亡的議題成為知識階層關注的焦點，國人也始終帶有揮之不去的救亡與憂患意識。另一方面，各種西方學說陸續傳入中國，晚清的文化思想界，因中西交匯而引發異彩，中國傳統經典得與西方最新理論嫁接，「晚清學人以巨大的熱情擁抱，傳播新學說與新知識的動人場景，則使中國現代思想的譜系必得溯源於此。」〔註16〕因此，在世紀之交，感時憂國的時代語境下，傳統與現代性之間的對立日趨尖銳，所謂「現代性則意味著在本質上是對傳統的一種反抗和叛逆，同時也是對新的解決方法所懷的一種知識上的追求。」〔註17〕

　　現代性（modernity）是一個學術名詞，也可以說是一個理論上的概念，

〔註16〕夏曉虹，《晚清女性與近代中國》（香港：香港中和出版，2011年），頁12。
〔註17〕李歐梵，〈追求現代性（1895～1927）〉，收錄於王德威主編，《現代性的追求
　　　　——李歐梵文化評論精選集》（台北：麥田出版，1996年），頁229～230。

是後來的學者和批評家對於一些歷史、文化現象，在理論層次上所做的概括性描述。現代性的來源是「現代」二字，它表示一種新的時間觀念，以現代為主軸，對未來有開展創造之意，象徵著進化、進步，如同前揭追求新的解決方法。中國的現代性觀念，實際上是從晚清到五四時期逐漸醞釀而生，具體而言，可以追溯到梁啟超，因為任何觀念在學理上的劃分，都是由學界人士和知識分子創造而來。梁啟超是引領時代風氣之先的人物，1899 年在其《汗漫錄》中提及要使用西曆，由此登高一呼後，改變了知識分子對於時間觀念的看法，另一個貢獻是對於現代中國的國家新風貌提出想像。歷史學者 Anderson 在其《想像的社群──對於民族國家興起的反思》中提出一個重要的觀點：一個新的民族國家在興起之前有一個公開化、社群化想像的過程，所依靠的重要媒體，一是小說，一是報紙。在晚清如何造就新國民，如何營造一個新的民族國家，正是梁啟超這一代知識分子苦苦思索的命題，而梁氏用以傳播新國民思想的工具就是民辦的報紙。換言之，晚清知識精英運用報刊媒體的傳播效能，以小說等文體作為媒介，在公共領域宣揚「為中國民眾啟蒙」的遠大目標，透過無數社群的共同努力，完成晚清現代性的初步想像。〔註 18〕亦即，知識分子透過報刊書寫的敘事功能，傳達對於國家的新想像，社會改革的新理想，其中則呈顯出現代性，於此亦將報刊媒體與現代性的關係連接起來。

由前段觀之，西方學者認為現代民族國家的建構和民主制度的發展，與印刷媒體密切相關，表示報刊雜誌的重要性。在近代新興的報刊媒體，除了知識分子的充分運用之外，確實也深切影響中國社會生活的各個層面，「其形構的公共空間，改變國人的思維、言談、寫作定勢以及交流方式。」〔註 19〕除了主流的報刊，如《大公報》、《申報》、《時報》以外，各種小報雨後春筍般出現，「中下階層藉著小報對名人秘辛的披露，得以一窺上層社會的風華。」〔註 20〕是以，晚清民初因報刊發達而形成「多元社會力量、多種輿論聲音並

〔註 18〕引自李歐梵，〈晚清文化、文學與現代性〉，《中國現代文學與現代性十講》（上海：復旦大學出版社，2005 年），頁 2～17。李歐梵，〈追求現代性（1895～1927）〉，頁 229～236。

〔註 19〕夏曉虹，《晚清女性與近代中國》，頁 11。

〔註 20〕連玲玲，〈導論：從小報看近代中國城市〉，收入連玲玲主編，《萬象小報：近代中國城市的文化、社會與政治》（台北：中央研究院近代史研究所，2013 年），頁 7～8。

存的格局,在逐漸消解朝廷權威的同時,也為建立現代社會秩序打開了通道。」
〔註 21〕亦即,報刊的興起,帶來多元文化的交匯,不再是上諭、邸報的一言
堂,而是透過報刊的快速傳播,展現社會思想、豐富的文化型態。

　　其次,在文學的發展上,晚清文學的流風遺緒,時至「五四」仍體現不
已。在近一甲子內,中國文學的創作、出版及閱讀蓬勃現象前所未見,小說
更一躍而成文類的大宗。晚清文人大舉創作小說的熱潮,引發文學生態的巨
變,如同王德威教授所言,晚清小說是最重要的公眾想像領域,藉著閱讀與
寫作,有限的知識人口虛擬家國過去及未來,比起「五四」之後日趨窄化的
「感時憂國」正統,晚清毋寧揭示了更多複雜的可能。此外,受到西學東漸
的影響,晚清亦是翻譯文學大盛的時代。然而,現代文學的起源範式多以「五
四」為依歸,晚清被視為過渡階段,而忽略了它的現代性意味。〔註 22〕事實
上,晚清的文學「擺蕩於各種矛盾之間,如量化/質化、精英理想/大眾趣
味、古文/白話文、正統文類/邊緣文類、外來影響/本土傳統、啟蒙理念
/頹廢欲望、暴露/偽裝、革新/守成、教化/娛樂等」,〔註 23〕其多音複
調,眾聲喧嘩之勢,已在彼時百花盛開,現代文學的開展與困境,都在當時
首次出現。

　　綜言之,現代性的追求源自對傳統的反抗,但若「沒有晚清這個新舊交
替的歷史情境,也不能產生這個世紀末的華麗,歷史的危機感反而構成文化
創作的動力,舊傳統成了構成新文化的必備條件。」〔註 24〕晚清社會、文化、
文學呈現新舊紛呈、中西雜糅,觀念解體又醞釀重構的狀態,看似亂無章法
又顯得特別包容,處處充滿著生機與可能,而這正是屬於呂碧城的時代。

二、晚清女權思潮

　　在西學東漸的背景下,晚清的婦女觀念開始出現與傳統背離的傾向,三
綱五常、男尊女卑的傳統禮教,受到前所未有的質疑和挑戰。亦是在此背景
下,「男女平等」的觀念,經由大量發行的西書大力闡揚。當時,西方傳教士

〔註 21〕夏曉虹,《晚清女性與近代中國》,頁 12。
〔註 22〕引自王德威,〈導論:沒有晚清,何來「五四」?〉,《被壓抑的現代性——晚
　　　　清小說新論》(北京:北京大學出版社,2005 年),頁 1～19。
〔註 23〕王德威,《被壓抑的現代性——晚清小說新論》,頁 21。
〔註 24〕李歐梵,〈世紀末的華麗〉,收入李歐梵講演、季進編,《未完成的現代性》(北
　　　　京:北京大學出版社,2005 年),頁 65。

的言論尖銳地批判中國婦女被壓抑的情狀，因而鼓吹男女平等、廢纏足、興女學，提倡婦女解放。如美傳教士林樂知（Young J. Allen）向來以「啟迪華人，振興女學」為己任，在晚清維新志士中頗有影響力，因而引發知識分子開始關注男女平等的問題。如康有為的大同思想，譚嗣同基於佛教等無差別的會通思想，皆傳達平等的理念。至於男女平等說在夫婦之倫之外的應用，多半與興女學有關。如梁啟超在〈變法通議·論女學〉中，援引其師康有為的「孔教平等義」〔註 25〕，痛斥君民、男女不平等的起源，即以男女平等作為興女學的前提。戊戌變法（1898）前後形成並流傳的「男女平等」觀念，在二十世紀初，逐漸被「女權」的說法所置換。如被公認為倡導中國女權的第一本著作——金天翮《女界鐘》，提出「十八、十九世紀之世界，為君權革命之時代；二十世紀之世界，為女權革命之時代。」〔註 26〕柳亞子、丁祖蔭等文人，在報刊上亦開始使用「女權」一詞。〔註 27〕

關於女性的權利，金天翮在《女界鐘》列舉女性應當恢復的基本權利，包含入學、交友、營業、掌握財產、出入自由、婚姻自由等六項，並分節提出女子之能力、教育方法、參與政治之說。〔註 28〕是以，由女性的個人權利，能力的養成，延伸到受教權與參政權，皆是歷來女性所欠缺而極須獲取的基本人權。自馬君武將斯賓塞（Herbert Spencer）與約翰·彌勒（John Stuart Mill）的學說，如〈斯賓基女權篇〉、〈彌勒約翰之學說·女權說〉等篇譯出，使得晚清思想界對於西方婦女解放理論的溯源得以趨於一致。金天翮的女權思想，受到馬君武譯介西方女權思想所啟發，如其在《女界鐘》所言：「民權與女權，如蟬聯跗萼而生」〔註 29〕，思想即是源自約翰·彌勒的女權說。〔註 30〕

〔註 25〕 梁啟超，〈變法通議·論女學〉，《飲冰室合集》（北京：中華書局，1989 年，據上海中華書局 1936 年版影印），第 1 冊，頁 42～43。

〔註 26〕 金天翮，《女界鐘》，收入夏曉虹編，《金天翮·呂碧城·秋瑾·何震卷》（北京：中國人民大學出版社，2015 年），頁 25。

〔註 27〕 本段觀點引自夏曉虹，〈從男女平等到女權意識——晚清的婦女思潮〉，《北京大學學報》第 4 期（1995 年），頁 97～104。

〔註 28〕 金天翮，《女界鐘》，收入夏曉虹編，《金天翮·呂碧城·秋瑾·何震卷》，頁 6～43。

〔註 29〕 金天翮，《女界鐘·緒論》，收入夏曉虹編，《金天翮·呂碧城·秋瑾·何震卷》，頁 7。

〔註 30〕 關於金天翮受到馬君武譯作的影響，夏曉虹教授在〈金天翮的「女權革命」女學論〉中論之甚詳，參見氏著，《南京師範大學文學院學報》第 1 期（2015 年 3 月），頁 1～6。

　　夏曉虹教授認為金天翮提出民權和女權的關係,用意只在引出女子與國家關係的論述,國家由國民組成,女性身分於其中被特別標舉為「國民之母」。〔註31〕由此延伸出女性身分與地位的課題──晚清社會曾流行「賢母良妻」與「國民之母」的說法,前者僅涉及女子在家庭中的身分、義務;後者則擴大到國家範圍內女性的責任與地位,且較常被使用。〔註32〕然而,女性即使被提升到「國民之母」的高度,事實上仍深受傳統父權的箝制,地位相對卑下。另一個問題是在國族主義的架構下論述女權,衍生出「一方面中國二萬萬婦女都是封建社會奴隸般的存在,一方面二萬萬女子又是國民母,是救國強種的活水源頭。」〔註33〕造成此種矛盾的現象,自是西風東漸的影響所致,因為中國處在不能像西方,又不能不學習西方的焦慮;另則是掌握發言權、倡導女權的男性精英,以學步西方,試圖形塑非中國封建傳統的新女性形象所造成的結果。

　　因此,以天下興亡為己任的知識分子,轉而將眼光放到女性身上,鼓吹放足、興女權、倡女學,期待女性扭轉閨秀的傳統習性,透過教育,產生女性意識的覺醒,培養獨立自主的品格,進而爭取參政權力的背後,其實帶有「強國保種」、「救亡圖存」的雙重期待。不過,卻也是因為以男性主導的女權運動的過程,少了女性的聲音,所引發女性的質疑與思考,帶來女性自我意識的覺醒,進而為追求新理想付諸行動,其中最壯烈且知名者即是鑑湖女俠秋瑾。曾與秋瑾往來,並榻而眠的呂碧城,亦是晚清倡女權、辦女學的典範人物。至此,從晚清女權發展的正向意義而言,「西方傳教士的肇啟先機、維新志士的發起與提倡、婦女自身的醒覺與投入等種種因素與條件加乘總和,終於使晚清時期的女權與婦女的現實境遇得到突破性的歷史進展。」〔註34〕亦即,「婦女解放程度是一個社會文明進步的標誌。女性的生活形態與觀念演進,毫無疑問地應是晚清社會文化最重要且意義重大的一部

〔註31〕夏曉虹,〈金天翮的「女權革命」女學論〉,《南京師範大學文學院學報》第 1
　　　　期(2015 年 3 月),頁 3。另收入夏曉虹,《晚清文人婦女觀(增訂本)》(北
　　　　京:北京大學出版社,2016 年),頁 207～219。
〔註32〕夏曉虹,《晚清文人婦女觀(增訂本)》,頁 79～83。
〔註33〕劉人鵬教授在「女權與國族主義」一段論之甚詳,參閱氏著,〈「中國的」女
　　　　權、翻譯的慾望與馬君武女權說譯介〉,《近代中國婦女史研究》第 7 期(1999
　　　　年 8 月),頁 11～20。
〔註34〕黃錦珠,《晚清小說中的「新女性」研究》(台北:文津出版社,2005 年),頁
　　　　5。

分。」〔註35〕因此從晚清女權思潮的興起，也為女性的生命歷程帶來多元的可能性，於受教育或職業抉擇獲得較充分的發展，更重要的是實現女性自立與自主的理想。

三、才女／新女性

「女子無才便是德」、「紅顏禍水」之說，自古流傳至今。從歷史的脈絡來看，「重德多於重才，是中國民族的性格，男女皆然；認為才可妨命，也是中國人的傳統信念，不分性別。」男性有經世濟民的責任，相對於「沒有必要具才的女性，基於對紅顏薄命的同情，而提倡女子無才便是德。」〔註36〕女性的地位，受傳統儒家「男尊女卑」觀念的影響，大多是被貶抑的狀態，在中國婦女史研究的典範：陳東原《中國婦女生活史》一書中，描繪歷代婦女飽受摧殘，在清代達到最盛，到晚清才有改變的契機，再至五四啟蒙論述，婦女解放才成為可能。〔註37〕近年來經由婦女史學者重探女性史，才得以讓明清婦女的新形象，重新浮出地表。

漢學家高彥頤（Dorothy Ko）試圖改寫「五四以來的女性觀」，擺脫女性是受害者的傳統觀念，聚焦在婦女的「主體性」及「能動性」，結合「性別」與「歷史」的研究方法，改變主流的歷史詮釋。該書的主要論述對象是「才女」，即是有作品傳世的女性，研究中呈現明末清初女性教育普及，商業、印刷技術進步，家族榮耀等家世背景，帶動生機勃勃的江南才女文化。〔註38〕曼素恩（Susan Mann）則往後延展，探析晚明至盛清時期的閨秀、普通婦女、以及青樓。有別於高彥頤將「才」納入「德」的範疇，對傳統婦德進行再詮釋，曼素恩「討論的議題圍繞著傳統『德言容工』的婦德標準，體察當時各階層婦女對此四項修養要求的配合或背離。」〔註39〕由此印證「婦學」和「才

〔註35〕夏曉虹，〈《晚清文人婦人觀》日譯本序〉，《晚清的魅力》（天津：百花文藝出版社，2001年），頁179。

〔註36〕劉詠聰，《女性與歷史——中國傳統觀念新探》（台北：臺灣商務印書館，1995年），頁97。

〔註37〕陳東原，《中國婦女生活史》（台北：臺灣商務印書館，1986年），頁2～5。

〔註38〕美·高彥頤著、李志生譯，《閨塾師：明末清初江南的才女文化》（南京：江蘇人民出版社，2005年）。

〔註39〕胡曉真，〈《蘭閨寶錄——晚明至盛清時的中國婦女》導論〉，收入美·曼素恩著、楊雅婷譯，《蘭閨寶錄——晚明至盛清時的中國婦女》（台北：左岸文化，2005年），頁8。

女文化」是盛清時期特出的文化現象，並提出盛清學者試圖以道德涵義重構女性典範，藉此壓抑明代的才女風流。換言之，以德聞名或以才傳世是女性得以留名的途徑，然而「德重於才」的傾向仍是男性主流的價值觀。

　　對於「才女」，胡曉真教授曾歸納晚近研究中的明清才女形象：

> 在家族中受過良好教育的女子，熱衷於文藝創作，不但吟詠創作，
> 還以書信、結社彼此交流，甚至能以書畫謀生，而作品能經由傳抄
> 或出版留傳下來。〔註40〕

時至晚清，受西學東漸的影響所及，追求現代性的趨勢，女權的發展，報刊的興起等，為社會、文化帶來了無限的可能。然而，盛行於明清的才女文化，這些象徵傳統的舊才女，在力圖轉變的世紀之交，重塑新女性的時代語境下，如何被評價？1897 年 3 月 23 日，梁啟超在《時務報》刊出其〈記江西康女士〉，主角為康愛德，一位甫從美國密爾斯根大學獲得醫科學位返國的年輕女性，文中提及女士「以中國之積弱引為深恥，自發大心，為二萬萬人請命」，結語再次強調「海內二萬萬之女子皆如此類。」〔註41〕在晚清面臨傳統進入現代的轉折階段，在救亡圖存的語境之下，「新式女性康愛德，成為古代才女的對立面，成為歷史發展的化身，中國前途的希望。」〔註42〕令人想提問的是，才女秉受家學擁有詩才，已比其他未受啟蒙者的女性多了智識的條件，何以要全盤否定？此可從前文〈記江西康女士〉來說明，梁啟超為了推翻才女傳統，提出「能為花草風月之言」或「稍讀古書，能著述」，不能算是學問，甚至會導致亡國的結果。相似的理路見於其〈變法通議・論女學〉，曰：「古之號稱才女者，則批風抹月，拈花弄草，能為傷春惜別之語，成詩詞集數卷，若此等事，本不能目之為學。」〔註43〕胡纓教授認為，梁啟超藉由此文要表達的前提是「中國女學之廢久也」，亦想對「學問」的重新定義。其次，批判才女和對廣義舊學的批評涵義相同，即才女之「才」成為「數百年無用之舊學」的借代。〔註44〕抑或是「女詩人所代表的不只是『才女』這一群體，她們事

〔註40〕胡曉真，《才女徹夜未眠——近代中國女性敘事文學的興起・序言》（北京：北京大學出版社，2008 年），頁 5。

〔註41〕梁啟超，〈記江西康女士〉，《飲冰室合集》，第 1 冊，頁 119～120。

〔註42〕胡纓，〈歷史書寫與新女性形象的初立：從梁啟超「記江西康女士」一文談起〉，《近代中國婦女史研究》第 9 期（2001 年 8 月），頁 27～28。

〔註43〕梁啟超，〈變法通議・論女學〉，《飲冰室合集》，第 1 冊，頁 39。

〔註44〕胡纓，〈歷史書寫與新女性形象的初立：從梁啟超「記江西康女士」一文談起〉，頁 9～10。

實上成為了所有詩人的替身，甚至，進一步抽象的話，代表了整個抒情傳統。」〔註45〕所謂抒情傳統，即如陳世驤先生所定義：「中國文學傳統從整體而言，就是一個抒情傳統。」〔註46〕因此，從維新人士對中國文化傳統的系統反思裡，其中一項則是藉由對才女傳統的否定，試圖為新女性建構以國家文明、女性啟蒙為導向的價值體系。

　　盛清時期的女性典範，一如班昭的女師形象，一如謝道蘊的才女風流，但在晚清重塑新女性的風潮裡，何種形象或特質或行為，才能稱之為「新女性」？學者許慧琦提出，從開啟近代中國改造國民性道德革命的「新民說」裡面，新女性的概念尚未顯現。不過，幾乎與新民說及新小說思想發展的同時，清末社會開始出現對女性的新詮釋與期許，如「國民母」與「女國民」等新名詞的出現，可為一明證。尤其在革命氣息濃厚的清末十年，這些加諸在女性身上的新頭銜，凝聚出中國新女性的雛型，成為時人常用來伸張女權的名詞。〔註47〕此外，在小說創作中，亦呈現多元的新女性樣貌，「新女性的新是由外觀到內在，通體包括的；由外在的體貌腳型、衣著打扮，到內在的知識學養，乃至深層的價值觀念，分別有各種不同於傳統的新與變之表現。」〔註48〕因此新女性通常具有新作風、新思想，爭取女性權益，從事女教員、女教習，辦報等新式職業。而且，新女性立身行事的典範，則是學步西方。如同夏曉虹教所說：「超越前賢，追步西方，實為晚清女性人格改造理想的推展步驟。」〔註49〕整體而言，對教育的熱衷，對西方新世界、新事物的追求，對獨立自主的人格與經濟能力，是新女性人格特質的基本要件。秦方教授則延伸新女性的命題，以「女性公共形象」為範疇，提出對女性才名的認知轉變，大眾媒體的介入，使得女性形象複雜和多樣化；不僅愛國、

〔註45〕胡纓，〈導言：浮現中的新女性及其重要的他者〉，胡纓著、彭姍姍譯，《翻譯的傳說：中國新女性的形成（1898～1918）》（南京：江蘇人民出版社，2009年），頁10。

〔註46〕陳世驤，〈論中國抒情傳統〉，收錄於陳國球、王德威編，《抒情之現代性：「抒情傳統」論述與中國文學研究》（北京：三聯書店，2014年），頁48。

〔註47〕許慧琦，〈清末民初新女性意識的出現〉，《「娜拉」在中國：新女性形象的塑造及演變（1900s～1930s）》（台北：國立政治大學歷史所博士論文，2000年），頁21～32。

〔註48〕黃錦珠，《晚清小說中的「新女性」研究》，頁175。

〔註49〕夏曉虹，〈晚清女性典範的多元景觀──從中外女傑傳到女報傳記欄〉，《中國現代文學研究叢刊》第3期（2006年），頁23。

興學、參政、俠義等女性氣質被突顯，其文字、照片、舉止行為等，都能透過報刊、攝影、演說等出版渠道再現。因此，連接每一位在公共場域得以展現的女性，便是晚清公共女性之譜系圖。〔註50〕亦即，具有新形象的女性的影響力，帶動了其他新形象的產生，也透顯出晚清以來沒有單一標準化的理想典範女性。

承上述，基於現實需求而建構的歷史敘述，女性具有多重的象徵意義，亦即以才女標誌舊傳統，而以解放的新女性象徵未來。才女與新女性之間是否全然斷裂？在傳統與現代之間，身為才女的她們如何抉擇？是一夕之間成為新女性，抑或是有其他的生存之道？這些議題近年來已成為學者關注的要點。〔註51〕本文進行呂碧城的個案研究，亦由傳統才女如何過渡到新女性的歷史背景涉入，探析其在才女和新女性兩種身分之間切換的比重，著墨其於不同境遇裡如何塑造自我身影的相關課題。

第三節　研究回顧與述評

呂碧城的研究，集中在其絢麗不凡的一生及詞學著作，研究主題可分為生平傳略，女權與女學，文學創作，護生思想與佛教信仰，茲回顧與評述重要研究成果如下：

一、生平傳略

呂碧城是一位活躍於近代的知識女性，受眾矚目，對於其人其作的評論頗多，關於時人評價，如潘伯鷹〈評呂碧城女士《信芳集》〉，刊於《大公

〔註50〕敘述觀點引自秦方，〈擅舊詞華、具新理想：晚清女性公共形象的製造與傳播〉，《晚清女性教育與女性形象建構——以天津為中心的探討》。承蒙秦方教授贈予其大作，特以此銘謝。

〔註51〕胡曉真教授在其〈文苑、多羅與華蔓——王蘊章主編時期（1915～1920）《婦女雜誌》中「女性文學」的觀念與實踐〉探析20世紀初的中國傳統女性依違於傳統與現代之間，如何塑造新時代中自我的身影。另在〈杏壇與文壇——清末民初女性的教育與文學志業〉探討「才女」與「新女性」及其文學活動之間的延續與斷裂。參閱氏著，《新理想、舊體例與不可思議之社會：清末民初上海「傳統派」文人與閨秀作家的轉型現象》（台北：中央研究院中國文哲研究所，2010年），頁173～195、247～293。楊彬彬教授則以曾懿為個案研究，探析她的傳統才女、詩人、中醫等多重身分，及其如何在晚清變局中體現過渡性和融合性。參閱氏著，〈由曾懿（1852～1927）的個案看晚清「疾病的隱喻」與才女身分〉《近代中國婦女史研究》第16期（2008年12月），頁1～28。

報》，深入討論呂碧城生平及作品，尤其著重海外新詞的「融新入舊，妙造自然」。龍熠厚〈近代女詞人呂碧城〉，筆鋒犀利，對呂碧城不為人知的面向多所發揮。〔註52〕

今人研究的開山之作可謂是方豪〈英斂之筆下的呂碧城四姊妹〉〔註53〕，運用英斂之的珍貴日記，分別以三篇文章，系統分析英斂之與呂家姊妹的關係，其中論及呂碧城創辦女學的經過，及其詩詞作品。日記中尚有英氏對於天主教與佛教之比較，可作為晚清東西文化研究的珍貴文本。方豪另撰有〈呂碧城傳略〉〔註54〕，對呂碧城有獨到的見解。周邦道〈當代教育先進傳略稿──婦女之 4：呂碧城傳略（1883～1940）〉、劉太希〈呂碧城及其作品〉、王梓良〈南社詩人多奇才2〉，是六七十年代較早關注呂碧城的學術文獻。〔註55〕

秦方〈晚清才女的成長歷程──以安徽旌德呂氏姊妹為中心〉〔註56〕，能由學者較少關注的才女童年及少女時期著手，以此作為才女群體文化養成的切入點。其次，敘述家學及母教對呂氏姊妹之影響。再論歷經家變的才女們，提早進入社會，趨向社會化，累積獨立的謀生條件、自我身分認同的能力，藉由媒體、報刊、出版等管道使才女之名廣為傳播的過程。

呂碧城的交遊、人際關係，亦是學者注目的焦點：黃克武教授撰寫〈嚴復的異性情緣與思想境界〉，從女性、性別角度切入，論及嚴、呂二人的往來，相關主題尚有徐新韻〈嚴復與呂碧城交往考析〉。王祖獻〈秋瑾與呂碧城的交往〉，勾勒兩位同時代傑出女性的交遊過程。侯杰、秦方〈男女性別的雙重變奏──以陳攖寧和呂碧城為例〉，述說呂碧城與道教的因緣，探討女性主體意識萌生和發展過程，及對男性產生的影響。侯瑜《呂碧城與英斂之交往初探》、

〔註52〕潘伯鷹，〈評呂碧城女士《信芳集》〉，《大公報》，1929 年 10 月 14 日。龍熠厚，〈近代女詞人呂碧城〉，《婦女月刊》第 7 卷第 1 期（1948 年），頁 24～28。

〔註53〕方豪，〈英斂之筆下的呂氏四姊妹（上）〉，《傳記文學》第 6 卷第 6 期（1965 年 6 月），頁 44～50。中篇收入《傳記文學》第 7 卷第 1 期（1965 年 7 月），頁 44～50。下篇收入《傳記文學》第 7 卷第 2 期（1965 年 8 月），頁 41～46。

〔註54〕方豪，〈呂碧城傳略〉，收入李保民校箋，《呂碧城集》，下冊，頁 699～702。

〔註55〕周邦道，〈當代教育先進傳略稿──婦女之 4：呂碧城傳略（1883～1940）〉，《東方雜誌》10 卷第 11 期（1977 年 5 月），頁 60。劉太希，〈呂碧城及其作品〉，《建設雜誌》（1970 年 10 月），頁 36～37。王梓良，〈南社詩人多奇才2〉，《中外雜誌》31 卷第 6 期（1982 年 6 月），頁 81～85。

〔註56〕秦方，〈晚清才女的成長歷程──以安徽旌德呂氏姊妹為中心〉，《近代中國婦女史研究》第 18 期（2010 年 12 月），頁 260～294。

王慧敏〈南社女詞人呂碧城與近代名流的交往〉，皆論析呂碧城與男性知識分子往來的經過。〔註57〕

在傳記編寫方面，劉納編著《呂碧城評傳‧作品選》，收錄呂碧城具有代表性的著作，於前言寫道呂碧城其人及其時代，分析鞭辟入裡。王忠和《呂碧城傳》，以小說筆法卻又不失真實性的呈現呂碧城的一生，書末並附有呂碧城詩文選。林杉《香國奇才呂碧城》，用小說的形式書寫，參考多種史料，試圖還原呂碧城的時代背景與其人其事。〔註58〕

除了上述以生平傳略、交遊的研究成果，亦有在同一篇章中呈現不同主題的重要研究：加拿大漢學家方秀潔，撰有〈另類的現代性，或現代中國的古典女性：呂碧城充滿挑戰的一生及其詞作〉〔註59〕，剖析呂碧城作為婦女教育家、自由撰稿人和詞人，通過經典文學載體和清本民初出版的新渠道，所表現出來的自我意識和自我進取的精神。文中所提出對傳統與現代性的再思考，以及呂碧城在各個時期不同面向的展現，給予筆者極大的啟發。

胡曉真〈恰似飛鴻踏雪泥──民國才女呂碧城與她的時代足跡〉〔註60〕，為導讀呂碧城《歐美漫遊錄》之作。文中剖析呂碧城的文學風采與旅遊險趣，從寬廣的文化視野、敘事方式表現一位民國才女的足跡及時代因緣。由此精闢的見解，遂引發筆者深入研究呂碧城漫遊歐美的動機。

〔註57〕黃克武，〈嚴復的異性情緣與思想境界〉，《福建論壇》（人民社會科學版）第1期（2001年），頁84～90。徐新韻，〈嚴復與呂碧城交往考析〉，《福建師範大學學報》（哲學社會科學版）第1期（2010年7月），頁166～172。王祖獻，〈秋瑾與呂碧城的交往〉，《江淮論壇》第2期（1984年），頁89～90。侯杰、秦方，〈男女性別的雙重變奏──以陳攖寧和呂碧城為例〉，《山西師大學報》（社會科學版）第3期（2003年7月），頁118～122。侯瑜，《呂碧城與英斂之交往初探》（天津：天津師範大學碩士論文，2014年）。王慧敏，〈南社女詞人呂碧城與近代名流的交往〉，《南京理工大學學報》（社會科學版）第25卷第3期（2012年6月），頁81～85。

〔註58〕劉納編著，《呂碧城評傳‧作品選》（北京：中國文史出版社，1998年）。王忠和，《呂碧城傳》（天津：百花文藝出版社，2010年）。林杉，《香國奇才呂碧城》（北京：吉林出版集團，2012年）。

〔註59〕方秀潔，〈另類的現代性，或現代中國的古典女性：呂碧城充滿挑戰的一生及其詞作〉，林凡、李小榮譯，收入華東師範大學中文系編，《慶祝施蟄存教授百歲華誕文集》（上海：上海古籍出版社，2003年），頁330～344。

〔註60〕胡曉真，〈恰似飛鴻踏雪泥──民國才女呂碧城與她的時代足跡〉，收入呂碧城，《歐美漫遊錄：九十年前民初才女的背包旅行記》，（台北：大塊文化，2013年），頁4～27。

二、女權與女學

李又寧、張玉法編纂《近代中國女權運動史料（1842～1911）》〔註61〕，提供許多研究呂碧城的珍貴史料。近年甫從香港浸會大學歷史系退休的黃嫣梨教授，多年來從事呂碧城研究，發表多篇具有啟發性的論文，如〈呂碧城與清末民初婦女教育〉，側重分析碧城創辦女學與女子教育的理念。〈呂碧城的思想革新與女權運動〉一文，以呂碧城的思想革新和女權運動為主題，對其在民初婦女教育的貢獻及塑造新女性形象的努力，給予客觀的評價，以此折射五四時期知識女性價值觀的轉變。〈從徐燦到呂碧城──清代婦女思想與地位轉變〉，以呂碧城的詩詞為切入點，進而探討她的女權思想，深入剖析晚清時期女權的發展脈絡。〔註62〕

谷曼〈呂碧城與近代中國婦女解放〉，提出呂碧城的女權、女學思想具有平和的特性，易於實現；〈呂碧城女子教育思想評析〉，提出呂碧城站在人權、女權的本位，旨在塑造新女性、完善女性人格為終極依歸；其學位論文《評呂碧城的女權思想及其實踐》，全面評析呂碧城的女權思想及實踐。李奇志〈論清末民初女性生存空間的新開拓──以女作家呂碧城為例〉，從女性新的生存空間開啟，論述社會性別意識變動，使女性邁入英雌行列的觀點來論述呂碧城；其博士論文《論清末民初思想和文學中的「英雌」話語》，以秋瑾、呂碧城為主要對象，詮釋「英雌」是中國英雄文化、英雄文學和社會性別關係，在現代性變化的突破概念。〔註63〕

〔註61〕 李又寧、張玉法主編，《近代中國女權運動史料（1842～1911）》（台北：傳記文學出版社，1995 年）上下冊。

〔註62〕 黃嫣梨，〈呂碧城與清末民初婦女教育〉，收入鮑家麟編著，《中國婦女史論集五集》（台北：稻鄉出版社，2001 年），頁 235～256。黃嫣梨，〈呂碧城的思想革新與女權運動〉，《清代四大女詞人──轉型中的清代知識女性》（上海：漢語大詞典出版社，2002 年），頁 103～137。黃嫣梨，〈從徐燦到呂碧城──清代婦女思想與地位轉變〉，《清代四大女詞人──轉型中的清代知識女性》，頁 138～152。

〔註63〕 谷曼，〈呂碧城女子教育思想評析〉，《長白學刊》第 1 期（2003 年），頁 83～86。谷曼，〈呂碧城與近代中國婦女解放〉，《呼倫貝爾學院學報》第 9 卷第 5、6 期（2001 年 12 月），頁 16～19。谷曼，《評呂碧城的女權思想及其實踐》（長春：東北師範大學碩士論文，2002 年）。李奇志，〈論清末民初女性生存空間的新開拓──以女作家呂碧城為例〉，《海南師範學院學報》（社會科學版）第 19 卷第 5 期（2006 年），頁 19～24。李奇志，《論清末民初思想和文學中的「英雌」話語》（武漢：華中師範大學博士論文，2006 年）。

　　另有將女權結合文學、護生、佛教的研究成果：姜樂軍《從「女權」到「護生」——呂碧城思想論析》，文中認同何建明《佛法觀念的近代調適》所說，中國近代佛教闡發「護生就是護心」的反戰和平思想，認同佛法教義宣揚「眾生平等」、「度己救人」，與呂碧城主張的男女平權相合，由此促成她的佛教信仰，以及投入女權後與護生之間的內在聯繫。朱秋勤《從「倡導女權」到「皈依佛門」——呂碧城思想與創作研究》，文中亦論及呂碧城從女權到戒殺護生思想的轉變。申鑫瑛《流俗待看除舊弊，深閨有願做新民——從呂碧城的文學實踐看清末民初的婦女觀念》，是以文學結合女權的視角來進行主題探析。〔註64〕

　　以性別視角切入呂碧城研究十餘年的秦方教授，早期發表過〈女權先鋒呂碧城〉、〈男女性別的雙重變奏——以陳攖寧和呂碧城為例〉、〈近代社會性別關係的變動——以呂碧城與近代女子教育思想和實踐為例〉、〈近代知識女性的雙重角色——以《大公報》著名女編輯、記者為中心的考察〉等文，從性別涉入，勾勒出呂碧城的生命圖像、人際交往，女權主張、女子教育思想和實踐意義。學位論文《呂碧城：擅舊詞華，具新理想——清末民初男權社會中女性新形象的構建》，從清末民初性別關係的變動，進一步分析呂碧城與男性的互動往來、新式女子教育、婚姻觀念、對宗教的選擇，探討其主體身分的建構。〔註65〕

　　張琮昀〈呂碧城與中國近代女子教育（1904～1918）〉、邱士剛〈論呂碧城女子教育觀〉，敘述呂碧城對女性教育的觀念及核心價值。車曉勤〈女性生

〔註64〕姜樂軍，《從「女權」到「護生」——呂碧城思想論析》（上海：華東師範大學碩士論文，2004年）。朱秋勤，《從「倡導女權」到「皈依佛門」——呂碧城思想與創作研究》（開封：河南大學碩士論文，2008年）。申鑫瑛，《流俗待看除舊弊，深閨有願做新民——從呂碧城的文學實踐看清末民初的婦女觀念》（海口：海南師範大學碩士論文，2012年）。

〔註65〕侯杰、秦方，〈女權先鋒呂碧城〉，香港《文匯報》，2003年9月20日。侯杰、秦方，〈男女性別的雙重變奏——以陳攖寧和呂碧城為例〉，頁118～122。侯杰、秦方，〈近代社會性別關係的變動——以呂碧城與近代女子教育思想和實踐為例〉，《天津社會大學學報》第6期（2003年），頁34～38。侯杰、秦方，〈近代知識女性的雙重角色——以《大公報》著名女編輯、記者為中心的考察〉，《廣東社會科學》第1期（2005年），頁110～116。秦方，《呂碧城：擅舊詞華，具新理想——清末民初男權社會中女性新形象的構建》（天津：南開大學碩士論文，2005年）。

命的明悟抑或悖論？——探究女性主義先驅呂碧城〉，分析呂碧城的性別理念，如何裨益當代社會的女性發展與雙性和諧的建構。王天根〈男女平權抑或性別政治中的革命——清季女性精英身分認同的兩種路向及其書寫〉，從女性史文化研究入手，以秋瑾、呂碧城為核心，分析女性精英的身分認同呈現的路向及其書寫。夏曉虹〈呂碧城的個人完足「女學」論〉，提出呂碧城的女權和女學合一，目的在於救國，核心理念是培養個體完足的國民，其觀點完整綰合呂碧城的女權與女學思想。〔註66〕

　　楊子葶《呂碧城與早期《大公報》的女權與教育（1904～1908）》，視角從呂碧城展現的民初婦女觀念，及《大公報》為女性發聲的特色進行陳述。聶會會《中國近代女子教育發展歷程中的「女性參與」探究》、王彤《呂碧城興辦女學活動與教育思想研究》、辛田靜《民國「奇女子」呂碧城及其女子教育思想》，皆肯定呂碧城對近代女子教育的卓越貢獻。〔註67〕

三、文學創作

（一）綜合類

　　台灣第一本研究呂碧城的博士論文：楊錦郁《呂碧城研究》，後更名為《呂碧城文學與思想》，由佛光文化出版。〔註68〕此為全面研究呂碧城之專著，從

〔註66〕張琮昀，〈呂碧城與中國近代女子教育（1904～1918）〉，《史苑》第7期（2008年），頁159～179。邱士剛，〈論呂碧城女子教育觀〉，《河北師範大學學報》，第12卷第11期（2010年），頁67～71。車曉勤，〈女性生命的明悟抑或悖論？——探究女性主義先驅呂碧城〉，《江淮論壇》第3期（2007年），頁108～115。王天根，〈男女平權抑或性別政治中的革命——清季女性精英身份認同的兩種路向及其書寫〉，《安徽史學》第1期（2015年），頁91～100。夏曉虹，〈呂碧城的個人「完足」女學論〉，《漢語言文學研究》第2期（2015年），頁4～10，該文另收入氏著，《晚清文人婦女觀（增訂本）》（北京：北京大學出版社，2016年），頁220～234。

〔註67〕楊子葶，《呂碧城與早期《大公報》的女權與教育（1904～1908）》（瀋陽：遼寧大學碩士論文，2013年）。聶會會，《中國近代女子教育發展歷程中的「女性參與」探究》（石家莊：河北師範大學碩士論文，2008年）。王彤，《呂碧城興辦女學活動與教育思想研究》（保定：河北大學碩士論文，2015年）。辛田靜，《民國「奇女子」呂碧城及其女子教育思想》（上海：上海師範大學碩士論文，2015年）。

〔註68〕楊錦郁，《呂碧城研究》（台北：淡江大學中文所博士論文，2013年），此論文於後修改出版，見氏著，《呂碧城文學與思想》（高雄：佛光文化，2013年12月）。

傳記、文學、女權、佛教四大塊面，平穩帶出呂碧城的一生。較為可惜的是在佛學思想，於基本文獻、原始材料有所遺漏，如無引用《香光小錄》、《呂碧城詩文箋注》所收錄之外的呂碧城佛學篇章，又無分析呂碧城英譯《淨土四經》等譯作，對其淨土思想的論述有所不足。然而其書已是孤鳴先發，疏漏勢所難免不影響全局，對呂碧城研究極有貢獻。

蔡佳儒《新女性與舊文體——呂碧城研究》，研究的視角擴大，以女性觀點切入，分析呂碧城堅持舊文體創作的思想意涵，論及海外新詞、戒護殺生及佛教思想。其後，潘宜芝《空間‧行旅‧新女性——呂碧城作品研究》，以性別視角探析呂碧城流動多變的身分履歷、空間觀、遊歷書寫，以專章討論她唯一的白話之作〈紐約病中七日記〉，勾勒出呂碧城在近代文學與女性自主發展的意義。〔註69〕

劉峰的博士論文《清末民初女性西遊與文學》，從清末民初女性的思想軌跡、婦女報刊視域下的歐美「大眾化」、女性域外傳統書寫、域外新體創作等角度著墨，分析單士釐、呂碧城、張默君等女性的西遊與文學。花宏豔〈呂碧城遊記中的西方形象〉，從遊記文本觀看呂碧城的自我認同，及其形塑出的西方形象所折射的中國鏡像。〔註70〕

王慧敏〈一枝彤管挾風霜‧獨立裙釵百兆中——試論南社作家呂碧城女性獨立意識的意義〉，從呂碧城作品探析其女性意識。劉潔〈徘徊在現代與傳統之間——呂碧城文學創作的矛盾性之解析〉，提出呂碧城堅持以文言文創作新題材的矛盾，源自於新女性與才女的雙重身分交互影響的觀點。〔註71〕

在比較文學層面，傅瑛〈從吳浣素到呂碧城〉，從婦女史的視角分析吳浣素、呂碧城等知識女性，在社會背景、地域、女性意識影響下的創作歷程。金鮮〈韓中近代女性作家吳孝媛與呂碧城比較研究〉，以分別代表韓、中的近代

〔註69〕蔡家儒，《新女性與舊文體——呂碧城研究》（南投：國立暨南國際大學中語所碩士論文，2007年）。潘宜芝，《空間‧行旅‧新女性——呂碧城作品研究》（台中：東海大學中文所碩士論文，2011年）。

〔註70〕劉峰，《清末民初女性西遊與文學》（蘇州：蘇州大學博士論文，2012年）。花宏豔，〈呂碧城遊記中的西方形象〉，《中國比較文學》第1期（2015年），頁168～179。

〔註71〕王慧敏，〈一枝彤管挾風霜‧獨立裙釵百兆中——試論南社作家呂碧城女性獨立意識的意義〉，《南京理工大學學報社會科學版》，第19卷第4期（2006年），頁88～92。劉潔，〈徘徊在現代與傳統之間——呂碧城文學創作的矛盾性之解析〉，《中國現代文學研究叢刊》第2期（2005年），頁147～166。

才女，並見過面的吳孝媛與呂碧城為例，探析兩人皆是獨身，曾從事記者、編輯工作，倡導女權、創辦女學、遠遊他鄉的相似之處，論點極為可觀。楊萬里〈薛紹徽、呂碧城異同論〉，以民初西學輸入後文化反應為背景基礎，以薛紹徽、呂碧城二位知識女性為論述對象，由女學觀、政治觀、文學觀來分析兩人之異同。〔註72〕

花宏豔〈以舊體詩詞試煉大眾傳媒──呂碧城詩詞的現代傳播〉，以文學傳播方式、女性傳播意識、文學生產方式的現代性特徵，分析呂碧城的詩詞。關建琴《呂碧城詩文研究》、王澤佳《呂碧城詩詞研究》，以詩文或詩詞合觀，來解析呂碧城文學作品的風格與意蘊。花宏豔《呂碧城思想及其詞研究》，試圖從呂碧城興辦女學、皈依佛門的經歷，探究其思想的轉變，次由婉約導向的書寫風格，分析其詞作的內涵。丁遠芳《清代皖籍詞人與清詞史發展研究》，從地域、詞風來探析呂碧城的美學風格與思想涵義。〔註73〕

特別一提的是：李保民編著《呂碧城詞箋注》，考訂完備、全面收錄呂碧城詞作，後出版《一抹春痕夢裡收──呂碧城詩詞注評》，選錄、注評呂碧城的詩詞，書內附有珍貴的歷史照片，裨益學者良多。〔註74〕在選集、詞史的收錄，學者也沒有讓呂碧城缺席：李又寧《近代中華婦女自述詩文選》，收入呂碧城部分詩文，並加以分析。龍榆生《近三百年名家詞選》、邵迎武《南社人物吟評》，柳無忌、殷安如等《南社人物傳》，皆選錄呂碧城的詩詞進行評點。劉納編著《呂碧城評傳・作品選》，收錄呂碧城具有代表性詩文創作。鄧紅梅《女性詞史》，論及清末民初的詞風一節，分析呂碧城的代表詞作。郭延禮《中國近代文學發展史》，於「南社重要詩人」的章節，標舉南社三位女詩

〔註72〕傳瑛，〈從吳浣素到呂碧城〉，《人文中國學報》15 卷（2009 年 9 月），頁 165～189。金鮮，〈韓中近代女性作家吳孝媛與呂碧城比較研究〉，《學術界》總第 157 期（2011 年 6 月），頁 29～34。楊萬里，〈薛紹徽、呂碧城異同論〉，收入張宏生、錢南秀編，《中國文學傳統與現代的對話》（上海：上海古籍出版社，2007 年），頁 379～391。

〔註73〕花宏豔，〈以舊體詩詞試煉大眾傳媒──呂碧城詩詞的現代傳播〉，《暨南學報》（哲學社會科學版）第 5 期（2012 期），頁 78～84。關建琴，《呂碧城詩文研究》（蘭州：西北師範大學碩士論文，2013 年）。王澤佳，《呂碧城詩詞研究》（安慶：安慶師範學院碩士論文，2012 年）。花宏豔，《呂碧城思想及其詞研究》（廣州：暨南大學碩士論文，2003 年）。丁遠芳，《清代皖籍詞人與清詞史發展研究》（安慶：安慶師範學院碩士論文，2012 年）。

〔註74〕李保民編著，《一抹春痕夢裡收──呂碧城詩詞注評》（上海：上海古籍出版社，2004 年）。

人：徐自華、徐蘊華與呂碧城，進而肯定三位才女的文學成就。〔註75〕

（二）詩文

　　呂碧城的自著分為詩、詞、文等文類，研究成果集中在詞學，因其以詞名家。唯一一篇白話文作品〈紐約病中七日記〉，收錄於《呂碧城詩文箋注》，後收於《呂碧城集》〔註76〕，關注者不多，僅有薛海燕、趙新華〈紐約病中七日記〉，提出作品的文風樸實，對於美學的自覺追求平中見雅，不同於通俗的文藝觀。另外，潘宜芝《空間‧行旅‧新女性──呂碧城作品研究》之第五章──「呂碧城白話小說個案研究：〈紐約病中七日記〉」，以體裁、敘事視角來分析文本，以性別角度來分析女性的身體與意志。〔註77〕

　　呂碧城的詩約百餘首，相對於詞學，較少被研究，成果有朱尹、王艷芳〈論呂碧城詩歌的獨特性──基于閨怨‧平權‧參佛的視角〉、王忠祿〈呂碧城詩歌初探〉，分析呂碧城的詩歌特色。郭延禮〈南社作家呂碧城的文學創作及其詩學觀──紀念南社成立一百周年〉，提出呂碧城以女性主義，批判傳統詩學觀，富有「性情真切」、「寫其本色」、「推陳出新」的創作原則，又因西學影響，能以舊體格律表現新時代思想。從文學創作的角度分析的有：馬衛中、劉峰〈清末民初女性西遊與詩歌創作〉，以民初女性西遊的風氣盛行，來分析呂碧城、張默君、蘇雪林等知識女性，負笈重洋的心境與書寫。〔註78〕

〔註75〕李又寧編著，《近代中華婦女自述詩文選》（台北：聯經文化事業，1980年）。龍榆生，《近三百年名家詞選》（上海：上海古籍出版社，1979年）。邵迎武，《南社人物吟評》（北京：社會科學文獻出版社，1994年）。柳無忌、殷安如編，《南社人物傳》（北京：社會科學文獻出版社，2002年）。劉納編著，《呂碧城評傳‧作品選》（北京：中國文史出版社，1998年）。鄧紅梅，《女性詞史》（濟南：山東教育出版社，2002年）。郭延禮，《中國近代文學發展史》（濟南：山東教育出版社，1990年），頁204～208。

〔註76〕呂碧城，〈紐約病中七日記〉，收入李保民校箋，《呂碧城集》，下冊，頁537～551。

〔註77〕薛海燕、趙新華，〈「紐約病中七日記」作者呂碧城辨證及其意義──小說史上早期女作者群體研究系列之一〉，《新疆教育學院學報》第28卷第2期（2012年6月），頁91～94。潘宜芝，《空間‧行旅‧新女性──呂碧城作品研究》（台中：東海大學中文所碩士論文，2011年），頁103～124。

〔註78〕朱尹、王艷芳，〈論呂碧城詩歌的獨特性──基于閨怨‧平權‧參佛的視角〉，《南京工程學院學報》（社會科學版）第2期（2013年），頁40～43。王忠祿，〈呂碧城詩歌初探〉，《青海師專學報》第4期（2008年），頁21～24。郭延禮，〈南社作家呂碧城的文學創作及其詩學觀──紀念南社成立一百周年〉，《文學遺產》第3期（2010年），頁127～137。馬衛中、劉峰，〈清末民

關於呂碧城散文、遊記研究，除前述胡曉真〈恰似飛鴻踏雪泥——民國才女呂碧城與她的時代足跡〉，另有二篇重要期刊，為羅秀美〈自我、空間與文化主體的流動／認同——以女詞人呂碧城（1883～1943）的散文為範圍〉〔註79〕，近五十頁的篇幅全面探析呂碧城的散文成就，期能補文學史之闕。又將呂氏散文分為女學、行旅遊蹤、佛教與護生／蔬食因緣、夢境與靈異四大主題，以「散文話語的流動現象」探析呂碧城的「主體價值」，論點相當完備。在歐美學界中較早關注呂碧城的學者，加拿大漢學家方秀潔〈重塑時空與主體：呂碧城的「遊廬瑣記」〉〔註80〕，從「時空」和「主體性」為主軸，將廬山視作中國的文化空間、世界性空間、本土與全球的交匯點，分析呂碧城推崇的「世界主義」，推論出「主體性」和「身分認同」的議題，推演出呂碧城在廬山的欲望與主體性，全文極為可觀。

（三）詞作

呂碧城以詞名家，十餘年來的研究成果甚夥。在台灣地區，早期有王麗麗〈試析呂碧城曉珠詞的夢〉，從呂碧城的詞作中探析夢境的隱喻與投射，其碩士論文《曉珠詞題材與思想研究》〔註81〕，進一步拓展分析的向度，將《曉珠詞》的主題分為談論佛理、保護動物、詠物抒情、自我期許、夢境返思五類，析論呂碧城詞的特殊性。該論文後在國寶魚出版社發行，是台灣第一本關於研究呂碧城詞作的專書。

陳瑗婷〈呂碧城之自我放逐與歐美遊蹤——以《曉珠詞》為中心考察〉〔註82〕，主要分析《曉珠詞》中傳統詞家較少觸及的題材，特別是「自我放逐」與「歐美遊蹤」，「以新材料入舊格律」的典型，探究呂碧城生平事蹟與寫作藝術的門徑，側重分析譬喻、典故的運用，與詞性的語意範疇，用以呈現

初女性西遊與詩歌創作〉，《山西師大學報》（社會科學版）第 3 期（2012 年），頁 77～80。

〔註79〕羅秀美，〈自我、空間與文化主體的流動／認同——以女詞人呂碧城（1883～1943）的散文為範圍〉，《興大中文學報》第 32 期（2012 年 12 月），頁 163～210。

〔註80〕方秀潔，〈重塑時空與主體：呂碧城的「遊廬瑣記」〉，收入張宏生、錢南秀編，《中國文學傳統與現代的對話》，頁 393～413。

〔註81〕王麗麗，〈試析呂碧城曉珠詞的夢〉，《文藻學報》，第 11 期（1997 年 3 月），頁 119～137。王麗麗，《曉珠詞題材與思想研究》（台北：國寶魚出版社，1997 年）。

〔註82〕陳瑗婷，〈呂碧城之自我放逐與歐美遊蹤——以《曉珠詞》為中心考察〉，《東海中文學報》第 15 期（2003 年 7 月），頁 239～268。

三者互涉所成就的意境與風格。

在大陸地區，研究呂碧城詞作的成果極為可觀，在此不一一列舉。部分學者關注呂碧城詞的時間很長，通常由期刊論文撰寫延續至學位論文，如王忠祿〈論呂碧城的詞風及心態演變〉，以心理歷程和詞作風格兩相對照，將呂碧城一生分為青少年、留學、皈依佛門三階段，析探其詞風的變化；其碩士論文《呂碧城詞研究》〔註83〕，全面細論呂碧城詞的思想意蘊與題材拓展。徐新韻〈人花互憐·花替人愁——呂碧城〈浪淘沙〉詞淺析〉，從早期分析呂碧城詞作，至其思想探尋，近年研究主題開展至呂家四姐妹的文學作品；其碩士論文《呂碧城詞研究》〔註84〕，以詞作為主體兼及詩文，分析呂碧城的創作特點，定位其文學成就。作者的博士論文《淮南三呂研究》，後更名為《呂碧城三姊妹文學研究》，是以呂碧城為考察中心，收錄其大姐惠如、二姐美蓀的著作資料，進一步分析三姐妹的文學創作與藝術特色，內容極為可觀。

王慧敏《一香不與凡花同——論卓爾不群的奇女子呂碧城及其詞作》，從女性解放、佛學思想、詞學成就三方面，開掘呂碧城多采人生及瑰麗文本背後的深層意義。另有〈彩筆調和兩半球——試論呂碧城的海外新詞對傳統詞體的突破〉，聚焦在海外新詞與傳統詞體的對比分析；〈呂碧城詞學淵源考論〉，從楚騷詩歌傳統、晚唐二李新奇幽冷、南宋後雅化之詞，分析呂碧城詞作中的借鑒對象，試圖通過詞學淵源的系統考辨，掌握藝術特色。其博士論文《民國女性詞研究》，上編關於民國女性詞的總體論述，下編是民國女性詞具體的作家論，研究對象為呂碧城、陳小翠、沈祖棻、丁寧；其中由女傑詞人成就最突出的呂碧城為代表，從其生活經歷、文化環境的多種面向，分析其在民國女性詞壇獨特的歷史文化意義。〔註85〕

〔註83〕 王忠祿，〈論呂碧城的詞風及心態演變〉，《西北師大學報》（社會科學版）第46卷第1期（2009年1月），頁53～57。王忠祿，《呂碧城詞研究》（蘭州：西北師範大學碩士論文，2004年）。

〔註84〕 徐新韻，〈人花互憐·花替人愁——呂碧城〈浪淘沙〉詞淺析〉，《語文月刊》第11期（2003年）頁17～18。徐新韻，《呂碧城詞研究》（廣州：華南師範大學碩士論文，2004年）。徐新韻，《淮南三呂研究》（廣州：中山大學博士論文，2011年），後更名《呂碧城三姊妹文學研究》（廣州：暨南大學出版社，2015年）。

〔註85〕 王慧敏，《一香不與凡花同——論卓爾不群的奇女子呂碧城及其詞作》（濟南：山東大學碩士論文，2007年）。王慧敏，〈南社女詞人呂碧城與近代名流的交往〉，《南京理工大學學報》（社會科學版）第25卷第3期（2012年6月），頁81～85。王慧敏，〈彩筆調和兩半球——試論呂碧城的海外新詞對傳統詞

近年的重要研究尚有曹辛華〈論南社諸子對詞境的開拓〉，則從詞境開拓
的新變，探析呂碧城、張默君、徐自華等南社作家，對於新思想與新題材的
抒發與書寫；另撰〈論民國女性詞的創作〉，以接受詞史的角度，通過一個較
大的時代文學背景，以呂碧城、沈祖棻、丁寧、陳小翠等詞學名家，考察女詞
人的生平、詞集、詞學活動、創作經歷。龔嵐〈論呂碧城在詞學發展進程中的
遺憾〉，提出呂碧城和胡適的詞學有很多相似之處，但她堅持舊文體是一種遺
憾，源自家學與成長經歷的影響，及女性心理失衡。〔註86〕

另有數篇關於「海外新詞」研究：呂菲〈在傳統與現代之間遊走——對
呂碧城旅居海外詞的分析〉，作者認為呂碧城的海外新詞投射出現代女權思
想，在思想、意境中的現代性較弱。魏遠征〈呂碧城海外新詞的傳統文人心
態——兼論近代文學新舊相通互融性〉，肯定呂碧城以舊詞體融入新題材的作
法，說明新舊文學有深層的相通互融性。韓榮榮〈晚清民國詞作的域外描寫
及其意義〉，以呂碧城的海外新詞為主，從其中呈現的中英文雜糅與遊記式特
點，分析擴充的主題與詞境。吳盛青〈彩筆調和兩半球：呂碧城海外詞中的
文化翻譯〉，以呂碧城在二十年代末，三十年代初期的懷古之作為主要分析對
象，由中西文化交疊，剛柔兼具的美學空間，帶出呂碧城瑰奇超邁的文本世
界，一個在世變中的女性主體位置。〔註87〕

重要的詞作研究成果尚有：黃小蓉《呂碧城及其詞研究》，蒐羅文獻詳
盡，文中考訂呂碧城交遊極為廣泛，分析詞作頗具觀點。另有崔金麗《呂碧

體的突破〉，《長江論壇》第 6 期（2010 年），頁 62～67。王慧敏，〈呂碧城詞
學淵源考論〉，《求是學刊》第 2 期（2012 年），頁 130～134。王慧敏，《民國
女性詞研究》（天津：南開大學博士論文，2012 年）。

〔註86〕 曹辛華，〈論南社諸子對詞境的開拓〉，《河南師範大學學報》（哲學社會科學
版）第 2 期（2007 年），頁 166～170。曹辛華，〈論民國女性詞的創作〉，《學
術研究》第 5 期（2012 年），頁 147～151。龔嵐，〈論呂碧城在詞學發展進程
中的遺憾〉，《江西財經大學學報》第 5 期（2012 年），頁 104～109。

〔註87〕 呂菲，〈在傳統與現代之間遊走——對呂碧城旅居海外詞的分析〉，《中國青年
政治學院學報》第 5 期（2010 年）頁 139～143。魏遠征，〈呂碧城海外新詞
的傳統文人心態——兼論近代文學新舊相通互融性〉，《安徽師範大學學報》
（人文社會科學版）第 42 卷第 3 期（2014 年），頁 316～321。韓榮榮，〈晚
清民國詞作的域外描寫及其意義〉，《河北學刊》第 34 卷第 1 期（2014 年），
頁 246～249。吳盛青，〈彩筆調和兩半球——呂碧城海外詞中的文化翻譯〉，
收錄於高嘉謙、鄭毓瑜主編，《從摩羅到諾貝爾：文學·經典·現代意識》（台
北：麥田出版，2015 年），頁 124～147。

城思想及其詞作研究》、薛瑩《近代女詞人中第一人——呂碧城詞研究》、靳
曉華《呂碧城詞特色研究》、王予杉《論呂碧城的豪放詞》。〔註88〕

四、護生思想

　　護生的篇章，相對於呂碧城的文學研究，成果較少，茲舉重要篇章述評
如下：探析護生思想淵源與發展：耿春曉〈論呂碧城護生思想的產生原因〉，
提出呂碧城致力於護生，是一種對於動物的關懷，更關乎人事，底下蘊藏著
宗教信仰、文明進化的主張，以及世界和平的思考，是對人類發展的進一步
探索。此外，護生是佛教徒進行宗教實踐的一部分，亦是一個有責任感的知
識份子對世事的一種關懷。〔註89〕

　　論及《歐美之光》的要旨：楊錦郁《呂碧城研究》有一節討論呂碧城以
儒教的「仁恕」出發，依止於佛教「眾生平等」的思想，將「戒殺護生」作為
終身志業，及簡介《歐美之光》的內容與出版過程。范純武〈清末民初女詞人
呂碧城與國際蔬食運動〉，論述《歐美之光》出版的時代意義極為精采，分析
呂碧城如何在社會慈善事業的推動下，設法讓社會能接受佛教的時代風氣裡，
藉由傳介中西文化，成為護生界的明星，進而影響上海佛教居士成立中國保
護動物會、世界提倡素食會等護生組織，讓傳統戒殺、護生有了新的時代意
義。〔註90〕賴淑卿〈呂碧城對西方保護動物運動的傳介——以《歐美之光》
為中心的探討〉〔註91〕，歸納呂碧城傳介西方動保課題有：將虐待或畋獵動
物行為列入罰則，推廣文明屠獸機器，設立被棄動物收容所，深化的戒殺護

〔註88〕黃小蓉，《呂碧城及其詞研究》（香港：香港中文大學碩士論文，2008 年）。崔
　　　　金麗，《呂碧城思想及其詞作研究》（桂林：廣西師範大學碩士論文，2008 年）。
　　　　薛瑩，《近代女詞人中第一人——呂碧城詞研究》（杭州：浙江工業大學碩士
　　　　論文，2010 年）。靳曉華，《呂碧城詞特色研究》（武漢：湖北大學碩士論文，
　　　　2013 年）。王予杉，《論呂碧城的豪放詞》（長春：長春師範大學碩士論文，
　　　　2013 年）。
〔註89〕耿春曉，〈論呂碧城護生思想的產生原因〉，《哈爾濱學院學報》第 35 卷第 11
　　　　期（2014 年 11 月），頁 76～79。
〔註90〕楊錦郁，《呂碧城研究》（台北：淡江大學中文所博士論文，2013 年），頁 143
　　　　～150，此論文於後修改出版，見氏著，《呂碧城文學與思想》（高雄：佛光文
　　　　化，2013 年），頁 269～282。范純武，〈清末民初女詞人呂碧城與國際蔬食運
　　　　動〉，《清史研究》第 2 期（2010 年 5 月），頁 105～113。
〔註91〕賴淑卿，〈呂碧城對西方保護動物運動的傳介——以《歐美之光》為中心的探
　　　　討〉，《國史館館刊》第 23 期（2010 年 3 月），頁 79～118。

生，內容論述頗為可觀。另有需要釐清的部分是，文中提及佛法導致碧城開始護生，並以她披覽印光大師《嘉言錄》作分水嶺，推論「前期她雖具有戒殺觀念的種子，但未必就完全是基於佛教教義而行之。」此言甚是，然又說「在接觸佛法後，思想產生關鍵性的轉變」，從「原有的戒殺護生想法，既得《嘉言錄》的啟發……促使她逐步邁向傳介中西戒殺護生運動的路程。」則需要再商榷。〔註92〕1928年初，碧城於倫敦拾得聶雲台小冊、印光大師《嘉言錄》傳單，即遵教以十念法稱念佛名。〔註93〕《嘉言錄》以現行本的篇幅三百餘頁來看，呂碧城當時看到的「傳單」，必是節錄書中之精華；依教奉行念佛，可以推論看到書中「示念佛方法」的「十念法門」〔註94〕，而因果之理，勸戒殺之要在傳單上是否有節錄，則不得而知。事實上，呂碧城服膺佛教戒殺之理，在童年已受母教影響，並非來自《嘉言錄》，開始傳介護生運動基於傳達西方文明新知，之後才逐漸深入佛法，所以護生後期產生與佛教合流的現象，亦即以保護動物轉向推廣蔬食，作為戒殺護生的主要方式。

由個人實踐擴展到公共領域、生態觀的討論：蔡佳儒《新女性與舊文體——呂碧城研究》，文中受到釋昭慧〈人間佛教行者的「現身說法」——從提倡動物權到提倡佛門女權〉的啟發，推論呂碧城的護生思想非是利己或是德行層次，而是提升到「公共領域」，試圖在個人的道德訴求之外，大力倡導動物權。溫金玉〈呂碧城與戒殺護生〉，肯定呂碧城在近代佛教史的護生貢獻，並藉由呂碧城護生實踐的進路：尊重生命、珍惜生命，來呼應現代強調環保的生態觀。〔註95〕

以上的研究論點皆帶給筆者新的啟發，值得一提的是李雅雯《近代護生戒殺思想之發展與實踐》，提出呂碧城引介的西方保育動物文化書籍甚少得到關注，認為她推廣西方保育觀念似乎沒有形成很大的影響力。〔註96〕首先，

〔註92〕賴淑卿，〈呂碧城對西方保護動物運動的傳介——以《歐美之光》為中心的探討〉，頁86～90。

〔註93〕呂碧城，〈蓮邦之路〉，《香光小錄》（上海：道德書局，1939年），頁4。

〔註94〕佛陀教育基金會印贈，《印光法師嘉言錄・嘉言錄續編・文鈔菁華錄合刊》（台北：財團法人佛陀教育基金會，2013年），頁59。

〔註95〕蔡佳儒，《新女性與舊文體——呂碧城研究》（南投：暨南國際大學中語所碩士論文，2007年），頁148～159。溫金玉，〈呂碧城與戒殺護生〉，《美佛慧訊》第91期（2004年7月），頁41～46。

〔註96〕李雅雯，《近代護生戒殺思想之發展與實踐》（台北：台灣師範大學國文所博士論文，2008年），頁29。

呂碧城提及的西方護生刊物，若無專人翻譯，一般群眾要直接閱讀英文是有困難的，因此較少被關注。其次，當時西方的保育觀念已擴及為動物立法，注重動物權，呂碧城尚在謀創中國保護動物會，中西方的護生進程有著巨大的差異。再者，呂碧城推展的西方保育觀念，主要落實在動物保護、改良屠法、蔬食等層面，目前的研究成果中，學者已提出改良屠法在上海的推廣，乃至經由佛教界支持在中國成立動物保護會、蔬食團體，護生報的刊行，皆是受到呂碧城推動護生影響所致，並非作者所稱沒有形成影響力。

五、佛教信仰

李又寧〈呂碧城是怎樣開始信佛的〉，概述呂碧城的生平，引證她如何皈依佛法、深信淨土的因緣。專門研究呂碧城的佛學思想者較少，多側重在佛教文學，早期有薛海燕〈試論呂碧城的歷劫思想〉，在呂碧城的詩文集尚未有系統編輯出版前，即能以「歷劫」的問題意識切入詩詞作品加以探討，內容頗有觀點，然而對於宗教體驗的超驗性，作者則以為是迷信之說。〔註97〕

譚桂林〈論呂碧城的佛學貢獻及其佛教文學創作〉，提出呂碧城的佛學貢獻：其一，積極宣導戒殺護生、保護動物；其二，用英語翻譯佛典，堪稱為「佛教詩人」。〔註98〕然其對於呂碧城的佛學觀點，有需要商榷之處。如提及碧城修習佛法是為了安身立命，期待來世福報，希望往生淨土。呂碧城在其撰作確實反覆表達一心求生淨土，但似乎未見求來世福報之說。另又稱「她一生著述甚多，但與佛學相關的著述只有專著《觀經釋論》和〈梵海蠡測〉等寥寥幾篇文章，而且其目的大都是對經論內容的闡發，並不特別表出自己的觀點。」筆者目前蒐集的文獻，呂碧城尚有英譯經典、中文學佛心得的專書，及百餘篇護生、佛教、翻譯的文章，並非寥寥幾篇，而且呂碧城的自我認知極強，常獨抒己見，不論在翻譯的比重、經典取捨，或者學佛實踐，處處能見「自己的觀點」。

徐新韻的博士論文《淮南三呂研究》，後更名為《呂碧城三姊妹文學研究》出版，以呂碧城為考察中心，分析呂家三姐妹的文學創作與藝術特色。其中，

〔註97〕李又寧，〈呂碧城是怎樣開始信佛的〉，收錄於呂碧城，《觀無量壽佛經釋論》（台北：天華出版，1986 年），頁 1～4。薛海燕，〈試論呂碧城的歷劫思想〉，《齊魯學刊》第 6 期（1998 年），頁 25～27。

〔註98〕譚桂林，〈論呂碧城的佛學貢獻及其佛教文學創作〉，《人文雜誌》第 1 期（2012 年），頁 72～79。

特以「道教──宗教的信仰」、「佛教──信仰的宗教」，論述呂碧城由道入佛的轉渡。〔註99〕在佛教思想上，作者將呂碧城對於苦諦的體會，及其生命歷程中追求孤獨與解脫的深層自覺，詮釋得很細緻，但並無進一步以佛教著作或修行實踐來對應其思想的流變，亦即，信仰的動機，如何實踐，體會了什麼，最後是否得到解脫？

楊錦郁〈誰種蓮於路中──論呂碧城追尋淨土之路〉的主要觀點，後置於其博士論文《呂碧城研究》第五章〈呂碧城的學佛歷程及其佛教思想〉；其以學佛因緣、戒殺護生、對淨土的質疑至深信、《觀無量壽佛經釋論》的立論觀點、文學中的佛教思想等方向來綜論呂碧城的學佛歷程。〔註100〕較為可惜的是作者無引用呂碧城《香光小錄》所提及的學佛實踐與心得，投稿在佛教期刊的百餘篇文章、英譯《淨土四經》等著作，以及後人對其佛學之評價。因此對於呂碧城的學佛歷程，以唯識解淨土的進路，及其淨土思想的論述，略有偏失與值得商榷之處。

李嵐《近代知識女性佛教信仰研究──以呂碧城為中心》，此本碩士論文以呂碧城為考察中心，兼論張汝釗、釋隆蓮、釋曉雲等近代知識女性佛教信仰群貌。作者蒐羅文獻詳實，論述詳析，從呂碧城的經歷推源其信佛的緣由與歷程，至於《觀無量壽佛經釋論》分析唯識的觀點，給予筆者很大的啟發。作者在論文中運用呂碧城重要的英譯文獻《淨土四經》，然卻忽略《淨土四經》是經過後人編纂與出版，文中篇章一開始都是單篇個別譯出。其次，作者在翻譯文句時有誤譯，如提到《觀無量壽佛經》的英譯本是由梵本而來〔註101〕，事實上，該經的梵本已佚，是由日本學者高楠順次郎依南朝宋畺良耶舍譯本為底本，後譯成英文。整體而言，該文對於呂碧城佛學思想，已有極佳的見解與發揮。

李嵐的博士論文《傳統與現代交織下的中國近代女性居士佛教研究》，則是由性別視角，聚焦在呂碧城、張蓮覺、張汝釗等近代佛教女性居士，探

〔註99〕徐新韻，《呂碧城三姊妹文學研究》（廣州：暨南大學出版社，2015 年），頁71～79。

〔註100〕楊錦郁，〈誰種蓮於路中──論呂碧城追尋淨土之路〉，《普門學報》52 期（2009 年），頁 513～528。楊錦郁，〈呂碧城的學佛歷程及其佛教思想〉，《呂碧城研究》，頁 140～181。

〔註101〕李嵐，《近代知識女性佛教信仰研究──以呂碧城為中心》，（北京：中國人民大學碩士論文，2009 年），頁 73。

析其信仰歷程與思想，及其在中國佛教中的發展與作用。內容分別從「信仰選擇」、「修行實踐」、「宗教活動類型」逐一分析，其中，將男性、女性的學修實踐對舉，突顯女性特質如感性、對於身心安頓的追求，觀點頗有特色，深入剖析女性在公共領域參與佛教事業，及其發揮與功用。在呂碧城的佛學研究上，大致承其碩士論文，最大的貢獻是將呂碧城的佛學思想，與近現代佛教知識女性群體的思想，作了有機的連結。〔註102〕

綜觀以上五大面向，在文學領域，呂碧城詞學研究是為大宗，在海外新詞與詩歌的研究，有日益增加的趨勢；文章所涉及的類型較廣，然缺乏主題分類式的探討。至於呂碧城的生命歷程不乏有傳述，但少數能像方秀潔教授能對其多重形象的轉變，面臨人生轉折時有所分析。其次，上海是呂碧城在國內居住最久的城市，並建造豪宅，在她兩次出洋返國的前後，皆住在上海。目前研究多以文學視角，分析她參與南社及其創作，較少運用報刊對於碧城的報導或友人論述，為她建構一個較全面的上海時期。另外，學者多關注晚清時期的女權、女學議題，至於呂碧城越界後的書寫，或從文學角度切入，或以海外新詞為主，或將護生與佛教合觀，或從女權延伸至護生之說，皆有可觀之處。若能綜觀呂碧城書寫的詞文、專書、譯作，配合報刊、他者的評價等資料，針對歐遊時期所突顯出的旅遊、護生、宗教主題，提出問題意識，將釐清的脈絡與越界前的女權、女學經歷對比，即能對照出呂碧城的跨文化視野，超越內在層次，展現生命價值的不同風采。

第四節　研究進路與研究範疇

本節依序由「研究進路」、「研究範疇」進行詮釋，彰顯呂碧城後期書寫研究的問題意識與價值，說明呂碧城著作的存佚與出版，及本文的主要取材。

一、研究進路

（一）為什麼是「呂碧城」

博士論文的選題向來是以較宏觀的視野，分析一個斷代、一個族群的文

〔註102〕李嵐，《傳統與現代交織下的中國近代女性居士佛教研究》（北京：中國人民大學博士論文，2015年）。感謝李嵐博士惠贈碩、博士論文，筆者從中獲得極大的啟發，特以此銘謝。

學或思想流變，近年來才有朝向個案研究的發展趨勢。本文原構想是從呂家四姐妹著手，欲剖析晚清以來安徽的才女傳統，後來發現目前留存的文本，是以排行二三的美蓀、碧城最多，大姐惠如、四妹坤秀的作品，或因湮沒﹝註103﹞，或因被竊﹝註104﹞，兩人又在民初相繼過世，可以著墨處甚少。其次，相對於美蓀對於家族描寫的坦然，碧城則很少提家事或家人，除非是與書寫主題相關才略提，因此，從美蓀《茹麗園隨筆》能勾勒出四姐妹的家庭成長背景。然而，美蓀在1905年即到奉天女子師範學堂任教務長，後與碧城因故而絕裂，自此不相往來，在《茹麗園隨筆》中從先祖至家人，乃至朋友、親族無所不談，就是沒有隻字提及碧城，惟有在《茹麗園詩續》提到「有妹在遠瀛」﹝註105﹞；碧城的書寫中亦是全無關於美蓀的記錄，而且還在歐遊時寫下她無家，無兄弟姐妹。﹝註106﹞在《曉珠詞》出版時，則以「情死義絕、不通音訊已將卅載者」來說明兩人的關係。﹝註107﹞

由此可知，形同陌路的兩姐妹在人生交集處甚少，況且將兩人的生命經歷相對比，呂碧城顯然豐富多采，具有特殊性——展現才女書寫，多重身分與形象的交織，自我認同的困境，與各界往來的活絡，跨文化的視野，孤獨的姿態，閨秀傳統的背離，處世的剛愎決斷，生命轉折的矛盾，宗教性的追求……而她之所以能如此盡現風采，對應的是一個無限可能的時代，在晚清民初的五光十色之中，與她充滿戲劇張力的人生相互輝映。由是，本文轉而

﹝註103﹞ 呂碧城作《惠如長短句》跋語云：惠如「歿時家難糾紛，著作湮沒，遺稿之求，列入訟案。」見氏著，《曉珠詞》（四卷本）（台北：廣文書局，1970年），頁153。

﹝註104﹞ 坤秀詩稿在上海被竊，留下少數詩作附於美蓀為其父所編《靜然齋雜著》。

﹝註105﹞ 呂美蓀在〈詩將付印自題稿後〉，提及「有妹在遠瀛，東西睽萬里。孤走自謀活，辛苦未能已。海闊莫往視，何以對考妣。」收入氏著，《茹麗園詩續》（1933年自印本），頁77。轉引自徐新韻，〈呂氏四姐妹的交往考析〉，《淮南師範學院學報》第1期（2013年），頁26。

﹝註106﹞ 1927年4月，碧城住在瑞士的旅館，因住房資料需註明原籍地址，而寫下：「然於故國，予本無家，乃註以『無』（又如存款於銀行，除故國住址、父母、夫或妻外，並須註明兄弟姐妹，予皆註以『無』。）」參閱呂碧城，《歐美漫遊錄·續篇 獨遊之辦法及經驗》，收入李保民校箋，《呂碧城集》，上冊，頁333。

﹝註107﹞ 碧城曰：「予子然一身，親屬皆亡，僅存一『情死義絕』、不通音訊已將卅載者，其人一切行為，予概不預聞。予之諸事，亦永不許彼干涉。詞集附以此語，似屬不倫，然讀者安知予不得已之苦衷乎！」見李保民箋注，《呂碧城詞箋注》，頁376。

採用個案研究，切入視角為女性，對象是近代才女呂碧城。誠如夏曉虹教授所言：

> 個案研究顯而易見的優勢是，可以避免宏大敘事的疏漏，通過對史料的精細處理，逼真地展示晚清社會的某一現場，揭示出其間隱含的諸種文化動態。在此，案例的選擇與設置具有關鍵意義，它決定了題目的觀照面是否足夠寬廣，深入開掘是否有豐厚的價值。……只要個案精采，歷史場景多少總會得到部分的復原。〔註108〕

呂碧城絕對是精采的個案，而且她復原的歷史場景不限晚清的天津，更擴及至民初上海、香港，以及 1920 年至 1930 年代的歐美景象。

（二）「呂碧城」帶來的議題

晚清民初的女性研究，首要面對的是「才女」傳統與「新女性」之間，彼此是接軌還是斷裂？當時代的趨勢出現重大轉折時，作為個人的才女在一夕間銷聲匿跡？或是突然變成新女性？或者，她們仍以另一種形式繼續活躍著？進而言之，受過教育，承襲傳統才女，在中國對現代性的追求中扮演什麼角色？與男性知識分子如何互動？是被啟蒙者，或啟蒙者？在傳統與現代之間，如何轉換、嫁接或調和？〔註109〕簡言之，即是對於才女的「文學追求」如何轉渡，及其「生命經驗」如何體現的提問。

1. 文學、藝術審美的堅持

呂碧城自幼享有才女之名，在清末民初的詞壇具有象徵性的地位。1915年，王蘊章在其編輯《婦女雜誌》創刊號，將王采蘋（1822？～1893）和呂碧城（1883～1943）分別作為詩選與詞選之首，再度肯定兩位女性的文學地位，亦鋪陳「明清才女文學在清末民初欲轉還留的尾聲。」〔註110〕另一方面，「在 20 世紀初，女性的寫作明顯開始向散文轉向，由報刊雜誌的資料來看，雖然詩詞發表仍舊延續，但是以女校長、女教師、女學生的身分投稿者，其作品多是議論文與記敘文，甚至還出現同校女生集體投稿的現象，而這與

〔註108〕 夏曉虹，《晚清女性與近代中國》，頁13～14。
〔註109〕 引自胡曉真，〈文苑、多羅與華蔓──王蘊章主編時期（1915～1920）《婦女雜誌》中「女性文學」的觀念與實踐〉，《新理想、舊體例與不可思議之社會：清末民初上海「傳統派」文人與閨秀作家的轉型現象》（台北：中央研究院中國文哲研究所，2010 年），頁 174。
〔註110〕 胡曉真，〈文苑、多羅與華蔓──王蘊章主編時期（1915～1920）《婦女雜誌》中「女性文學」的觀念與實踐〉，頁 178。

國文教育必有一定關係。」〔註111〕

此趨勢在呂碧城的書寫亦能見之，她堅持用文言書寫，注重文采；以議論文為女權、女學激昂發聲；以記敘文書寫名媛奢華，漫遊歐美的閒適姿態，品味鑑賞，從自己筆下寫出外國人傳言她是「東方的公主」〔註112〕；或以夾敘夾議的方式，描述與歐美動物保護、蔬食團體交流的積極護生，以及在修習佛法上的精勤用功。目前留存為數可觀的傳世作品，源自她對創作的態度是凡有作品隨時付梓〔註113〕，表示能善用出版的管道，書寫亦有等待欣賞的讀者群，而她的創作動機是為了滿足閱讀的興味而寫，也帶有自我展現。是以，從呂碧城的文學追求，能見其在詞體的停滯中力求新變，在白話文運動潮流的紛湧中堅守文言書寫傳統，因而「創造一種桀驁不馴的孤絕姿態」〔註114〕，呈現自我堅持的反叛精神。

2. 生命歷程、書寫與自我／身分認同

以呂碧城的生命經驗而言，二十歲即名滿京華，一生未婚，孤身漫遊歐美，從編輯、校長、秘書、商業家、漫遊者、護生健將、女居士等身分的流動，所塑造出多重女性形象，「明顯偏離傳統閨秀的生命軌跡」。〔註115〕呂碧城的人生經歷除了難以定位之外，也衍生出過程中的矛盾與斷裂。首先是極力倡辦女學，八年左右的成績斐然，卻突然遞出辭呈，藉病請假六個月。〔註116〕未久，民國成立，學校停辦，她也順勢離開教職，旋被袁世凱禮聘到北京擔任公府秘書，期間又奉母居於上海，接著與西商貿易，獲利頗豐，過著奢華的生活。彷彿快轉的豐富生活，不禁令人疑問：在晚清女權運動、教育史寫曾下的精采扉頁，倡女權、辦女學的先驅，何以完全銷聲？是因為十里洋

〔註111〕 胡曉真，〈杏壇與文壇——清末民初女性的教育與文學志業〉，《新理想、舊體例與不可思議之社會：清末民初上海「傳統派」文人與閨秀作家的轉型現象》，頁284～285。

〔註112〕 呂碧城，〈紐約病中七日記〉，收入李保民校箋，《呂碧城集》，下冊，頁544。

〔註113〕 呂碧城嘗言：「凡有著作，宜及身而定，隨時付梓，庶免身後湮沒，彙刊《曉珠詞》即本此旨。」見氏著，〈曉珠詞自跋〉，收入李保民箋注，《呂碧城詞箋注》，頁525。

〔註114〕 胡曉真，〈文苑、多羅與華蔓——王蘊章主編時期（1915～1920）《婦女雜誌》中「女性文學」的觀念與實踐〉，頁178。

〔註115〕 胡曉真，〈文苑、多羅與華蔓——王蘊章主編時期（1915～1920）《婦女雜誌》中「女性文學」的觀念與實踐〉，頁178。

〔註116〕 〈呂碧城女士辭職案〉，《民立報》，1911年8月10日。另收入李又寧、張玉法主編，《近代中國女權運動史料（1842～1911）》，下冊，頁1446。

場的繁華讓她忘卻理想？抑或對教育不具有真正的熱忱？或是有其他比教育更重要的夢想尚未完成？

　　此外，居滬期間享有名媛稱號，經商生活富貴安逸，為何會在中年突然想出國留學？異國是想像的烏托邦，還是另有目的？三次跨越疆域的經驗，在凝視異國下，觀看之後書寫了什麼？第一次出國，到哥倫比亞大學研讀美術二年，留下的文稿卻未曾提及學習的片段：撰寫〈旅美雜談〉、〈美洲通訊〉（致王鈍根書），是通訊遊記的類型，刊登在《半月》的〈紐約病中七日記〉，是她目前留存唯一的白話作品，「讀者群應是城市的中產階級，尤其是對流行時尚或西式生活感興趣。」〔註117〕。第二次出國的動機，逃離家國的心態甚為明顯，何以一到異國，旅遊行程未定，隨及投稿宣稱要書寫一年的遊記，當作國人出遊的嚮導？二次出國後，即表明不想歸國，為何又再第三次出洋？而且，歐遊時撰寫《歐美漫遊錄》，表示是無目的性的遊歷，何種因緣成為推動中西護生運動的健將？又何以拿到《嘉言錄》的傳單突然開始念佛，決定深入經藏，尋求諸師解惑，更撰譯佛經，向歐美人士弘法？既然深入佛法，也有相對的知見，為何以虛幻的夢境來作為個人起信佛法的依據？書寫個人修行體驗，如何認定修行有成就、對佛教有貢獻？

　　以上是對呂碧城變動的生命經驗，其中的矛盾與斷裂提出扣問，當中又涵攝身分、形象的轉變，對於生命轉折的抉擇、焦慮，藉由書寫來進行自我認同，終在佛教修行與書寫中安頓身心。亦即，書寫與生命的課題，匯流成「趨向宗教性」的大議題。

3.「趨向宗教性」的後期書寫

　　進一步分析上述議題，呂碧城因生命境遇的轉變造就多重身分，轉變、越界的原因是命運使然，她的主動抉擇，抑或被動接受，或不斷的逃離？其實，不論是抉擇、接受或逃離，都是人格特質的展現，而人格的形塑，最初來自個人的原生家庭。「家」之於呂碧城是怎樣的概念？幼年面臨家變，家與家人的離散，甚被迫接受退婚，成家的機會消失了。從家的離散到堅絕翹家，有幸依才華書寫進入公共領域而大放異彩，循著現代性、救國、強國的時代話語，在女權、女學的表現，成為新女性的典範，然其背後深層的焦慮、不安與孤獨感，會如何影響她的處事與人際關係？在異鄉上海建造家屋，象徵安

〔註117〕潘少瑜，〈時尚無罪：《紫羅蘭》半月刊的編輯美學、政治意識與文化想像〉，《中正漢學研究》第 2 期（2013 年 12 月），頁 276。

居、安定，但又是什麼力量的推進，使她必須再次離家／逃離至異國？人在他鄉，是具體對家與國的離散，在現實與精神的雙重失落下，卻又藉著書寫頻頻回望。書寫是她在異國觀看後表達鄉愁的方式，而女作家如何觀看，如何與異地展開對話，是否左右她觀看的因素？亦即，離開家國的旅行，在西方現代性的衝擊下，如何碰撞、鑄造她的身心？

旅途中，意外獲得印光大師《嘉言錄》，跟隨著念誦，進而閱讀，佛教開啟呂碧城更高的生命視野。另一方面，是什麼契機讓她開始護生？當她思索人—動物—生命的課題，何以自然而然回到救國的進路？接著，又如何將護生與佛教連結，使她的旅行轉變成生命的朝聖之旅，及其如何書寫這些課題？最後，是何種力量的推動，讓她致力於宗教性的追求，她得到了什麼？在書寫、翻譯佛教義理之餘，為何又採用夢境作為敘事手法，說明她的宗教體驗？在虛實之間，她想掩飾、偽裝，或傾訴什麼？亦即，呂碧城如何用宗教統攝生命的所有課題——自我定位／身世／情感、家／家人／家國、過去／未來、理想／超越、現世／彼岸的連結，而獲得身心安頓之可能。

（三）如何研究「呂碧城」

呂碧城看似豐富、流動的生命歷程中，其實隱含著一個女性對於生命的碰撞、叩問、追尋、逃離、抉擇等課題，以及女性如何定義自我、認同自我？因之，以她的生命歷程作為文本，鋪展她的多重形象，即流動的身影，成為本文首要的建構。

其次，由上述的面向來觀看，亦延伸出一個新視角，即是呂碧城在越界西遊後的跨文化視野，帶給她人生極大的轉變。因此，本文是以呂碧城第一次西遊（1920年／37歲）為分界，研究重心在她越界後的漫遊、護生、信仰等後期書寫。何以故？呂碧城在晚清時即是女權、女學的典範，具有歷史性意義〔註118〕，故研究成果輩出，佳作甚多。民初已離開教育崗位的她，對女學並沒有堅持，因此，原先強調女權和女學的呂碧城，後來怎麼了？成為我們對一個時代風華的女性感到最大的疑問。其次，在她後半生的經歷中，歐美之遊佔了極大的比重，而且越界後的書寫，才是她創作的高峰期，因此為什麼出國，如何記遊，以及為誰而記，成為重要的課題。然而，目前對碧城的

〔註118〕 李又寧教授認為呂碧城「在《大公報》和北洋女子公學的一段時間，可以說是她一生中最絢爛、最具歷史性的時期。」參閱李又寧編著，〈呂碧城（1883～1943）——奇特而美豔的詞人〉《近代中華婦女自述詩文選》，頁197。

旅遊研究成果，皆無論及第一次出洋留下的通訊記遊〈旅美雜談〉五篇、〈美洲通訊〉（致王鈍根書）。關於第二次出洋的研究，多以碧城的「海外新詞」作為討論中心，較少針對《歐美漫遊錄》進行全面探析。再者，從歐遊之中開啟護生、信仰的歷程，論者多是零星碰觸或合併分析。然而，呂碧城從引介中西的護生健將到成為佛教女居士，身分是逐漸過渡的，而且護生思想的脈絡有極大的轉折。至於碧城的佛教信仰，由於佛學著作的深妙與奧理涉入者更少。又因她對佛法的論述，散見於各佛教期刊之中，故運用於研究上更為少見。因此，基於上述理由，更須深入剖析呂碧城的後期書寫。

再者，胡曉真教授曾提出清代女性文學研究的展望，其中說道：

> 女性創作的分**文類考察**可能仍是最大宗，而在資料蒐集與考證功夫大體完成後，未來尤應結合精細的文本分析與社會文化的考察。隨著文類考察而來的，則是女性創作的**主題式分析**，例如扮裝、世變、家庭人際關係等問題……其中特別具有論述潛力的，我認為是女性在作品中如何呈現**宗教與終極追求的渴望、焦慮與限制**等問題。畢竟，我們理應開始探索女性文學超越閨閣閒情的部分，如**生活經驗、生命體認、終極關懷**，以及與**整體知識系統**的對應。〔註119〕

承上述的理路，本文擬以呂碧城的散文為主要的考察依據，兼及詩詞作品。再以主題分類，分別探析旅遊、護生、信仰等書寫的重要涵義，說明後期書寫為她帶來哪些特殊性與重要性，再配合前輩學者豐厚的研究基礎，重新為她的生命史定位，試圖勾勒出一位近代才女如何尋找自我，及朝向宗教性的追求，安頓身心的生命歷程。最後，舉例說明與呂碧城同樣為晚清民初的才女們，在傳統與現代之間如何抉擇與轉渡。亦即，從「歷時性」與「並時性」的視角，以呂碧城為考察中心，對映才女傳統的承與變。

二、研究範疇

呂碧城出身書香名門，承清芬之後，自幼穎慧，五歲能詩，七歲能畫。少女時期的倚聲之作，如〈生查子・清明〉、〈如夢令・夜久〉、〈南鄉子・雨過〉、〈齊天樂・荷葉〉、〈浪淘沙・寒意〉等，多為摹情寫景，感物遣懷。從閨

〔註119〕引文的字體加粗，為筆者所加。參閱胡曉真，〈藝文生命與身體政治──清代婦女文學史研究趨勢與展望〉《近代中國婦女史研究》第 13 期（2005 年12 月），頁 51～52。

閣跨入公共領域後，開始運用報刊發聲。碧城擅長詩、詞、文三類文體，依不同主題擇取適當的文體加以詮釋，其中又以詞體貫串所有書寫類型，也表現她的喜好。創作完成後，呂碧城也善用傳播管道，晚清時期的作品多發表在報紙、雜誌，民初之後，則開始集結作品，尤其是詞作，再透過友人的協助，將作品付梓出版。

呂碧城的曾外祖母沈善寶除了撰寫《鴻雪樓詩集》、《鴻雪樓詞》，亦編輯《名媛詩話》，建立女性文學的經典。二姐呂美蓀，除了撰作之外，亦編選《漢文典古文讀本》。呂碧城沒有編選作品，而是在撰寫之外，呈現「翻譯」的才華。其次，她在民初居滬時期，創作量最少，亦常以詩歌抒情、記遊。方秀潔教授認為，碧城喜愛穠麗、婉約的南宋詞風，不適合記述上海城市生活，因而轉用已經發展完善的抒情傳統，來淨化並升華她的個人經驗。〔註120〕對於碧城歐遊時期，將詩興轉成詞興，大量創作海外新詞，則提出詞體適合抒發「異國生活中的體驗、心情以及敏銳的感受」，從而創造出「既陌生又熟悉的經驗」。〔註121〕此外，碧城信仰佛教後，常有倚聲填詞表現對佛法、修行的體證，能與文章敘述相互參照，亦能彰顯出超然的，圓融無礙的理境。在深信淨土宗之後，呂碧城的生命重心轉向英譯佛典，除了前揭出版的佛教撰譯專書，有關護生、佛教的篇章，則分散在各佛教期刊中，雖收入《民國佛教期刊文獻集成》、《補編》，但常見翻印處字跡模糊難辨的現象，仍有重新校對出版之必要。

因之，呂碧城透過創作、翻譯的形式來書寫，傳播的方式不像明清時的才女之作必須透過傳抄，或家族出版，而是透過新興的報刊媒體、出版業，將著作付梓。本段擬用表格呈現她投稿的報刊，或是報刊主動刊載的作品，然而，呂碧城的作品常見於《大公報》、《紫羅蘭》或佛教期刊的《海潮音》、《覺有情》等，亦即，在同一份刊物上會有不同時期的作品，或同一作品刊在不同的報刊。因此，下列表格內容以列出「報刊」為主，作品擇其重要者引證，旨在呈現對照文學、佛教報刊性質的差異，以及報刊運用的多樣性。茲依時序將作品、報刊分列如下：

〔註120〕方秀潔，〈另類的現代性，或現代中國的古典女性：呂碧城充滿挑戰的一生及其詞作〉，頁339。

〔註121〕方秀潔，〈另類的現代性，或現代中國的古典女性：呂碧城充滿挑戰的一生及其詞作〉，頁342。

表1：報刊對照表

報刊名稱	刊出時間	刊登作品
《大公報》	1904 年 5 月 10 日 1904 年 5 月 11 日 1904 年 5 月 20～21 日 1904 年 5 月 24 日 1904 年 6 月 13 日 1904 年 6 月 18 日	〈感懷・調寄滿江紅〉、〈舟過渤海偶成〉七絕、〈論提倡女學之宗旨〉、〈敬告中國女同胞〉、〈興女權貴有堅忍之志〉、〈教育為立國之本〉。
《大陸報》	1905 年 8 月第 14 號	〈書懷〉、〈舟過渤海口占選一〉。
《中國女報》	1907 年 3 月第 1 號	〈女子宜急結團體論〉
《中國新女界》	1907 年 3 月第 2 期	〈創辦女學教育會章程〉
《婦女時報》《新遊記彙刊》	1911 年 6 月第一號 1921 年 5 月卷 6	〈北戴河遊記〉
《神州女報》	1913 年 5 月第 3 號	〈游鍾山步舒醒庵君韻〉
《南社叢刻》	1914 年 8 月第 11 集	〈燭影搖紅：重展殘燭〉
《中華婦女界》	1915 年 1 月第 1 卷第 1 期 1915 年 2 月第 1 卷第 2 期	〈為袁抱存題寒盧茗話圖〉、〈為程白葭君題精忠柏圖〉。
《太平洋》雜誌	1917 年 10 月第 1 號第 7 號	〈鄧尉探梅十首〉
《申報》	1921 年 8 月 1 日 1921 年 12 月 3 日 1921 年 12 月 5 日 1921 年 12 月 12 日 1921 年 12 月 30 日	〈旅美雜談一〉、〈旅美雜談二〉、〈旅美雜談三〉、〈旅美雜談四〉、〈旅美雜談五〉。
《地學雜誌》	1921 年第 8 期	〈旅美雜談〉首篇
《半月》	1922 年 9 月第 2 卷第 2 號 1923 年 3～4 月第 2 卷第 12～15 號	〈訪舊記〉、〈紐約病中七日記〉。
《社會之花》	1924 年第 1 卷第 10 期	〈橫濱夢影錄〉
《國聞週報》	1929 年第 6 卷第 25 期	〈赴維也納瑣記〉
《紫羅蘭雜誌》《順天時報》	《紫羅蘭雜誌》1930 年第 4 卷第 13 號～24 號	《歐美漫遊錄》，原以《鴻雪因緣》為題。
上海《時報》	1930 年 12 月 29 日	〈玄學與科學將溝通乎〉
《詞學季刊》	1933 年第 1 期	《信芳詞》八闋
《世界佛教居士林林刊》	1929 年第 23 期 1931 年第 29 期 1932 年第 12 期	〈主張廢止肉食談〉、〈讀金剛經論〉、〈畫佛因緣記〉。
《海潮音》	1930 年第 11 卷第 2 期 1930 年 11 卷第 8 期 1942 年 4 月 1 日第 3～4 期	〈佛教在歐洲之發展〉、〈上常惺太虛法師書〉、〈觀無量壽佛經釋論〉。

《佛學半月刊》	1932 年 7 月 1 日 34 期 1932 年 7 月 16 日 35 期 1937 年 1 月 16 日 143 期	〈「普門品」中英譯文之比較（上）〉、〈「普門品」中英譯文之比較（下）〉、〈述譯經之感應〉。
《香海佛化刊》	1932 年第 4 期	〈「亞洲之光」作者百年紀念〉
《人海燈》	1936 年 6 月 1 日第 6 期	〈蓮苑週禧〉
《正覺雜誌》	1931 年 5 月 16 日第 8～9 期	〈今日為世界保護動物節保獸會〉
《現代僧伽》	1931 年 10 月 15 日第 3 期	〈國際蔬食大會〉
《佛教評論》	1931 年第 1 卷 1931 年第 2 卷	〈國際蔬食大會〉、〈常惺法師與呂碧城女士佛法問答書〉。
《四川佛教月刊》	1932 年第 12 期 1933 年第 2 期	〈投鎗行〉、〈救災的唯一方法〉。
《佛學出版界》	1934 年第 3 編	〈普告教育家〉
《佛教與佛學》	1937 年第 14 期 1937 年第 15～16 期	〈The Vows of Samantabhadra 漢英對譯華嚴普賢行願偈〉、〈The Vows of Samantabhadra 漢英對譯華嚴普賢行願偈（續）〉。
《覺音》	1941 年 10 月 30 日	〈佛學與科學之異同〉
《積因放生會年刊》	1943 年第 2 期	〈戒殺與放生一性兩用論〉
《覺有情》半月刊	1939 年 12 月 15 日第 6 期 1943 年 2 月 1 日第 83～84 期 1943 年 3 月 1 日第 85～86 期	〈瑞士婦死兆入夢〉、〈何張蓮覺居士傳〉、〈呂碧城女士生西記：夢中所得詩〉。

　　舉例對比呂碧城投稿報刊的性質差異之後，其次，則分述其著作出版與今人選集。1943 年，呂碧城將自身的著作合編為《夢雨天華室叢書》〔註 122〕，可惜已亡佚。茲就呂碧城著作的存佚與出版，以「創作類」、「翻譯類」、「今人編校與選集」分別說明如下。

（一）創作類

　　呂碧城在《香光小錄》附頁，提及撰作華文各書：《呂碧城集》、《信芳集》、《鴻雪因緣》、《北鸎同學錄》〔註 123〕、《美利堅建國史綱》、《歐美之

〔註 122〕 李保民，〈呂碧城年譜〉，《呂碧城集》，下冊，頁 824。
〔註 123〕 呂碧城任職北洋女子公學時所編製，目前不見此本。在其〈北洋女子公學同學錄序〉提及：「以全體生徒計，已足百名之額，因相與謀製《同學錄》。」內容應是類似現今的個人資料名冊，記載個人聯絡方式、級別及簡歷，應不能列為著作。見呂碧城，〈北洋女子公學同學錄序〉，收入李保民校箋，《呂碧城集》，下冊，頁 533。

光》〔註124〕、《曉珠詞》、《雪繪詞》、《香光小錄》。本段敘述再增加《呂氏三姊妹集》、《信芳詞》、《香光小錄》、《觀無量壽佛經釋論》等書，再細分為「中文」、「英文」兩部分，依刊行先後，羅列敘述如下：

1. 中文創作

《呂氏三姊妹集》

1905 年春，天津《大公報》創辦人英華（字斂之），為呂碧城及其長姊惠如（亦作蕙如）、二姊美蓀（亦作梅生、眉生），選輯出版《呂氏三姊妹集》。該書收錄呂氏三姊妹早期的文章和詩詞作品，包括碧城詩八首、詞四首、文二篇。

圖 1：《呂氏三姊妹集》書影

《信芳集》

1918 年，南社友人王鈍根校印《信芳集》，該文集分詩、詞兩部分進行收錄，收其詞五十首。1925 年，《信芳集》之聚珍仿宋版在滬出版，分詩、詞、文三部分，收詞篇目與王氏校印本大致相等。1929 年，呂碧城在北洋女子公學的門人黃盛頤女士，於北京重刊《信芳集》，此集不分卷，分為詩、詞（同聚珍仿宋版《信芳集》）、增刊詞（1928～1929 寫於歐洲之詞作）、文、遊記《鴻雪因緣》若干類。〔註125〕

〔註124〕《歐美之光》的內容，多篇源自呂碧城編譯國外新聞，因此筆者將此書置於「翻譯類」下的「英譯中」一項。
〔註125〕李保民，《呂碧城詞箋注・前言》，頁 17～18。

《呂碧城集》

1929 年，費樹蔚將碧城著作輯為《呂碧城集》，由上海中華書局印行。全書凡五卷，卷一文收 11 篇，卷二詩作 47 首，卷三詞作 55 闋，卷四海外新詞 101 闋，卷五〈歐美漫游錄〉84 篇，此是首次全面蒐集呂碧城著作之書。

《鴻雪因緣》（又名《歐美漫遊錄》）

1926 年秋，呂碧城二次出洋，至 1933 年回國，足跡遍及美、英、法、德、義、奧、瑞士諸地，1928 年至 1929 年 5 月的遊歷見聞，以〈鴻雪因緣〉為題，連載於《紫羅蘭雜誌》1930 年「第 4 卷第 13 號～24 號」〔註 126〕，及《順天時報》等。其後，凌楫民博士將《鴻雪因緣》與《信芳集》合刊。〈鴻雪因緣〉的遊記後被彙集為《歐美漫遊錄》一卷，最早收錄在 1929 年碧城門生黃盛頤為其刊行的《信芳集》，以及 1929 年呂碧城詞友費樹蔚，蒐羅此前的詩文，由中華書局出版五卷本的《呂碧城集》。

圖 2：《紫羅蘭》1930 年第 4 卷　　　圖 3《鴻雪因緣》首篇書影
　　　第 14 號書影

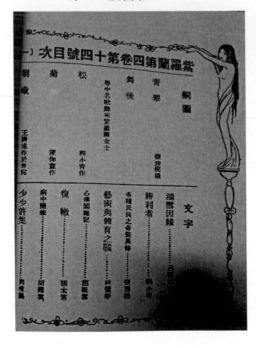 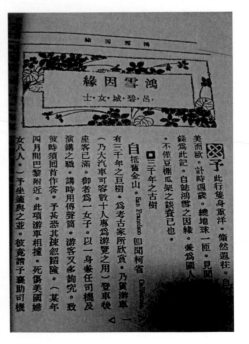

〔註 126〕潘少瑜，〈時尚無罪：《紫羅蘭》半月刊的編輯美學、政治意識與文化想像〉，《中正漢學研究》第 2 期（2013 年 12 月），頁 290。

近年來，《歐美漫遊錄》收錄於李保民箋注《呂碧城詩文集》、《呂碧城集》戴建兵編《呂碧城文選集》；2013 年，台北大塊文化刊行《歐美漫遊錄：九十年前民初才女的背包旅行記》，正式以單行本出版。關於近年編選與出版，詳見第三項「今人編校與選集」。

《信芳詞》

1930 年初，《信芳詞》（附贈刊）出版，所收作品截止上一年歲暮。

《曉珠詞》

1932 年，《曉珠詞》二卷本刊行。1937 年春夏之交，《曉珠詞》卷三手寫石印本，及《曉珠詞》四卷本合刊（附惠如長短句），幾乎同時出版；在諸本中，以《曉珠詞》四卷本最為完備，卷一 51 闋、卷二 166 闋、卷三 31 闋、卷四 30 闋，凡 278 闋詞。1970 年，廣文書局印行《曉珠詞》四卷本，卷一有樊樊山之評點。〔註127〕

《雪繪詞》

在《曉珠詞》發行後之詞作，集為《雪繪詞》印行，與〈觀音菩薩靈籤〉、〈勸發菩提心文〉合刊，收詞 23 闋。〔註128〕《香光小錄》附頁提及碧城作品有《雪繪詞》，表示此書在 1939 年之前所撰。龍沐勛〈悼呂碧城女士〉亦曰，碧城在 1937～1940 年間「復往瑞士，居雪山中，有手寫《雪繪詞》一卷見寄，又續刊所著《曉珠詞》。」〔註129〕因此，《雪繪詞》當在 1937～1939 年所作。然而，據李保民所見，此書與〈觀音菩薩靈籤〉、〈勸發菩提心文〉合刊。後二文較晚出，又與〈山中白雪詞選〉合刊，在 1942 年出版，據此推論，《雪繪詞》合刊本應在同期間出版。

《香光小錄》

1939 年，上海道德書局出版。在呂碧城的華文著作中，《香光小錄》一書極具特色，文中自述此「乃宏揚淨土之書」〔註130〕，篇幅不長，收錄了淨土四經《阿彌陀經》、《無量壽經》（節錄）、《觀無量壽佛經》（節錄）、《普賢行願品》；撰文數篇——〈予之念佛方法〉即淨土主要的修行法門：「執持名號」的實行方法與心得；〈自然斷除肉食之方法〉，強調茹素長養慈悲心，以及戒除

〔註127〕李保民箋注，《呂碧城詞箋注》，頁 17～18。
〔註128〕李保民箋注，《呂碧城詞箋注》，頁 18。
〔註129〕龍沐勛，〈悼呂碧城女士〉，《覺有情半月刊》，收錄於黃夏年主編，《民國佛教期刊文獻集成補編》，第 62 卷，頁 12。
〔註130〕呂碧城，〈美國因果案〉，《香光小錄》，頁 10。

肉食之法；〈瑞士婦死兆〉、〈美國因果案〉表達深信因果，持戒修德，求生淨土之必要；〈何東夫人生西記〉、〈蓮邦之路〉，則是修行的終極目的，往生西方淨土。本書出版時，呂碧城於佛法信仰與實踐值十餘年，相對於早年的論述，已全面展現成熟的佛學思想。

圖4：《香光小錄》書影

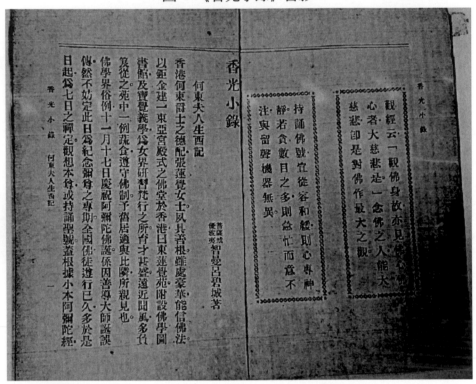

《〈觀音菩薩靈籤〉·〈勸發菩提心文〉·〈山中白雪詞選〉合刊》

此書結合文學和宗教，呂碧城將民間信仰的籤詩，自撰的學佛心得，及其詞作合刊，目的以方便法接引初機。在跋語中有詳述出版的動機與目的，曰：「或問勸發菩提之心，為是編要旨，而弁以籤文，殿以樂府。三者不倫，為何合刊耶？答：先以欲鈎牽，後令入佛智，乃方便之計。若僅刊發心文，閱者多不注意，或閱後棄置。予屢思及此，欲以世界地圖，或旅行指南合刊，終未愜意。今附以拙詞，蓋歌詠為人情所好，可資清玩。籤文備遇事決疑，可供實用。三者連環，庶免捐扇，薰習既久，或可由此而發菩提之心歟。」〔註131〕

〔註131〕此書在台灣無法見到，資料引自徐新韻，《呂碧城三姊妹文學研究》，頁 88～89。

據此亦能發現碧城極欲「勸發菩提心」的願力，並考慮到讀者接受的問題，因而運用她的名氣與詞作，與一般民眾遇事則求籤問卜的習氣，從大眾的喜好入手，期能達到接引的目的。

1942 年冬，呂碧城的詞友龍沐勛收到其「新著《〈觀音菩薩靈籤〉‧〈勸發菩提心文〉‧〈山中白雪詞選〉合刊》小冊。」〔註132〕文史名家張次溪亦在同時間獲贈此書。〔註133〕因此，此書當出版於 1942 年。

《觀無量壽佛經釋論》

1942 年夏，時碧城寄居香港東蓮覺苑，在滬、港兩地將《觀無量壽佛經釋論》付梓出版。1979 年，台北天華出版公司重印《觀無量壽佛經釋論》，文前收錄李又寧〈呂碧城是怎麼開始信佛的〉〔註134〕，提到呂碧城自述在倫敦拾得《印光大師嘉言錄》傳單，以十念法開始修行實踐，後以夢蓮邦之路而篤信淨土的經歷。該論的內容分為四章：一、導言。二、通釋，再分釋名、出體、正宗、明相、致用。三、釋義及註釋。四、釋疑，是以天台「五重玄義」：名、體、宗、用、相，進行分目。2013 年，佛陀教育基金會重刊《觀無量壽佛經釋論》，目次改為：壹、導言分。貳、通釋分，下分：甲、釋名，乙、出體，丙、正宗，丁、明相，戊、致用。參、釋義分及註分。肆、抉擇分。伍、附錄：甲、識與業，乙、修觀徵驗誌略，丙、附言；其中甲為呂碧城原來書寫的正文，乙、丙為出版者所增附，提及唐啟芳、圓果法師觀佛見淨土，程道諏居士學佛、抄印《觀經釋論》之經過。〔註135〕

呂碧城英譯過數部佛典，其中《觀無量壽佛經釋論》是唯一佛學中文論著，此書為「淨土三經」中之一部。〔註136〕是以《觀無量壽佛經》為據，進而釋論，提倡在稱念佛名之外，須持戒、用力作觀，以摒除妄念。該書是呂碧城最為清楚體現「以唯識解淨土」的進路。

〔註132〕龍沐勛，〈悼呂碧城女士〉，《覺有情半月刊》，收錄於黃夏年主編，《民國佛教期刊文獻集成補編》，第 62 卷，頁 12。

〔註133〕張次溪，〈嗚呼呂碧城女士〉，《覺有情半月刊》，收錄於黃夏年主編，《民國佛教期刊文獻集成補編》，第 62 卷，頁 12。

〔註134〕李又寧，〈呂碧城是怎麼開始信佛的〉，《觀無量壽佛經釋論》（台北：天華出版事業公司，1979 年），頁 1～4。

〔註135〕呂碧城居士著，《觀無量壽佛經釋論》（台北：財團法人佛陀教育基金會，2013 年），頁 1～158。

〔註136〕淨土三經：《佛說無量壽經》、《佛說觀無量壽佛經》、《佛說阿彌陀經》。

圖5：《觀經釋論》1979年版書影　　圖6：《觀經釋論》2013年版書影

　　上述呂碧城諸作，除了《北黌同學錄》不見其本，《呂氏三姊妹集》、《信芳集》和《鴻雪因緣》合刊本，藏於北京、上海的圖書館。關於《曉珠詞》、《雪繪詞》、《信芳詞》、《呂碧城集》、《呂氏三姊妹集》中之詞作，皆備見於李保民校箋《呂碧城詞箋注》、《呂碧城集》。呂碧城文學著作《呂碧城集》，佛學著作《香光小錄》、《觀無量壽佛經釋論》，皆能在台灣見到流通的單行本。

2. 英文創作

《淨土綱要》

　　此書無單行本，原附在1936年上海佛學書局代售英文《華嚴經普賢行願品》卷後，「撮淨土諸經，及修持方法，而於世人對淨土種種疑問，以長篇緒論，詳為解釋。」〔註137〕該書目前可見於台北佛陀教育基金會出版《淨土四經》中，內容辨正淨土屬於大乘佛法的體系，可以見呂碧城弘揚淨土，期勉自己深入經藏，達到佛法最高真理的發願與決心。〔註138〕

〔註137〕《佛學半月刊》刊登「〈呂碧城譯註英文《華嚴經普賢行願品》〉廣告」，《佛學半月刊》，收錄於黃夏年主編，《民國佛教期刊文獻集成》，第53卷，頁93。

〔註138〕呂碧城女史譯，《淨土四經》，頁63～78。筆者另在亞馬遜書店的網站見到 Excerpts From Mahayana Sutras and an Outline of the Pure Land Doctrine（1997）亦在流通，網址：http://www.amazon.com/s?ie=UTF8&page=1&rh=n%3A283155%2Cp_27%3AUpasika%20Chihmann，2015年5月8日點閱。

圖 7：《淨土綱要》書影，收錄於《淨土四經》，2012 年版

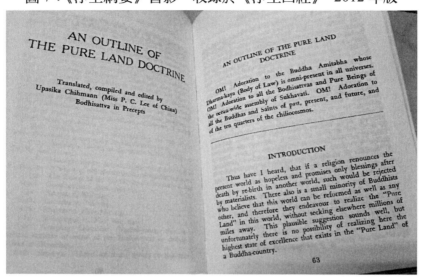

《人死後如何》

　　1938 年 8 月，呂碧城旅居瑞土，撰成《人死後如何》英文小冊，寄倫敦付刊，後於 11 月 15 日出版。〔註 139〕

（二）翻譯類

　　晚清以來，開始有西方女傳教士在中國從事宗教與文學翻譯，而在中國本土，擅長外國語言的近現代才女，亦展現翻譯的才華。如單士釐「翻譯日本的女學與家政學專書，包括下田歌子《家政學》與永江正直《女子教育論》，將賢妻良母主義帶進中國。」〔註 140〕薛紹徽、秋瑾、呂碧城、張默君、陳鴻璧、吳弱男等女性，皆有譯作刊登或出版。〔註 141〕除了呂碧城譯作的宗教色彩較為濃厚，其他女譯者多以文學為主，翻譯小說、戲劇類作品。

　　呂碧城在《香光小錄》附頁，提及著譯英文各書：《法華經普門品（華英合璧）》、《華嚴經‧普賢行願品》、《阿彌陀經》、《十善業道經》、《淨土綱要》、《觀音聖威錄》、《人死後如何》、《因果綱要》、《護生雜記》。〔註 142〕前述各書包含「英譯中」、「中譯英」兩類，其中《華嚴經‧普賢行願品》、《阿彌陀

〔註 139〕呂碧城，〈致龍榆生書〉，收入李保民箋注，《呂碧城集》，下冊，頁 668、672。
〔註 140〕羅秀美，〈翻譯賢妻良母、建構女性文化空間與訴說女性生命故事──單士釐的「女性文學」〉，《漢學研究》第 32 卷第 2 期（2014 年 6 月），頁 197。
〔註 141〕朱靜，〈清末民初外國文學翻譯中的女譯者研究〉，《國外文學》第 3 期（2007年），頁 61～69。
〔註 142〕呂碧城編著，《香光小錄》附頁。

經》、《觀音聖威錄》是英譯；《淨土綱要》、《人死後如何》是以英文撰寫之作，已在上述討論。此外，《十善業道經》、《因果綱要》、《護生雜記》則無法覓得。茲加上呂碧城其他譯作，分類說明如下：

1. 英譯中

《美利堅建國史綱》

美·派特饒伯子著，呂碧城譯作。1925 年底譯出，交上海大東書局出版。〔註143〕晚清以降，受到西學的浸潤，呂碧城在〈美利堅建國史綱序〉提及「吾人所需之學，除本國所有外，尚須加以世界之知識」〔註144〕，故譯此實用之作。該書內分歷史、地理、政治等三章。《美利堅建國史綱》目前尚在中國的古籍網販售。

《歐美之光》

呂碧城自 1928 年底開始謀創中國動物保護會，次年底已獲中國佛教會提出，正式進入討論的議程，而她的護生行動並沒有暫停，接續編譯西方護生消息回國內，因而「引起滬上知名居士王季同、吳致覺、豐子愷、李圓淨等人的注意，隨即由圓淨與碧城取得聯繫」〔註145〕，遂有《歐美之光》編印緣起。呂碧城將西方保護動物團體、歐洲佛教發展、護生與提倡蔬食的報導，演講稿及自撰，護生運動國外期刊雜誌、詩文、往來函稿及報告、照片插圖、傳單等資料集結，題名為《歐美之光》，交由上海佛學書局於 1931 年付梓刊行，1932 年由上海國光印書局重印「完本」〔註146〕六千冊。1964 年，新竹獅頭山無量壽長期放生會，翻印刊行。附帶說明的是，《歐美之光》有呂碧城的編譯稿，亦有其中文創作，為突顯其翻譯之貢獻，故置於「英譯中」項下。

《法華經普門品（華英合璧）》

1933 年，上海佛學書局印行《法華經普門品（華英合璧）》，全書以中英並列的版面形式。英文版是英國克爾恩氏 H. KERN 從《普門品》的梵文翻譯而成，書名為《實法蓮華》，中文版是鳩摩羅什據梵文所譯，即今之通行本。呂碧城比對中英兩個版本，撰寫〈普門品中英譯文之比較〉，提及校對、翻譯

〔註143〕李保民，〈呂碧城年譜〉，《呂碧城集》，下冊，頁 814。

〔註144〕呂碧城，〈美利堅建國史綱序〉，收入李保民箋注，《呂碧城集》，下冊，頁 537。

〔註145〕李保民，〈呂碧城年譜〉，《呂碧城集》，下冊，頁 819。

〔註146〕據《歐美之光·例言》所稱，該書分為「完本」及「節本」；所謂「完本」是一切篇章與圖像皆如初版，「節本」則將圖與內文中長篇英文去除，以降低有志者刊印之成本。

之經過。呂碧城的貢獻在於從克爾恩氏《實法蓮華》，發現鳩摩羅什的中譯本少了七首偈，於是將之譯出。碧城認為「篇末諸偈，讚揚淨土，說明觀世音菩薩居處及來歷，尤見完善，且為蓮宗最有力之證，不亞於《華嚴》之〈普賢行願品〉。」〔註 147〕不過，克爾恩氏和羅什翻譯的差異，或許是所見的梵本不同所致，但呂碧城能譯出比現行版本多出的七首偈子，已是極大的貢獻，是為研究《普門品》譯文的重要史料。

圖 8：《法華經普門品（華英合璧）》書影

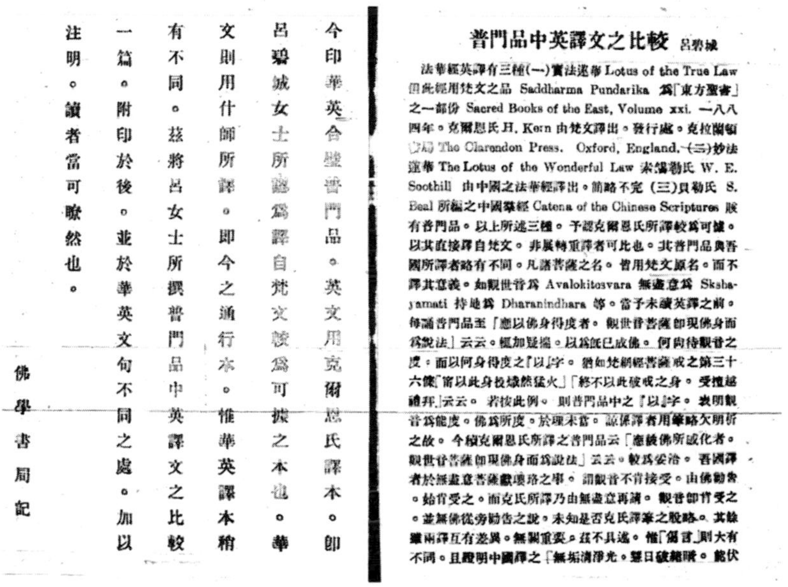

今印華英合璧普門品。英文用克爾恩氏譯本。即呂碧城女士所認為譯自梵文較為可據之本也。華文則用什師所譯。即今之通行本。惟華英譯本稍有不同。茲將呂女士所撰普門品中英譯文之比較一篇。附印於後。並於華英文句不同之處。加以注明。讀者當可瞭然也。

佛學書局記

普門品中英譯文之比較　呂碧城

法華經英譯有三種(一)實法蓮華 Lotus of the True Law 因此經用梵文之品 Saddharma Pundarika 為「東方聖書」之一部份 Sacred Books of the East, Volume xxi. 一八八四年。克爾恩氏 H. Kern 由梵文譯出。發行處。克拉蘭頓書局 The Clarendon Press. Oxford, England. (二)妙法蓮華 The Lotus of the Wonderful Law 索篤勒氏 W. E. Soothill 由中國之法華經譯出。簡略不完 (三)貝勒氏 S. Beal 所編之中國[illegible]經 Catena of the Chinese Scriptures 原有普門品。以上所述三種。予認克爾恩氏所譯較為可據。以其直接譯自梵文。非展轉重譯者可比也。其普門品與吾國所譯者略有不同。凡諸菩薩之名。皆用梵文原名。而不譯其意義。如觀世音為 Avalokitesvara 無盡意為 Skshayamati 持地為 Dharanindhara 等。當予未讀英譯之前。每誦普門品至「應以佛身得度者。觀世音菩薩即現佛身而為說法」云云。輒加疑揣。以為既已成佛。何尚待觀音之度。而以何身得度之『以』字。猶如梵網經菩薩戒之第三十六條「寧以此身投熾然猛火」「終不以此破戒之身。受檀越禮拜」云云。若按此例。則普門品中之『以』字。表明觀音為能度。佛為所度。於理未當。諒係譯者用筆略欠明晰之故。今閱克爾恩氏所譯之普門品云「應被佛所感化者。觀世音菩薩即現佛身而為說法」云云。較為妥洽。吾國譯者於無盡意菩薩獻瓔珞之事。謂觀音不肯接受。由佛勸告。始肯受之。而克氏所譯乃由無盡意再請。觀音即肯受之。並無佛從旁勸告之說。未知是否克氏譯筆之脫略。其餘雖兩譯互有差異。無關重要。茲不具述。惟「偈言」則大有不同。且證明中國譯之「無垢清淨光。慧日破諸暗。能伏

此外，張次溪〔註 148〕提及呂碧城的英譯作品尚有〈淤溪戒殺文〉、〈宋磧砂藏說明書〉。呂碧城〈淤谿戒殺會公言〉〔註 149〕譯者識，也有說明英譯〈淤溪戒殺文〉在倫敦流通的經過。至於英譯〈宋磧砂藏說明書〉則不見有

〔註 147〕呂碧城譯出的偈頌為：「彼如是慈悲，一時當成佛；為世除憂患，我心實悅服。諸王彼為尊，功德富於礦；歷劫勤修行，證道最無上。輔翼阿彌陀，侍立其左右；慧力能總持，禪定成無漏。至尊阿彌陀，西方有淨土；阿彌撫眾生，是彼常居處。彼國無女人，惟有諸佛子；身從幻化生，皆坐淨蓮蒂。至尊阿彌陀，寶座蓮華上；花中放光明，照耀最無量。讚彼功德藏，三界無能比；彼為宇宙師，我輩速依倚。」見氏著，《法華經普門品．華英合璧》（上海：上海佛學書局，1933 年），頁 15～16。

〔註 148〕張次溪，〈嗚呼呂碧城女士〉，《覺有情半月刊》，收錄於黃夏年主編，《民國佛教期刊文獻集成補編》，第 62 卷，頁 13。

〔註 149〕呂碧城，〈淤谿戒殺會公言〉，《佛教與佛學》，收錄於黃夏年主編，《民國佛教期刊文獻集成》，第 79 卷，頁 166～167。

他書收錄或提及。

2. 中譯英

《阿彌陀經》

《淨土四經》之一，篇幅最短。原譯作收錄在 1933 年上海佛學書局出版之《觀音聖感錄》。目前可見於台北佛陀教育基金會出版之《淨土四經》中。〔註 150〕

《觀音聖感錄》

1933 年，上海佛學書局出版。該書收錄：（一）英國克爾恩氏 H. KERN 由梵文所譯之英文《法華經普門品》。（二）呂碧城用羅什本（中譯）所英譯的《阿彌陀經》。（三）近代各家筆記，卷首冠以英國柏饒頓碩士 B. L. BROUGHTON, M. A.（OXON.）之長篇序文。上述「近代各家筆記」，應是指持誦觀音聖號而得感應的記錄。此書初版刊於倫敦，彼時僅存廿餘本，由佛學書局覓來代銷。〔註 151〕佛學書局在廣告中說明該書出版目的：「呂碧城女士就本局出版之《觀音靈感錄》第一輯，為之英譯，既是為西人啟信之助，又足為國內佛教徒研究英文之參考。」〔註 152〕亦即，《觀音聖感錄》收錄克爾恩氏翻譯的英文《法華經普門品》、呂碧城翻譯的英文《阿彌陀經》，以及她英譯佛學書局出版的《觀音靈感錄》第一輯。

《華嚴經·普賢行願品》

自清儒魏源增加〈普賢行願品〉於《淨土三經》後，是為《淨土四經》。〔註 153〕呂碧城於淨土四經皆有英譯，將翻譯《行願品》視為首要之務。因其他三經皆有英譯本，唯有《行願品》在碧城翻譯為止，仍無英譯本。〔註 154〕

〔註 150〕呂碧城女史譯，《淨土四經》（台北：財團法人佛陀教育基金會，2012 年），頁 103～109。

〔註 151〕《佛學半月刊》刊登「呂碧城編輯英文《觀音聖感錄》廣告」，收錄於黃夏年主編，《民國佛教期刊文獻集成》，第 48 卷，頁 403。

〔註 152〕《佛學半月刊》刊登「呂碧城編輯英文《觀音聖感錄》廣告」，收錄於黃夏年主編，《民國佛教期刊文獻集成》，第 49 卷，頁 11。

〔註 153〕淨空法師〈淨土五經讀本序〉：「淨土法門，三根普被，群經指歸。專說則有：《無量壽經》、《阿彌陀經》、《十六觀經》，是為淨土三經。清儒魏承貫源，益以《華嚴行願品》，合刊為四。印光祖師益以《楞嚴勢至圓通章》，遂與四經參之為五。」參見釋淨空印贈，《淨土五經讀本》（台北：財團法人佛陀教育基金會，1990 年），頁 1。

〔註 154〕呂碧城女史譯，《淨土四經》，頁 2。

　　1936 年底，呂碧城至杭州演說時，提及「最近將《普賢行願品》及《無量壽經》譯成英文，名《大乘佛法之兩書》。前在香港印一千本，已託歐美佛化推行社遍送國外各佛學團體。」〔註 155〕後幾經修改，至 1937 年中完畢，因患目疾，特請《人海燈》編輯通一法師代為筆述〈自序〉一文，定為《中國大乘兩佛書》，函託寄上海、倫敦兩處西報發表。自行籌資印刷，出版後，即分寄歐美各大圖書館，及各佛教機關。〔註 156〕1936 年 10 月中起，上海佛學書局代售英文《華嚴經普賢行願品》，卷末附《淨土綱要》，撮淨土諸經及修持方法。〔註 157〕此本目前可見於台北佛陀教育基金會發行的《淨土四經》中。〔註 158〕

（三）今人編校與選集

　　近年來，關注研究呂碧城的學者日益增加，其《夢雨天華室叢書》已不得而見，或因兵燹戰亂之際，且碧城亦無後嗣可代為收藏，遂使此叢書散佚難尋。幸而其著作有不同的單行本，又承蒙上海古籍出版社編輯李保民對呂碧城著作的喜愛，花費十餘年不遺餘力的蒐羅、校注有功，而有呂碧城詩文、詞箋注出版，裨益後學良多。此外，夏曉虹教授、戴建兵教授亦有編訂呂碧城的文集，茲一併評述如下：

程萬鵬箋註的《曉珠詞選》

　　1960 年，馬來西亞漢社發行，為呂碧城詞最早的選本和箋注。編者擇選《曉珠詞》中 1932 年之前的 81 闋作品，附有陳季所書〈呂碧城曉珠詞箋注序〉、〈呂碧城傳〉，以及樊增祥、楊圻兩人與呂碧城所唱和之詞。此書可了解呂碧城的作品在南洋流傳的狀況。〔註 159〕

李保民校箋《呂碧城詞箋注》

　　2001 年 6 月，上海古籍出版社發行。文學家潘伯鷹形容呂碧城詞「足以

〔註 155〕〈呂碧城女士在杭演說〉，《佛學半月刊》，收錄於黃夏年主編，《民國佛教期刊文獻集成》，第 53 卷，頁 276。
〔註 156〕〈呂女士英譯佛經〉，《佛教居士林特刊》，收錄於黃夏年主編，《民國佛教期刊文獻集成》，第 65 卷，頁 393。
〔註 157〕1936 年 10 月 16 日至 1937 年 7 月 16 日期間，佛學書局在其《佛學半月刊》刊登「呂碧城譯註英文《華嚴經普賢行願品》」的代售廣告共 5 次。
〔註 158〕呂碧城女史譯，《淨土四經》，頁 5～29。
〔註 159〕此書在台灣無法見到，資料引自黃小蓉，《呂碧城及其詞研究》（香港：香港中文大學碩士論文，2008 年），頁 3。

與易安俯仰千秋，相視而笑。」〔註160〕錢仲聯讚為「近代女詞人中第一」〔註
161〕，可見呂碧城在近代詞壇上的地位和影響。從千禧年以來，編者陸續校箋
出版《呂碧城詞箋注》、《呂碧城詩文箋注》、《一抹春痕夢裡收》三部關於呂
碧城作者的專書，此書出版最早。全書架構為：前言、卷一、卷二、卷三、卷
四、卷五、補遺、附錄五種。「前言」概說呂碧城詞的版本流傳，與增刪、校
對的過程；卷一至卷五為詞作，在每一闋詞後附有「箋注」，進而理解作品內
容與其出處；若有校對、他人評論，則加上「校」、「評」的資料。「補遺」收
錄十一首詞；「附錄」則有傳記序跋、諸家題贈、雜載評論、輓辭悼文、呂碧
城年譜等五種。

李保民校箋《呂碧城詩文箋注》

2007 年 8 月，上海古籍出版社發行。編者搜羅呂碧城的詩文，重現原文
內容，加以斷句、箋注、出版。本書在版權頁後附呂碧城近照數張，墨跡與書
影。前言內容述及箋注之凡例，碧城生平、文學成就與價值，可以見箋注者
之嚴謹用心。正文分為四卷：卷一詩、卷二詩、卷三文、卷四《歐美漫遊錄》
（又名《鴻雪因緣》）；附錄四種：一、傳記題跋。二、題詠酬唱。三、輓辭悼
文。四、《石柱山農行年錄》呂鳳岐著。呂氏為碧城之父，其《行年錄》是深
入了解呂家生活情景的珍貴文獻。

戴建兵編《呂碧城文選集》

2012 年 9 月，天津古籍出版社發行。全書內容分為：教育與女權、旅行
與文化、護生與蔬食、佛學與宗教。編者認為呂碧城以詞名天下之外，對社
會與學術也有極大貢獻，遂以此分類。書前有呂碧城之珍貴照片，書中有數
篇未見於他書的珍貴史料，如〈旅美雜談〉五篇，書後附有時人記錄呂碧城
的相關評論。其中，戴教授特將《鴻雪因緣》，即《歐美漫遊錄》，以《紫羅
蘭》雜誌為底本，參照後來編成一卷的《歐美漫遊錄》補正，是繼李保民之
後，《鴻雪因緣》另一精校本。

《歐美漫遊錄：九十年前民初才女的背包旅行記》

2013 年 10 月，台北大塊文化出版。《鴻雪因緣》即《歐美漫遊錄》，原刊
載在《紫羅蘭》及《順天時報》，原收錄在《信芳集》、《呂碧城集》。1929 年
本的《呂碧城集》，《歐美漫游錄》編於卷五，凡 84 篇；李保民《呂碧城詩文

〔註160〕潘伯鷹，〈評呂碧城女士《信芳集》〉，《大公報》，1929 年 10 月 14 日。
〔註161〕錢仲聯，《清詞三百首》（長沙：岳麓書社，1992 年），頁 446。。

箋注》中，則編於卷四，凡 77 篇，二書之中的內容相同，差別在於編次，及部分篇章合為一篇。戴建兵編《呂碧城文選集》中，以《鴻雪因緣》為題，重新以《紫羅蘭》雜誌 1930 年第 4 卷第 13～16 期為底本，參照《歐美漫遊錄》校對補正，內容標題與前二本大同小異，凡 80 篇，唯一的差別是最後一篇〈維也納璵記〉未放入，而是置於護生一類。

2013 年，大塊文化出版本書，是目前唯一的單行本。該書由韓衛衛點校，文本加入圖片、影像、版面的編排的巧思，加註地名的今譯、物品的涵義，以及呂碧城採文言寫作的字詞釋義。書前附有中研院文哲所胡曉真教授的導讀，提出「呂碧城的歐美遊記中所展現的文化視野更為寬廣，西方事物與東方眼光在此有各種層次的接觸，而且遊記的敘事方式表現了接觸時的火花震顫。」〔註162〕觀點精闢，具有學術價值。

夏曉虹編《金天翮·呂碧城·秋瑾·何震卷》

2015 年 3 月，中國人民大學出版社發行。編者選取在晚清婦女論述最有代表性與影響力的四位思想者——金天翮·呂碧城·秋瑾·何震的文章編為一集，關切主題為晚清婦女論述，以呈現各人思想全貌為目標。在「呂碧城卷」，收錄〈論提倡女學之宗旨〉、〈興女權貴有堅忍之志〉、〈教育為立國之本〉、〈女了宜急結團體論〉等十一篇。〈導言〉中，夏教授以〈呂碧城個人「完足」的女學論〉為題，提出碧城的女權論述大體與女學合一，二者均為救國之必需，稱其女學理念的核心是培養個體完足的國民。此文對於思考呂碧城的女權與女學主張，極具觀點與啟發。

李保民校箋《呂碧城集》

2015 年 8 月，上海古籍出版社發行。此為編者近年力作，竭十數年之心力，多方網羅輯佚，增補於此本。詩文以 1929 年上海中華書局刊《呂碧城集》為底本，詞則以 1938 年新加坡刊《曉珠詞》四卷本為底本，校以 1905 年春英斂之刊于天津的《呂氏三姊妹集》、1918 年王鈍根校印《信芳集》、1925 年上海中華書局聚珍仿宋版《信芳集》、1929 年黃盛頤刊於北京的《信芳集》、1930 刊《信芳詞》、上海圖書館藏《信芳詞》碧城手改備刊稿，以及當時的《大陸報》、《民國日報》、《民權素》、《南社叢刻》、《北洋畫報》、《詞學季刊》、呂碧城親筆翰墨等。

〔註162〕胡曉真，〈恰似飛鴻踏雪泥——民國才女呂碧城與她的時代足跡〉，收入呂碧城，《歐美漫遊錄：九十年前民初才女的背女旅行記》，頁 27。

呂碧城女史譯《淨土四經》

2006、2012 年，台北佛陀教育基金會分別再印呂碧城女史譯《淨土四經》，內容收錄其英譯的《無量壽經》、《觀無量壽佛經》、《阿彌陀經》、《華嚴經·普賢行願品》等經，及英文著作《淨土綱要》，兼述佛法起源、編譯之過程，梵漢對譯表、對佛教十宗之評述，及譯經的感應。其中，《無量壽經》僅英譯全經的核心——阿彌陀佛的四十八大願；《觀無量壽佛經》僅英譯十六觀中的後三觀，以簡明之理，目的使歐美人士起信，接受淨土宗。本書是目前較為完整的英譯佛典，極為珍貴，亦能體會呂碧城弘揚淨土的願心，與佛學思想的底蘊。

黃夏年主編《民國佛教期刊文獻集成》、《民國佛教期刊文獻補編》

《民國佛教期刊文獻集成》於 2006 年在北京全國圖書館文獻縮微復制中心出版、《民國佛教期刊文獻補編》於 2008 年在北京中國書店出版。法鼓山佛教學院特建置目錄資料庫，裨於學界一窺「民國佛教」的全貌。〔註 163〕兩套叢書卷帙浩繁，總數達 295 卷，包含 8 卷目錄索引，約 15 萬頁。收錄 1892 年至 1958 年，出版於中國或周邊國家的佛教期刊之照相複印本，聚焦二〇至三〇年代的出版品，全數包含 233 種刊物，其中 150 種為完整收藏，為研究近代佛教史的重要文獻。〔註 164〕

在兩大套叢書裡，收錄呂碧城關於護生、佛學的文章，及與時人來往的紀錄，約莫兩百來篇，出版單位計有《正覺雜誌》、《海潮音》、《世界佛教居士林林刊》、《大雲》、《覺有情半月刊》、《積因放生會年刊》、《佛學半月刊》、《現代僧伽》、《佛教評論》、《香海佛化刊》、《四川佛教月刊》、《人海燈》、《佛教與佛學》、《覺音》等民初具有影響力的佛教期刊，是研究呂碧城護生、佛學思想的轉折與流變，不可或缺的珍貴史料。

以上是呂碧城自撰作品的版本、存佚及今人編選概況，是本文主要的研究範疇，亦包含報刊、照片、出版品，及碧城對護生、佛教的論述，即發表在《海潮音》、《覺有情》、《佛學半月刊》等十多個重要佛教期刊之中，目前收錄於黃夏年主編《民國佛教期刊文獻集成》、《民國佛教期刊文獻集成補編》

〔註 163〕 網址：http://buddhistinformatics.ddbc.edu.tw/minguofojiaoqikan/，法鼓佛教學院構建「民國佛教文獻期刊集成及補編資料庫」。

〔註 164〕 黃夏年，〈民國佛教期刊文獻集成序言〉，收錄於香港寶蓮禪寺「佛教數據庫」，網址：http://hk.plm.org.cn/gnews/201135/201135225286.html，2015 年 8 月 25 日點閱。

的兩大叢書。綜合歸納上述，茲以表格簡介本文研究範疇中的選材：

表 2：本文主要選材

類 型	報刊、書名
報刊	《申報》、《紫羅蘭》、《地學雜誌》、《國聞週報》、《社會之花》、《民國佛教期刊文獻集成》、《民國佛教期刊文獻集成補編》等。
專書	《呂氏三姊妹集》、《呂碧城集》、《歐美漫遊錄》(《鴻雪因緣》)、《曉珠詞》、《香光小錄》、《歐美之光》、《觀無量壽佛經釋論》、《法華經普門品（華英合璧）》。
英譯撰作	《淨土四經》內容包含：中譯英：《華嚴經‧普賢行願品》、《阿彌陀經》、《無量壽經》(節錄)、《觀無量壽佛經》(節錄)。以英文撰寫：《淨土綱要》、〈述譯經之感應〉。
今人編選	李保民校箋《呂碧城集》、《呂碧城詞箋注》、《呂碧城詩文箋注》夏曉虹編《金天翮‧呂碧城‧秋瑾‧何震卷》、戴建兵編《呂碧城文選集》
相關著作	呂鳳岐《石柱山農行年錄》 呂惠如《惠如長短句》 呂美蓀《葂麗園隨筆》

第五節 研究論題與章節架構

一、研究論題

本文的題目——《越界與歸趨：才女呂碧城（1883～1943）的後期書寫》。

「越界」，主要是指地理疆界的越界，即呂碧城在跨越國界後的書寫。越界不僅是跨越疆域後的所知所見，亦包含越界／回歸後的思考，進而跨越有限的藩籬，達到思想的轉折與超越，以及在虛幻與實相之間的跨越。

「歸趨」，涵攝著回歸與趨向。回歸是一種出走而回返的迴旋行動，該行動意味著主體行為的軌跡，也反映精神的希求與歸向。因此，回歸並不是往某個方向的前進或後退，而是找一到一種原來就已經存在過的相對位置。〔註165〕趨向，是由呂碧城建構的複雜生命型態，最終在宗教性的生命追求，安頓生命與再生的主體性。亦即，歸趨用以表達呂碧城「歸」向生命本質的探問，以及「趨」向宗教性追求所統攝的生命課題。

〔註165〕觀點引自賴信宏，〈越界與回歸：《纂異記》、《瀟湘錄》中小說托寓主題的兩種態度〉，《臺大中文學報》第 38 期（2012 年 9 月），頁 186。

「才女」具備的條件：官宦背景，家學淵源，透過文字表現才學，享有才女之名，有作品傳世，呂碧城皆符合。她延續才女傳統，在生命歷程中展演多重的新女性形象。題目何以用「才女」，而非「新女性」？此因呂碧城在晚清民初轉變的風潮得以自我追尋，建立多重新女性形象，但她並沒有就此與閨秀文化切割，而是堅守才女傳統，繼續書寫舊文體，因此本文擇「才女」之名為題，進而以多變的女性形象來架構她精采的一生，側重在面臨傳統與現代之間的抉擇，文學活動的追求，與男性知識分子、女界的往來，以及自我形塑的身影所呈現的涵義。

「後期書寫」所指為呂碧城跨越疆界後的書寫，擬以「漫遊」、「護生」、「信仰」三大主題作統攝。呂碧城一生共有三次出國經驗，分別是 1920～1922年，1926～1933 年，1937～1940 年，1928 年尤為關鍵，以此劃分前後期。前期（1920～1928）重心在留學、旅遊、觀看西方新世界；後期（1928～1943）開始護生、學佛、弘揚淨土教義，直到生命終結為止。在「漫遊」專章，探討呂碧城前兩次出洋，悠遊在地理、文學、旅居、靈異等虛實空間的體驗。在「護生」專章，試圖勾勒碧城融合中西的護生脈絡。在「信仰」專章，側重分析碧城學佛歷程中的九個夢，聚焦在夢境與修行之間，探討經由夢境而徹悟的修行體驗。簡言之，呂碧城的後期書寫，能見以新材料入舊格律，以舊文體書寫新世界，為了考量隱性讀者，語言、文化的差異，碧城採取翻譯，化用古典詩詞、傳統典故，援引儒釋思想，對舉評比中西文化等調和途徑，融入新／舊，中／西，往／返的書寫風格，呈現才女書寫傳統的紹承與創新。

二、章節架構

筆者進行文本細讀分析，史料爬梳參照之後，擬將本文分為六個章節，茲分述撰寫架構如下：

第一章 緒 論

本章分為五節，第一節「研究動機」，以呂碧城判若兩人的形象事跡開篇，進而概述呂碧城精采的一生，以及如何尋找原始資料的過程。次則簡介研究歷程中，以呂碧城的護生、佛教課題參加學術研討會的經驗，認識李保民主編、秦方教授的特別因緣。第二節「研究背景」，以傳統與現代性、晚清女權思潮、才女與新女性三大類，分析呂碧城個案研究會面臨時代背景因素、現代性的課題、女權思潮勃興，及才女如何過渡到新女性的轉折。第三節「研

究回顧與述評」，將關於呂碧城的後人研究，分為生平傳略、女權與女學、文學創作、護生思想、佛教信仰等五類，依序評述內容之要點，帶給筆者的啟發。第四節「研究進路與研究範疇」，說明本文的問題意識、研究方法、呂碧城著作存佚與出版，以及本文取材。第五節「研究論題與章節架構」，簡述本文論題與要旨，次則說明全文章節架構與撰寫次第。

第二章　流動的身影：呂碧城的生命圖景

第一節「從閨閣進入公共領域（出生～28 歲，1883～1911）」，由形塑呂家才女傳統的淵源：「才女沈善寶之後」談起，後論析碧城進入公共領域，在《大公報》任編輯、擔任北洋女子公學監督，其女權與女學合一的論述。次則分析在新舊轉換的時代，以「另類的現代性」的生活方式，兼具「才女」與「新女性」的女性形象，與同是倡導女權的秋瑾，兩人的往來及女權實踐。再者，詮釋呂碧城對「家」、「家人」、「家國」的概念，以及這些概念如何碰撞、鑄造她的身心。第二節「縱橫政商名流之間（29 歲～43 歲，1912～1926）」，分析呂碧城「獨身」、「獨居」，與建造「家屋」之間的生命歷程與延伸。其次，說明在上海經商致富，成為時尚社交名媛，又以文學自娛的女作家自居，其中的形象轉換與身分認同。第三節「旅行‧朝聖之旅（37 歲～60 歲，1920～1943）」，說明呂碧城的生命之旅，從嚮往西方新世界，到涵攝護生與佛教後的轉向，使旅行延伸為朝聖之旅。第四節「生命旅程‧宗教探求之路（45 歲～60 歲，1928～1943）」，敘述呂碧城進入、深信淨土，而後弘教的過程。分析她在佛法修行與書寫，獲得知識與精神的雙重滿足。第五節「餘論：返家之路／身心安頓的歷程」，說明呂碧城在趨向宗教性的生命之路所獲得的身心安頓。

第三章　獨遊：跨越空間的旅／居書寫

本章是以呂碧城前兩次出國的書寫為主要探討範圍，側重討論內容較多的《歐美漫遊錄》，探析跨越地理疆界後，以旅行者兼具報導者的雙重身分，悠遊在地理、文學、靈異等虛實空間的旅居書寫。第一節「跨文化的視域：現代性的衝擊」，分析現代性、西方文明，如何影響呂碧城的觀看與書寫。第二節「虛／實移動的空間建構」，分別以異國空間裡的「中國情調」，旅居空間的日常生活，靈異空間的探究三方面，論析一個獨遊的東方女子，如何和異地展開對話。第三節「旅行者兼具報導者的雙重敘事」，描繪呂碧城自我形塑的閒適／時尚的旅行姿態，預設的理想讀者，如何報導，報導了什麼。後則對比單士釐的旅遊散文，對映才女域外遊記書寫的承與變。第四節「餘論：

延伸女性旅行的意義」，說明《歐美漫遊錄》在女性記遊脈絡的重要性，記遊的特色與價值，以及呂碧城在歐美之遊中反觀自省，思考生命的歷程，開始轉向護生、信仰的契機，由往返之間的「差異」，成就旅行最大的意義。

第四章　護生：揉和中西的戒殺／蔬食書寫

本章以呂碧城編繹的《歐美之光》，及其相關的護生論述為文本依據，試圖構築呂碧城融合中西的護生結構。第一節「公眾啟蒙者：從女權到護生」，以護生行動與國際演講，善用報刊作為傳播管道，說明呂碧城以報刊作為輿論的工具，在公共領域發揮啟蒙大眾的作用。第二節「《歐美之光》彰顯的現代性課題」，《歐美之光》的傳介的新知有「保護動物」、「蔬食觀」兩大方向，而「保護動物」新觀念可再細分為法律、醫學、教育三方面，具有現代性的意義，茲分述之。第三節「中西護生文化的調節途徑」，分別以援引仁恕之道以觀西方文明，中西社會景象對舉與評論，西方經驗的反思，引入佛教義理等途徑，說明呂碧城護生轉折的脈絡。第四節「餘論：迴響與評價」，則由重要的歷史評價、迴響，說明呂碧城引介護生行動的貢獻。另則與同時期推動護生的豐子愷對比，再提出呂碧城對女性護生經驗的擴充。

第五章　說夢：朝向宗教探求的夢境書寫

本章旨在探析呂碧城以文學之筆所寫的佛教夢境，對應其學佛深修的工夫，在她的生命版圖刻畫何種地形樣貌。第一節「文學家筆下的夢境與涵義」，以文學家的夢，學佛後的夢境，用表格呈現，將關於佛法的九個夢境，配合修行實踐作為下面三節的開展。第二節「回憶、夢兆與宗教實踐」，從「回憶的夢境」，說明「夢觀音」是與佛法相應，「夢白石階梯」是修學佛法的象徵與預兆。其次，分析由碧城閱藏、請法辨惑的修行實踐，後「夢蓮花之路」而起信淨土，再由「夢見瑞士婦死兆」更加堅定求生淨土的歷程。第三節「弘揚教理後的夢境驗證」，從碧城翻譯淨土經典的動機與對象談起，引用譯文，說明信仰淨土的決心。次以「夢現光雨花之瑞」、「夢召開保護動物大會」，說明翻譯經典後所得的夢境涵義。再由夢境延伸到現實的譯經感應，說明夢何以是翻譯弘法的驗證。第四節「夢作為修行指引／自我建構的途徑」，從碧城念佛、觀想的實踐，後得「夢亡母見召」、「夢波羅蜜狀的雙巨匙」，說明其體會觀想的要義，修行的指引，獲得自我認同。第五節「餘論：女性信仰者的終極追求」，總結本章的九個夢境，以及分析的侷限與缺失。最後，再由夢覺關係，分析夢境如何達成覺悟的可能。

第六章　結　論

　　以「研究成果」、「研究展望」綜論本文——近代才女呂碧城的一生，以出國西遊為界，著重前期的歷史意義光芒，則忽略了後期回歸生命本質的探究，因此本文以其後期書寫為探究重心，綜觀呂碧城的生命歷程，以漫遊、護生、信仰等面向，與前期倡女權、辦學相對應，試圖為其建構出一個完整的、動態的、特殊的生命圖景。其次，從「歷時性」與「並時性」的視角，以呂碧城為考察中心，對映才女傳統的承與變。最後說明本文侷限，研究展望，期待呂碧城的研究，能開展出更寬廣的面向，累積更豐厚的學術成果。

第二章　流動的身影：呂碧城的 生命圖景

　　本章旨在探析呂碧城生命境遇的選擇與追求，生命轉折的抉擇與衝撞，自我形塑與自我認同，多重的身分／形象展現的各種風華，綜合形構的生命圖景。由於本文的研究重心在後期書寫，既然是後期，必須有前後區別，才有連結的可能性。因此，呂碧城後半生的轉變，必然與前期緊密相連，為了更加整體理解她的生命全貌，勢必先架構她的一生。

　　綜觀呂碧城六十年的生命歷程，從二十歲左右以創作才華嶄露頭角，活躍於公共領域，人生最大分水嶺在歐遊之後，遂以三十七歲到西方遊歷為界限，將經歷分為前後期，歸類成以下四個時期：

第　期：從閨閣進入公共領域（出生～28歲，1883～1911）

第二期：縱橫政商名流之間（29歲～43歲，1912～1926）

第三期：旅行・朝聖之旅（37歲～60歲，1920～1943）

第四期：生命旅程・宗教探求之路（45歲～60歲，1928～1943）

後三期相對來說較為複雜，呂碧城在上海與政商人物頻繁往來時期，介於第一次出國前後，故第二、三期時間有所重疊。第三、四期身分形象重疊，在於呂碧城原先只是一個漫遊者，直到引介西方護生運動、接觸佛法，才成為佛教在家居士，形象是逐漸轉移而成，且都在歐遊時期，所以無法完全割裂。故知，分期中重疊的年代和形象自是無可避免，亦反映呂碧城生命歷程的多元與複雜。換言之，一生風華的呂碧城，在人生各階段不斷轉換身分與形象，要架構如此繁複的女性生命歷程，筆者認為比較理想的方式，是以四大時期

架構她的一生，當中可以編年斷代，以其生平的行進作為書寫的主要依據。

第一節　從閨閣進入公共領域（出生～28歲，1883～1911）

一、才女沈善寶之後：「家」與「家學」

　　呂碧城〔註1〕生於官宦之家，籍貫安徽旌德。呂父鳳岐（1837～1895），字瑞田，別號石柱山農，自幼聰慧，同治九年（1870）舉人，光緒三年（1877）進士，歷任國史館協修、玉牒館纂修，官至山西學政，著有《靜然齋雜談》、《石柱山農行年錄》。呂鳳岐中舉之後，娶鉛山蔣氏伯鸞為妻，生二子賢銘、賢釗，蔣氏去世後，續娶安徽來安縣嚴玉鳴次女、嚴朗軒次妹嚴士瑜為繼室，生惠如、美蓀、碧城、坤秀四女。〔註2〕「嚴士瑜是一位工詩文的閨秀」〔註3〕，其外祖母沈善寶為清代著名女詩人，著有《鴻雪樓詩集》、《鴻雪樓詞》、《名媛詩話》，此即是四姐妹所紹承的「才女」〔註4〕傳統。

　　沈善寶（1808～1862）是清代中後期著名的才女，為使歷代才女不致湮沒，遂作《名媛詩話》以傳揚。文學底蘊深厚的沈善寶，對於文學評論有獨到之見，試圖由《名媛詩話》建立女性文學經典，視野已由傳統的閨秀、青樓之

〔註1〕呂碧城（1883～1943），原名賢錫，一名若蘇、蘭清，字遁天，號聖因、明因，法號智曼、寶蓮，別名曉珠、信芳詞侶、清揚等。碧城嘗從嚴復學名學（按：邏輯學），因見先生於課卷書「明因讀本」四字，遂以「明因」為號；後樊增祥謂明因與古人同名，為改作「聖因」。參閱聖因女士，〈畫佛因緣記〉，《世界佛教居士林林刊》，收錄於黃夏年主編，《民國佛教期刊文獻集成》（北京：全國圖書館文獻縮微復制中心，2006年），第15卷，頁328。關於法號「智曼」，多數書籍及網站資料皆植成「曼智」，然而，在碧城所撰《香光小錄》首頁，即標註「菩薩戒優波夷智曼呂碧城著」，即可斷定呂碧城的法號為「智曼」，而非「曼智」。見呂碧城編著，《香光小錄》（上海：道德書局，1939年），頁1。

〔註2〕呂鳳岐，《石柱山農行年錄》，收入李保民校箋，《呂碧城集》，下冊，頁771～800。

〔註3〕方秀潔，〈另類的現代性，或現代中國的古典女性：呂碧城充滿挑戰的一生及其詞作〉，頁331。

〔註4〕胡曉真教授歸納晚近研究中的明清才女形象：在家族中受過良好教育的女子，熱衷於文藝創作，不但吟詠創作，還以書信、結社彼此交流，甚至能以書畫謀生，而作品能經由傳抄或出版留傳下來。參閱氏著，《才女徹夜未眠——近代中國女性敘事文學的興起·序言》，頁5。

分，轉為對卓越女性的表彰。〔註5〕因此，在明清才女的系譜中，具有重要的特殊地位，受到研究者的重視。據呂美蓀描述其曾外祖母「沈善寶，字湘佩，能詩，善文章，年逾三十，以詩文考婿，應者甚眾。」〔註6〕在清代年逾三十才論及婚嫁的女子實屬少見，又以詩文來徵婚，風雅之餘，投射出文學才識是才女心中配偶的必要條件之一。呂母嚴士瑜，字韻娥，出身於官宦之家，為來安嚴琴堂孝廉之次女，受過詩文教育，「又上承其外大母沈湘佩夫人之緒餘」〔註7〕，能詩能文，作品現存〈江水斷句〉、〈紀夢〉，收錄於《安徽名媛詩詞徵略》。呂家四姐妹承蒙其母親自教導，從母教接受文學啟蒙教育。呂母嚴士瑜在碧城二歲時，帶著子女回娘家長住，年長的惠如、美蓀可以跟著表兄在家塾讀書，美蓀「五歲《三字經》、《千字文》已畢讀。」〔註8〕表示嚴家並無重男輕女的分別，子女皆能接受知識教育。

呂家生活環境富裕，「負郭有田二千頃，倉廩常豐未為貧」〔註9〕，此從呂父於六安新宅建有「長恩精舍」，藏書數萬卷〔註10〕，亦能觀之。呂鳳岐對兒子的期望很深，曾延攬名師教導二子，老師鞭策謹嚴，「每夜半揭其衾撲責之」〔註11〕。呂父課子讀書亦是嚴厲有加，據胡適形容，呂鳳岐是「一個成功的八股家，他對於他的幾個兒子存著很大的期望，用種種很嚴厲的手段督教他們。兒子背不出書，要罰跪在大街上，甚至被牽出去遊街。」〔註12〕未久，幼子賢釗逃學，被父親薄責後自經身亡，長子賢銘因病去世，痛失二子的呂鳳岐備受打擊，而得眩疾。〔註13〕相較於對二子的嚴父形象，對待四姐妹則展露慈愛，且重視啟蒙教育。

呂鳳岐禮聘族人呂清臣擔任塾師，徐司馬教授繪畫。大姐惠如受「教畫

〔註 5〕胡曉真，〈藝文生命與身體政治——清代婦女文學史研究趨勢與展望〉《近代中國婦女史研究》第 13 期（2005 年 12 月），頁 35。

〔註 6〕呂美蓀，〈來安武寅齋太守〉，《葂麗園隨筆》（青島：1941 年自刊本），頁 51。

〔註 7〕光鐵夫，《安徽名媛詩詞徵略》（合肥：黃山書社，1986 年），頁 205。

〔註 8〕呂美蓀，〈美蓀自記三生因果〉，《葂麗園隨筆》，頁 84。

〔註 9〕此為呂美蓀自述，見〈呂女士舌戰群英（四）〉，《順天時報》，1909 年 12 月 12 日，第 7 版。

〔註 10〕李保民，〈呂碧城年譜〉，《呂碧城集》，下冊，頁 803。

〔註 11〕呂美蓀，〈蔣夫人示夢繼室〉，《葂麗園隨筆》，頁 26。

〔註 12〕胡適，〈三百年中的女作家——《清閨秀藝文略》序〉，《胡適文存三集》卷 8，收入歐陽哲生編，《胡適文集》，（北京：北京大學出版社，1998 年），第 4 冊，頁 587。

〔註 13〕李保民，〈呂碧城年譜〉，《呂碧城集》，下冊，頁 802～803。

百種蝴蝶及花卉，藝頗能進，先君略解憂焉」〔註14〕，二姐美蓀十一歲亦可
「作四書題破題承題起講，十二歲作五言八韻試帖詩，俱為父與師所賞。」
〔註15〕受到父親教導最多的碧城，表現令人激賞。《安徽名媛詩詞徵略》提
到碧城甫五歲即能以「秋雨打梧桐」，對其父上聯「春風吹楊柳」，「七歲能
總巨幅山水」，即臨摹楊深秀（1849～1898）的山水畫，「十二歲詩文成篇，
亦工治印。」〔註16〕凌啟鴻在《信芳集》跋語讚美碧城「世為皖南望族，幼
擅詩詞，精六法，工丹青。」〔註17〕源自家學而成就的詩文、繪畫、篆刻能
力，乃至後來任教、書寫、出版，皆是呂家姐妹才女身分的表徵。《旌德縣
志》亦表彰「呂碧城姐妹四人，自幼受家學薰陶，皆以文才馳名。」〔註18〕
除四妹坤秀之外，三姊妹在文壇鼎盛時期享有「淮南三呂，天下知名」〔註19〕
之美譽。從呂家才女的文藝展現，投射出明清以來才女家族化的縮影。

　　附帶一提，呂母嚴士瑜給予的母教，除了能對兒女親授詩學教育，對女
兒的影響主要表現在兩方面：「一是宗教虔誠的思想和實踐，主要體現在不殺
生、仁慈、茹素等方面。二是夢境、宿命、因果等具有神秘主義色彩的體驗。」
〔註20〕以目前的史料來看，呂家姐妹並無纏足的跡象，展現婦德傳統的女紅，
亦不是呂母教育女兒的重心。女紅之於閨秀的重要性，非僅是婦德的呈現，
從所繡的圖面建構，表現繪畫能力與想像力，所繡的字跡，或從書上閱讀而
來，或由自己創作，均是知識涵養與創作才華的展現，誠如方秀潔教授所云，
精湛的繡藝是晚清大家閨秀確立自身閨秀身分和表達女性意識的一種手段。
〔註21〕若是，呂母何以不重視女紅的傳授？學者秦方認為呂家富裕的環境，
父母反而更重視詩書畫等藝術氣質的培養；又因目前史料「大多都出自美蓀
和碧城的回憶，在經歷新文化運動、城市化發展以及消費化思想的薰染後，

〔註14〕呂鳳岐，《石柱山農行年錄》，頁798～799。

〔註15〕呂美蓀，〈美蓀自記三生因果〉，《葂麗園隨筆》，頁85。

〔註16〕光鐵夫，《安徽名媛詩詞徵略》，頁208。

〔註17〕凌啟鴻，〈跋信芳集〉，收入李保民校箋，《呂碧城集》，下冊，頁717。

〔註18〕旌德縣地方誌編纂委員會編，《旌德縣誌》，頁569。

〔註19〕章士釗，〈巽言・跋〉，《甲寅》，卷1號43（1927年1月），頁19。

〔註20〕秦方，〈晚清才女的成長歷程——以安徽旌德呂氏姊妹為中心〉，頁280。

〔註21〕Grace S. Fong, "Female Hands: Embroidery as a Knowledge Field in Women's Everyday Life in Late Imperial and Early Republican China," *Late Imperial China* 25:1(June 2004), p. 47. 轉引自楊彬彬，〈由曾懿（1852～1927）的個案看晚清「疾病的隱喻」與才女身分〉，《近代中國婦女史研究》第16期（2008年12月），頁3。

紡布刺繡的女性技能似乎早已成為落伍的象徵，且不符合才女身分。」〔註22〕此種想法可由美蓀和碧城皆重視「立言」來理解，美蓀曾言：「人生於世，須留遺跡，古人稱三不朽，立德立功尚矣，即立言亦烏可少者？」〔註23〕碧城則云：「凡有著作，宜及身而定，隨時付梓，庶免身後湮沒。」〔註24〕

1895年，碧城十二歲，呂父因病去世，家變後財產被占的經歷，被美蓀記下：「先君見背，吾母以兩子早喪，性仁柔，不能保遺產，族中之不肖者盡霸占所有，復幽禁余母女數人，月與銀三十，勉資衣食而已。」〔註25〕同鄉汪氏見呂家鉅變，遂與碧城取消婚約。當時，母舅嚴朗軒調任塘沽，惠如已與表兄嚴象賢成親，遂與舅翁隨之遷居，碧城奉母命為獲較優之教育，前往寄居舅家。美蓀則往上海女學任教，坤秀「年十四由皖赴滬，肄業於務本女學校。」〔註26〕原本和樂的家庭在呂鳳岐離世後畫下句點，呂家才女自此散居各方。

二、才女過渡到新女性：「女性」與「家國」

當梁啟超在《時務報》大力讚揚受過西方教育，即將回國開業的康愛德醫師為時代新女性，批判傳統才女的同時，才女呂碧城仍處於寄人籬下的背景。直到1904年，碧城為了前往天津探查女學，而與舅父起爭執，身無分文憤而離家，輾轉到達天津，所幸被《大公報》創辦人英斂之留下來擔任編輯，自此從閨閣跨進公共領域，倡言女權，興辦女學，成為男性精英所期待形塑的時代新女性。此段經歷見於其後歐遊時所寫的〈予之宗教觀〉：

> 某日，舅署中秘書方君之夫人赴津，予約與同往探訪女學。瀕行被舅氏罵阻，予忿甚，決與脫離。翌日逃登火車，車中遇佛照樓主婦挈往津寓。予不唯無旅費，即行裝亦無之，年幼氣盛，鋌而走險。知方夫人寓《大公報》館，乃馳函暢訴。函為該報總理英君所見，大加歡賞，親謁邀與方夫人同居，同委裏編輯。由是京津間聞名來訪者踵相接，與督署諸幕僚詩詞唱和無虛日。舅聞之，方欲追究，適因事被劾去職，直督袁公委彼助予籌辦女學，舅忍氣權從，未幾

〔註22〕秦方，〈晚清才女的成長歷程——以安徽旌德呂氏姊妹為中心〉，頁287。
〔註23〕呂美蓀，〈葂麗園隨筆自序〉，《葂麗園隨筆》。
〔註24〕呂碧城，〈曉珠詞自跋〉，收入李保民箋注，《呂碧城詞箋注》，頁525。
〔註25〕呂美蓀，〈美蓀自記三生因果〉，《葂麗園隨筆》，頁85～86。
〔註26〕呂美蓀，〈母妹陰靈〉，《葂麗園隨筆》，頁89～90。

> 辭去。然予之激成自立以迄今日者，皆舅氏一罵之功也。回首渭陽，
> 愴然人琴之感。〔註27〕

自稱「年幼氣盛，鋌而走險」的呂碧城，對自己的剛烈有自知之明。幸好幸運之神始終眷顧著她，從英斂之留任《大公報》編輯，在京津成名，袁世凱協助創辦女學，舅父嚴朗軒竟變成她的部屬，短短數行已將在公共領域發跡，倡女權、辦女學的來龍去脈交代清楚。傳奇般的經歷若無舅父的罵阻，無巧遇佛照樓主婦，故事就不會往下開展，後遇伯樂英斂之，更是助其成名的關鍵推手。

（一）辦學：女權、女學合一

1904 年 5 月 10 日，英斂之將碧城所作〈滿江紅·感懷〉刊登於《大公報》，詞曰：

> 晦黯神州，忻曙光一線遙射。問何人，女權高唱，若安達克？雪浪
> 千尋悲業海，風潮廿紀看東亞。聽青閨揮涕發狂言，君休訝。幽與
> 閒，長如夜。羈與絆，無休歇。叩帝閽不見，憤懷難瀉。遍地離魂
> 招未得，一腔熱血無從灑。歎蛙居井底願頻違，情空惹。〔註28〕

若安達克，Jeanne D'Are（1412～1431），今譯貞德，法國女性政治人物。〔註29〕此首高唱女權之作，從對西方知識的掌握，及使用「東亞」一詞而非中國的視野格局，使得呂碧城初試啼聲，一鳴驚人。幾日後，又以〈法曲獻仙音·題虛白女士「看劍引杯圖」〉為題，表達對日俄戰爭的關注：

> 綠蟻浮春，玉龍回雪，誰識隱娘微旨？夜雨談兵，秋風說劍，夢繞
> 專諸舊里，把無限憂時恨，都消酒樽裡。君認取，試披圖英姿凜凜，
> 正鐵花冷射臉霞新膩。漫把木蘭花，錯認作等閒紅紫。遼海功名，
> 恨不到青閨兒女。剩一腔豪興，聊寫丹青閒寄。〔註30〕

詞中所提聶隱娘、花木蘭，均是女中豪傑；聶隱娘的俠義形象，有別於傳統女性的柔弱，花木蘭延伸出女性與家國的關係，隱含著性別僭越，女性解放的象徵涵義。之後《大公報》陸續刊登碧城為女權發聲之作，引發極大的迴

〔註27〕呂碧城，〈予之宗教觀〉，收入李保民校箋，《呂碧城集》，上冊，頁 441～442。
〔註28〕呂碧城，〈滿江紅·感懷〉，收入李保民校箋，《呂碧城集》，上冊，頁 241。
〔註29〕參閱李保民箋注語，收入李保民校箋，《呂碧城集》，上冊，頁 241。
〔註30〕呂碧城，〈法曲獻仙音·題虛白女士「看劍引杯圖」〉，收入李保民校箋，《呂碧城集》，上冊，頁 243。

響，「一時中外名流投詩詞、鳴欽佩者，紛紛不絕」〔註31〕，旋即形成「絳幃
獨擁人爭羨，到處咸推呂碧城」〔註32〕的風潮。時呂碧城居大公報館擔任編
輯，積極為文立說，先後發表〈論提倡女學之宗旨〉、〈敬告中國女同胞〉、〈興
女權貴有堅忍之志〉、〈教育為立國之本〉等文倡揚女權，致力於婦女解放運
動。在其〈論提倡女學之宗旨〉直言女學是女性與國家公益之間的重要橋梁，
能達到強國強種之效：

> 女學之倡，其宗旨總不外普助國家之公益，激發個人之權利二端。
> 國家之公益者，合群也；個人之權利者，獨立也。然非具獨立之氣，
> 無以收合群之效；非藉合群之力，無以保獨立之權……自強之道，
> 須以開女智與女權為根本。蓋欲強國者，必以教育人材為首務。豈
> 知生材之權，實握乎女子之手乎？緣兒童教育之入手，必以母教為
> 基。若女學不興，雖通國遍立學，如無根之木，卒鮮實效。……由
> 是觀之，女學之興，有協力合群之效，有強國強種之益，有助於國
> 家，無損於男子。〔註33〕

倡女權、興女學是晚清以來流行的課題，是男性權力話語所形塑的主流價值。
呂碧城的才情與具有識見的言論符合時勢所趨，在英斂之的引介下，快速結
識方藥雨、傅增湘、嚴復、嚴修、袁世凱、唐紹儀、袁寒雲等諸多男性社會
精英，這些社會名流對她的才華與進步的女權思想讚賞有加，又從自身掌握
的社會資源予以多方援助。從倡女權到辦女學的契機，仍是英斂之等精英的
鼓勵所促成〔註34〕。在袁世凱的大力協助之下，由政府撥款成立的第一間女
子學校，即為「北洋女子公學」，呂碧城可謂是「第一位政府女子學校的創
辦人」〔註35〕，時有「北洋女學界的哥倫布」之美稱。至此，呂碧城歷經家
的離散、逃家至天津，因文采獲得男性知識分子的青睞、資助，得以在公共
領域發聲，獲得創辦女學的機會。當時，呂碧城不過才 21、22 歲左右，正
當受教育的年齡，卻順勢成為學校創辦人，對於女性受教育的看法、如何辦

〔註31〕英斂之，〈呂氏三姊妹集序〉，《呂氏三姊妹集》（天津：大公報館，1905 年）。
〔註32〕繆珊如，〈內廷秘史繆珊如女士素筠詩二首〉，收錄於呂碧城，《呂碧城集》（上
　　　海：中華書局，1929 年），卷 2，頁 6。
〔註33〕呂碧城，〈論提倡女學之宗旨〉，收入李保民校箋，《呂碧城集》，下冊，頁 457
　　　～459。
〔註34〕李保民，《呂碧城詞箋注・前言》，頁 4～5。
〔註35〕黃嫣梨，〈呂碧城與清末民初婦女教育〉，收入鮑家麟編著，《中國婦女史論集
　　　五集》，頁 235。

學，成為延伸而出的話題。

北洋公學的教育宗旨與當時的思潮配合，重視女子德育的發展，以培養重德的女子個性，主張德、智、體三育均衡，冀能培育「挺然獨立之姿」〔註36〕的女學生。公學所修習的科目有修身、國文等科，且有珠算、語言、工藝、紡織和園藝，一以家庭女子教育為主。〔註37〕此外，西方技術、外國語文及激發女子求知欲的學科一一旁及。因呂碧城辦學有成，後又協辦河東女學堂。〔註38〕呂碧城將興辦女子教育作為提倡女權的實踐，明確提出興辦女學目的是讓更多知識女性投身女學，直接參與教學和管理，因而致力提倡發展女子師範教育、培養女師。〔註39〕對此，夏曉虹教授以〈呂碧城個人「完足」的女學論〉為題，提出碧城的女權論述，大體與女學合一，兩者均為救國之必需，表示其女學理念的核心是培養個體完足的國民。另提出呂碧城受到梁啟超《變法通議・論女學》中關於「母教」的論說，延續金天翮等人「國民之母」的思路，進一步思考如何教育未來的國民之母，是呂碧城對女學的開創意義。〔註40〕因之，將女權和女學合一，成為呂碧城辦學的主要理念，強調女子受教育的重要性，設計中西合璧的學科，既能培養國民母，又能培育女師，讓更多知識女性成為女性的啟蒙者。

若辦學是呂碧城由才女轉型為新女性的重要途徑，而在其他的面向，像是自我認同、文學追求、生活與人際，如何呈現過渡的樣貌？

（二）雙重面貌：「另類的現代性」

「另類的現代性」（alternative modernities）是方秀潔教授對於呂碧城的生活方式所下的定義。此因碧城以詞名家，對於中國古典文學的鍾愛，可說是相當「傳統」，而她的自我創造性與其女性主義，似乎頗有「現代感」，在人生經歷中能見她利用「各種手段從 20 世紀的文化叉路中走出一條路來」，從她所作的決定，在全球文化圈裡似乎可說是「另類現代性」。沙培德教授進一步評論，「另類現代性」讓傳統／現代的二元性劃分變得更複雜，若將「現代」認定為具有一定的「傳統」面向，或許會有助益，表示呂碧城「在當

〔註36〕呂碧城，〈興女學議〉，收入李保民校箋，《呂碧城集》，下冊，頁 492。
〔註37〕〈論女學宜注重德育〉，《東方雜誌》，3 卷 6 期（1906 年），頁 118～124。
〔註38〕黃嫣梨，〈呂碧城與清末民初婦女教育〉，頁 250。
〔註39〕呂碧城，〈興女學議〉，頁 488。
〔註40〕夏曉虹，〈呂碧城的個人「完足」女學論〉，《漢語言文學研究》第 2 期（2015 年），頁 4～10。另收入夏曉虹，《晚清文人婦女觀（增訂本）》，頁 220～234。

時顯然活在一個屬於現代的時代之中」。〔註41〕至於文學活動的追求，懂得運用報刊媒體發聲的手法，胡曉真教授所提出的「雙重面貌」可作為詮釋：

> 傳統才女一方面發現自己的生命有了更大的可能性，可以完前代女性絕無機會的事業；另一方面，她們一如前代才女懂得運用文字，現在更學會文字遠為龐大的新力量，因為有了報刊雜誌等媒體。〔註42〕

當梁啟超等維新志士對於傳統才女的批判，在晚清極欲重塑新女性的趨勢中，呂碧城應時而出，興女權、辦女學，聞名京津，成為新時代女性的典範，但她並沒有跟才女傳統切割，而是繼續創作古典詩詞，懂得運用報刊媒體作為媒介，不過她的行為舉止卻是對於傳統閨秀的離散，展現從才女到新女性的轉換過渡，如同英斂之在《呂氏三姊妹集》跋語對碧城的評價：「承淵源家學，值過渡時代，擅舊詞華，具新理想。」〔註43〕。因此，呂碧城不能完全歸類為傳統，或是歸於現代，以「另類的現代性」來詮釋更有彈性空間，亦是對其兼具才女與新女性形象的最佳寫照。

值得一提的是，在晚清的變局中，同樣是延續才女傳統，並為女權發聲，秋瑾和呂碧城即展現不同的新女性樣貌。秋瑾原號碧城，因慕名前來《大公報》館訪呂碧城，二人一見如故，慨然取消同為碧城的稱號。呂碧城記錄此段經過：

> 名刺為紅箋「秋閨瑾」三字，館役某高舉而報曰：「來了一位梳頭的爺們！」蓋其時秋作男裝而仍擁髻，長身玉立，雙眸炯然，風度已異庸流。主人款留之，與予同榻寢。次晨，予睡眼朦朧，覩之大驚，因先瞥見其官式皂靴之雙足，認為男子也。彼方就牀頭度小盒敷粉於鼻。〔註44〕

〔註41〕Grace Fong, "Alternative Modernities, Or A Classical Woman of Modern China: The Challenging Trajectory of Lü Bicheng's (1883〜1943)Life and Song Lyrics," in Grace Fong and Nanxiu Qian, Harriet T. Zurndorfer, eds., *Beyond Tradition and Modernity: Gender, Genre, and Cosmopolitanism in Late Qing China.* Leiden;Boston: Brill, 2004, pp. 12〜59. 轉引自沙培德，〈中國婦女史新解：書評〉，《近代中國婦女史研究》第 12 期（2011 年 6 月），頁 280〜281。

〔註42〕胡曉真，〈杏壇與文壇——清末民初女性的教育與文學志業〉，《新理想、舊體例與不可思議之社會：清末民初上海「傳統派」文人與閨秀作家的轉型現象》，頁 251〜252。

〔註43〕英斂之，〈呂氏三姊妹集跋〉，《呂氏三姊妹集》。

〔註44〕呂碧城，〈予之宗教觀〉，頁 442。

紅箋與閨瑾／梳頭的爺們，擁髻／男裝，官式皂靴／敷粉於鼻，多重反差形
塑秋瑾的風采，介於男女之間的裝束所產生的奇趣，表現得很傳神。誠如羅
秀美教授所言：「秋瑾從容游移於雙重的性別展演中，時而女裝，時而男裝，
以身體體現自己獨特的生命史。」〔註45〕與秋瑾不同的是，呂碧城一生皆穿
著女裝，民初即改穿洋裝，尤愛繡繪孔雀圖樣的服飾，極重華麗的裝扮。秋
瑾來訪當日更邀碧城同渡日本參加革命運動，碧城表示欲從事女子教學以啟
迪民智，「予持世界主義，同情於政體改革，而無滿漢之見。交談結果，彼
獨進行，予任文字之役。」〔註46〕後由秋瑾主編的《中國女報》第一期在上
海創刊，碧城為作發刊詞，又發表〈女子宜急結團體論〉、〈創辦女學校育會
章程〉。〔註47〕呂碧城自稱持守「世界主義」，方秀潔認為應該理解成「個人
主義」比較恰當，這也是二人對於女權發揮的實踐，最後有著不同選擇的關
鍵。而秋瑾顯然是將國家利益置於個人利益之上，民族危難當前慨然挺身而
出，投身於國家和民族的解放事業，以擺脫滿清統治及西方帝國義列強的侵
略。〔註48〕

　　誠如李又寧教授所云：「秋瑾所代表的是革命救國的道路，是激進婦女
的領袖。呂碧城所代表的是教育興民的路程，是穩健女性的翹楚。」又曰：
「由於個人主義，她不能對國家和文化作出積極重大的貢獻，這是她的悲劇。」
〔註49〕此則延伸出革命救國才是對國家的積極貢獻，而教育興民不能算是貢
獻的問題。秋瑾的革命行動是一個女性對於政治、家國的糾葛，力量龐大到
極欲去推翻，背後隱含個人生命隨時會消失的沉重課題，而生命可能朝不保
夕，對雙十年華的呂碧城來說，承受的壓力真的太大。在秋瑾犧牲就義之後，
碧城確實也擔憂殃及自身和家人，她的二姐美蓀也因與秋瑾有信件往來，在
秋案爆發後「恐因書札被累，心恆惴惴。」一日與呂母投宿在北京的旅舍，誤
以為不明訪客是為了調查她和秋瑾的關係，「終夕徬徨，無以為計」，最後驚

〔註45〕羅秀美，〈游移的身體·重層的鏡像——由秋瑾的藝文生命觀看其身分認同〉，
　　　　《從秋瑾到蔡珠兒——近代知識女性的文學表現》（台北：台灣學生書局，
　　　　2010 年），頁 114。
〔註46〕呂碧城，〈予之宗教觀〉，頁 442。
〔註47〕李保民，〈呂碧城年譜〉，《呂碧城集》，下冊，807。
〔註48〕方秀潔，〈另類的現代性，或現代中國的古典女性：呂碧城充滿挑戰的一生及
　　　　其詞作〉，頁 333。
〔註49〕李又寧編著，〈呂碧城（1883～1943）——奇特而美豔的詞人〉《近代中華婦
　　　　女自述詩文選》，頁 192。

嚇到躲進廁所一整晚，以致「一夜穢氣薰蒸，嘔吐欲死矣。」〔註50〕美蓀的反應極為人性化，如同碧城拒絕秋瑾到日本，和擔憂禍延其身，都是正常的心理反應和對應方式。至此，從歷史定位而言，呂碧城成就個人的風華，自是無法比擬秋瑾為大我犧牲的貢獻；換一個角度而言，個人主義表示獨立自主，亦是晚清以來期待女性所展現的樣貌，而且自主即表示個人有選擇的權利，若是，碧城既獨立且自主，選擇辦女學以興民智，已是對晚清這個時代的女子教育有所貢獻。

秋瑾和呂碧城這一對奇女子，「跨越閨閣女詩人與公共領域啟蒙者兩個邊界，都有可觀的文言與白話文本可供觀察，也都曾以『奇裝異服』展演自己的身分。」〔註51〕兩人皆從才女轉側到新女性的身影中，進而成為以女性啟蒙女性的公共啟蒙者。〔註52〕在「奇裝異服」方面，呂碧城確實因為高調的穿著，成為和伯樂英斂之絕裂的關鍵。若要提及英、呂二人的交惡，在辦學時期因雙方理念不合，已有多次齟齬，英氏曾在日記寫下：「與碧城數語，覺其虛憍淺薄之狀，甚可惡，遂即辭歸。」〔註53〕其後，碧城見諸《大公報》的文章大幅減少，不久英斂之辭去北洋女子公學董事，從此不再過問校務。〔註54〕1908 年英斂之提到：「碧城因大公報白話登有勸女教習不當妖豔招搖一段，疑為譏彼，旋於津報登有駁文，強詞奪理極為可笑。數日後復來信，洋洋千言分辯，予乃答書亦千餘言，此後遂不來館。」〔註55〕以現代的審美來看，呂碧城擔任校長的黑白照片（圖9、圖10），實在難以感到「妖豔招搖」，若由較清晰的圖 9 為例，上衣的高領、窄袖、收腰，合身的剪裁，與寬衣大衫的傳統女裝相比，確實帶有時尚感。

〔註50〕呂美蓀，〈嚴幾道〉，《勱麗園隨筆》，頁 81。

〔註51〕羅秀美，〈游移的身體‧重層的鏡像——由秋瑾的藝文生命觀看其身分認同問題〉，《興大中文學報》第 26 期（2009 年 12 月），頁 136。

〔註52〕關於近代才女如何在轉型期，在報刊的公共領域中發聲，並扮演「以女性啟蒙女性」的角色，參閱羅秀美，〈從閨閣女詩人到公共啟蒙者——以近代女性報刊中的論說文為主要視域〉，《興大中文學報》第 22 期（2007 年 12 月），頁 1～45。

〔註53〕方豪，〈英斂之筆下的呂氏四姊妹（下）〉，《傳記文學》第 7 卷第 2 期（1965 年 8 月），頁 48。

〔註54〕方豪，〈英斂之筆下的呂氏四姊妹（中）〉，《傳記文學》第 7 卷第 1 期（1965 年 7 月），頁 45。

〔註55〕方豪，〈英斂之筆下的呂氏四姊妹（下）〉，《傳記文學》第 7 卷第 2 期（1965 年 8 月），頁 50。

圖9：教育家呂碧城女士小影　　　圖10：天津高等女學校總教習
　　　　　　　　　　　　　　　　　　　呂碧城女士

資料來源：《婦女時報》1911年第2期。　　資料來源：引自戴建兵編《呂碧城
　　　　　　　　　　　　　　　　　　　　　　　　文選集》頁6。

　　當時，嚴復對於碧城與英斂之等人交惡，認為「英斂之、傅問沅所以毀
訪之者，亦是因渠不甚佩服此人也。」〔註56〕抑或是「呂碧城聲名日盛，而
她的形象和態度都讓英斂之十分不快」，由此也反映出「社會保守派的男性，
對職業婦女的公眾形象所持的對立態度。」〔註57〕其中隱含著性別文化，即
是中國自古禮法所建構的人倫體系，如男外／女內的空間歸屬，男尊／女卑、
男主／女從的階序。從龐大且根深柢固的傳統倫理觀，所界定的男女之別、
男女對應的關係，呂碧城回應英斂之態度，其中恐怕帶有更深層的權力結構、
宰制的欲望流動等問題。總之，兩人自「招搖」之文後就不相往來，直到十多
年後才再度聯繫。

　　1911年8月10日，《民立報》刊登「北洋女子公學監督呂碧城，為因病
請假六個月」的消息，文中自陳「猥以菲材，且多疾病，謬膺學務，時切悚

〔註56〕王栻主編，《嚴復集》（北京：中華書局，1986年），第3冊，頁839。
〔註57〕方秀潔，〈另類的現代性，或現代中國的古典女性：呂碧城充滿挑戰的一生及
　　　　其詞作〉，頁337。

惶，是以瀝忱辭職，冀免隕越」〔註58〕的辭職原由。後因民國成立，北洋女學公學停辦，呂碧城順理成章離開操持七年多的校長職務，旋被袁世凱聘為總統府公府諮議，得以出入新華宮內。〔註59〕至於呂碧城辭職的理由，或有稱她是早已籌畫到府擔任公職；或是辦學有成，享有聲望，才被袁世凱繼續重用，其中透顯出女性得以自由選擇職業，如其在〈興女權貴有堅忍之志〉所論：「若我有自立之性質，彼雖有極強之壓力，適足以激吾自立之志氣，增吾自立之進步……與男子同趨於文明教化之途，為平等自由之人。」〔註60〕至此，我們看到一位自主自立的自由女性，在民初世代轉折的巨變中，繼續在不同領域，展演多變的新形象。

第二節　縱橫政商名流之間（29～43歲，1912～1926）

一、經商致富與建造「家屋」

民國元年，呂碧城至北京擔任公府秘書，後奉母居於上海。然而在呂美蓀筆下並非如此，照顧呂母的人是四妹坤秀，為與母親同住，辭去吉林雙城府女子師範學堂教習一職，「侍親居滬，貞孝不字。」1913年呂母辭世，坤秀「搶地呼天……幾以身殉。」翌年，因美蓀應聘廈門女子師範女學，而帶坤秀與之同行。南方自古被稱為瘴癘地，坤秀因水土不服而罹患疾病，在1914年冬天離世。為了完成坤秀與母親同葬於上海的遺願，美蓀費盡心力才成功。自此以後的人生，美蓀認為是母妹的陰靈總是守護在她的身旁，才讓她躲過幾次危及性命的災厄。〔註61〕又記述1925年大姐惠如過世前，懇求她監護年僅九歲的幼女，美蓀回憶「余哭應之，其氣始絕。」〔註62〕這個家彷彿不曾有呂碧城存在似的，而且碧城也隻字不提母妹過世這一段過程。

呂家四姐妹皆是才女，相較之下，碧城的聰慧更又甚之，因此獲得呂父特別多的疼愛，在她筆下沒有特別提到與母親相處是否融洽，從美蓀的文章

〔註58〕〈呂碧城女士辭職案〉，〈民立報〉，1911年8月10日。
〔註59〕李保民，《呂碧城詞箋注・前言》，頁6。
〔註60〕呂碧城，〈興女權貴有堅忍之志〉，收入李保民箋注，《呂碧城集》，下冊，頁470～471。
〔註61〕呂美蓀，〈母妹陰靈〉，《葂麗園隨筆》，頁89～94。
〔註62〕呂美蓀，〈某氏子〉，《葂麗園隨筆》，頁96。

中卻可得知呂母並不喜愛美蓀這個女兒，而其他三姐妹並無對此有所著墨。從碧城、美蓀的相關資料來推測，可以發現碧城和大姐惠如關係較好，美蓀和四妹坤秀相互友愛。民初，在母妹相繼過世之前，碧城和美蓀已是老死不相往來的狀態，倘若美蓀所言為真，母妹同住上海，並非碧城所說是她侍奉母親起居生活。不論真相為何，姐妹不合已成事實，也可以窺見碧城雖有家人，卻無正常的家庭生活，更多時候是獨自生活的個體。

1915 年，袁世凱組織籌安會準備重回帝制，辭去秘書一職的碧城，在這段身分轉換的資料短缺，也不見友人的相關論述，如同方秀潔教授所說，她可能刻意隱瞞，而她的友人和知情人士，也謹慎迴避與她與這個不得人心的政府之間的聯繫。〔註 63〕同時期，呂碧城一面進修英文，一面與洋人角逐貿易，數年間獲利頗豐，終身不愁衣食，成為經商有道的女商人，報刊常見的名女人，並且擁有奢華的物質生活。

上海自 1843 年開埠之後，迅速崛起為大城市，租界內自成一格的偏安景象，成為西方文明的象徵，這個被稱為具有「世紀末情調的都市」〔註 64〕，亦是呂碧城貿易經商的發跡之地。呂碧城自言：「先君故後因析產而構家難，唯余錙銖未受，曾憑眾署券。余習奢華，揮金甚鉅，皆所自儲，蓋略諳陶朱之學也。」〔註 65〕在〈予之宗教觀〉又提及失怙之後寄人籬下所嘗盡的人情冷暖，到了天津幸有諸友相助，「日用所需，供應無缺」，自此「于家庭錙銖未取，父母遺產完全奉讓。」〔註 66〕親身經歷家產被親戚奪取的痛心疾首，是其父撒手人寰後，母女共同面對的慘境，而上文提到「父母遺產完全奉讓」，所指是與姐妹處理遺產之事。前已揭呂母過世後，四妹坤秀相繼離世，而碧城放棄接受遺產，繼承者是惠如或美蓀。但碧城為何放棄接受遺產，以及放棄遺產的理由，是否因此埋下與姐妹，尤其是二姐美蓀絕裂的種子？碧城在文中不斷強調錙銖未取，是為了彰顯全憑一己之能力獲取高價的報酬，自豪有高收入能揮金如土，在十里洋場盡享奢華。

〔註 63〕方秀潔，〈另類的現代性，或現代中國的古典女性：呂碧城充滿挑戰的一生及其詞作〉，頁 337～338。

〔註 64〕李歐梵，〈上海與香港：雙城記的文化意義〉，收入李歐梵講演、季進編，《未完成的現代性》，頁 152。

〔註 65〕呂碧城，《呂碧城集》（北京：中華書局，1929 年），卷 2，頁 2b。

〔註 66〕呂碧城，〈予之宗教觀〉，收入李保民校箋，《呂碧城集》，上冊，頁 442～443。

圖11：呂碧城位於上海南京路之自宅　　圖12：時居上海的呂碧城

資料來源：引自李保民《呂碧城詩文　　　　資料來源：引自戴建兵編《呂碧城
　　　　箋注》前頁。　　　　　　　　　　　　　　文選集》頁16。

　　自謙「略諳陶朱之學」的呂碧城，在有限的記載中，提及她的財富累積
速度之快，讓她在上海的數年間成為「鉅富」。事實上，碧城同父異母之長兄
呂賢銘亦是「天富陶朱之才，十五歲時就經商營利。」〔註67〕早年辦女學時，
碧城在智育中特別強調「算術」的重要，「能熟習日常之計算，為經濟上之關
鍵」，「婦女治理家事，算術尤為生計之急需。」〔註68〕或許能說，呂碧城的
經商頭腦得自家族遺傳基因，又女子自立的重要條件之一，即是經濟獨立，
因此特別著重在算術的教導，而她自身對於算術之要旨，必然也有一定的鑽
研與心得。上文提到「憑眾署券」，有一說署券即股票，採眾人集資的方式，
經過股價的攀升而獲利，然目前無法取得更多的資訊。筆者以為即使署券不
是股票，可以確定的是，它必定是一種商業憑證，經過簽署而產生效力，且
是有價、可回饋報酬的證券。中研院學者沙培德提到：「她躋身巨賈之列的成
就，似乎以她在1920年代當上校長一事，來得更加輝煌。」〔註69〕沙培德對
於無法解釋呂碧城如何成為鉅富一事，感到相當遺憾。不過，從相關記錄來

〔註67〕秦方，〈晚清才女的成長歷程──以安徽旌德呂氏姊妹為中心〉，頁277。
〔註68〕呂碧城，〈興女學議〉，收入李保民校箋，《呂碧城集》，下冊，頁495。
〔註69〕沙培德，〈中國婦女史新解：書評〉，《近代中國婦女史研究》第12期（2011
　　　　年6月），頁280。

觀察，可以發現碧城的經商活動一直持續到晚年，並非致富後就不再工作，從她的自敘的片段來探析，也能勾勒出彼時生活情景的樣貌。

1918 年〈致費樹蔚書〉中提到「寓滬上法國醫院」、「又初建滬宅」，〔註70〕寓居法國醫院沒有相關記錄，另可得知在上海的住宅是呂碧城自建。1923 年由美返國，寓居上海南京路二十號（今南京西路，舊名靜安寺路）（圖 11），照片所見位在南京路的住宅，是西式城堡建築風格，建地面積寬敞，屋前有草地，極為氣派。次年，移居同孚路（今石門一路）八號。〔註71〕是年，碧城曾作〈橫濱夢影錄〉，在文後署名「滬西寄廬」，似乎是將宅邸號為「寄廬」。〔註72〕

自與家人離散後，碧城先寄居在舅家，後逃家，寄宿在天津《大公報》館，之後到北京擔任公職，再輾轉到上海。在天津辦女學時期，四姐妹難得聚首，讓碧城重溫與家人相處的時光，又因四人皆是女教師，因此共同為女性受教權而努力，亦為家國利益而奮鬥。之後，母、妹過世，姐妹因故不合，「家」的感覺再度離散。當她在上海憑一己之力而發跡，有足夠的經濟能力之後，則建造了「家屋」，由此能見她對家的眷戀。建造家屋的涵義即是擇地安居，想安定不想再飄流，在固定的某地，建構一處讓身心得以安置的處所。「家屋」之於呂碧城的生命歷程是極為重要的象徵，選擇居所的樣式，設計擺設屋內的空間，以及進出居所的人際關係，則是由家屋延伸而出的議題。

二、獨居，上海社交名媛

呂碧城的居家生活富態且閒適，「蓄犬一，女士琴書遣興，犬即偎伏其旁」〔註73〕，出入則「獨自駕著一輛奧士丁小汽車。」〔註74〕錢化佛曾提及同孚路住宅內的風景，及其養寵物的軼事。文中提到碧城當時與政商名流陸宗輿、龐竹卿為鄰，1926 年，新聞學碩士張繼英女士歸國，滬上新聞學會和文藝界假其寓所開談話會，許多名流與報人前往與會，因而得以一窺究竟。屋內的陳設俱為歐式，鋼琴油畫點綴其間，備極富麗，並雇用兩個印度保全，以司門禁。她有養寵物，是隻金毛小狗，名為杏兒。後來離開上海時，將狗送贈予友人尺五

〔註70〕呂碧城，〈致費樹蔚書〉，收入李保民校箋，《呂碧城集》，下冊，頁 531。
〔註71〕李保民，〈呂碧城年譜〉，《呂碧城集》，下冊，頁 813～814。
〔註72〕呂碧城，〈橫濱夢影錄〉，收入李保民校箋，《呂碧城集》，下冊，頁 553。
〔註73〕紙帳銅瓶室主，〈呂碧城〉，收入李保民校箋，《呂碧城集》，下冊，頁 703。
〔註74〕龍榆厚，〈近代女詞人呂碧城〉，《婦女月刊》第 7 卷第 1 期（1948 年），頁 25。

樓主，每與其通訊，皆詢問杏兒近況。及至杏兒因病過世，埋葬在荒郊野外，呂碧城知道後終日悵惘不已，又賦詩悼亡。〔註75〕在同孚路的住宅中，有一位貼身侍女和二個門房與碧城同住，曾有一夜「聞樓下有聲，疑為肽篋之徒，乃起立，凝神靜聽聲之所在，復取手槍。平時因避免危險槍機悉已拆卸，此時予乃將彈筒及彈粒一一裝配，費時約五分鐘，則腦力已清醒。」〔註76〕

　　由上頁照片中，可以見到在南京路的房屋寬敞且華麗，之後呂碧城移居至同孚路，雖無圖像為證，但同樣位於法租界，且與政商比鄰而居，可以想像其屋宅亦歸屬於高品質。總結錢化佛的回憶，得知碧城崇尚歐洲華麗風格的房屋，獨居，養有寵物，且不吝讓自宅出入各式人物。偌大的家屋，是呂碧城經濟能力的展現，如同她對屋內陳設擺置極為華麗一般，當然其中也帶有品味審美風格。然而，偌大的家屋，除了佣人之外，只有她一人獨居，空曠的空間，廣大的孤寂感該如何排解？於是呂碧城養了小狗，提供屋宅給新建立的人際關係使用，是渴求親密感的表現；為了確保自身生命的安全，她也持槍、學會用槍，此亦流露出在不安的生命情境中，尋求安全感的表現。另一方面，在呂碧城展現冷靜、勇敢的人格特質之外，顯示出大環境時局的不穩，一個獨居的單身女性需要有自保的能力。又因如此，像這樣才貌雙全、知名、鉅富，卻又不婚的女性，自然會成為輿論彙集的焦點。

　　從沒沒無聞的才女，在《大公報》上發表後一夕成名，進而在《大陸報》、《笑林報》、《中國女報》高唱女權，成為聞名京華的名人，呂碧城深諳報刊的傳播力道與效應。除了文字創作之外，「實從清末開始，便有不少先進婦女在報刊上登過照片，例如秋瑾、張竹君、呂碧城等，『名女人』的意象逐漸凝塑。」〔註77〕行事高調，與政商名流頻繁往來的呂碧城，滬上時期更是媒體的寵兒，如《申報》時常報導她的近況，在媒體的形塑下，成為女界的名人、時尚的名媛。比如曾經受到神州女界協濟社之邀，與聶雲台太夫人（按：曾紀芬）、胡維德夫人朱銀棣女士、張默君等女界人士進行茶敘交流，席間亦有專人演說關於世界及人類構造、英國家庭狀況並婦女勤儉情形，議題頗具

〔註75〕錢化佛口述、鄭逸梅編，《三十年來之上海續集》，收入李保民校箋，《呂碧城集》，下冊，744。

〔註76〕呂碧城，〈與 The Chronicle 報談靈魂之函〉，收入李保民校箋，《呂碧城集》，上冊，頁408。

〔註77〕黃錦珠，〈空間、身分與公共再現：清末民初（1840～1919）女作者小說的「移動性」〉，《清華中文學報》第14期（2015年12月），頁359。

有世界觀。〔註78〕這些女界名人，非僅是奢華的名流而已，對社會公益極為重視，如在京兆、直隸地區發生嚴重水災時，碧城與女界名人立即組織女子義賑會，後舉辦游藝會於張園，所售券資悉數充賑，而該會經費係由諸女士自墊並不募捐。〔註79〕經商有成的呂碧城捐款不落人後，曾親送百元洋錢到總商會救濟失業工人。〔註80〕

與女界往來之外，呂碧城亦與政商界人士密切聯繫，在北京飯店開幕當日，同各國公使、政商人士共襄盛舉，公開展現好舞藝。〔註81〕對於此事，知人報人鄭逸梅以「放誕風流」品評呂碧城，又陳述當時之景象：

> 有比諸《紅樓夢》中之史湘雲者。且染西習，嘗御晚禮服，袒其背部，留影以貽朋友。擅舞蹈，於蠻樂琤瑽中，翩翩作交際之舞，開上海摩登風氣之先。〔註82〕

嘗御晚禮服之照，可參閱（圖12），因照片為正面照，故無從窺見其袒露背部。另從其作〈說舞〉提到「跳舞為國粹之一……樂於歌舞常相輔為用。……舞之功用，為發揚美術，聯絡社交，愉快精神，運動體力。若舉行於大典盛會，尤足表示莊嚴，點綴昇平景象，非此幾無以振起公眾之歡抃也。」〔註83〕得知碧城對跳舞的重視與熱愛。總之，在媒體的形塑之下，呂碧城成為「開上海摩登風氣之先」，經商有成、熱心公益的時尚名媛。

三、單身，以文學自娛的女作家

方豪、李又寧等研究者指出，呂碧城幼年被退婚一事，是造成她終身未嫁的主因，她也在〈予之宗教觀〉提及為婚事占下，得示「兩地家居共一山，如何似隔鬼門關？日月如梭人易老，許多勞碌不如閒」〔註84〕，從中堅定獨身之志。在晚清時期的地方社會，毀婚的行為著實讓女性的名聲受損，使得當時年紀尚幼的才女呂碧城已經如同「棄婦」。〔註85〕被遺棄的感受，似與

〔註78〕〈女界交誼會紀事〉，《申報》，1917年2月8日，第11版。
〔註79〕〈女子義賑會將開游藝會〉，《申報》，1917年10月26日，第10版。
〔註80〕〈呂碧城捐款接濟工人〉，《申報》1925年6月25日，第11版，本埠新聞二。
〔註81〕〈北京〉，《申報》，1920年3月8日，第8版。
〔註82〕鄭逸梅，〈呂碧城放誕風流〉，《人物品藻錄》（上海：日新出版社，1946年），頁76。
〔註83〕呂碧城，〈說舞〉，收入李保民校箋，《呂碧城集》，下冊，頁555～558。
〔註84〕呂碧城，〈予之宗教觀〉，頁441。
〔註85〕方秀潔，〈另類的現代性，或現代中國的古典女性：呂碧城充滿挑戰的一生及

家庭分裂，和家人離散，乃至擔任國家公僕時，發現袁世凱圖謀不軌後離開如出一轍，是以，家、家人、家國的不可依恃，所帶來的不安、焦慮、孤獨，在呂碧城身上如影隨形。當她來到上海，重新轉換跑道、身分，甚至被媒體塑造成「開上海摩登風氣之先」的時尚名媛，快速成名且名利雙收之時，不過才而立之年。另一方面，她又展現出超乎年齡的交際手腕，與西商貿易，和政商名流往來皆能得心應手。過早社會化造就了呂碧城的早熟，內心隱藏的孤獨，與極盡想展現自我的樣貌（如本章中所置放呂碧城多幅唯美的小照），充斥著矛盾，既孤獨又好勝，在性格上呈現某一程度的劍拔弩張，對應於情感的依歸，似乎難以一帆風順。

　　學者黃克武認為呂碧城和嚴復之間有著公、私、情、禮的交戰，以致碧城終身未嫁。〔註86〕嚴、呂兩人年紀相差近三十歲，相識是由英斂之所引薦，之後呂碧城師從嚴復學名學，即邏輯學。在嚴復眼中，碧城「高雅率真，明達可愛，外間謠諑，皆因此女過於孤高，不放一人在於眼裡之故。」「據我看來，甚是柔婉服善，說話間，除自己剖析之外，亦不肯言人短處。」〔註87〕雖然碧城對學問用心，但嚴復卻勸她結婚，並憂其「大有立志不嫁以終其身之意」〔註88〕，認為「此兒不嫁，恐不壽也。」〔註89〕在多數人對呂碧城自恃甚高的批判聲浪下，能獨排眾議為她說話，並且關心她的婚姻大事，亦師亦友的情誼可謂親密。然而，在當時「雖長得不過二十五歲，所見多矣」的呂碧城，逾越了男女之防的界限，和多數男性精英往來，「與年長的男性文人形成一種贊助關係」，不可避免的是「年長的男性文人與幼弱才女之間的關係其實永遠帶有性幻想的暗示」〔註90〕，容易引發他人對兩人是否有愛慕之意的遐想。

　　民初，在西方自由風氣的影響下，鼓吹自由結婚、自由戀愛的口號極盛，

　　　　其詞作〉，頁 331。

〔註86〕方豪，〈英斂之筆下的呂氏四姊妹（上）〉，《傳記文學》第 6 卷第 6 期（1965年 6 月），頁 45。李又寧編著，〈呂碧城（1883～1943）──奇特而美豔的詞人〉《近代中華婦女自述詩文選》，頁 196、220。黃克武，〈嚴復的異性情緣與思想境界〉，《福建論壇》（人民社會科學版）第 1 期（2001 年），頁 84～90。黃克武，《惟適之安：嚴復與近代中國的文化轉型》（台北：聯經出版公司，2010 年），頁 48～63。

〔註87〕王栻主編，《嚴復集》，第 3 冊，頁 839。

〔註88〕王栻主編，《嚴復集》，第 3 冊，頁 840。

〔註89〕王栻主編，《嚴復集》，第 5 冊，頁 1493。

〔註90〕胡曉真，〈父與女──女性文學想像中的晚明變局與世代傳承〉，《才女徹夜未眠──近代中國女性敘事文學的興起》，頁 206。

呂碧城堅持獨身，婚姻觀卻十分傳統，對當時「自由結婚」的觀念持保留態度，以為「父母主婚」對婚姻較有保障。〔註 91〕不過，清末駐日公使胡惟德因斷弦，頗屬意碧城，托傅增湘議婚，而遭拒絕，經母姊相勸，亦是無意。〔註 92〕然而碧城並非全盤否定婚姻，在上海時曾接受社會名流葉遐庵之邀，和楊雲史、陸楓園等文人齊聚一堂，大方公開擇偶條件：

> 生平可稱許之男子不多，梁任公早有妻室，汪季新年紀較輕，汪榮寶尚不錯，亦已有偶。張嗇公曾為諸貞壯作伐，貞壯詩才固佳，奈年屆不惑，鬢髮皆白何！〔註 93〕

呂碧城又稱「幸而手邊略有積蓄，不愁衣食，只有以文學自娛耳。」擇偶的標準「不在資產及門第，而在於文學上之地位。因此難得相當伴侶。」〔註 94〕可見年紀相當，具有文學造詣，彼此唱和，切蹉詩藝，得夫唱婦隨之樂，才是呂碧城理想中的婚姻生活。

1928 年，雲若〈隔一重洋各自愁〉提及呂碧城與詩人楊雲史（1875～1941）「詩筒往還，文字因緣，締來已久」，碧城甚至表達「天地悠悠，我將安托」之語，終究形影自傷。〔註 95〕此亦是強作解人，時碧城已經四十五歲，從上述她評價「汪榮寶尚不錯，亦已有偶」，即知已婚男子自是不在她的擇偶範圍，且以她孤傲的性格，不太可能與才子楊雲史有情感上的瓜葛。彼時，呂碧城隻身獨遊歐洲，愁緒融入詩詞之中，經常寄給國內文人好友相互唱和，詞情委婉，愁思滿溢，不料卻逢楊雲史納妾的時機，因而引發讀者聯想，被大作文章。

從早年倡女權、女學，鼓勵女性獨立自主，已成為呂碧城的信念與行事方式，有了選擇職業的能力與經濟獨立後，更不須依附男性度日，如其自稱「我是經濟獨立的，不靠別人為生活。」〔註 96〕加上又有才華，自視甚高，可能導

〔註 91〕王栻主編，《嚴復集》，第 3 冊，頁 839。

〔註 92〕李保民，〈呂碧城年譜〉，《呂碧城集》，下冊，頁 809。

〔註 93〕鄭逸梅，《鄭逸梅選集》（哈爾濱：黑龍江人民出版社，1991 年），第 3 卷，頁 524。

〔註 94〕鄭逸梅，《鄭逸梅選集》，頁 524。

〔註 95〕雲若，〈隔一重洋各自愁〉，《北洋畫報》第 243 期（1928 年），另收入李保民校箋，《呂碧城集》，下冊，頁 741。呂碧城，〈蝶戀花〉：「彗尾騰光明月缺，天地悠悠，問我將安托？一自魯連高蹈絕，千年碧海無顏色。 容易歡場成落寞，道是消愁，試取金尊酌。淚迸尊前無計遏，迴腸得酒哀愈烈。」見氏著，收入李保民校箋，《呂碧城集》，上冊，頁 96。

〔註 96〕呂碧城，〈紐約病中七日記〉，收入李保民校箋，《呂碧城集》，下冊，頁 548。

致的結果即是獨身不婚。誠如游鑑明教授所言：「獨立自主的言論未必鼓勵女性獨身，但其影響卻使部分女性在獨立自主後走向不婚，這種觀念從鼓勵女性獨立自主的內涵可以看出其間的矛盾。」〔註97〕進一步而言，在傳統儒家禮法的框架下，三從是女性必備的道德，良家婦女沒有獨身的權利，呂碧城卻越過了為人妻、為人母的婦職，沒有善盡一個女性應有的社會角色。而且，在民初相對保守的社會風氣下，未婚確實是非比尋常，與社會常態格格不入，雖是碧城個人自由意志及選擇所致，亦必須承受他人異樣的眼光與批判。

從學者研究發現明清時期的才女，常感嘆文藝追求與家庭職責兩相衝突。此因婚姻帶來身分的轉變，為人妻母甚少有獨處時間，寫作一事成為才女忙完家事後的珍貴偷閒。〔註98〕相對於在晚清已「堅定獨立之志」的呂碧城，時間可以自由運用，其稱「以文學自娛」是才女傳統的展現，亦是為了排除自我生命裡強大的孤寂洪流，以文學作為抒發自我的出口。因之，呂碧城很重視自己是作家的身分，以寫作來建立自我存在的價值，「對一個要以『寫作』來自我完成的作家而言，寫作被擺放的位置，亦是生命被擺放的位置。」〔註99〕

如在晚清時，碧城已表現出對旅遊的興趣，又撰文刊登，「1911 年 6 月《婦女時報》創刊號，收錄的第一篇〈北戴河遊記〉，即呂碧城所作。」〔註100〕後則經常暢遊南北，寄情山水，飽覽西湖、虎丘、廬山、青島及萬里長城之勝，再將遊蹤盡入於詩文。民初，離開教育崗位的碧城，旋即到北京擔任袁世凱的公府秘書，結識袁公子寒雲及其詩友易順鼎、徐芷生、費樹蔚、陳浣等人，時常與之詩詞唱和，切磋技藝。〔註101〕彼時，亦加入著名文學社團「南社」，與柳亞子、張默君、余十眉、王鈍根等文士交遊往來，多次參加南社雅集。柳亞子曾曰：「在南社派中間，舉得出名字的，卻有旌德呂碧城，湘鄉張默君，和

〔註97〕游鑑明，〈千山我獨行？廿世紀前半期中國有關女性獨身的言論〉，《近代中國婦女史研究》第 9 期（2001 年 8 月），頁 134。

〔註98〕例如彈詞小說《筆生花》的作者邱心如，時常在小說自敘描述自己為俗累、家務所牽絆，而無法專心寫作。參閱胡曉真，〈傳世欲望——女性彈詞小說的自傳性〉，《才女徹夜未眠——近代中國女性敘事文學的興起》，頁 84～90。

〔註99〕蕭義玲，〈走在一條建造家屋之路——論七等生《重回沙河》中的時間光影與生命家屋〉，《中正大學中文學術年刊》第 12 期（2008 年 12 月），頁 206。

〔註100〕張朋，〈旅行書寫與清末民初知識女性的身份認同——以《婦女時報》女性遊記為中心〉，《汕頭大學學報》（人文社會科學版）第 29 卷第 5 期（2013年），頁 46。

〔註101〕李保民，《呂碧城詞箋注・前言》，頁 6。

崇德徐自華蘊姊妹，足以擔當女詩人之名而無愧。」〔註102〕結社是明清時期才女跨越閨閣，拓展人際網絡的方式之一，目的在於書寫文字的欣賞、製造與傳播，而且透過結社，才能打進文人、士大夫的世界。〔註103〕呂碧城利用參加社團之利，使其詩作如〈感事〉、〈次韻和南湖二律〉、〈和白葭韻〉，詞作如〈燭影搖紅〉（庚戌感事偕徐正升同賦）等，刊登於《南社叢刻》。

此外，呂碧城於 1916 年問學於道教名士、仙學家陳攖寧〔註104〕，她的聰穎靈慧和強烈的求知欲，使陳攖寧重燃對道學女丹傳揚的希望。對此，陳氏以孫不二元君派的主要道書《孫不二女內丹詩》作為主講資料，為碧城編撰《孫不二女丹次第詩注》，另將手訂《女丹十則》予以研讀，回應她的種種疑問，後撰成〈答呂碧城女士三十六問〉，陸續發表在《揚善半月刊》〔註105〕。透過他人之手及報刊傳播，間接將呂碧城的宗教信仰面向展現出來。

綜言之，自清末離開教育工作後，尤其在上海經商期間，是呂碧城文學創作數量最少的階段，但她仍然不忘女作家的身分，持續的進行書寫，除了發文刊登於報刊之外，又透過結社、社交圈的擴大，將作品與言論有意識的進行傳播。

第三節　旅行・朝聖之旅（37～60 歲，1920～1943）

一、西方新世界的追夢人

晚清以來，在「西風東漸」的影響下，西方文明成為象徵改革，推動國家進步的利器，因而鼓吹女權、女學，要求女性也加入救國行列，如梁啟超

〔註102〕柳亞子，〈介紹一位現代女詩人〉，《懷舊集》（上海：上海書店，1981 年），頁 238。

〔註103〕美・高彥頤著、李志生譯，《閨塾師：明末清初江南的才女文化》，頁 18。

〔註104〕陳攖寧（1880～1969），原名元善、志祥，字子修，後改名「攖寧」，出自《莊子・大宗師》：「攖寧也者，攖而後成者也。」道號「圓頓子」、「攖寧子」，是全真龍門派系譜的第十九代居士，少即飽讀詩書、學兼中外，研究西方科技，亦涉及中醫學理、仙學修養法。1911 年，曾至上海白雲觀研讀《道藏》，經三年，後為求佛教修行之法，先後至杭州海潮寺華嚴大學閱藏。後以實踐道教丹道養生法，主張宣揚此術以濟世。參閱氏著，〈陳攖寧自傳〉，《道教與養生》（北京：華文出版社，1989 年），頁 1～5。

〔註105〕陳攖寧，〈答呂碧城女士三十六問〉，《道教與養生》，頁 339～345。另刊於《揚善半月刊》第 86 期，頁 521～527。

刻意將康愛德醫生，一位受過西方教育，從事新式職業的女子，形塑成女性新形象的典範。在風潮推動之中帶來一種新的可能，即是西方文明如此先進，若有機會何不親自前往一探究竟，於是鼓動女性對西方新世界的嚮往。

　　民初，已有許多先進婦女參與公共事務，行走世界異國，然而整體的社會習氣，仍墨守男外女內的傳統規範，此因女權思潮乍興，女子雖擁有嶄新的發展空間，卻也受制於深重的父權傳統。絕大多數的婦女，包括數量漸增的女知識分子、女作家，仍然背負沈重的傳統包袱，例如某些未曾出國的女作家，開始進行小說創作，一方面展現對於朝向西方、走向世界的極度推崇，一方面也洩露了自己實際遊歷的不足。〔註 106〕在這個層面上，呂碧城無疑是幸運的，她既無家累，亦無經濟壓力，然在社會思潮皆趨向嚮往西方文明時，為何會至中年才第一次赴美？

　　1904 年，呂碧城以〈滿江紅・感懷〉一舉成名，詞中的「若安達克」（今譯聖女貞德）即展現出詞人對西方知識的掌握。1909 年 7 月，北洋女子公學才舉行第一屆畢業典禮，時任校長的呂碧城已托「嚴復向學部疏通，冀能出洋游學美國，其二姊美蓀亦為之說情，而嚴復有感於碧城未精英文，又當北洋換人之際，愛莫能助。」〔註 107〕據李又寧教授考證：

> 除了辦學校和新聞事業之外，呂碧城分出一部分時間研求西方的學問。她曾從英華讀了一點法文。我們不知道她什麼時候開始學英文。1908 年，她跟嚴復在天津學習名學，用的課本是英國人耶芳斯（William S, Jevons）著的《名學淺說》（Primer of Logic）。……碧城跟她讀這部書，促使他把它譯成中文。〔註 108〕

或許她的心中對於西方世界的嚮往，等同於對教育的熱情。此外，北洋女學有聘請外籍教師，呂碧城曾寫〈北戴河遊記〉〔註 109〕，內容為拜訪在北洋女學任職的英國籍教師與遊歷經過。此中也可推論，當碧城與外籍教師們談論西方社會的種種景象，亦在加深對西方文化的嚮往。民初，呂碧城來到上海，住在偏安一隅的法租界，其自宅位在南京路。同一路上有間「南京路股份制

〔註 106〕引自黃錦珠，〈空間、身分與公共再現：清末民初（1840～1919）女作者小說的「移動性」〉，《清華中文學報》第 14 期（2015 年 12 月），頁 337～343。
〔註 107〕李保民，〈呂碧城年譜〉，《呂碧城集》，下冊，頁 809。
〔註 108〕李又寧編著，《近代中華婦女自敘詩文選》，頁 195。
〔註 109〕呂碧城，〈北戴河遊記〉，收入李保民校箋，《呂碧城集》，下冊，頁 524～534。

福利公司」，是清末以來上海最大的外資洋貨號，舉凡「洋人起居雜用必備之品，而無物不備者」，且「貨色均選英美各國上品之物」。〔註110〕這些新奇的洋貨，必定是碧城等時尚名媛爭相前來參觀選購的場所。當她在日常使用洋貨，又與洋人貿易往來，自然成為一種觀察西洋生活方式的窗口，引發她對異域文化產生好奇、欣賞和思考。

　　據李保民考訂，碧城在「1918 年夏，料理西渡赴美諸事畢，忽染時疫，遷延達兩月之久」，直至 1920 年才如願出國。〔註111〕1917 年春天，碧城偕同張默君、席佩蘭、陳鴻璧等女界名人遊覽鄧尉。行前，呂碧城致函友人蘇州鎮守使朱深甫，請求派人護行。遊後，碧城作詩詞十數首，張默君亦有題作：「丁巳春偕陳鴻璧、呂碧城、席佩蘭諸軍鄧尉探梅，率賦十三章以誌鴻爪。」〔註112〕與其相交甚篤的張默君，1918 年即前去美國紐約，入哥倫比亞大學攻讀教育。〔註113〕後來也到了哥倫比亞大學的呂碧城，原本預計在同一年出國，不幸染上時疾而延宕此行。由此推論，呂碧城的留學計畫可能與張默君討論過，故選擇同一所學校就讀。此外，1918 年碧城無法如期出國時，其舊識著名教育家、佛教居士蔣維喬，延請諦閑大師至北京說法，邀她前往拜謁。呂碧城應邀前去，向法師訴苦，更央請法師開示。法師回道：「欠債當還，還了便沒有事了。既知道還債辛苦，以後切不可再欠了。」碧城若有所悟，自此皈依佛門。〔註114〕「皈依佛門」為她的生命開啟了宗教的向度，而她願意放下心防向一位初識的高僧訴苦，表示一個華麗、成功的時尚名媛，內心充滿著不為人知的苦楚。然與佛

〔註110〕　環球社編輯部編，《圖畫日報》（上海：上海古籍出版社，1999 年），第 1 冊，頁 191。
〔註111〕　李保民，〈呂碧城年譜〉，頁 812。
〔註112〕　李保民箋注，《呂碧城詩文箋注》，頁 40。
〔註113〕　李又寧編著，〈張默君（1884～1965）——革命先進，一代書家〉，《近代中華婦女自述詩文選》，頁 234。
〔註114〕　于凌波提到 1920 年，呂碧城前去拜謁，並皈依在諦閑法師座下，但在同一書諦閑法師的專章又稱：「1918 年，京中復設講經會，由徐蔚如居士南下禮請，他乃再到京中講《圓覺經》，由蔣維喬、黃少希從旁記錄，講經歷兩月始畢，成《圓覺經講義》數十萬言。」見氏著，《中國近現代佛教人物志》，（北京：宗教文化出版社，1995 年），頁 27、507。筆者檢閱諦閑法師年譜，1918 年，諦老曾至北京講經，由於呂碧城在 1918、1920 春，皆客居北京，但 1920 年 9 月，呂碧城已出國至哥倫比亞大學研習美術，行前皆在處理出國繁瑣事務，不至於特別前去請求法師開示，況且諦老在 1920 年已回寧波講學。是以，呂碧城皈依在諦老座下的年度應是 1918 年。參閱〈諦公年譜〉，《諦閑大師遺集：第五編遺著、語錄》（台北：佛陀教育基金會，2005 年），頁 698。

教的短暫結緣，並未讓呂碧城涉入其中，期間仍是積極想往西方國度探訪。

　　冀能出洋到實際赴美的十年之間，呂碧城歷經民國成立，職業轉換，母、妹亡逝，或許她也曾受到時局、家人變故的紛擾影響，但她終究仰仗著自己的能力，成為出入各界的女界名人，開啟上海摩登風氣的時尚名媛。雖然甚少記錄生活瑣事，由史料的解讀，能感受碧城並未迷失在十里洋場的盛景，而是積極想往西方新世界前進。當時上海設立「寰球中國學生會」，專門負責留學事項與回國工作引薦，碧城也積極參與該會舉辦的活動〔註115〕，吸收留學新知並規畫出國事宜，亦曾在一品香餐廳歡送北京清華學校赴美諸君〔註116〕，表現對出國一事的高度熱忱。直到1920年9月，碧城終於如願搭上巨輪，前進嚮往多年的西方新世界。

二、「東方的公主」及其家國之思

　　呂碧城在三十七歲時，赴「紐約哥倫比亞大學做旁聽生，修習文學、美術，並兼為《時報》的特約記者。」〔註117〕留學期間（1920～1922）的資料，目前有〈旅美雜談〉五篇、〈美洲通訊〉、〈紐約病中七日記〉，雜談數篇皆在《申報》刊出，首篇亦刊於《地學雜誌》。隨著晚清以來報刊、通訊社興起，出國旅遊、留學之風漸興，許多報社都有外派駐地記者，透過新聞或通訊編寫，傳達西方社會的脈動。通訊體裁和新聞報導本質一致，為了吸引讀者，通訊寫作更加生動、形象化報導其人其事，是以講究主題或情節豐富，使之有故事性，要求語言修辭、結構方法，類似文學作品。〔註118〕碧城的〈旅美雜談〉即採通訊體裁的寫作方式，反應其特約記者的身分，曾報導教育新知，如「美國公立小學校兒童，概可免費入學，即書籍亦由校備置，讀畢還之而已。」〔註119〕另對衛生狀況極為重視，因赴美後「久不見蚊蠅及赤膊之人污穢之區，或有蚊蠅。」〔註120〕由此回顧中國市井常見的人聲鼎沸、眾聲喧嘩的景象，一入夏季，男性「多赤膊跣足」、「成群袒背」，極不雅觀，反觀西方人多能保有公德

〔註115〕〈寰球中國學生會宴會紀〉，《申報》，1916年2月26日，第10版。

〔註116〕〈歡送赴美學生之盛況〉，《申報》，1917年8月17日，第10版。

〔註117〕劉納編著，《呂碧城評傳・作品選》，頁17。

〔註118〕何國瑋，〈通訊體裁及其「異化」的思考〉，《暨南學報》第17卷第3期（1995年7月），頁123。

〔註119〕呂碧城，〈旅美雜談一〉，收入戴建兵編，《呂碧城文選集》（天津：天津古籍出版社，2012年），頁85。

〔註120〕呂碧城，〈旅美雜談二〉，收入戴建兵編，《呂碧城文選集》，頁88。

心，如在「路邊多花園草地，備置長椅，任人憩息閱報，顧行者坐者皆守靜默。」〔註121〕其中以自身乘汽船遊覽海港的經驗，觀察到「紐約遊覽營業亦頗發達，備有各種車船招攬遊客，講演員陪行指示。」由此建議「北京、上海之外國飯店，亦有專營遊覽事業者，但皆外人所辦，吾華人曷自謀之。」〔註122〕在呂碧城的筆下，也詳實記錄種族歧視的社象現象，在美國黑種人被歧視，其來已久，而對於黃種人也多所限制，如1921年加州禁止日本人置產。〔註123〕從這些通訊報導中，能見到呂碧城被西方現代性衝擊，左右她的「觀看」，因而藉由「書寫西方」推崇西方文明，呈現1920年代的美國社會景象，又期許中國起而效尤，給予當局公共事務的建議，則帶有國族意識的思考於其中。

其次，〈美洲通訊〉和〈紐約病中七日記〉在1921年所作，內容有所互涉。前文發表在《禮拜六》，李保民根據文意改為〈致王鈍根書〉〔註124〕；後文是碧城現存唯一的白話文作品，發表在《半月》雜誌，而兩本雜誌皆是公認的鴛鴦蝴蝶派代表刊物。此派刊物對西方文明多所關注，舉凡飲食、服飾、婚戀、習俗、消費等生活新知皆是傳播重點，此派文人向來被歸於民國「舊派」，與「五四知識分子」的先進形成反差。刊物中呈現充滿時尚感、喚起讀者獵奇欲望的西方圖景，建構出與五四知識分子截然不同的「軟性」西方。〔註125〕王鈍根（1888～1951）在1914年6月6日創辦《禮拜六》，被稱為鴛鴦蝴蝶派第一人，與呂碧城在南社結識，亦幫她刊印《信芳集》。碧城赴美時帶了王氏贈閱的《禮拜六》雜誌，如在〈紐約病中七日記〉開篇即說「拿幾本《禮拜六》閱看」〔註126〕，在〈美洲通訊〉（〈致王鈍根書〉）則說「病中輟學，蒙贈之《禮拜六》多卷。」〔註127〕〈美洲通訊〉（〈致王鈍根書〉）談到美國電影中對中國社會劣跡醜態大加宣揚，碧城在華盛頓時因此事前去拜謁公使，對方卻拒而不見，因而怒言「彼居美國，於國恥而熟視無睹，且對本國人搭架子，其腦筋簡單，不受激刺之能力，令我佩服。」〔註128〕另在〈紐約病

〔註121〕 呂碧城，〈旅美雜談三〉，收入戴建兵編，《呂碧城文選集》，頁86。
〔註122〕 呂碧城，〈旅美雜談四〉，收入戴建兵編，《呂碧城文選集》，頁92。
〔註123〕 呂碧城，〈旅美雜談五〉，收入戴建兵編，《呂碧城文選集》，頁94。
〔註124〕 呂碧城，〈致王鈍根書〉，收入李保民校箋，《呂碧城集》，下冊，頁561～562。
〔註125〕 引自潘少瑜，〈時尚無罪：《紫羅蘭》半月刊的編輯美學、政治意識與文化想像〉，《中正漢學研究》第2期（2013年12月），頁272。
〔註126〕 呂碧城，〈紐約病中七日記〉，頁537。
〔註127〕 呂碧城，〈致王鈍根書〉，頁561。
〔註128〕 呂碧城，〈致王鈍根書〉，頁562。

中七日記〉亦提到一則有關國家體面的事，因顧德文女士想發表「總統賣魚」的新聞，碧城認為事關國家門面，故回應「你若宣佈，我就拏你要求的信起訴」，而讓顧女士「氣憤憤的去了」。〔註129〕對於中國當時在國際地位的落後感到憂心，更展現一個東方女性的勇氣與愛國意識。承上述，〈紐約病中七日記〉是呂碧城留下唯一一篇白話文作品，對於白話文當道而堅守文言書寫，這篇作品具有重要的象徵意義。不惟是書寫的非主流，與呂碧城時常往來的文士亦在文壇被歸於「舊派」。從碧城寫給王鈍根的信中，可以見到她在國外是以大國國民自居，國族意識極為濃厚，且不惜為了國家體面得罪外國人。再從細微處觀之，人在異地的呂碧城，不厭書信往返的費時，寄信給友人，表示她對人的情感互動的眷戀，以及對人際關係的維持。

圖 13：在紐約的呂碧城　　　　　圖 14：在紐約的呂碧城

資料來源：引自戴建兵編《呂碧城　　　　資料來源：引自戴建兵編《呂碧城
　　　　文選集》頁 18。　　　　　　　　　　文選集》頁 12。

　　除了傳播西方新知、抒發家國之思外，數篇在紐約時期之作，並無寫景的部分，僅提及旅遊十數個城鎮〔註130〕，而在〈紐約病中七日記〉難掩奢華的夙習，以及交遊人脈的廣闊。初到舊金山時，原請中國王領事陪她出遊，

〔註129〕呂碧城，〈紐約病中七日記〉，頁 538～539。
〔註130〕呂碧城，〈旅美雜談一〉，收入戴建兵編，《呂碧城文選集》，頁 86。

因對方公事在身，便派陶書記陪同搭乘汽車，遊圖書館、金門（Golden Gate）
等地。不滿足於此的呂碧城，不怕危險一意孤行獨自搭火車前往紐約，「住在
世界第一的潘斯樂維尼亞旅館」，所費不貲的住宿費用，碧城一住六個月，自
稱比住在五馬路（按：第五大道）紐約的大富豪席帕爾德夫人「還要富」，因
之傳言四起稱她是「東方的公主」。期間碧城認識許多報界人士，與某銀行總
理貝士林約跳舞，當地富豪席帕爾德夫人、國會議員塔末班夫人等名媛貴婦，
皆聞名爭與定交，費城亦有女雜誌記者慕名前來採訪。在紐約所留下的美好
倩影，可由圖 13、圖 14 觀之，據稱碧城「御錦衣，雖日赴數讌，衣必更，未
嘗一式，鮮豔錯繡，目著擬為天人。」〔註 131〕由此想見一位面貌姣好，融合
中西的華麗裝扮，獨遊紐約大都會的東方女子，是多麼的引人注目，當她觀
看新世界的同時，同時也被觀看，不論是親眼目及的西方人士，或是由她自
覺意識留下的小照，皆吸引觀看者目光更帶來驚豔之感。

　　1922 年 4 月，呂碧城結束遊學生涯，由加拿大乘船返國，途中道出日本
橫濱，登岸遊覽一番，再次回到上海定居。〔註 132〕

三、再次遠離／逃離家國，以遊為歸

　　從留學生的身分回到上海名媛的奢華，呂碧城與政商各界名流的交遊更加
密切，甚至創辦「紀麗斯跳舞傳習所」〔註 133〕，欲將舞藝的國粹發揚提升。人
脈雄厚的碧城與報章媒體有良好互動，被公推為「新聞學會主席」〔註 134〕，然
而面對一個集名利、美貌於一身的單身名女人，她的私生活、一舉一動在萬象
小報中仍是報導的主力，用以滿足大眾的好奇心，讓大眾一窺女性名人不為人
知的一面。呂碧城非常愛護自己的羽毛，重視自身的名譽，一旦涉及人身攻擊，
立刻訴諸法律途徑。有一位任職美報館的編輯黃洱淅，因在雜誌中描繪呂碧城
的生活樣貌，旋及被許多小報轉載，讓她怒不可遏而提告，最後黃氏僅判賠罰

〔註 131〕 本際，〈呂碧城女居士〉，收入呂碧城，《曉珠詞》（四卷本）。
〔註 132〕 呂碧城，〈橫濱夢影錄〉曰：「一九二二年四月，余由坎拿大附舶返華，道出
　　　　　橫濱。」見氏著，收入李保民校箋，《呂碧城集》，下冊，頁 551。
〔註 133〕 〈紀麗斯跳舞傳習所〉，《申報》，1922 年 9 月 17 日，第 15 版。
〔註 134〕 〈新聞學會成立會紀〉提及：「中西女學開成立大會，除該會會員外，到有
　　　　　新聞界許建屏、陳布雷、包天笑、何心冷、邵季昂、張靜廬，及呂碧城女士，
　　　　　及女子日報記者等十餘人。先攝影，攝影畢，即就該校圖書室開會，公推呂
　　　　　碧城女士主席。呂演說最初投身天津報界之歷史……。」《申報》，1925 年
　　　　　10 月 3 日，第 15 版。

金八十元。這件訴訟結案在《申報》刊出，文中提到「原告呂碧城供稱，今年三十二歲，原籍安徽，前在天津女子師範學校為校長，現在賦閑無就，住居上海公共租界同孚路八號。」〔註135〕有趣的是，當時碧城已是四十三歲，怎會記成三十二歲？是記者編寫有誤，還是呂碧城謊報年紀，則不得而知。另外，北洋女子公學後改為天津女子師範學校，碧城在辦學期間確實聲名遠播，但後來徹底離開教育界，從擔任公職至上海發跡，赴美歸國的經歷，或擔任名譽頭銜、記者等身分，或為社會公益盡力，對她而言，皆屬於「賦閑無就」？又一件訴訟案是則呂碧城駕車肇禍，撞斃一位男士被對方起訴，竟判賠大洋一萬五千元，才免去牢獄之災〔註136〕，從上述的八十元和一萬五千大洋對比，亦知其財力之雄厚。再一次是平襟亞所寫〈李紅郊與犬〉，被碧城以其影射個人生活，誣辱人格提告，並以慈禧太后親繪字畫為酬，迫使平氏逃至蘇州改名為沈亞公以避禍。〔註137〕在碧城的生活中，諸如前述的紛擾逐漸萌生。

　　經過不同生活轉換的歷練，步入中年的呂碧城，已經不再是剛來到上海，僅能被動的持槍保護自己的女子，面對不公義，已能訴諸公權力，利用法律捍衛自身的權益，回擊的力道極為強烈。然而，在1925年春，碧城與沈月華、費樹蔚同遊，縱談時事，已萌生漫遊歐美不復返的念頭。〔註138〕此處必須提問的是，僅因為時事，就萌生「以遊為歸」的意念？或是已到過美國，產生對西方現代性的嚮往，對比國內的情勢，讓她想再次離家去國？抑或加上前揭的報導、提告、精神耗損的不堪其擾？不料，同年七月，大姊惠如病逝于南京，因姐夫已故，又遇家產糾紛，列成訟案，碧城為此痛心疾首。〔註139〕此時，獨身的呂碧城，已經歷父母、四妹的離世，與她關係較好的大姊又撒手人寰，家人只剩不相往來的二姊呂美蓀。在種種的力量一起推進之下，1926年秋天，呂碧城遠離／逃離家國，再度踏上異國的旅程。

　　呂碧城第一次出國為了求學，第二次出國為了轉換心境，避開紛擾的國事、家事及人際的糾纏。所幸一到異地心境轉換後，習慣書寫表達自我的她，迫不及待的寫下第一篇在加州的遊記〈三千年之古樹〉，並在文前表達撰寫動機：

〔註135〕〈美報被控案辯論終結〉，《申報》，1926年4月17日，第15版。

〔註136〕〈汽車撞斃董紀連之起訴〉，《申報》，1923年7月25日，第16版。

〔註137〕竹坡，〈小說家平襟亞〉，《南洋商報》（Nanyang Siang Pau），1964年4月17日，第18版。

〔註138〕李保民，〈呂碧城年譜〉，《呂碧城集》，下冊，頁814。

〔註139〕呂碧城作《惠如長短句》跋語。見氏著，《曉珠詞》（四卷本），頁153。

予此行隻身重洋，翛然遐往，自亞而美而歐，計時週歲，繞地球一匝，見聞所及，爰為此記。自誌鴻雪之因緣，兼為國人之向導，不僅茶餘酒後消遣已也。〔註140〕

以《鴻雪因緣》為題，預告未來將有一年的歐美之行，強調遊記有「國人之向導」的功用，類似旅遊指南的實用手冊，敬請讀者期待的意味，大大滿足讀者的西方想像。後來，呂碧城的足跡遍及美、英、法、德、義、奧、瑞士諸地，見聞遊歷連載於《紫羅蘭雜誌》及《順天時報》等報刊，期間由 1926 年 9 月至 1929 年 5 月為止。藉由書寫不斷頻頻回望故國，期待向國人展現在異地的觀看，再再反應呂碧城對家國的眷戀及鄉愁，從寫作來展現自我與自我認同。

從《歐美漫遊錄》的遊蹤，可以見到依時序建構的旅遊動線〔註141〕，茲簡述如下：

（一）美國

1926 年 9 月，碧城搭船至舊金山。1927 年正月，赴紐約，道經羅散吉樂（今譯「洛杉磯」），參觀荷萊塢（今譯「好萊塢」）影城、大坎寧（今譯「大峽谷」），後繞道芝加哥至紐約。

（二）法國→瑞士→義大利→法國→瑞士

1927 年 2 月 12 日，搭乘奧林匹克號巨輪赴歐，首站至巴黎。4 月 20 日前往瑞士芒特儒（今譯「蒙特勒」），路經義大利，有密蘭（今譯「米蘭」）、佛勞蘭斯（今譯「佛羅倫斯」）、羅馬之遊。忽有急事則返回巴黎，5 月下旬再由巴黎搭火車至瑞士。6 月 4 日到芒特儒（今譯「蒙特勒」），登阿爾卑斯山。

（三）義大利→奧地利→德國→法國

7 月，由芒特儒（今譯「蒙特勒」）重到密蘭（今譯「米蘭」），再返羅馬，換車至拿波里，遊維素維歐（今譯「維蘇威」）火山、旁貝（今譯「龐貝」）古城。12 日，至威尼斯水城。14 日，搭飛機至維也納，隔日遇罷工暴動，五日後脫身，仍撥冗作半日遊，往觀雄本皇宮（今譯「美泉宮」）。20 日，搭火車前往德國柏林，因胃疾欲動手術，遂先回巴黎處理商務。

〔註140〕呂碧城對於《歐美漫遊錄》的撰作動機，見李保民校箋，《呂碧城集》，上冊，頁 317。

〔註141〕行程動線引自呂碧城，《歐美漫遊錄》，收入李保民校箋，《呂碧城集》，上冊，頁 317～453。

（四）法國→英國

　　料理完諸事，又遊巴黎鐵塔、魯巍宮（今譯「羅浮宮」）、凱旋門等名勝。8 月初搭船至倫敦，待至 1928 年 1 月底。先後遊觀國家圖書館（今譯「國家美術館」）、英國博物院（今譯「大英博物館」）、水晶宮、衛斯民宮（今譯「西敏宮」或「國會大廈」）等處，頻至中國駐英公使館作客。

（五）法國→瑞士→奧地利

　　1928 年 1 月底，由倫敦返回巴黎。3 月 15 日，參觀巴黎選女皇活動。4 月初，到瑞士芒特儒（今譯「蒙特勒」）。6 月 4 日，至日內瓦；23 日，參加百花會夜遊。12 月 25 日，赴美國友人舉辦的宴會後，自此茹素斷葷。1929 年 5 月 12～16 日，至維也納參加萬國保護動物大會。

　　《歐美漫遊錄》初起確實以旅遊指南的方式，告訴讀者如何購買輪船、鐵路票券，穿越邊境要注意查驗行李的程序，提醒讀者在公眾場合穿著要合宜，途中不可輕易接受陌生人的食物等等。隨著旅行時間推移，異域的山水風光、與人往來的情況、社會見聞的實錄、旅行的奇險與樂趣，甚至包括靈異與夢境的書寫，皆躍然於紙上。作為一個旅行者兼作家的角色，呂碧城在遊記中呈現的樣貌，亦能從下面兩幅精美的照片（圖 15）、（圖 16）來對照觀看：

圖 15：在瑞士的呂碧城

資料來源：呂碧城《曉珠詞》（四卷本），1970 年。

圖 16：在維也納的呂碧城

資料來源：《國聞週報》第 6 卷第 25 期，頁 2。

姣好的容貌搭配適宜的妝容，時髦的捲髮，珍珠項鍊的首飾，品味高雅的衣

著，無疑是當時西方最新潮的時尚。此外，在旅途中搭乘過舟船車馬、飛機等交通工具，投射出呂碧城在 1927 年就有能力搭乘飛機，享受到飛行帶來的便捷，且有喝咖啡、穿著大衣與絲襪的習慣，皆具有現代性的象徵。1920 年代末，一個東方女子能夠具備移動的能力，隻身域外獨遊，在記遊中呈現女性自己的聲音，以女性視角寫異國人文風光，展現寬廣的文化視野，這正是呂碧城歐美漫遊的獨特價值。另外，可思考的問題是，西方現代性，如何碰撞、鑄造她的身心？女作家如何與異地展開對話？左右她觀看的因素為何？

四、生命的轉向：護生與佛教的涵攝

淨土宗為呂碧城入佛門及一生學修、弘揚之法門。1918 年，皈依在諦閑法師（1858～1932）座下〔註 142〕，植下日後修學的種子，後則歷經兩次出洋，並未在佛法上用心。直到 1928 年初，仍在旅行途中，碧城於倫敦拿到聶雲台自撰的小書、印光大師《嘉言錄》傳單，即遵教以十念法稱念佛號。〔註 143〕學佛後，又皈依在興慈老人（1881～1950）門下。〔註 144〕自此呂碧城的旅行與宗教產生連結，帶來精神提升的神聖意義。古代的婦女會利用廟會節慶時出遊，到寺廟公開參拜，有受過教育的女性在閱讀宗教經文時，經常會尋求外界師父的建議與指導。亦即，宗教實踐得以讓閨閣女性越過家庭界限，與外界專家建立聯繫。〔註 145〕即使到了民國，宗教實踐依然高度仰賴高僧大德的教導。呂碧城當時旅居在外，請求佛教界居士大德的指導，在 1929 年至 1930 年之間極為密切，主要原因是想解決無法起信淨土的困境，曾撰有〈上常惺太虛法師書〉，也致函向王季同（小徐）居士請教。1930 年底，已誦持佛名與修學內典近二年的碧城，對淨土宗仍存疑惑，適逢阿彌陀佛聖誕日，於是購花供佛，祈能映現往生西方極樂世界的瑞兆。未久於夢中見蓮花並列路旁，由此認定自己往生西方淨土之路已經萌芽，自此深信佛教。〔註 146〕從個人反觀史籍的記載，女性藉由夢境書寫信仰時有所見，亦是才女寫作的傳統之一。

〔註 142〕于凌波，《中國近現代佛教人物志》，（北京：宗教文化出版社，1995 年），頁 27、507。

〔註 143〕呂碧城，〈蓮邦之路〉，《香光小錄》（上海：道德書局，1939 年），頁 4。

〔註 144〕呂依蓮，〈憶呂碧城女居士〉，《人間佛教》，收錄於黃夏年主編，《民國佛教期刊文獻集成》，第 100 卷，頁 368。

〔註 145〕美‧曼素恩著、楊雅婷譯，《蘭閨寶錄——晚明至盛清時的中國婦女‧虔信》，頁 362～363。

〔註 146〕呂碧城，〈蓮邦之路〉，《香光小錄》，頁 5～6。

　　逐漸深入佛法期間，呂碧城同時進行護生運動，隨著反思西方物質文明發展快速之弊，及對佛法見解日益深入，又「與大虛大師為代表的世界佛化運動建立聯繫」〔註147〕，發願翻譯淨土宗的諸經典，期能使歐美人士理解戒殺、因果等教義。譯作一旦完成，則投稿到《覺有情半月刊》、《佛學半月刊》、《海潮音》等國內重要佛教刊物以饗讀者。

　　1929 年 5 月，呂碧城獲邀出席維也納舉辦的「國際保護動物會」（Internationaler Tierschutz Kongress），以〈廢屠〉（There Should be No Slaughter）為題，發表英語演說。〔註148〕1930 年 8 月，美國《蔬食月刊》（The Vegetarian and Fruitarian）刊登呂碧城「戴珠抹額，著拼金孔雀晚妝大衣」〔註149〕的玉照（圖17），以 "A Famous Poet of China. A Widely Known Humanitarian. A Typical Vegetarian." 為標題，介紹這位來自中國的著名詩人，以及眾所周知的「人道主義者」、「素食主義者」（圖18）。〔註150〕令人好奇的是，在歐洲漫遊的呂碧城，何以從閒適的姿態轉變成積極引介中西的護生健將？

圖 17：在維也納的呂碧城　　　　圖 18：在維也納的呂碧城

資料來源：呂碧城《呂碧城集》，1929 年。　資料來源：呂碧城編譯《歐美之光》，頁 66。

〔註147〕陳兵、鄧子美，《二十世紀中國佛教》（台北：現代禪出版社，2003 年），頁 179。
〔註148〕呂碧城，〈呂碧城在維也納之演說〉，《歐美之光》（上海：上海國光印書局，1932 年），頁 148～151。
〔註149〕呂碧城，〈赴維也納璅記〉，《歐美之光》，頁 129。
〔註150〕呂碧城，〈美國蔬食會〉，《歐美之光》，頁 66。

關於呂碧城護生思想的源頭，可溯源到其官宦家世背景所根植的儒家仁恕的傳統，母教所帶來「不殺生、仁慈、茹素」的思想浸潤，以及家學淵源、藏書之豐，對於各家思想皆有涉及。其次，呂碧城天性喜愛動物，多次蓄養寵物，如在上海時「女士琴書遣興，犬即偎伏其旁」〔註151〕，「蓄芙蓉雀一對，日親飼之。」〔註152〕對動物萌生的情感經驗，自是後來推動保護動物的淵源之一。再者，初抵天津時，碧城見《滬報》報導伍廷芳倡導的蔬食衛生會，即致函伍氏提出「衛生義屬利己，應標明戒殺，以宏仁恕之旨。」〔註153〕到了 1926 年居住在上海，碧城擬邀請步林屋共同創辦《護生月刊》，「以人類不傷人類，及人類不傷物類」為宗旨，步氏因其願望太宏回絕而作罷。是年秋天，呂碧城遊美期間，又邀日本人提倡戒殺，仍未果。〔註154〕

1926 年起，呂碧城漫遊歐美，期間兼任天津《大公報》駐歐訪事。〔註155〕當她來到羅馬卡匹透連藝術館（Capitoline，今譯作「卡比托利歐博物館」），看見母狼乳哺後來創建羅馬城的雙胞胎兄弟，聽聞羅馬建國傳說，並與「《左傳》令尹子文被虎乳之」，《舊金山報》有二女被狼拾為螟蛉子的奇聞，因而發出動物尚有慈善之心，「吾人類反而肉食，無惻隱之心，能不愧於禽獸」之語。〔註156〕另在〈維也納之被困〉，提及參觀雄本皇宮（The Imperial Residence Schonbrunn，今譯作「美泉宮」）返回住處的路上，看到菜場擺賣的獸皮，毛色如生，血痕清晰可見，而駕車的牛馬正好經過其處，在心中萌生不忍之心，並發出企盼：「世有仁者為之呼籲乎？跂予望之。」〔註157〕直到 1928 年冬天「閑居瑞士，偶於倫敦《太穆士報》見有皇家禁止虐待牲畜會之函，心復怦然，立即馳牘討論，遂決計為國人倡導……而成效期於世界」〔註158〕，此即

〔註151〕紙帳銅瓶室主，〈呂碧城〉，收入李保民校箋，《呂碧城集》，下冊，頁 703。
〔註152〕鄭逸梅，〈呂碧城放誕風流〉，《人物品藻錄》，頁 76。
〔註153〕呂碧城，〈謀創中國保護動物會緣起〉，收入李保民校箋，《呂碧城集》，下冊，頁 568。
〔註154〕呂碧城，〈義京羅馬〉，收入李保民校箋，《呂碧城集》，上冊，頁 351。
〔註155〕常惺法師按語。參見法國 E. Haraucourt 著，呂碧城譯，〈馬鳴菩薩說法〉，《海潮音》，收錄於黃夏年主編，《民國佛教期刊文獻集成》，第 174 卷，頁 548～553。
〔註156〕呂碧城，〈義京羅馬〉，頁 350～351。
〔註157〕呂碧城，〈維也納之被困〉，收入李保民校箋，《呂碧城集》，上冊，頁 378～379。
〔註158〕呂碧城，〈謀創中國保護動物會緣起〉，頁 568～569。

是碧城擬創中國保護動物會，展開護生行動之起始。

既然呂碧城以儒家仁恕之旨為出發，又服膺佛教戒殺之理，在旅途中多有感觸，應不忍心再食動物之肉，事實也確實如此，她自述在 1925 年已實行「庖廚戒殺」，於 1928 年 12 月 25 日，自日內瓦赴美國人年宴後，完全蔬食。〔註 159〕必須釐清的是，碧城自行決定蔬食的飲食習慣，並非因佛教而改變，雖然她在 1928 年初開始遵照《嘉言錄》以「十念法」念佛，但佛教並無強制規定信仰者必須茹素，而是透過修學長養慈悲心願意體現戒殺，進而改變飲食習慣。況且，當時碧城並不認為自己是佛教徒，從謀創中國保護動物會時，是以「中國女子」及「記者」〔註 160〕的身分與西方團體接觸，而在 1931 年時也提到：「予昔之茹素屬道德，今之茹素屬宗教。故自今年皈依佛法後，不食雞蛋。」〔註 161〕是以，有無食雞蛋，劃分了呂碧城界定宗教與道德茹素的界限。

決定創辦中國保護動物會的呂碧城，主動跟英、美動物保護團體聯繫，再以記者的身分編譯護生消息，寄回國內報紙刊行。護生運動是世界潮流，在中國則由佛教界為主要的推動力量，推廣放生、吃素、戒殺，如弘一大師的弟子豐子愷，投入四十餘年繪製著名的《護生畫集》，帶來極大的影響力。由於碧城積極推動護生，引起佛教界人士的關注，先是李圓淨居士出面和她聯繫，提議將護生文章集結出版，最後定名《歐美之光》。無心插柳的是，1934 年中國保護動物會由佛教界推動正式成立。〔註 162〕因此，呂碧城可謂是民初東西方護生思想交流的啟蒙者，重要的典範人物。

1933 年冬，碧城由瑞士歸國，隔年寓居上海迻譯經典。〔註 163〕1937 年至 1940 年，三度出洋期間，遊踪行至瑞士、新加坡、泰國等地，留下的文稿多以護生、佛教為主題。換言之，呂碧城以其內蘊的儒釋思想，後在旅行中受到西方文明、佛法的啟發，心態由個人耽美轉向為對生命姿態的觀察，以

〔註 159〕呂碧城，〈海外蔬食談〉，《歐美之光》，頁 121。

〔註 160〕呂碧城，〈致美國芝加哥屠牲公會函〉提到「予為中國女子，夙矜恤彼可憐無助之牲畜……。」參見李保民校箋，《呂碧城集》，下冊，頁 576。呂碧城，〈巴黎佛會一夕記〉中自稱記者，曰：「華賓惟記者與胡永齡君。」見氏編譯，《歐美之光》，頁 9。

〔註 161〕呂碧城，〈海外蔬食談〉，《歐美之光》，頁 121。

〔註 162〕《護生報》，1934 年 1 月 29 日，第 4 期第 1 版。

〔註 163〕李保民，〈呂碧城年譜〉，《呂碧城集》，下冊，頁 819～820。

生命本身應該受到尊重的初心，轉成仁慈之心，朝向對護生、宗教的追求，從而將護生和佛教連結起來。原本「以遊為歸」的旅程，在生命涵攝護生、佛教之後，身心有了安放之處，使得旅行不再只是著眼於異國人文風情，從而延伸為生命的朝聖之旅。

第四節　生命旅程・宗教探求之路（45～60 歲，1928～1943）

一、修行：精神與知識的雙重滿足

宗教之於閨秀有重大的涵意，「佛道等宗教為婦女在儒教規範以外找到縫隙，豐富其精神、穩定其情緒，使為人妻母、守寡、年老者都能得到心靈慰藉。」〔註164〕然而，古代的女性藉由進香活動外出旅遊，公然進入寺廟參拜，打破閨房疆界的危險，引發知識分子與地方官員的議論與禁止。不過防不勝防，禁令依然無法阻擋婦女虔誠的朝聖進香之旅、對宗教境界追求，因此，由宗教實踐延伸了女性生活空間與心靈空間。

據漢學家曼素恩研究，清代精英女性到了五十歲是一個重要的生命標記，婆婆可能會退回私室持珠念經或研讀佛經，有些婦女會聚在一起誦經或朝聖。有些女性開始追求佛家或道家的精神境界，實踐必須恪守戒律，極度專注的進行抄錄經文，或打坐冥想。這樣的求道歷程也可能包括用絲線，或信徒自己的頭髮來繡經文或菩薩像，有少數例子提到男性教師或導師。〔註165〕清代閨秀繡觀音像是一種心靈虔敬的表現，繪像亦如是，「它也是一項藝術創作，象徵著性方面的純潔與忠貞，同時又是一種陶養自我的修練。」〔註166〕而畫佛如同念佛、觀佛、憶佛，此皆稱為作佛，意指在繪畫的過程中將佛像深植入心，種下善根，祈求消除惡業，福增慧朗。

〔註164〕 胡曉真，〈《蘭閨寶錄——晚明至盛清時的中國婦女》導論〉，收入美・曼素恩著、楊雅婷譯，《蘭閨寶錄——晚明至盛清時的中國婦女》，頁17。

〔註165〕 美・曼素恩著、楊雅婷譯，《蘭閨寶錄——晚明至盛清時的中國婦女・生命歷程》，頁154～155。

〔註166〕 美・曼素恩著、楊雅婷譯，《蘭閨寶錄——晚明至盛清時的中國婦女・虔信》，頁356。

圖 19：呂碧城繪觀音像　　　　　圖 20：呂碧城畫佛

資料來源：《覺有情半月刊》第 4 卷　　資料來源：《覺有情半月刊》第 4 卷
　　　第 17、18 號。　　　　　　　　　　第 15、16 號。

「才女陳書在五十三歲時畫了一幅觀音自海面浮現的肖像」〔註167〕，呂碧城
的學佛歷程也繪製佛菩薩像，才華是自幼習丹青而來；曾自敘幼年時隨母親
鄉居，繪有觀音畫像，而被鄉人求取回去摹繪。1928 年，夢見於倫敦女人住
處，看到幼年「所繪觀音大士像，秀髮披拂，現身海中。」三年後試畫佛像，
遂成「飄海觀音」一幀（圖 19），以贈倫敦佛學會。無意中因緣聚合，讓觀音
像的法身再現於倫敦，遂寫〈畫佛因緣記〉以記之。〔註168〕另在《覺有情半
月刊》第四卷第十五、十六號的版面中，刊出呂碧城所繪的佛像，法相清淨
莊嚴（圖 20）。由此能見呂碧城紹承閨秀傳統，以繪像作為藝術與信仰結合的
最佳展現。

　　其次，誦經、持咒、瞻禮是有信仰的婦女每日的定課，例如「有些虔誠
的婦女每天要誦《華嚴經》二或三次」，或有女性每日「向觀音頂禮六次」，五
更起身至「一座佛寺拜謁」。〔註169〕碧城依止淨土法門，以「念佛」為日課，

〔註167〕美·曼素恩著、楊雅婷譯，《蘭閨寶錄——晚明至盛清時的中國婦女·虔信》，
　　　　頁 356。
〔註168〕聖因女士，〈畫佛因緣記〉，《世界佛教居士林林刊》，收錄於黃夏年主編，《民
　　　　國佛教期刊文獻集成》，第 15 卷，頁 328。
〔註169〕美·曼素恩著、楊雅婷譯，《蘭閨寶錄——晚明至盛清時的中國婦女·虔信》，
　　　　頁 366。

強調「觀想」為主要修行方式。自稱「予夙拙於持咒」的碧城，曾被一位患痢疾的婦人懇求大悲咒水，遂以淨水一盞安置菩薩像前，跪修《觀無量壽佛經》中的第十觀，即是觀想「觀世音菩薩」，隔天拿給婦人飲之，竟然一服而愈。〔註170〕此次經驗讓碧城以為是自身精進修持獲得感應，往後更加特別重視觀想，在她晚年所撰寫的《觀無量壽佛經釋論》中，也鼓勵修行者在念佛之餘，必定要再進行觀想與閱藏。

此外，抄經是一項特殊的修行實踐，如《紅樓夢》中為慶祝賈母八十一歲壽辰，賈母要求家中凡能書寫的女性，皆要抄寫《心經》，又雇人抄寫《金剛經》。據相關記錄指出女詩人陶善，也曾親手抄寫《金剛經》和《阿彌陀經》，而抄寫經典不僅是一項宗教實踐，這個舉動本身可以啟發新的洞見。〔註171〕呂碧城則更上一層，直接深入經藏，從中展現宿慧，亦表現不服輸、好勝的性格。多數研究表示受過高等教育的婦女所喜好的佛經，內容艱深難懂，必須在教師指導下方能研讀。如清中葉的知識女性，包含惲珠，皆喜愛闡述「如來藏」佛性思想的《楞嚴經》。〔註172〕是以，閨秀必須在進香時順便請求大師指導，或讓一些尼眾，甚至是男性導師進到閨閣空間來指正學修方式。

呂碧城則從經典直接入手，初讀《金剛經》即有啟發，遂撰寫〈讀金剛經論〉（又名〈梵海蠡測〉）。除了起始曾對淨土教義質疑，而致信給太虛大師、常惺法師、王小徐居士請教，大多是獨自進行宗教實踐，學佛心得有出版專書是《香光小錄》，內容收錄碧城的念佛方法、夢到蓮邦之路及其涵意、自然戒除肉食的方法等學佛進程，目的為了弘揚淨土。後又以淨土三經之一《觀無量壽佛經》為底本，將唯識學與淨土宗的教義相結合，撰成《觀無量壽佛經釋論》。此書一出被太虛大師贊曰：「義旨豐瞻，文筆清勁。尤以導論為雄朗，釋第二觀為清雋，全釋稍瑩治，大有功於此經。」〔註173〕受到解行並進的大師的點評，自是對呂碧城在佛學上的精進，一心弘揚淨土宗的最佳肯定。

〔註170〕呂碧城，〈觀音聖恩記〉，《覺有情半月刊》，收錄於黃夏年主編，《民國佛教期刊文獻集成補編》，第62卷，頁7。

〔註171〕美・曼素恩著、楊雅婷譯，《蘭閨寶錄——晚明至盛清時的中國婦女・虔信》，頁366。

〔註172〕美・曼素恩著、楊雅婷譯，《蘭閨寶錄——晚明至盛清時的中國婦女・虔信》，頁363。

〔註173〕太虛，〈「觀經釋論」之讀者批評一斑：太虛法師覆呂碧城女士函〉，《覺有情半月刊》，收錄於黃夏年主編，《民國佛教期刊文獻集成補編》，第61卷，頁509。

除了直接閱讀經藏，深信佛法之後的呂碧城甚少從事文藝創作，轉以擅長的外語能力悉心從事佛典翻譯，在英譯佛典投注極大的心力，成果以《英文華嚴經普賢行願品》、《淨土綱要》、《因果綱要》等書刊印出版。誠如曼素恩所言：「對於學問淵博的婦女來說，研讀深奧的佛經同時帶給她們知識上與精神上的滿足。」〔註174〕此觀點亦適用於碧城的修持，既閱藏且書寫，又能翻譯佛典，逕向歐美人士弘揚淨土宗。因此，宗教實踐確實帶給呂碧城在知識、精神上的雙重滿足，展現從清代以來的精英婦女在修行方式上的延伸與轉變。

二、追求孤獨／時尚的信仰者

縱觀呂碧城的詞作，「孤」、「獨」、「落寞」是常見的詞語，據徐新韻考證，僅「孤」字在《呂碧城詞箋注》所收錄的 312 首詞中出現 40 多次，又稱「心中的孤獨驅使呂碧城在審美情趣上多借助孤物、孤人來表達自己的孤情。受孤情情感的感染，在呂碧城眼中自然界以孤為美。」〔註175〕所言甚是。呂碧城一生都非常孤獨，孤高的性格，獨身的選擇，獨居的狀態，獨到的見解，特立獨行的形象，踽踽獨行的遊蹤，使得「孤獨」必然成為她的個人標誌，即使在尋求解脫的宗教之路上，她都顯得特別孤獨。

此因「有些宗教經驗是必須與許多人分享的，例如男女老少齊聚於寺廟慶祝觀音的三個壽辰。而在家宅之內，擺在門邊的竹杖和木魚，則標示著一名婦女的宗教信念與她對孤獨的追求。」〔註176〕目前的史料中，呂碧城到訪寺院的記錄，似乎僅有到北京拜謁諦閑大師那一次，多數時間都是自行修持，少與寺院的高僧大德有所往來。修持感受無人能說，故必須藉由書寫，發表到佛教刊物上，以供諸同行道友取資，或與當時活躍的居士如聶雲台、蔣維喬、范古農等人通信，進行佛教議題討論。值得一提的是，皈受五戒後，呂碧城依正式儀軌，在普賢菩薩像前作記號，表示已受菩薩戒，以行菩薩道。〔註177〕不過，文

〔註174〕美・曼素恩著、楊雅婷譯，《蘭閨寶錄——晚明至盛清時的中國婦女・虔信》，頁 363。

〔註175〕徐新韻，《呂碧城三姊妹文學研究》，頁 102。

〔註176〕美・曼素恩著、楊雅婷譯，《蘭閨寶錄——晚明至盛清時的中國婦女・虔信》，頁 375。

〔註177〕此文原刊於呂碧城譯《英文華嚴經普賢行願品》及《淨土綱要》合刊本後之附錄，是用英文寫成，後由《佛學半月刊》編輯翻譯刊登。參見呂碧城，〈述譯經之感應〉，《佛學半月刊》，收錄於黃夏年主編，《民國佛教期刊文獻集成》，第 53 卷，頁 271。

中未提及受戒地點、授戒師、戒壇等事，僅稱依正式儀軌，皈依普賢菩薩為本尊，並於手臂上作了三誌。此舉產生的問題是，受菩薩戒應要至寺院，由具格的法師為信眾進行授戒，不在寺院受戒則涉及「自誓受戒」的疑慮。《梵網經菩薩戒略疏》：「若千里內，無能授戒師，得佛菩薩形像前自誓受戒。」「若千里內，有明經律戒師，而輕忽怠慢，不往求受，而自誓受者，不得戒。」〔註178〕經上表明若要「自誓受戒」，條件是千里之內無有授戒師才可行，然而1935年春天，碧城已從歐洲返抵天津，並於香港購屋〔註179〕準備久住，況且國內的高僧大德並不難尋。對此，呂碧城則有獨見，發表在其自撰的《觀經釋論》：「戒須鄭重授受。以受於律宗之大寺院為妥，或在佛前自誓受之，與從師受者等無異。」〔註180〕筆者在此無意批判呂碧城自誓受戒如不如法，而是從此例顯示其性格的獨斷和堅持己見，如同受戒如此重要的儀式，需要聚集信眾的神聖空間她都一人承辦，而且沒有外人參與，由此見到她對宗教信仰的態度，也隱含著孤獨的追求。

自1928年在旅行中再次接觸佛法後，呂碧城在十五年間念佛作觀，深入研習內典，撰譯淨土諸經。1933年冬，碧城由歐返國。第二次西遊時，原不作歸國之計，回國的緣由在其〈蓮邦之路〉有所說明：

> 初次渡歐因種種感觸，即不作歸計。後雖歸國一次，亦係由轟公函勸（因由使館得其小冊，始與通訊，否則不相知也。）寓港數年，專從事譯經，不遑他顧。刊後，設法分佈各國。又忙年餘，甫告藏事，即遭環境之迫，重返歐洲。〔註181〕

1934年碧城住在上海翻譯佛經，次年在香港山光道購屋自住。早年在上海建造家屋之後，香港是呂碧城第二次定居落腳的城市，其中原由在有限的史料裡難以探知，或許是內戰的因素，到南方香港長期居住是最安全的考量。未料「遷居後未久，始見白蟻蛀梁。欲折梁換柱，又慮傷及蟻命，違背殺生之旨。不然，又有屋宇傾圮之憂，後轉讓他人。」〔註182〕此應是上述所道「遭環境之迫」，呂碧城第三次出國前，已將房屋轉讓，遷居菩提場四樓。白蟻的

〔註178〕《梵網經菩薩戒略疏》卷5，《卍續藏》X38，p0736c～0737b04。
〔註179〕李保民，〈呂碧城年譜〉，《呂碧城詞箋注》，頁586～587。
〔註180〕呂碧城，《觀無量壽佛經釋論》，頁5。
〔註181〕呂碧城，〈蓮邦之路〉，《香光小錄》，頁4。
〔註182〕李保民，〈呂碧城年譜〉，《呂碧城集》，下冊，頁821。

侵襲讓呂碧城極為困擾，曾致信給弘一大師，請求應變之法，但目前未見大師回函的記錄。可見碧城在護生實踐是身體力行，於生活日常恪守佛教不殺生的戒律，為了愛惜物命，不忍傷及常人所認知的害蟲白蟻，竟轉而將房子售出。

　　深信佛法的呂碧城，傾向獨修而不參與共修，到香港後很少與人打交道，不似在上海名媛時期的活躍。在港期間，難得有佛教居士認識呂碧城，又書寫記錄下來。據蔡慧誠居士回憶初識碧城的景象，是「此一座廣大高樓，惟居士一人獨住，但僱一粵籍老嫗助理飲食而已。」又言：

> 山光道住宅，該宅為一洋式建築高樓，室內佈置，清淨莊嚴，簡潔樸實。……壁間懸其自畫佛像三幀，不置其他雜物法器，極有美術化，非如一般佛徒之佛堂，堆滿香燭供品者可比。〔註183〕

即使是獨居，從上海自建的豪邸與香港山光道的洋式高樓相比，可以見到呂碧城對於居住空間寬敞的需求不曾改變，然從富贍華麗與典雅樸實的布置對映，投射出生活比重和心境的轉變。其中，自畫佛像本是碧城在修行實踐的獨特才華，更是藝術審美的呈現。而時尚名媛的晚年形象，據蔡居士描述：

> 觀其年齡約在五十外，精神頗健。居士寡言笑，出入每自一人，手攜草織書袋，有時穿西服，有時則中裝，常往九龍。余詢以尋訪何人？
> 答曰：「昔旅歐時，僱用一歐婦為私人秘書，彼現住九龍。」〔註184〕

年近半百的呂碧城，仍有穿西服，亦是洋裝的習慣。可惜文中沒有對碧城的外在形象、服裝作細部描述，不過從中可掌握一條線索，即是旅歐時有僱用秘書一事。由此可推論呂碧城旅歐期間，仍在進行商務貿易，再對照〈第三次到羅馬〉提及函致巴黎，囑將致公司、銀行、個人往來之函轉寄到羅馬，後來得知紐約國家商務銀行斯台穆，欲前來巴黎，期能會面晤談。〔註185〕若碧城不是資金往來豐厚的重要客戶，相信銀行人員不致於如此殷勤。因此，除了用照片向世人展現自己姣好的面貌，藉由書寫呈現自我認同之外，呂碧城面對生命中重要的營生之事，亦是有積極作為，不輸一般的男性。回到上

〔註183〕蔡慧誠，〈拜識呂碧城居士之因緣〉，《覺有情半月刊》，收錄於黃夏年主編，《民國佛教期刊文獻集成補編》，第62卷，頁41～42。
〔註184〕蔡慧誠，〈拜識呂碧城居士之因緣〉，頁42。
〔註185〕蔡慧誠，〈拜識呂碧城居士之因緣〉，頁42。

文，後來山光道的樓屋讓出之後，呂碧城乃遷居菩提場之四樓，蔡慧誠觀察到：

> 四樓為佛殿，早晚諸比丘尼道侶課誦其間，而居士尟與參加，獨自一人另在殿旁，供小尊觀音銅像，穿海青，搭戒衣，禮拜修持。其不凡性格，清高氣宇，與常人殊異，可於語默動靜之間覘之，而不知者誤認居士為一怪人也。〔註186〕

「一人獨住」、「每自一人」、「獨自一人」的陳述，反映呂碧城的日常生活樣貌。獨居是常態，而獨自一人，則與過去喜愛熱鬧，借自宅給友人使用的態度大相逕庭焉。「居士尟與參加」，表示呂碧城不參與僧尼團體，習慣一個人獨修，此亦是她長期以來的修行習慣。從上文中描述碧城穿海青，搭戒衣，作早晚課，禮拜觀音像，可見其對修行實踐的虔誠。

未久，碧城處理完作品付梓之事後，於1937年三次出洋，道經新加坡，拜謁廣洽法師（1900～1994）。〔註187〕廣洽法師曾是弘一大師的侍者，後到南洋弘法，與豐子愷相交甚篤，文革後資助《護生畫集》第六集順利出版，圓滿了弘一大師畢生的心願。碧城到新加坡後致信給蔡慧誠，感謝他在出國當日的贈別之誼，信中說道：「蒙諸友及新聞訪員登舟迎迓，下榻黃典嫻女居士宅。擬小住養病，俟春暖赴歐，但一切尚未能決定。」〔註188〕次年三月，呂碧城如願回到瑞士山中。自1928年4月寓日內瓦湖頭芒特儒後，呂碧城就與瑞士結下不解之緣，前後共居住了六年。〔註189〕不留戀歐美20～30年代的狂囂、頹廢的繁華盛景，唯獨選中湖光嵐影、山色清麗的瑞士棲身獨居，作為書寫、行持佛法之地，長住瑞士山中的她，為了茹素，一週要乘火車數小時下山採買鮮蔬，雖逢冰天雪地，也甘之如飴。〔註190〕在清淨無擾的環境裡，呂碧城得以安穩身心，念佛作觀、打七、茹素、譯經、書寫，在朝向「自然」的日常生活中行持佛法。身居海外的呂碧城，依然與國內友人互相交流，曾致函給詞家龍榆生，欣慰他起信淨土宗，不忘勸其嚴戒殺生，持誦佛號〔註191〕，信中代請龍氏寄

〔註186〕 蔡慧誠，〈拜識呂碧城居士之因緣〉，頁42。
〔註187〕 呂依蓮，〈憶呂碧城女居士〉，頁368。
〔註188〕 蔡慧誠，〈拜識呂碧城居士之因緣〉，頁42。
〔註189〕 呂碧城，〈報轟雲台居士書〉，《覺有情半月刊》，收錄於黃夏年主編，《民國佛教期刊文獻集成補編》，第61卷，頁501。
〔註190〕 呂碧城，〈自然斷除肉食之方法〉，《香光小錄》，頁14～19。
〔註191〕 呂碧城，〈致龍榆生書‧其四〉，收入李保民箋注，《呂碧城集》，下冊，頁670。

碧城的佛學著作給女詞家丁寧，勸她棄詞學佛。〔註192〕當時歐戰爆發，「全球猶太人一千六百萬，半數處地獄生活⋯⋯全家自殺者甚眾」〔註193〕，國內則戰亂四起，碧城特別鼓勵龍榆生，「如能真實歸佛，則與世事一切能安心，自覺換一個天地，將來尤獲益無窮。」〔註194〕此是她深信佛法的體悟，且慈悲的在心中懸掛著對故國人事的念想。

1939 年 8 月，碧城本擬往美任《蔬食月刊》筆政，到美國領事處簽護照時，對方堅執護照限期為六個月，遂取銷此行。〔註195〕1940 年秋返國，途中經曼谷、新加坡，原訂次年回上海定居，因同參道友的盛情，又遇日軍進攻之際，先留住香港。然住所難覓，香港名寺東蓮覺苑的苑長林楞真女士，顧念碧城為「宣教發心，破格優待入住東蓮覺苑」〔註196〕。此事源於方寬烈之父方養秋所促成，方養秋為香港商界、佛學界名人，據方寬烈口述，呂碧城返港時住在半島酒店，一日與政界名人葉恭綽前來拜訪其父。當時碧城身穿一襲漂亮的西式連身裙，短髮，戴著一條寶石項鍊，態度隨和，雙方話題圍繞在蔬食、戒殺，她並將《歐美之光》及個人照片贈與方寬烈。後來，碧城提到預計返回上海，但方養秋對國共內戰，日軍侵襲的局勢感到不樂觀，勸她暫居東蓮覺苑，旋及在家中致電林楞真，促成此事。〔註197〕

由上述可知，孤獨是一種調性，是呂碧城用來面對這個世界的姿態。不變的是，到晚年與她相交的仍是上層社會的政商名流，如到新加坡下榻黃典嫻府上，黃典嫻是僑領、建築業大王黃亞福之女，財力雄厚；回國後，與葉恭綽、方養秋等政商名人往來。此外，耽美的傾向在碧城身上表露無遺，從她一生堅守時尚的外表裝飾即能得知，事實上從晚明以來，違禮僭越之風盛行，服飾與身分的對等關係不再嚴密，衣服成為自我展現的憑藉，而娼妓在被觀

〔註192〕呂碧城，〈致龍榆生書・其二〉：「聞女詞家丁寧身世艱虞，亦乞代寄一小冊，勸其棄學佛。城久居海外，於故國詞流大抵皆未識面，然讀丁詞，知其造詣可期，但不宜以此自誤耳。」收入李保民箋注，《呂碧城集》，下冊，頁 666。
〔註193〕呂碧城，〈致龍榆生書・其四〉，頁 670。
〔註194〕呂碧城，〈致龍榆生書・其六〉，頁 675。
〔註195〕呂碧城，〈致龍榆生書・其五〉，頁 673。
〔註196〕林楞真，〈呂碧城女士捨報實記〉，《覺有情半月刊》，收錄於黃夏年主編，《民國佛教期刊文獻集成補編》，第 62 卷，頁 22～23。
〔註197〕香港記者 Linda Pun，筆名「水橫舟」，將訪問方寬烈先生的經過，以〈民國護生女將逝世七十周年／水橫舟尋找呂碧城的香江足跡〉為題，發表在其網誌。網址：http://lindapun.blogspot.tw/search/label/%E6%96%B9%E5%AF%9B%E7%83%88，2013 年 6 月 25 日點閱。

看的環境中，成為婦女爭相模仿的對象，成為時尚的領導者。甚至連「三姑六婆」的姑婆輩，綺羅華麗也不落人後。〔註198〕只能說愛美是女人的自然天性，而美的表現不分年齡、階級。

　　呂碧城從晚清因穿著「招搖」引發的風波，已見時尚品味的端倪，之後流通於世的小照，多見孔雀樣飾的王者華麗之姿，蘇雪林曾因此讚嘆呂碧城的美與豔：「我記得曾從某雜誌剪下她一幅玉照，著黑色發薄紗的舞衫，胸前及腰以下繡孔雀翎，頭上插翠羽數支，美艷有如仙子。此像曾供養多年，抗戰發生，入蜀始失，可見我對這位女詞人如何欽慕了。」〔註199〕而呂碧城亦不吝在書寫中展現自己對穿著與外貌的重視，如在廬山遊玩時，特別記下一個肥客帶著一位光豔照人，每日必換服裝的西方美婦。「一日，忽鬢雲低亸，斜覆其額，若有意效予之梳掠者，尤饒風致。」〔註200〕碧城以為那位美麗的婦人模仿她，才改為有瀏海的造型，此話富含自戀的意味。又一回，描寫倫敦旅況的孤寂，道出自己在除夕當晚特別穿著「黑緞平金繡鶴」的晚禮服與金縷鞋，戴上珠冠，自戀的稱說「胡天胡帝」，而珠冠猶如「自由加冕」〔註201〕，表現出即使內心孤寂，仍不忘對外展現美麗的風采。在維也納參加保護動物大會期間，竟然因為「腮猶微腫」請求延期拍照，後來則擔心「二十四寸之巨像，不知將刊於何報？」經與會會員告知維也納六大報之一，每日銷售六十萬份的《達泰格報》（Der Tag）報導：「會中最有興味、聳人視聽之事，為中國呂女士之現身講臺（演詞另錄），其所著之中國繡服喬皇矜麗，尤為群眾目光集注之點。」旋即託人尋報並記錄此事，加註「各大報所紀略同」〔註202〕，表示她非常在意外表穿著如何被報導，自身的華麗是否被觀看，即使到了晚年，方寬烈印象中的呂碧城仍是「穿一襲漂亮的西式連身裙，短髮，戴著一條寶石項鍊。」因此，時尚與華麗是一種形象的展現，不論在何種身分的過渡中，時尚是呂碧城堅守一生的品味，猶如她對孤獨的堅持一般。由此延伸的問題是，時尚華麗的穿著，對呂碧城於佛法的契入是否有所抵觸？亦

〔註198〕衣若蘭，《三姑六婆──明代婦女與社會的探索》（台北：稻鄉出版社，2002年），頁140～145。

〔註199〕蘇雪林，〈女詞人呂碧城與我〉，原載1964年新加坡恆光月刊。網址 http://www.millionbook.net/xd/s/shuxuelin/swj/048.htm，2015年8月5日點閱。

〔註200〕呂碧城，〈遊廬瑣記〉，收入李保民校箋，《呂碧城集》下冊，頁521。

〔註201〕呂碧城，《歐美漫遊錄・旅況》，收入李保民校箋，《呂碧城集》，上冊，頁416。

〔註202〕呂碧城，〈赴維也納璀記〉，《歐美之光》，頁137。

即，她對時尚品味的追求是入世的執著，是否能在出世的佛法中安頓身心？

三、與現世「家人」解結，對來生寄託「彼岸」

　　呂碧城生命的最後階段，曾寫〈感逝三首〉〔註203〕，回憶印光大師、嚴復、袁世凱，感念在她生命史中，學修佛法，啟迪學問（或對翻譯的興趣），資助辦學的三位重要的人物。最重要的是，呂碧城在往生前終於與二姐美蓀重修舊好，並勸她茹素。此事由澄徹居士居中調解而成，但姊妹兩人並未謀面。澄徹在 1941 年冬天「為其骨肉參商，馳書調解，始締文字因緣。」碧城終於釋懷，且「復書勸其姊美蓀茹素，書詞激切。」她辭世後，二姐美蓀泫然向澄徹告知：「吾妹已於一月二十四日晨在港圓寂矣。」〔註204〕由「書詞激切」一詞，表示呂碧城對於二姐不是無感無知，激切的情緒依然很強烈，而強烈的情緒正是愛的展現；從幼年時家變，年少時即斷裂的手足之情，在歐遊時甚至寫下無家，無兄弟姐妹〔註205〕的呂碧城，在離開人世之前，終於獲得「家人」的回音，得以與「家人」和解。

　　呂碧城生命的最後兩年入住東蓮覺苑，平日「不問外事，終日閉戶念佛、著書」，「於此期間曾每日為苑眾講學一小時」。1942 年冬天，因開刀後胃疾復發，身心日漸憔悴，林愣真請託與碧城相交甚篤的佛友王學仁、陳靜濤開導就醫，惜未蒙接納。病中的碧城神志清明，念佛禮拜曾不間斷，並請託林愣真協理辦理後事。〔註206〕期間，李圓淨居士收到碧城寄來遺囑及證明文件，囑託信件無論如何勿寄回香港，信中說道「因尊函寄到時，城或已辭世也。」李圓淨對於碧城修持之勤，信願之篤，感到敬佩不已。〔註207〕此外，碧城亦

〔註203〕呂碧城，〈感逝三首〉，收入李保民校箋，《呂碧城集》上冊，頁 311～312。

〔註204〕澄徹，〈呂碧城居士傳略〉，《覺有情半月刊》，收錄於黃夏年主編，《民國佛教期刊文獻集成補編》，第 62 卷，頁 5。1949 年，澄澈居士來台，1952 年在台南大仙寺出家，法號本際。本際法師將〈呂碧城居士傳略〉內容補正，更名為〈呂碧城女居士〉，該文收錄於呂碧城《曉珠詞》（四卷本）卷前。

〔註205〕1927 年 4 月，碧城住在瑞士的旅館，因住房資料需註明原籍地址，而寫下：「然於故國，予本無家，乃註以『無』（又如存款於銀行，除故國住址、父母、夫或妻外，並須註明兄弟姊妹，予皆註以『無』。）」參閱呂碧城，《歐美漫遊錄·續篇　獨遊之辦法及經驗》，收入李保民校箋，《呂碧城集》，上冊，頁 333。

〔註206〕林愣真，〈呂碧城女士捨報實記〉，《覺有情半月刊》，收錄於黃夏年主編，《民國佛教期刊文獻集成補編》，第 62 卷，頁 22～23。

〔註207〕李圓淨，〈紀呂碧城女士〉，《覺有情半月刊》，收錄於黃夏年主編，《民國佛教期刊文獻集成補編》，第 62 卷，頁 11。

致信給榮柏雲居士，提及「此函寄到時，我已於元月廿四遷化矣。」〔註208〕信件上的日期欄位原是空白，是後人依碧城的往生日「元月廿四」所填。碧城在信中將日期留白以待他人填補的方式，與弘一大師、夏丏尊居士訣別書，先後一揆，應是有意效仿法大師之所為。由前揭，當呂碧城拒絕就醫時，表示她對生命、人世間已毫無眷戀，但對於處理自身後事卻又清晰明確，則不似久病厭世的表現。她寫信給李圓淨、榮柏雲居士，內容隱含著「預知時至」，所謂「預知時至」是清楚的知道自己離世的時間，對佛教修行者而言，是自身修行成果映現的最高評價。那在時至後，她將歸向何處？淨土宗是呂碧城一門深入的法門，此宗派強調老實念佛，藉由自力及他力，臨終時依靠念佛往生，前往投生到阿彌陀佛的西方極樂淨土。亦即，呂碧城在現世經歷信、願、行的修持，對於來生則寄託在彼岸的西方極樂國土。

最後，呂碧城在「臨終，含笑念佛，境界安詳。」〔註209〕辭世後，《覺有情》特刊一期「呂碧城女士紀念號」，編者陳法香在〈紀念呂碧城女士〉〔註210〕中，歸納眾人所記，以及與碧城來往的過程，提出她預知即將捨報，往生西方淨土的徵兆，茲敘述如下：

（一）預知時至

碧城寄給編者函，謂將有遠行，囑咐暫勿宣布；同時榮柏雲居士亦獲來信，信中宣稱將於十一月十七日彌陀誕日生西，未久又有書來，謂因有小事未了，須稍緩時日。據此，作為碧城「預知時至」之證明。

（二）咐託遺言

1943年1月初，呂碧城由夢境中得一詩，寄予文史名家張次溪，曰「護首探花亦可哀，平生功績忍重埋。匆匆說法談經後，我到人間只此回。」〔註211〕後將此〈夢中所得詩〉寄給《覺有情》的編者，則是與世訣別之言；又囑

〔註208〕呂碧城，〈致榮柏雲居士書〉，《覺有情半月刊》，收錄於黃夏年主編，《民國佛教期刊文獻集成補編》，第61卷，頁508。

〔註209〕林楞真，〈致榮柏雲居士函〉，《覺有情半月刊》，收錄於黃夏年主編，《民國佛教期刊文獻集成補編》，第61卷，頁508。

〔註210〕陳法香，〈紀念呂碧城居士〉，《覺有情半月刊》，收錄於黃夏年主編，《民國佛教期刊文獻集成補編》，第61卷，頁508～509。

〔註211〕呂碧城，〈夢中所得詩〉，《覺有情半月刊》，收錄於黃夏年主編，《民國佛教期刊文獻集成補編》，第61卷，頁508。

編者每年十月保護動物專號製版登刊。此外，致范古農居士書，敦請提倡融會淨相兩宗，造就弘法歐美人材，儼然是以遺言相付託。

（三）生西準備

碧城字號之一「寶蓮」，本不常用，自 1942 秋始，與人箋札皆署此名，是以寶蓮華座志在必得，又指日可得之表徵。本年，碧城撰畢《觀經釋論》，趕付出版；又捐款匯託同志作印經、放生之用，此為即將結束一生事業的徵兆。編者對於呂碧城面臨生死大事，能從容不迫應付周詳，贊曰：「非清明在躬，志氣如神者，孰克臻此。然則女士微極樂之歸，而又安歸。」

林楞真女士後來公布呂碧城的遺囑，舉行火化、儀式的經過〔註212〕，恪守呂碧城的遺願，將其「骨灰和麵粉混合送諸水濱，與水族眾生結緣」。從遺囑可以發現呂碧城是孑然一身的「捨去」與「放下」，而且最後真能滿願與水族眾結緣，至於她是否真如法香居士所稱往生極樂淨土，則是筆者學力所不能及，僅能如實呈現佛教大德對於呂碧城往生一事的看法。其次，悼念文通常帶有溢美之辭，然法香居士所記述，是他和其他居士與呂碧城往來的見證，論述個人修持成果，僅能就事實陳述，無法加以美言。因之，呂碧城佛教的修行成果有目共睹，而她在臨終前是生病的狀態，尚能「含笑念佛」，最後「境界安詳」的離世，已經是了不起的定力，及善緣具足的展現。

在呂碧城生命旅程的終點站：香港東蓮覺苑，楊錦郁博士在 2012 年曾到訪過，拜謁年近百歲，見過呂碧城的澄真長老尼——法師憶及「她的個子中等，都是在房裡自己修行」，「獨來獨往，不大與人互動」，「翻譯了好多英文佛經」，喜「打餓七」。〔註213〕打餓七，即七日或其中幾日不食茶飯，是一種激烈的修行方式，像是印光大師也不鼓勵信眾打餓七。筆者在 2015 年 8 月亦到東蓮覺苑參訪，同樣見到在樓梯轉角，西式的彩繪玻璃圓窗旁，一間不能參觀小房間，即是呂碧城自號「夢雨天花室」〔註214〕，人生最後兩年所居住

〔註212〕林楞真，〈呂碧城女士捨報實記〉，《覺有情半月刊》，收錄於黃夏年主編，《民國佛教期刊文獻集成補編》，第 62 卷，頁 22～23。

〔註213〕楊錦郁，〈在山光道尋找呂碧城〉，《呂碧城文學與思想》，頁 360。

〔註214〕呂碧城在〈感逝三首〉後附識：「予棄詩填詞已二十年矣。近有難民售《詩韻》者，予購得之，適法香居士索稿，乃復為馮婦，寄付《覺》刊。壬午初夏識於珠厓之夢雨天花室。」壬午年為 1942 年，珠厓代指香港，黃遵憲〈香港感懷〉中提及，隱喻香港成為英國殖民地。當時呂碧城已入住東蓮覺苑，筆者依此推論碧城將房間自號為「夢雨天花室」。見李保民校箋，《呂碧城集》上冊，頁 312。

的斗室。與昔年的繁華豪宅相比，斗室的空間顯然太過淒滄，若對映信仰者心靈空間的廣大，則又不那麼重要了。彼時，澄真法師剛圓寂不到百日，靈堂設置在東蓮覺苑二樓的祖堂。筆者向法師頂禮後，在靈堂對面的玻璃櫃內看見層層疊疊，大小不一，字跡模糊的數百個牌位，幸有工作人員協尋，終於在右方偏上層找到略顯模糊，刻上「優婆夷呂碧城居士」的靈牌。或許是激動的神情溢於言表，年輕的志工旋及點香讓筆者參拜，並且說：「以後有機會來香港，多來這裡看看呂碧城，因為這櫃裡的全是無人祭祀的神主……。」

第五節　餘論：返家之路／身心安頓的歷程

呂碧城為沈善寶之後，在五光十色，光怪陸離的晚清時代背景中，以才女之姿進入男性知識分子所掌控的公共領域，先在《大公報》擔任編輯，後任職北洋女子公學校長，年甫雙十，即名滿京華。在女性啟蒙、救亡圖存的語境之下，以高亢奮進的身影倡導女權，進而興辦女學，將女權理念投入女學教育之中，成為新女性形象的典範。然而，從閨秀才媛—賢妻良母—新女性的轉渡中，順著主流話語的思維，和呂碧城喜歡自我塑造的生命型態相互矛盾，因之，在傳統與現代性之間，呂碧城以「另類的現代性」的生活方式作為接軌，保留才女書寫傳統，行為卻又帶著閨秀的離散，不斷的自我探尋，呈現才女與新女性兼具的姿態。

另一方面，呂碧城在幼年歷經家變、退婚、寄人籬下，之後逃家，因家學累積的文學秉賦，受到報人英斂之的賞識，得以進入公共領域。成名之前，呂碧城對於「家」的感受，除了呂父在世時曾經完整，餘者皆是流動、流離、離散的狀態。興辦女學時期，四姐妹難得聚首，讓碧城重溫家庭的溫暖，且四位女教師共同為了女國民的受教權努力，家的高度已被提升到家國。未久，呂碧城離開天津，轉到北京擔任公職，之後來到上海。民初，母、妹相繼過世，她與姐姐因故不合，「家」的感覺再度離散。自從與家人分離，乃至擔任國家公僕時，發現袁世凱圖謀不軌後的離開，家、家人、家國的不可依恃，所帶來的不安、焦慮、孤獨感，在呂碧城身上如影隨形。因之，當她在上海經商致富之後，旋即建造屬於自己的「家屋」，一處讓身心得以安置的住所。然而，一個單身女子獨居在偌大的豪宅之中，廣大的孤寂感也必須排除，所以她豢養了寵物，提供屋宅給予新建立的人際關係使用，這些行徑正是渴求

親密感、安全感的投射。

　　第一次越界出國時，呂碧城在美國是以大國國民自居，國族意識強烈，此外，離開家國的碧城，不在乎書信往返的費時，不斷寄信給友人，表現她對人的情感互動的眷戀，以及人際關係的維持。第二次出洋前，面臨大姊惠如的離世，家人只剩不相往來的二姊美蓀。生活中又面臨訴訟、人言可畏的困擾，是以，多重力量的推進，使得呂碧城再次遠離／逃離家國，甚至希望「以遊為歸」，不再復返。人在他鄉，是具體對家與國的離散，在現實與精神的雙重失落下，呂碧城卻又藉著書寫頻頻回望，從寫作來表現自我認同。旅途中，意外獲得印光大師《嘉言錄》，跟隨念誦，進而閱讀，佛教讓呂碧城的生命再次開啟宗教的向度。其次，護生的契機與推動，與國內佛教界護生救國的理念相合，因而使她的行動又自然而然地回到救國的進路。因此，對護生、宗教的追求，順勢將兩者連結起來，原本漫遊的旅程，在涵攝護生、佛教之後，從而延伸為生命的朝聖之旅。

　　當呂碧城的生命轉向之後，在佛法修行與書寫中，獲得知識與精神的雙重滿足。1930 年底，於夢中見到蓮花並列路旁，由此認定往生西方淨土之路悄然萌芽，自此深信佛教，發願往生西方淨土，精神層次的追求已由今生延伸至彼岸的來世。呂碧城離世前，終於與她的二姐美蓀和好，重新獲得家人的回音與內心的解結。因之，在生活經歷不斷轉換，身分／形象多變的生命旅程中，呂碧城最終用宗教統攝生命的所有課題，進而獲得身心安頓，從實質家園的追尋，轉向內在探求安放身心的家園，或許可說呂碧城流動的身影，一直在朝向返家的生命之路上踽踽獨行。

第三章　獨遊：跨越空間的
　　　　　旅／居書寫

　　「從某地到夠遠的另一地」便是跨越疆界的行為，旅行者在一往一返中的經驗差異，成為旅行者追尋自我、瞭解他者與世界的基本根據。「跨越疆界」因此可以作為一個隱喻來說明「旅行」。〔註1〕古代的女性大多生活在閨閣之中，少有機會外出遊觀。自晚明以降，隨著江南城市經濟、市民社會的發展，逐漸帶動旅遊的風潮，諸多城市如蘇杭、南京等地，均有著名的風景區；如四季皆美的西湖，一到花季，都人士女競相遊觀，歌吹為風，粉汗為雨，熱鬧非凡。又如元宵、中元、中秋、七夕等重要歲時節日，或有宗教慶典時，朝山進香也為女性帶來出遊的契機。據清人袁景瀾（1804～1879）《吳郡歲華紀麗》中「杭州進香船」條云：

> 吳郡去杭四百里，天竺靈隱香市，春時最盛。城鄉士女，買舟結隊，
> 檀香柏燭，置辦精虔。富豪之族，則買畫舫，兩三人為伴，或挈眷
> 偕行，留連彌月。比戶小家，則數十人結伴，雇賃樓船……名為進
> 香，實則藉游山水。……故俗有借游春之說。〔註2〕

由上述可知蘇州香客會組成進香團，坐船至杭州靈隱寺朝山進香，其中進香者多為婦女，且大多結伴偕行，而其中主要目的還是旅遊。關於宗教和婦女之間，據學者曼素恩考證，盛清皇室重修江南佛寺，地方也熱衷於修建進香盛地，所以江南地區進香活動繁盛，吸引大量閨秀、民家婦女進香朝聖，由此亦跨越閨房的疆界。〔註3〕

〔註1〕胡錦媛，〈旅行隱喻：《歐蘭朵》〉，《文化越界》第3期（2010年3月），頁4。
〔註2〕清・袁景瀾，《吳郡歲華紀麗》（南京：江蘇古籍出版社，1998年），頁101。
〔註3〕美・曼素恩著，楊雅婷譯：《蘭閨寶錄：晚明至盛清時的中國婦女》（台北：左岸文化，2005年），頁376～378。

　　高彥頤則從明末清初的才女著作中，考證官宦士女於持家之餘出遊取樂，已然成為風氣。其以「從宦遊」、「賞心遊」、「謀生遊」，作為女性實際旅遊活動的三種型態：所謂「從宦遊」，即是閨秀從父或從夫離鄉赴任；「賞心遊」，有一日或長達數日，同遊者多為女伴，出遊取樂之風盛行；「謀生遊」，則是為了生活，代夫營生出外工作。〔註4〕然而，除了少數的官宦士女有較多機會出遊，大多數的閨秀、婦女皆受困於環境、家計而無法外出，唯有在特定的歲時節慶，才得以外出遊賞，對於女性旅遊的自主性，仍有極大的限制。

　　直到鴉片戰爭後，中國門戶大開，西學東漸之風盛行，晚清的官員與知識分子逐漸走出中國，走向世界，接觸西方的文明。女性隨父或夫出使國外，成為「從宦遊」的延伸，據學者考證，第一位出國的公使夫人為郭嵩燾夫人梁氏〔註5〕，其後有晚清名妓賽金花，以及單士釐。對於「公使夫人」或與「家屬親眷」出洋的女性，齊國華認為「無疑是中國婦女解放和社會近代化的一個可貴印記。」〔註6〕其次，則是為教育出國的留學生。最早到美國留學的中國女性，有學者提出是康愛德〔註7〕，另一說為金雅妹〔註8〕，她們出國學習醫科，回國後亦從事醫務工作。又如曹芳雲、宋靄齡、陳衡哲學習文科為主，回國後從事寫作、辦報和教育工作。〔註9〕

　　此外，女性出洋也有不同身分與多重目的，如康同璧在十九歲已隻身赴南洋，再到印度尋其父康有為，故自喻為中國女士西遊第一人，並於清末到美國求學。與呂碧城友好的才女張默君，亦是此類型，郭延禮《中國近代文學發展史》將呂、張齊名並論，二人均「工詩詞，擅書畫，後留學歐美聞名遐邇」。〔註10〕張默君本在中國辦學有成，民初奉執政當局派遣，赴歐美考察

〔註4〕高彥頤，〈「空間」與「家」——論明末清初婦女的生活空間〉，《近代中國婦女史研究》第3期（1995年8月），頁30～41。

〔註5〕郭廷以編定，《郭嵩燾先生年譜》（台北：中央研究院近代史研究所，1971年），頁268。

〔註6〕齊國華，〈巾幗放眼著先鞭：論錢單士釐出洋的歷史意義〉，《史林》（1994年第1期），頁34。

〔註7〕謝長法編，《中國留學教育史》（太原：山西教育出版社，2006年），頁87。

〔註8〕孫石月，《中國近代女子留學史》（北京：中國和平出版社，1995年），頁43。

〔註9〕黃嫣梨，《女性社會地位：傳統與變遷》（香港：香港特別行政區政府教育局，2012年），頁93～94。

〔註10〕郭延禮，《中國近代文學發展史》，頁204。

女子教育，進入哥倫比亞大學攻讀教育，返國後出任江蘇省立第一女子師範學校校長，後擔任公職終生。〔註11〕除了上述舉例，晚清以來陸續有西遊女性，如王茂漪、蘇雪林、葛成慧等人，在醫界、教界、文學界大放異彩。反觀呂碧城三次出國獨遊歐美，並無像前述的女性，出國目的是為了回國服務，她顯然沒有特別的目的，因此特別突出及難以定位。

　　呂碧城第一次出國的動機為嚮往西方新世界，第二次出國是為了暫避人事的紛擾，第三次出國則是充滿宗教情懷。三次出洋所留下的旅行散文，除了第二次的遊蹤集結成《歐美漫遊錄》，其餘皆是單篇呈現，因此學者多以評析《歐美漫遊錄》為主，或以海外新詞為文體互涉，或從性別與權利、文化翻譯、空間、自我認同、西方形象等視角切入，來分析呂碧城越界後的觀看／被觀看，感遇與抒懷。在如此豐富的研究基礎上，本文擬將旅遊書寫〔註12〕的範圍，擴大到碧城前兩次出遊，以第一次出洋留下的〈紐約病中七日記〉，及未見分析的〈美洲通訊〉（〈致王鈍根書〉）、〈旅美雜談〉五篇的通訊體裁，與第二次出洋的《歐美漫遊錄》〔註13〕為文本依據；以呂碧城的旅行散文為主，兼及旅程中所作詩詞相互參照。在跨文化的視域中，擬從「文明啟蒙」的角度，說明呂碧城以旅行者兼報導者的身分，如何在西方文明、現代性的影響下，書寫她的「觀看」；再以「藝術審美」的角度，說明碧城如何將紐約所學習的美學運用在審美，重現歐洲建築、人文之美及其隱喻。其次，從跨越疆域後的地理空間，探析她筆下中西相映的風光，以及旅居空間的生活體驗，延伸至其對靈異空間的關注。再者，單士釐是女性域外書寫的第一人，其後留下整本遊記的即是呂碧城，然其被忽略已久，相關研究直到近年才回暖，故《歐美漫遊錄》可作為繼單士釐之後，五四時期之前，民初女性域外記遊的補白。因此，比較單、呂二人女遊書寫與異同，亦能對映才女遊記書寫的承與變。最後，分析一個女性的自我主體，在漫遊中延伸出對宗教的企望與追求，在生命座標的推移與回返之間的差異，所呈現出旅行的意義。

〔註11〕 李又寧編著，〈張默君（1884～1965）──革命先進，一代書家〉，《近代中華婦女自述詩文選》，頁232～236。

〔註12〕 本文沒有刻意區分「旅遊」或「旅行」，所指皆為旅行遊覽之意，故會有語詞互用的情況。

〔註13〕 《歐美漫遊錄》所據之底本為李保民校箋《呂碧城集》上冊，以下所引《歐美漫遊錄》內容，為節省篇幅之故，僅加註篇名及頁數，不另再出註。

第一節　跨文化的視域：現代性的衝擊

　　學者王志弘提出「遠離自家與本國的海外旅行，尤其是自助或半自助旅行，最能夠彰顯女人移動能力的提升，鬆動性別權力關係的效果。」〔註14〕而呂碧城在將近一個世紀之前，就獨自前往歐美漫遊，除了移動能力提升，亦開展生命全新的可能。第一次出洋至美國留學，在紐約長住半年，期間到美國各地深度旅行長達二個月，其〈旅美雜談一〉提及移動路線：

> 由檀山赴舊金山，過詩家谷(今譯「芝加哥」)，東行抵波士頓，南至紐約，入美京華盛頓。復由詩家谷(今譯「芝加哥」)，南行至紐倭倫（今譯「新奧爾良」)，愛而泊素，迤西至樂安集，還金山（今譯「舊金山」)，計遊行約五千英里有餘，時閱二月之久，所歷大小市鎮不下十數，於合眾國之政治、教育、風俗等偶有聞見。〔註15〕

第二次出洋至歐美旅遊，出遊路線詳見第二章，胡曉真教授對此亦作精要的概述：

> 遊記跟隨呂碧城的足跡，由美國舊金山開始，既描寫自然景物，亦述及人文景觀，向東到芝加哥及紐約，乘船渡大西洋，抵達巴黎，再乘火車轉瑞士。遊覽日內瓦風光後，轉往義大利之密蘭（米蘭）、佛勞蘭斯（佛羅倫斯）、羅馬等地。又回到巴黎，再次由原路經法國、瑞士、義大利，遊覽拿坡里、旁貝（龐貝）、威尼斯等城市。乘飛機到奧國維也納，再乘火車到德國柏林。因病返回巴黎，渡海峽到倫敦遊覽後，返巴黎。再由巴黎重遊瑞士，旅寓日內瓦湖畔之孟特如（呂或作芒特如，即蒙特勒〔Montreux〕）。就算以今日的標準看來，這也是夢幻旅程。〔註16〕

在夢幻旅程中，呂碧城搭乘過舟船車馬、飛機等各式樣傳統與現代化的交通工具，包括豪華商船、汽船、渡筏，汽車、遊覽車、馬車、登山纜車，歐洲長途火車，飛機等。此外，遊記中的現代性，亦可從歐美物質文化觀察得之。呂碧城登臨瑞士雪山時，提到「時已六月，而積雪照眼，餘寒侵脛，蓋身著大衣，兩腿則僅蟬翼之絲襪，故先感氣候之異耳。覓得茶室，各出食品列几上，

〔註14〕王志弘，《性別化流動的政治與詩學》（台北：田園城市文化，2000 年），頁78。

〔註15〕呂碧城，〈旅美雜談一〉，收入戴建兵編，《呂碧城文選集》，頁 86。

〔註16〕胡曉真，〈恰似飛鴻踏雪泥——民國才女呂碧城與她的時代足跡〉，頁 18～19。

呼侍者進以熱咖啡，飲之取暖。」（〈雪山〉，頁361）從威尼斯搭機至維也納，到機場時，見到「場中停機數架，其形如鳥，雙翼而魚尾。每具可載四人，司機者坐廂外首部，同行者予及其他二客共三人。座位寬而安適，如汽車之廂。」（〈天空之飛行〉，頁373）碧城在1927年就有能力搭乘飛機，享受到飛行帶來的便捷，且有喝咖啡、穿著大衣與絲襪的習慣，這些生活型態在現今社會早已司空見慣，但對比於二〇年代，則呈現相當先進的現代性表徵。

　　身體的移動，疆界的跨越，隻身獨遊的呂碧城到了異國，融入他者的文化，記錄她所觀看的人文風情。西方現代性如何影響她的觀看？她觀看了什麼？一個東方女子在西方，如何定義自己？在文明進步的歐美國家，她回望故國，產生哪些文化認同的焦慮？以下茲就前述提問，詮釋呂碧城所建構的跨文化視域。

一、歐美社會再現與國族意識

　　呂碧城「慕合眾國之文明」已久，第一次赴美期間，利用暑假在舊金山、波士頓、紐約、華盛頓等大小城鎮，深度旅遊近二個月，對其政治、教育、風俗多所體會〔註17〕，日後的歐美之旅，則延伸到關注政治局勢，經濟脈動，社會問題，可謂是1920年代歐美社會實錄的再現。

（一）政經教育的發展

　　呂碧城創辦北洋女子公學階段，曾撰〈教育為立國之本〉，強調「教育者國家之基礎，社會之樞紐也。」〔註18〕民初，完全離開教育崗位的她，第一次赴美時兼任記者，於通訊報導撰寫〈旅美雜談〉，開篇即表現對於教育觀察的敏銳度：

> 美國公立小學校兒童，概可免費入學，即書籍亦由校備置，讀畢還
> 之而已。夜學雖于成丁之人，亦有不收費者。間有數州高等學校亦
> 可自由入學，其教育普及之盛，為世界冠。〔註19〕

文中提及免費、自由入學、書籍讀畢歸還的方式，提供給中國教育當局取資使用。教育普及方能提高國民智識，涵養心性，使其發揮所能，人人各盡其才，帶動國家的進步發展，不惟美國的教育普及，呂碧城在倫敦的水晶宮

〔註17〕呂碧城，〈旅美雜談一〉，收入戴建兵編，《呂碧城文選集》，頁86。
〔註18〕呂碧城，〈教育為立國之本〉，收入李保民校箋，《呂碧城集》，下冊，頁473。
〔註19〕呂碧城，〈旅美雜談一〉，頁85。

（Crystal Palace）廣場，亦見證歐洲兒童教育成功之一例：

> 遇一小學生為指導各部，其風度談論，儼如成人。據云其校即在鄰
> 近，詢其年齡。答以十歲。歐人知識開啟之早，誠屬可驚。（〈倫敦
> 城之概略〉，頁 392）

培養小學生導覽的能力，使其從小參與公共領域，是極佳的教育方式。到訪
柏林途中，碧城觀察交通、工藝發展，以「使學術與武功並重，駸駸與列強
伍」來評價德國，強調該國的興盛，對教育的重視，推動教育普及是最大的
成效，文曰：

> 又因瀕河地利，便於運輸，鐵路之建築為全歐中樞，遂以工藝名於
> 世，而教育亦臻極詣。試觀編戶居民，門標「博士」頭銜者，觸目
> 皆是，他國無此盛也。（〈柏林〉，頁 380）

從美、英、德的教育普及，及國家發展成正比的狀況，更加深呂碧城對於教
育重視與認同。除了教育之外，經濟更是驅動國家發展的重要命脈，碧城「嘗
詣一美人（其人曾遊中國），此間以何銀行為穩妥，其人笑曰：『無不妥者，汝
以為中國之銀行耶？』」[註20]美國法律保障之嚴密，在強而有力的政府管轄
之下，銀行成為提供存款人安全存放、投資金錢的重要場所。從外國人回應
碧城的言外之意，隱含當時中國經濟環境不理想與不完善，此亦成為國家發
展停滯的重大因素之一。

　　從旅程中對國際局勢的觀察，以精準的眼光評論各國政治舉措，是呂碧
城在遊記中的一大特色。歐遊至義大利羅馬時，為顧及人身安全，提防密探
嚴布的政治威脅，呂碧城不當面向採訪記者評論該國政治概況，而在遊記中
論及：

> 義為君主立憲責任內閣，議院採單選制，尚無弊端，蓋單選人眾不
> 易舞弊，若複選取決於少數人之手，即易運動也。義以愛爾班尼亞
> （Albania，今譯「阿爾巴尼亞」）及猶鈎斯拉瓦（Jugo-Slavia，今譯
> 「南斯拉夫」）等國之事未解決，旁且牽涉其他大國，故武備難懈而
> 耗財孔多。然近整理財政，其進步可於匯兌覘之。現以美金一元，
> 僅換義幣十七八立爾，其價之昂，較之年前不啻倍徙，蓋前悉用紙
> 幣自鑄，用銀輔幣後價自加昂耳。（〈第三次到羅馬〉，頁 370～371）

對義大利內閣制、單一選舉制的認同，論及該國的外患隱憂，再從其兌換貨

〔註20〕呂碧城，〈旅美雜談三〉，頁 91。

幣的實務經驗，證實義國貨幣升值，作為財政進步的舉證，展現一個東方女性對財務金融的熟稔與政治的眼光。其次，呂碧城面對外媒採訪，其回應的警覺性，是一如往常的小心謹慎，具有自保能力的人格特質。

（二）種族歧視、暴動

　　美國自立國以來，一直存在著白種、黑人之間的歧視問題，呂碧城對此項極須改善的社會問題有深刻感觸，她觀察到黑種人在美國被歧視，高級飯店、餐館的服務生皆聘請白種人，在她留學的哥倫比亞大學的學生餐廳，目睹白人不願意與黑人同桌共食的現象。〔註21〕除了黑種人之外，美國對於黃種人也多所壓制，如在 1921 年中，美國西部排日問題嚴重，加州的房屋出租業者，租條上尚有謝絕日本人的字樣，管制當局更不准許日人置產；在美國僑民入籍法規定「中國、日本、高麗之人，無論誕生於美境或居住滿五年後，均不得入籍。」呂碧城對此評論：「其格於黃白之種界耶？」〔註22〕在國與國之間的排外趨勢，隱含此強彼弱的政治情勢，而人種歧視則是國與人之間所衍生，是極須解決又很棘手的政治課題。

　　1927 年 7 月，呂碧城從威尼斯搭機至維也納，不料一入境竟遇上群眾暴動，經她探察得知是「社會黨及保守黨齟齬，前有社會黨員三人被殺，經法院判決兇手無罪，遂激眾怒而暴動。總罷工，火車、電報、電話、郵政以及飛機一律停止，交通完全斷絕。」（〈維也納之被困〉，頁 376）面臨通訊阻隔，行李未送達，與外界無從聯繫的困境，在街市暴動中奮勇前進的驚心動魄，呂碧城心有戚戚，對這次動亂有深刻的評析：

> 此次之變，論者多歸咎於共產黨之煽惑，然究其遠因，則歐戰後凡爾塞條約（Treaty of Versailles，今譯「凡爾賽條約」）早播其種，今方開始收穫耳。奧於歐戰時損失之重，只次法國一等，不幸多方束縛，使絕無恢復餘地。當時已處處造成將來困難之地位，外力自易蹈隙而入，瞬成燎原。列強果欲維持中歐之安寧，應迅速與以生機，否則將來變化正自難料，又豈僅一奧斯特立亞哉！（〈維也納之被困〉，頁 375～377）

凡爾賽條約是英、美、法等戰勝國對德、奧等戰敗國的牽制，奧國在多方的

〔註21〕呂碧城，〈旅美雜談五〉，頁 93。
〔註22〕呂碧城，〈旅美雜談五〉，頁 94。

掣肘中再圖崛起已是難事，政黨的彼此角力更造成局勢的動盪。呂碧城認為諸強國應給奧國一線生機，維持中歐的和平，以免引發多國戰事。至於德國，呂碧城從「柏林近畿之市德來斯頓（Dresden，今譯「德勒斯登」），工商輻輳，廠棧如林，決決大國之風」的景象，提出「令人感想雖經歐戰巨創而民氣不萎，終有鷹揚之日，未可以時世限之也。」（〈柏林〉，頁 379）誠如呂碧城具有世界性眼光的遠見，當今德國不論在政治、財經、教育等各領域，皆展現強國的風範。

（三）女性參政權

在參觀倫敦眾議院（House of Commons，今譯「下議院」）時，呂碧城特別強調女性選舉權帶來的政治變遷：

> 上有廊如戲臺，並設婦女參觀席，為此院之始創。蓋以前格於規例，不許婦女到場，今則時局大異，喧傳已久之 Flapper Vote（少女選舉權）已於日前（三月十二日）在眾院通過第一讀會，凡女子年滿二十一，即有選舉權，與男子同。將來投票者，男子計一二二五○○○○，而女子則一四五○○○○○，且占多數。政局將永操於女性之手，亦英國歷史中重要之變遷也。（〈倫敦〉，頁 402）

呂碧城對於英國文明體制的進步，讓女性擁有選舉權，獲得永得執政權給予高度認同予以肯定，認為是英國政治的重要變革，將在歷史寫下嶄新的一頁。後來寫道民初中國政壇已有女性參政的現象，則語帶保留；呂碧城是知識女性，強調女權，辦女學，又到歐美遊歷，在她多重流動的角色之中，唯一沒有涉及身分的是政治家，即使如此，她依舊保有精銳的眼光評判時局：

> 夫中國之大患在全體全智之不開，實業之不振，不患發號施令、玩弄政權之乏人。譬如鐘表然，內部機輪全屬窳朽而外面之指示針則多而亂動，終自敗壞而已。世之大政治家，其成名集事，皆巾內部多種機輪托運以行，故得無為而治。中國則反是，捨本齊末，時髦學子之目的，皆欲為鐘表之指示針，此所以政局擾攘迄無寧歲。女界且從而參加之，愈極光怪陸離之致。近年女子參政運動屢以相脅，予不敢附和者，職是故也。（〈女界近況雜談〉，頁 435～436）

以鐘錶「內部機輪全屬窳朽，而外面之指示針則多而亂動」的生動具象形容，比喻彼時亂於章法的政治環境。時局已混亂，本來期待歸國學人汲取歐美新

知經驗，為中國帶來進步的生機，無奈為求工作出路，留學生大多學習法政。
對於女界的跟進，呂碧城多所感慨，原本「留學者多治教育、醫藥、美術等
科，洵神實用，且屬女性所近而優為之者。」（頁 435）如康愛德、金雅妹出
國學習醫科，回國後從事醫務工作；曹芳雲、宋靄齡、陳衡哲學習文科為主，
回國後從事寫作、辦報和教育工作。〔註 23〕與呂碧城同年出生，並有交情的
近代著名的旅美畫家楊令茀，即是美術方面的長才。〔註 24〕

　　然而，隨著國內局勢動盪，主政者眼光狹隘，無法提供女性留學生歸國
後的職業出路，出國女性從實用科目轉為學習法政，提高回國參政的機會。
晚清推動女權的聲浪中，第一本倡導女權之作《女界鐘》，即提到女性權利之
一是參政權。曾是女權先鋒的呂碧城，對於女性參政卻表現出保守的態度，
並以「光怪陸離」、「屢以相脅」來描述彼時的亂象，以為時局已經很複雜，女
性跟著摻和只會更添亂象，不如在實用學科上增加智識，學成後出來為教育、
醫療界服務，以提高人民智識、健康，帶來社會國家進步的可能。

二、西方文明帶來的認同焦慮

　　對於所有的旅人來說，都有一個故國的牽繫，尤其身在先進的歐美文明
社會裡，更容易投射對故國積弱不振的憂慮。呂碧城身在國外，特別能感受
中國國際地位的落後。在〈美洲通訊〉中提到在紐約「此間戲院及電影，每暴
揚中國社會之劣跡醜態。中國在世界之價值，亦已掃地。」因而欲往大使館
拜謁，不料中國公使卻拒見，使她氣憤不已，大嘆「彼居美國，於國恥而熟視
無睹。」〔註 25〕又提及：

> 我在中國時，曾寫過一封信給一個最有權力的人，說當代政界諸公
> 不解西語，不與外人交際，所以沒有國際的感觸，世界的眼光，只
> 知道在家裏關起門與同胞互爭雄長。他日出門一步，遇見外人，纔
> 知道我國的地位，在世界上卑微到何等！感觸有多深！〔註 26〕

從跨越國界至美國，以西語與外國人溝通，學習西方的文明，呂碧城以開放
的眼界，國際性的眼光，回首凝視民初政權初換，保守封閉和權力爭奪交涉

〔註 23〕黃嫣梨，《女性社會地位：傳統與變遷》，頁 93～94。
〔註 24〕呂碧城曾從瑞士寄信給楊令茀，兩人相交甚篤。見氏著，〈報楊令茀女士書〉，
　　　　收入李保民校箋，《呂碧城集》，下冊，頁 563～564。
〔註 25〕呂碧城，〈致王鈍根書〉，收入李保民校箋，《呂碧城集》，下冊，頁 562。
〔註 26〕呂碧城，〈紐約病中七日記〉，收入李保民校箋，《呂碧城集》，下冊，頁 550。

的政治鬥爭，為中國在國際上的政治地位感到憂心。因此，在記遊時常突顯中西對比的社會景象，尤其著墨在個人禮儀、生活衛生習慣，期許國人取資文明新知，進行改良社會的用意。

（一）禮儀風度

〈旅美雜談〉提及：「回憶故國，每值暑季，販夫走卒，多赤膊跣足，即店鋪中商人，亦成群袒背，密入肉林，極不雅觀，彼等居之自若也。」〔註27〕「日間街衢往來之婦女，衣裙極短小，袖不蔽肘，裙僅及膝，自詡時式，似欠雅觀，殆文極而野歟。」〔註28〕從「極不雅觀」、「似欠雅觀」的評論，表示呂碧城極重視穿著禮儀，提出依不同場合，應穿著適當的服裝。其次，從身體、服飾再與「國家風度」作連結，提出：

> 瑞士通用法語，凡局面較優之所，如旅館、輪船等，晚餐多御禮服，不可草率貽率公眾場所間。有不修邊幅、不慎儀表者，應鑑戒而弗效尤，不惟須合本人之身份，亦以保持大國之風度。（〈續篇 獨遊之辦法及經驗〉，頁 333～334）

之所以如此強調服飾配合身分，源自呂碧城身在國外，是以大國國民自居，並具備該有的禮儀風度，具有強烈的國族意識。從中西對舉的服飾為例，提出「應鑑戒而弗效尤」的警告，在在展現認同的焦慮。

除了穿著禮儀的提醒，對於外國人士在公共場所保持安靜、行人優先的交通規則，特別加以強調：

> 此間街市，但聞車聲不聞人聲，法律固不禁行之談笑，且路邊多花園草地，備置長椅，任人憩息閱報，顧行者坐者皆守靜默，不若中國之市聲，雜以喧嘩也。〔註29〕

回憶夏季在中國街市感受到的市聲喧嘩，對比身在美國紐約的街市，只聞車聲不聞人聲的景象，呂碧城逐筆寫下中西文化之落差。至於交通行進間，以行人優先的文明舉動，碧城有親身經歷：

> 紐約繁盛，汽車之多，較滬上奚至十倍，然傷人之事則不多見。其開駛之度甚緩，不與步行者爭先。……又每當橫越馬路也時，見汽車至，則佇立以待，汽車夫每揮手令余先行。一日於街心下電車，

〔註27〕呂碧城，〈旅美雜談三〉，頁 90～91。
〔註28〕呂碧城，〈旅美雜談二〉，頁 88。
〔註29〕呂碧城，〈旅美雜談三〉，頁 90～91。

而往來汽車擁擠，無路可避，乃佇立不動，惟舉手以示之，汽車夫
顧而笑曰：「汝何用舉手，吾有目在，固不傷汝。」余嘗嘆曰，設滬
上皆為西人，而無華人者，敢斷言汽車開駛決不橫肆。〔註30〕
對於西方人守禮、禮讓與文明的舉措，呂碧城特別有感，似乎也隱含她對自
己曾經「開車肇禍」（〈三千年之古樹〉，頁317）的深刻反省，引以為鑑。

（二）生活衛生習慣

接受新式教育的女性，在旅遊書寫中，對於所見文明、衛生狀況異常敏
感，如清末著名教育家楊白民之女楊雪瓊，在京津遊記中，羅列國人在車上
占據座位、吸菸等不文明的舉動，與西方人對比：「時有外國人一男二女，亦
乘三等車。與餘對坐。坐觀地圖，雖或有時談笑，毫無喧嘩之聲，並未見其有
吐痰、吸煙等事……中西人情，當不甚相遠，而竟相去天淵，實因中國人不
知公德之故也。」〔註31〕途中投宿客棧，又對廁所的公共衛生多加批判，在
自我與他者的對舉之中，也樹立了自我文明、衛生的知識女性新形象。

呂碧城在記遊中，於公共衛生方面多所提醒，為避免國人出外旅遊時，
貪圖方便而受重罰。以舊金山對於吸菸的規定為例：

市政廳（City Hall），壁柱悉鑿花綱石為之，有字示眾曰：「如於壁
上擦火柴一枝，罰五十金元。」因恐吸煙者就壁取火而致污痕，亦
可見其屋宇之精潔矣。（〈三千年之古樹〉，頁318）

對於吸菸的規範，1920年代的美國，已開始禁止女性在公共場所吸煙，男性
若無過量則不取締。但在公共場所並無文明標示，且「第一次犯者罰洋二十
五元，再犯則每煙一支，罰洋一百元，地主亦受同等之罰。」禁止女性吸煙的
理由是「吸煙之弊甚於飲韋司忌酒（今譯「威士忌」），能弱種族，於婦女尤損
其人格之高尚，令人失敬。」〔註32〕對此項性別歧視的規定，也有吸煙習慣
的呂碧城極不以為然，遂提出論辯：

記者按：吸煙之弊，男女應同負責，若以禮貌論，謂女子對男子吸
煙為無禮，則男子亦不應對女子無禮，每見男子對女客談話時，吸
巨大之雪茄，雖謙遜者，或先請示，而女客固無不准之者。關於男
女並集之公共場所，任意吞雲吐霧，且為置巨缸承其餘爐，殊非公

〔註30〕呂碧城，〈旅美雜談三〉，頁90。
〔註31〕楊雪瓊，〈京津重遊記〉，《婦女時報》第13期（1914年4月），頁40～43。
〔註32〕呂碧城，〈旅美雜談一〉，頁85。

　　允之道。余嘗嘗與美友論及，彼等無以難也。〔註33〕
在餐廳、飯館、街車、車站等公共場所禁烟是先進的措施，但只針對女性而設則不公允，既然要禁，男女應一視同仁，由此可見呂碧城認同西方文明但不盲從的表現。

　　初到美國時，碧城見國內寄來的報紙，「所記社會的方面，正在那裡驅蠅、滅蚊、防疫，種種的忙碌。」〔註34〕而她自抵美以來，「久不見蚊蠅及赤膊之人汙穢之區，或有蚊蠅」，於是作了誇飾的比喻，「恐窮3000000方里及100000000之人口，不得其一焉。」〔註35〕表示美國極度重視衛生防治。另在中國常見隨地吐痰的現象，呂碧城在間隔五年的兩次美國行中，皆留下記錄以提醒旅行者：

　　諺云：「入國問禁，入境問俗。」誠為旅行者所當注意。紐約底火車榜曰：唾痰於車中，罰洋五百，或監禁一年，或罰款與禁錮並行。〔註36〕紐電車榜示曰：「吐痰一口，罰五百金圓，或監禁一載，或罰鍰與監禁並行。」亦不許吐痰於窗外云。美人好潔，遊者所應注意。

　　（〈三千年之古樹〉，頁318）

吐痰和衛生和文明之間是一條延伸的脈絡，在中國推行的新生活運動，蔣介石最常提及的習慣之一即是不要「隨地吐痰」。雷祥麟教授在其研究中，以在北京主治肺結核病長達十餘年的霍爾教授（G. A. M. Hall）所說舉證，提出中國人隨地吐痰、不用公筷母匙的共食文化、病人和健康的人都睡在同一個炕上的習慣，必然導致結核桿狀菌在家庭內廣為傳布。〔註37〕呂碧城任職北洋公學校長時，也非常重視公共衛生，在其〈興女學議〉也提及「學校中生徒眾多，難保無肺病癆疾者，若使多人共一唾盂，且不洗滌，則微生物隨呼吸而傳染，為害最甚。」〔註38〕因此，民初對於「衛生」這個詞彙，不只是狹隘與醫療、人民健康有關的制度，它代表中國政體、社會與個人都應該從落後病態的傳統，提升到健全的現代文明，所以講求衛生不只是個人身體與精神

〔註33〕呂碧城，〈旅美雜談一〉，頁85。
〔註34〕呂碧城，〈紐約病中七日記〉，頁549。
〔註35〕呂碧城，〈旅美雜談二〉，頁88。
〔註36〕呂碧城，〈旅美雜談一〉，頁86。
〔註37〕雷祥麟，〈習慣成四維：新生活運動與肺結核防治中的倫理、家庭與身體〉，《中央研究院近代史研究所集刊》，第74期（2012年12月），頁140。
〔註38〕呂碧城，〈興女學議〉，收錄李保民校箋，《呂碧城集》，下冊，頁499。

上的提升，更是民族國家集體的提升。〔註39〕或許這也是當時國民政府大力推動，恢復固有德目為號召的新生活運動，將多數精力投入改變人民衛生習慣的理由之一。

三、藝術的傳達：審美與隱喻

　　旅行，無非是個體和自然與人文風光的相遇，自然風光與地理因素結合，進而與國族疆域產生連結；人文風光與歷史因素結合，在時間的洪流裡凝聚文化認同。記遊寫景是遊記的書寫傳統，讀者得以從再現的地景與人文風情中進行文化想像。呂碧城在域外書寫中盡現文采，以女性主體建構地景人文，以抒情傳統召喚故國記憶，形成獨特的旅行美學，誠如胡曉真教授所說：「《鴻雪因緣》處處顯露呂碧城耽美的傾向。她對美的價值判斷，乃是古典審美（包括東方與西方的古典）、二〇年代裝飾美感，以及道德／宗教審美的交織。」〔註40〕據此，本段則從《歐美漫遊錄》較少被論述的建築及其歷史、人文，詮釋碧城的藝術審美書寫，及其中的隱喻。

　　郭少棠教授提出「建築」之於旅人有一定程度的吸引力，或可謂在人文景觀中，建築具有非常重要的地位，一般都能從物質和觀念兩個方面體現一定文化的獨特意蘊，它們常常被旅遊者提升為一定文化的代表與象徵。通過對建築風格的比較，觀察它們與周圍環境的關係，遊客可以快速掌握異文化與本文化的差異，從而對異文化的特性留下深刻的印象，反之又加深對本文化的認同。〔註41〕碧城的記遊有多處對建築藝術的描繪，以下茲以教堂、皇宮、古蹟景點三大類，詮釋呂碧城筆下的建築、人文之美。

（一）教堂

　　教堂富含宗教神聖意義，其建築藝術與美感，經常吸引遊客駐足觀看。公認的世界著名大教堂中，幾乎全位於歐洲，漫遊至此，自然不能錯過。呂碧城筆下的聖彼德大教堂：

〔註39〕引自梁其姿，〈醫療史與中國現代性問題〉，收入余新忠編，《清以來的疾病、醫療和衛生：以社會文化史為視角的探索》（北京：三聯書店，2009 年），頁9～20。

〔註40〕胡曉真，〈恰似飛鴻踏雪泥——民國才女呂碧城與她的時代足跡〉，收入呂碧城，《歐美漫遊錄：九十年前民初才女的背包旅行記》，頁 19。

〔註41〕引自郭少棠，《旅行：跨文化想像》（北京：北京大學出版社，2005 年），頁63。

聖彼德大教堂（S. Pietro）美術、博物等院，貯油畫、石像甚富。大
抵皆宗教畫，石像則帝王名宿外，多神話時代之愛惜司（Isis，今譯
「伊西絲」）、阿普妻（Apole，今譯「阿波羅」）等像。院內且多中
國古董，蓋運自北京者。（〈義京羅馬〉，頁 347～348）

或許呂碧城也會認為，外國獲得中國文物的方式未必文明，但古物能安全的
保存在博物館中，不被兵燹戰亂破壞，也是一椿美事。

到了米蘭，不能錯過參訪世界四大教堂之一的米蘭大教堂，即呂碧城所
寫的大禮拜堂（Cathedral，今譯「米蘭大教堂」），「其餘在倫敦、紐約、羅馬，
然以此為最大，形式亦較予歷觀各國之教堂為特異：白堊其色，尖細之頂森
林密聳，如玉箸銀矛。墻壁鏤空，精琢人物，極玲瓏之致，於密蘭最生色焉。」
（〈重到密蘭〉，頁 363）

到訪義大利有花城之喻的佛羅倫斯，前往參觀麥迪西寺（Medici Chapel，
今譯「聖母百花大教堂」），文曰：

麥迪西寺（Medici Chapel，今譯「聖母百花大教堂」），極形壯麗。……
壁柱皆天然彩石，鏤金嵌玉。室頂作圓穹形，精繪宗教及戰史，栩
栩如生。試拂去壁塵，則歷歷返映於壁間。蓋石壁摩擦極光，無異
明鏡。此古宅外形樸質殘缺，游者身入其中，方為驚愕贊歎。蓋聚
瑰寶而成於鬼斧神工之名手，光采隱鑠於古氣陰森中，令人生異感。
以北京之宮陵較之，瞠乎後矣。（〈花城〉，頁 342）

當自然材質與鬼斧神工之名手相遇，成就了壯麗的建築，而光采隱於陰森之
中的奇異，透顯出反差對比之美，於此更勝於北京宮陵的建築藝術，此論顯
示呂碧城赴美研讀美術的成果，與藝術鑑賞能力。

（二）皇宮

近代西方重要的歷史人物中，拿破崙及其家族最常出現在呂碧城的遊記。
到義大利米蘭時，參觀皇宮（Royal Villa，今譯「皇家別墅」），「乃法帝拿坡
倫所居，後復屬於奧之元帥拉地凱（Commander in chief Radetzky），而終歿其
間。」（〈重到密蘭〉，頁 363）在巴黎時，特別介紹完杜柱（Colonne Bendome，
今譯「芳登場柱」），「此柱極巨，以一千二百炮銅所鑄成，頂立拿坡倫像。」
（〈巴黎〉，頁 385）後又參觀拿坡倫墓。到凡塞爾皇宮（Versailles，今譯「凡
爾賽宮」）、拿破崙故居，提及：

建築瑰麗，內儲油畫極豐，為歷代法皇驕侈及關於革命之遺跡。左

　　近有馬勒梅桑（Malmaison，今譯「馬勒梅松城堡」），為拿坡倫及其
　　后約瑟芬（Josephine）之故居，簡樸如庶民家室。所遺舊衣物甚夥，
　　寸鈴尺劍，粉盒脂匳，一一妥為陳列，猶想見烈士雄姿、美人藥澤
　　焉。迤南略遠之方亭伯魯宮（Fontaine Bleau，今譯「楓丹白露宮」）
　　崇樓臨水，景尤幽蒨，拿坡倫竄流愛勒巴島（Elba，今譯「厄爾巴
　　島」）時，曾與其扈從話別於此，後返國復辟，仍開御前會議於此。
　　冠蓋匆匆，而聖海利那（St. Helena，今譯「聖赫勒拿島」）一往不
　　返，幽囚野死，英雄之末路，亦可哀也。（〈巴黎〉，頁385）

歷代法皇「驕侈」與開國者拿破崙的「簡樸」形成強烈對比，含有諷喻的意
味，皇宮建築最後留下英雄美人的物品。即使如蓋世雄才，野心勃勃拿破崙，
終將是英雄末路，流放異鄉。在清末時，呂碧城以深具遠見的視野寫下〈教
育為立國之本〉，提出興學校、隆教育為當今之急務，文中論及中國迭經甲午、
庚之子難，在戰爭的世界競言變法，理財、練兵皆不可靠，「若以兵戰為可恃，
則亞歷山、拿波倫輩，當其盛也，威震全歐，然一敗之後，則武略亦隨之而滅
矣。」〔註42〕日後當她歐遊參觀拿破崙等顯赫一時的歷史人物，所留下的故
居、陳蹟，睹物思人之外，自然對於兵戰帶來的興亡更有感觸。

　　從奧皇的故居雄本皇宮（今譯「熊布朗宮」或「美泉宮」），可以見到更
深刻的描繪：

　　往觀雄本皇宮（The Imperial Residence Schonbrunn，今譯「熊布朗
　　宮」或「美泉宮」），乃奧之前皇約瑟弗一世（Francis Joseph I，今譯
　　「約瑟夫一世」）之故居。彼此一九一六年十一月二十二日歿於此
　　宮，宮內陳設，都麗無匹，壁畫多千百人相聚之巨幅，如御狩、宮
　　宴等事蹟，皇族及權貴各人之面貌，皆一一可認。皇尤愛東方物品，
　　如中國之古磁、圖畫、漆器，皆分室陳列。某室之壁頂及椅榻等，
　　悉用中國藍錦，穠采奪目。又一室四壁皆楠香紋木，嵌以赤金。（〈維
　　也納之被困〉，頁378）

映照著中西文化的物品，成為奧皇故居華麗的陳設。約瑟夫一世締造奧匈帝
國，為奧地利第一任皇帝，一生輝煌功蹟顯赫，在呂碧城特別標示出的逝世
日期畫下句點。碧城的文中隱含著斯人已矣，喜愛的物品有幸才能被保存下
來，所有的皇族與權貴，俯仰之間已為陳跡，面貌徒留在壁畫、石像等物品

〔註42〕呂碧城，〈教育為立國之本〉，收入李保民校箋，《呂碧城集》，下冊，頁472。

之中。擴充而言，皇族成員是一國宗室的尊貴象徵，在榮寵的身分與優厚的
物質生活的籠罩下，享盡常民百姓所沒有的權利利益，但在皇室權力鬥爭互
相傾軋之中，人民卻是被犧牲的首選。這種感觸於遊倫敦堡時加以呈現：

> 倫敦堡（The Tower of London，今譯「倫敦塔」）位於泰穆士河（今
> 譯「泰晤士河」）岸，形式古樸，略如砲壘。其歷史尤饒戲劇興味，
> 所謂 Dramatic。蓋歷代帝后居此，或遭刑戮，或被幽囚，椒殿埋香，
> 萇血化碧。紅鵑疑蜀帝之魂，白奈浣天孫之淚。迄今艫棱夕照，河
> 水漸漸，更誰弔滄桑之跡，話興亡之夢哉！（〈倫敦〉，頁 392～393）

歷史是由人所創造，尤饒戲劇興味，上文所指是帝后權貴起伏的一生，呂碧
城對此評價：「至諸人事跡之奇哀頑豔，典籍可徵，非此篇所能盡也。」（〈倫
敦〉，頁 394）皇室成員的簡介常訴諸呂碧城的筆端，但極少有如上文會以中
國典故蜀帝杜宇、萇弘喻香草美人之悲，最後終於闡明主旨──「弔滄桑之
跡，話興亡之夢」。

參觀倫敦塔過程中，呂碧城特別對建格來公主（Lady Jane Grey，今譯「珍·
格蕾」）在二八年華之際被送上斷頭臺，表示深深的遺憾：「斷頭臺上置一巨
斧，屬惡可佈。建格來夫人年幼貌美，竟以蜻蜓之頸，膏此兇鋒，後世惋惜
之。名畫家多繪圖以紀其事。」（〈倫敦〉，頁 393）亦將心中的惋惜延續，以
「倫敦堡弔建格來公主（Lady Jane Grey）」為題，將西方歷史人物融入舊詞
體，寫下：

> 望淒迷寒以銜苑，黃臺瓜蔓曾奏。娃宮休問傷心史，慘絕燃萁煎豆。
> 驚變驟，萇玄武門開，弩發纖纖手。嵩呼獻壽。記花拜璃墀，雲扶
> 娥馭，為數恰陽九。　　吹簫侶，正是芳春時候。封侯底事輕負？
> 金琉玉璽原孤注，擲卻一圜鴛膃。還掩袖，見窗外囚車，血浣龍無
> 首。幽魂悟否？願生生世世，平林比翼，莫作帝王冑。〔註43〕

權力鬥爭，政治迫害，甚至犧牲親人在所不惜，古今中外皆同。瑪莉一世為
了權位將博學的表妹珍·格蕾公主送上斷頭臺，臨刑前的公主竟見到丈夫已
屍首異處。呂碧城感慨無比，因而提筆弔亡，願公主生生世世，永不生在帝
王家。從旅遊中參觀建築物延伸出政治涵義，憑弔歷史人物的生命軌跡，引
發旅人弔古傷今，歷史興亡之感。

〔註43〕呂碧城，〈摸魚兒〉，收入李保民校箋，《呂碧城集》，上冊，頁 94。

（三）古蹟及其他

　　呂碧城旅歐時除了山水風光，側重於建築、藝術，因此造訪諸多博物館、美術館，對於著名景點僅略作介紹，以少數篇幅帶過。如巴黎鐵塔（La Tour Fiffel），提到鏤空鐵網，在大風時且搖曳微顫（〈巴黎〉，頁382），詞作〈解連環〉亦以「鑄千尋、鐵網凌空，把花氣輕兜，珠光團聚」來形容。〔註44〕而著名的紐約自由女神像，遊記中不見描述，其詞作〈金縷曲〉是以「值得黃金範。指滄溟、神光離合，大千瞻戀。一簇華鎧高擎處，十獄九淵同燦。是我佛、慈航艤岸。」來形容這座塑立在紐約港口，象徵美國民主自由的雕像。〔註45〕對於魯巍宮（Palais Du Louvre，今譯「羅浮宮」），只覺建築形式甚舊，但所藏美術品甚精，其他如凱旋門等地景略有提及。（〈巴黎〉，頁382～385）有時，對於建築背後所隱含的歷史背景與人物遭遇，會發出獨到之見，或賦詞抒發心中胸臆，茲舉例說明如下：

　　1927年新年過後，呂碧城自舊金山啟程至紐約，首站抵達洛杉磯，觀賞好萊塢影城，對於諸影星的宅墅給予極佳的讚賞：

> 午後遊荷萊塢（今譯「好萊塢」），眼界為新。……榜大字於山腰，曰「荷萊塢境」（Holly Wood Land，今譯「好萊塢標誌」）。入此以往，則諸星宅墅薈萃之區，神山樓閣參差起於花陰嵐影間，與境外之小屋平疇風景又別。峰迴路轉，疊見紺宇雕甍，簾垂永晝，檻鎖穠春，一律闃無聲跡，淨絕纖塵，而異卉嬌禽不知誰主。夢境歟？抑仙境歟？計驅車半日，半逢一人，未踏一礫，可稱莊嚴淨土。（〈荷萊塢諸星之宅墅〉，頁319～324）

清雅的環境彷彿仙境一般，又以佛國莊嚴淨土比附之，可以想見其建築之美

〔註44〕呂碧城，〈解連環・巴黎鐵塔〉：「萬紅深塢。怕春魂易散，九洲先鑄。鑄千尋、鐵網凌空，把花氣輕兜，珠光團聚。聯袂人來，似宛轉、蛛絲牽度。認雲煙飄緲，遠共海風，吹入虛步。　　銅標別翻舊譜。借雲斤月斧，幻起仙宇。問誰將、繞指柔鋼，作一柱擎天，近銜義馭？繡市低環，瞰如蟻、鈿車來去。更淒迷、夕陽寫影，半捎舊霧。」（同遊者美國唐麥生君已返紐約）收入李保民校箋，《呂碧城集》，上冊，頁88。

〔註45〕呂碧城，〈金縷曲・紐約港口自由神銅像〉：「值得黃金範。指滄溟、神光離合，大千瞻戀。一簇華鎧高擎處，十獄九淵同燦。是我佛、慈航艤岸。縈鳳羈龍緣何事？任天空、海闊隨舒捲。蒼靄渺，碧波遠。　　啣砂精衛空存願。歎人間、綠愁紅悴，東風難管。篳路艱辛須求己，莫待五丁揮斷。渾未許、春光偷賺。花滿西洲開天府，是當年、種播佳蒔遍。繙史冊，此般鑑。」收入李保民校箋，《呂碧城集》，上冊，頁93。

與形構的氛圍。具有美感的情境讓作者心曠神怡，對於明星的宅墅亦有獨到之見，認為卓別麟（Charlie Chaplin，今譯「查理‧卓別林」）的「白屋聳出，氣象嚴貴，儼然王者居也。」（頁 320）巴賴乃格立（Pola Negri，今譯「寶拉‧奈格莉」）的「白屋覆以絳瓦，且屋後殿以叢林，雍容華貴如富家女。」愛琳立許（Iren Rich，今譯「愛蓮‧列治」）的「白屋遍張綠色窗櫺，幽蒨娟雅，不似演《少奶奶的扇子》（Laoy Windemers Fan）時之騷辣也。」（頁 321）其中，最特殊的觀點，是對於范倫鐵瑙（Rudolph Valentino，今譯「范倫鐵諾」）屋宅提出「建築古樸而鬱悶，宜居者之不壽」的評價，又稱「世人多慕其美，然貌亦尋常。」（頁 322）由建築延伸至人物的描繪，加入作者的主觀議論，使讀者引發想像，如入其境。不料，旅遊過後半個多月，正值 2 月 14 日西洋情人節，呂碧城身在前往法國的船上，當晚竟夢到范倫鐵諾遞名片給她，「紙作淺藍色，印以深藍墨膠之字，凸起有光。」（〈舟渡大西洋 范倫鐵瑙之夢謁〉，頁 328）醒後對夢境的拼湊後，寫道：「范氏其猶未忘人間令節耶？」（頁 366）好似是為了應節日而入她的夢中，如此的解構頗有趣味。

　　旅途中，碧城來到羅馬，參觀原是富麗的建築，卻已成荒涼的廢墟遺址，在夕照之中觸動了弔古傷今的情懷：

> 著名之古蹟為羅曼法羅穆（Roman Forum，今譯「古羅馬廣場」），乃古市場及議院法庭等，建於紀元前六百餘年，自四世紀後疊遭外侮，精美之石柱等多被移去，屋宇傾圮，遂成廢墟。斷礎殘甃，散臥於野花夕照之中，時見蜥蜴出入，銅駝荊棘有同慨焉。（〈義京羅馬〉，頁 347）

歷久彌新的建築，由其材質、構造成就堅固的特質，若是遭受戰爭武力的破壞，再堅固的建築依舊會有頹圮之時。疊遭外侮的羅馬城，引發呂碧城以銅駝荊棘之喻，表達歷史興亡之感。

　　日後，她以〈玲瓏四犯〉抒發心中所感，序曰：「意國多古蹟，佛羅羅曼（Fororomano，今譯「古羅馬廣場」）為千餘年市場遺址，斷礎殘甃，散臥野花夕照間，景最悽豔，賦此以誌舊遊之感。」詞曰：

> 一片斜陽，認古甃頹垣，蝌篆苔骭。倦影銅駝，催人野花秋睡。盡教殘夢沉酣，渾不管、劫餘何世。看淒迷、廢壘蘿蔓，猶似綺羅交曳。　　豔塵空指前遊地，黯銷凝，黶香黏蕊。大秦西望蒼煙遠，誰解明珠佩。重溯故國舊聞，記八駿、曾馳周寰，茲賦情綿邈，春

痕長暈，穆瑤池際。〔註46〕

蔡佳儒以零星記憶「斷片」的概念，分析呂碧城腦中浮現的是斷片的風景，如「斜陽」、「古甃」、「頹垣」、「蝌篆」、「銅駝」，即使眼前呈現的是異國風景，所寫的誌舊遊之感，但那些斷片卻成了觸發回憶的媒介，每一個斷片都可以成為一個獨立的圖像，然又緊緊交錯，牽動她對故國的想望。〔註47〕吳盛青教授則是從一個女性的自我立論，提出呂碧城在詞中用一系列的典故來召喚中國文化的記憶，斜陽下的斷井頹垣，是她眼中的「銅鉈荊棘」，而「銅駝」已成為遺民詩歌的象徵符碼，傳達朝代更替、歷史興亡的感慨。此外，又提出「文化翻譯」的概念：

> 如果說，羅馬廢墟是一種文本的話，呂碧城的描繪顯然是在調動
> 中國的詩學意象典故存儲，召喚經典的抒情時刻，對他者大化的
> 薰染（perform a labor of acculturation），從而將域外寫作變成一種
> 文化翻譯的行為。繁複的典故與意象交織成一張巨大意符的網，
> 將不熟悉的文化空間覆蓋或歸化。由此，羅馬廢墟，獲取它的中
> 國印記。〔註48〕

確實如此，呂碧城身在異域，卻不斷以抒情傳統召喚故國的回憶，將域外寫作變成一種文化翻譯，其中有記憶交織，有女性自我主體的呈現。換言之，抱持著世界主義遠走異國的呂碧城，在怡情遣興之際，故國的影子時常躍入筆端，適臨頹圮的情境，因而觸動懷古、興亡之感。

總之，在歐美現代性、西方文明的衝擊之下，呂碧城的跨文化視域受到影響，筆端書寫處處投射中國的鏡像。在此節的旅行文本，可以見到她將觀看的視角延伸至歐美的政經教育，種族歧視、公德、衛生等社會問題，及人文藝術的審美，從中彰顯強烈的國族意識與認同焦慮。

第二節 虛／實移動的空間建構

「空間」是一個跨學科的語詞，除了真實環境的物質空間外，從文學、哲學、歷史、人類學等視角，則會呈現不同的空間詮釋。「一生幾乎都在移動

〔註46〕呂碧城，〈玲瓏四犯〉，收入李保民校箋，《呂碧城集》，上冊，頁89～90。

〔註47〕蔡佳儒，〈新女性與舊文體——呂碧城海外詞作探析〉，《中極學刊》第四輯，（2004年12月），頁163～164。

〔註48〕吳盛青，〈彩筆調和兩半球——呂碧城海外詞中的文化翻譯〉，頁128～129。

的呂碧城，其主體往往流動於不同空間，既漫遊於不同國度，也出入夢境／靈異的邊緣。此兩者移動，都是與『身體』有關的『體』驗。……其人移動於虛實空間中的不同體認與反思，在在展現其無限寬廣的生命之可能。」〔註49〕換言之，旅行是個人在空間中的移動行為，呂碧城經過「空間移動」，從原本生活的空間延伸到異國的社會空間、地理空間，構築自己的旅居空間，透過書寫來創造文學空間，及其對靈異的體驗與確信，皆是悠遊於虛實空間的展現，依此又延伸出心靈與精神空間〔註50〕，亦是一位域外獨遊的女性，與異地展開的對話。

一、發現異國空間裡的「中國情調」〔註51〕

旅程之間的山光水景，使旅人流連忘返，藉由書寫讓美景躍於紙上。在歐美漫遊中，讀者跟著呂碧城欣賞了加州的三千年古樹，在日內瓦湖蕩舟，在蒙特勒雪山攀岩後喝上一杯熱騰騰的咖啡，在龐貝古城裡撿小石子作紀念，坐登山纜車欣賞維蘇威火山的奇景，遊蹤之間的山水風光俯拾皆是，更充滿了現代性。值得一提是，在摹寫山水時，呂碧城考量讀者的接受度與理解度，或化用中國古典詩詞，或以中國著名景點作譬喻；另則引用中國歷史文化，對照西方景物，呈現中西調和的意趣，如同呂碧城所道：「花草風流，綵筆調和兩半球」〔註52〕，使得異國空間充滿著「中國情調」。茲舉數例說明如下：

（一）瑞士山光水景

呂碧城鍾愛瑞士，旅歐十餘年的光景，在瑞士前後共住了六年。〔註53〕

〔註49〕羅秀美，〈自我、空間與文化主體的流動／認同——以女詞人呂碧城（1883～1943）的散文為範圍〉，《興大中文學報》第 32 期（2012 年 12 月），頁 183。

〔註50〕觀點引自鄭毓瑜，〈抒情自我的詮釋脈絡〉，《文本風景：自我與空間的相互定義》（台北：麥田出版，2005 年），頁 15～24。

〔註51〕本段標題的訂立，化用羅秀美教授所題：「構築中國空間裡的『異國情調』」。參閱氏著，〈自我、空間與文化主體的流動／認同——以女詞人呂碧城（1883～1943）的散文為範圍〉，《興大中文學報》第 32 期（2012 年 12 月），頁 202。

〔註52〕呂碧城，〈減字木蘭花・友人來書謂予客海外，有屈子行吟之感，賦此答之〉：「蘭荃古豔，誰向三千年後剪？移過西洲，又惹東風萬里愁。　湖山麗矣，但少幽情如屈子。花草風流，綵筆調和兩半球。」收入李保民校箋，《呂碧城集》，上冊，頁 141。

〔註53〕呂碧城，〈報轟雲台居士書〉，《覺有情半月刊》，收入黃夏年主編，《民國佛教期刊文獻集成補編》，第 61 卷，頁 501。

瑞士山水馳譽寰球，尤以湖聞名於世，即 Lare of Geneva；芒特儒（Mountreux，今譯「蒙特勒」）是湖頭，建尼瓦（Geneva，今譯「日內瓦」）是湖尾。（〈建尼瓦〉，頁 357～358）在〈芒特儒之風景〉描述湖光山色：

> 晨興縱覽風景，全埠為光氣籠罩，蓋湖光山色益以朝霞積雪混合而成，色彩濃厚。吾國古詩「曉來江氣連城白，雨後山光滿郭青」之句，僅表示青白二色，此則瑤峰環拱，皚皚一白中泛以姹紫。湖面靚碧，微騰寶氣，氤氳漫天匝地，而樓影參差，花枝繁簇，可隱約見之。須臾，旭日高升，晴暉鑠眼，又憶及唐人詩云：「漠漠輕陰向晚開，青天白日映樓臺。曲江水暖花千樹，為底忙時不肯來。」（頁 334）

晨起即見鮮明的湖山光色，作者憶起曾讀過張籍的詩，並以「曉來江氣連城白，雨後山光滿郭青」的描述作對比，表示除了青、白二色之外，從遠山環繞見姹紫泛之，湖面靚碧，氤氳漫天，朦朧間隱約可見樓影與花繁錦簇之貌。隨著時間的流動，又憶及韓愈的詩，以「青天白日映樓臺」描繪旭日照耀的景象。在〈建尼瓦〉一文，則描繪：

> 碧漪翠嶂，映以瑰麗之建築，如貴婦嚴粧，輝采四溢。而天際雪山環繞淡白之光，適以調和過濃之景色。惟夕照時明如瑪瑙，復使遊人佇足迴首，翹瞻天末，而地面景物悉為減色矣。（頁 358）

日照美，夕照更美，獨特的山光水景復使遊人一再佇足迴首。離開瑞士後，本以為不會再重遊，遂賦詩一首：「誰調濃彩與奇香，造就仙都隔下方。海映花城騰豔靄，霞渲雪嶺炫瑤光。鳴禽合奏天然樂，靜女同羞時世妝。安得一廛相假借，餘生淪隱水雲鄉。」（〈芒特儒之風景〉，頁 336）再次到遊時，居於勝境，心襟頓爽，據實抒寫所觀景象：

> 寓建尼瓦湖（今譯「日內瓦湖」）畔，斗室精研，靜無人到，逐日購花供几，自成欣賞。向南蠡扉雙啟，即半月式小廊，昕夕涵潤於湖光嵐影間，雖閉戶兼旬，不為煩倦，如岳陽樓之朝暉夕陰，氣象萬千，疊展其圖畫也。晴時澄波潋灩，白鷗迴翔；雨則林巒悉隱，遠艇紅燈熠昏破晦。倘遇陰霾，城市中稱為惡劣氣候者，此則松風怒吼，雪浪狂翻，如萬騎鏖兵，震撼天地，心懷為壯焉。堤路砥平，繚以短檻，行人往來疏林中，面目衣襟悉映於波光蕩漾間，距吾書案咫尺，舉首即見，為此記時固據實抒寫也。（〈重遊瑞士〉，頁 419）

精研的居室中，有鮮花陪襯，獨遊的呂碧城於窗外即能見湖光山色、行人之貌。晴雨之時，湖上景物的變化，與〈岳陽樓記〉中「霪雨霏霏，連月不開；陰風怒號，濁浪排空」、「上下天光，一碧萬頃；沙鷗翔集，錦鱗游泳」之句，有異曲同工之妙，此亦是呂碧城化用古典的佳作。

圖 21：呂碧城拍攝的瑞士風光

資料來源：《國聞週報》第 6 卷第 25 期。

日後再度重遊瑞士時，碧城欣喜之情溢於紙上。一日，醒來即見山頭晴雪，興奮作遊山計：

> 堤邊巨松一株，恰當樓側，濃青古翠，百鳥所巢。春眠慵起而芳鄰滋擾，未曉即逞啁啾，破予好夢。枕上見山頭晴雪，即興奮作遊山計。購得草製小籃及藤杖各一，皆精緻可愛，因憶《紅樓夢》中牙牌令云「湊成籃子好採花」、「仙杖香桃芍藥芽」之句，登山吟賞，採擷盈籃。（〈重遊瑞士〉，頁 419～420）

短短數行描繪，宛如電影拍攝手法，長鏡頭從外在動靜交織的景象，移動至沉靜的室內。女主角醒來見到窗外山頭覆雪，欣喜作遊山之計。從草編小籃與藤杖的物品，聯想到《紅樓夢》賈母兩宴大觀園，席上行酒令中的鴛鴦、黛玉所說的詩句，於是依此吟賞、採擷，充滿文人雅興。由「精緻可愛」的小籃、藤杖，更透顯出碧城喜愛精緻小物的女性情態。

援引古典詩詞映襯異國山光水景，呂碧城以故國名勝作為審美書寫之對照，如以西湖對比日內瓦湖的景色，評析「湖濱多魚，阡陌植桑，恍如浙之西湖，惟壯麗過之。」（〈芒特儒之風景〉，頁335）。碧城在湖光山色中，曾一度接受當地少年的邀約，蕩舟於日內瓦湖上：

> 予於舟中賞玩風景，轉覺不及在岸遠觀之波帆影為可愛。身歷其境，興趣即減，世事大抵如此。該湖體積甚巨，波藍如海，較吾浙之西湖富麗有餘，而幽蒨似遜，惜「楊柳岸，曉風殘月」之句，不足為胡兒道也。（〈建尼瓦湖之蕩舟〉，頁359）

瑞士湖景比西湖壯麗過之、富麗有餘，卻不及她心目中西湖的幽靜蒨巧，評價表現出對故國的文化認同。

至此，不論是朝暉夕陰，晴天雨時，四季皆有獨特之美的「自然」風光，被碧城的彩筆描繪得更添顏色，能夠如此出色的原因，來自對當地的融入，與外國人的交流，深刻的體驗，細膩的觀看「自然」；從「靜無人到」、「閉戶兼旬」、「逐日購花供几，自成欣賞」、「枕上見山頭晴雪，即興奮作遊山計」，皆傳達出由俗世逐漸朝向「自然」的心境。

（二）美國大峽谷山景、威尼斯水城、羅馬噴泉

大坎寧（Grand Canyon，今譯「大峽谷」），碧城在冬季到訪，披貂氅徘徊於疏松殘雪間，眼見：

> 山皆赭色，為日光渲染，嫣然而紫。所奇者，其形多方，或三角，或六角，皺痕深刻，觚棱疊起，如萬塔浮海，層層啣接，嶄然一線，絕不參差綜錯，類人工所築。……予立高處攝取一影，群山相對，作萬笏朝天狀，佳製也。（〈大坎寧之山景〉，頁324～325）

白描手法描繪山景，日光渲染使山色變化，層層疊疊的地形，以「萬笏朝天狀」將大峽谷的特殊形貌生動勾勒而出，讓讀者能以帝制時代官員手執的笏板逕行想像，極富創意。文中提及「予立高處攝取一影」，碧城於民初即能擁有照相的工具，與現今生活無異，亦為現代性的表徵之一。

到了水鄉威尼斯時，見到特殊地理樣貌與舟楫渡河，回憶起蘇杭：

> 有舟楫而無車馬，往來街衢，悉用小艇，細長而翹其首尾，狀如吾國之龍舟，稱曰「岡豆拉」（Gondola，今譯「岡豆拉」）。橋梁極多，頗饒幽趣，水光波影，搖映窗壁間。陸地則悉用石板鋪成，曲巷狹徑，頗似吾國蘇杭之街市。所不同者，乃石地平坦整潔而兩旁有高

樓耳，可任意遊行，無車馬衝突之險。（〈水城〉，頁 371～372）
散步在威尼斯的街道中，欣賞著因地域之別，而以舟楫代替其他交通工具的別緻風光。對於市街的描繪，則與蘇杭的街市相比擬，認為國內整潔度、車馬衝突之險有待加強，此二者是蘇杭與威尼斯的最大差異。因之，以蘇杭的街市借代國內的街市，提醒國人應注重環境整潔，提升改善交通安全。

曾經閱讀《羅馬史》的碧城，到了當地則反射似的以閱讀記憶比對所遊美景：

> 《羅馬史》中稱有七山……予所遊之山林，為平坵（Pincho）及惕佛里（Tivoli，今譯「提佛里」），或謂即諸山之分脈。平坵實如平原，惟多林木，風景甚美。此處由潘玉宸夫人導游，曾共坐品茗於茶室，微雨初過，樹香襲人，避暑之佳所也。惕佛里則為山巒，瀑布甚多，曲折傾瀉，有如我國廬山之三疊泉。最大者銀瀧奔放，聲隆如雷，遠望白霧蒸騰，蓋水沫噴濺所致。或謂該泉成於人工，以羅馬噴泉之盛，為世界冠，其言似近。（〈義京羅馬〉，頁 352）

由提佛里山的曲折瀑布，聯想到廬山的三疊泉景象。呂碧城在國內時曾遊廬山，寫下〈遊廬瑣記〉，其中提到「聞有三疊泉者，風景最佳。」前往當日因天候陰寒，乘坐轎子在登山途中感到心悸，於山中古寺就佛堂假寐，眠中竟得一夢，夢見旅程中邂逅的德國人斷頭顱灑熱血，驚醒後情緒大受影響，泉景雖距寺不遠，乃決意不觀，忍寒下山。〔註 54〕因此，雖不曾往觀三疊泉，或許也曾聽友人論其景象，在異國見到相似景象，依舊以故國風景相比擬。

（三）佛羅倫斯刻石之工

碧城在觀看、吸取大量的藝術經驗時，多採取欣賞認同的視角。然而，對於倫敦知名的景點水晶宮（Crysial Palace），評價卻不高，提出宮殿「以玻璃及鐵造之……然工料尋常，並不精美，蓋所用者僅薄片玻璃，非結晶之料也。」（〈倫敦〉，頁 391）對於工料則提出獨見，以為最好的刻石之工來自佛羅倫斯：

> 此城刻石之工，尤為精絕。予曾游覽其工廠，廠內聚各種天然彩石，先繪彩色人物花卉為標本，然後刻石嵌成，彷彿吾國之景泰藍製法，惟深淺凸凹、陰陽向背儼然如生，與照像無異。試觀其背面，則針

〔註 54〕呂碧城，〈遊廬瑣記〉，收入李保民校箋，《呂碧城集》下冊，頁 523～524。

> 鋒參錯，聚千百碎片成，蓋必選配色澤使融合無間，而不用人工之
> 染；必天然物材之富，益以工藝之精，方克成之。可任意洗滌，色
> 采永無褪化之虞。方製一王后巨像，明珠翠羽，流眄生姿，筆繪尚
> 難，況成於嵌石乎！（〈花城〉，頁342）

「景泰藍」是一種以琺瑯質塗於銅器表面，經窯爐烘焙，將瓶、碗、煙具等器具燒成各種花紋的工藝品。明景泰年間於北京大量製造，當時以藍釉最為出色，因而得名。〔註55〕呂碧城用其巧筆，生動描繪參觀石刻工廠的經驗，從繪製方式聯想到中國景泰藍製法，與照像無異的刻石之工，令她嘆為觀止。

承前述，呂碧城在國外是以大國國民身分自居，此是她的自我定位——當她敘述異國景象，常採用融中入西，呈現觀看後的印象書寫，一方面是考量大多數讀者為無法出國的民眾，一方面對於故國帶有強烈的文化認同。因之，在她試圖以「綵筆調和兩半球」的過程中，更讓中國情調展現在異國空間裡。

二、朝向「自然」的旅居日常

一生幾乎都在「路上」的呂碧城，在國外遊歷期間，住遍了各大旅館，而長住（long stay）的生活空間，其一在紐約「賓夕法尼亞酒店」住了六個月，其二在瑞士蒙特勒前後住了六年。

「賓夕法尼亞酒店」地處曼哈頓的精華地段，據呂碧城描述：「旅館地方極大，居然是個小小的世界，凡藥房、照像店、雜貨、衣裝、男女理髮等店，應有盡有。就連火車站也在本旅館的地道下，直接由紐約的下市，通到上市，把紐約貫穿了。」〔註56〕在一個日有萬人進出的大旅館內，碧城的居住空間只是飯店一隅，但活動空間與人際網絡卻是寬廣複雜。無外出赴約時，則在飯店眾多餐廳中擇一用餐，或閑坐看報，或在滿鋪錦毯，壁上懸掛貴重古畫的長方式環形遊廊（Mezzanine floor），欣賞來來往往的遊客：

> 這椅上每晚都滿滿的坐著禮服的紳士和晚妝的美人，眼光都對著欄
> 外的大廳，如看戲一樣。那廳的地面，全是白淨的大理石做的，加
> 上眾人的黑漆皮鞋立在上面，很像雪地上落了許多烏鴉，格外的黑
> 白分明。這裏也有許多外來的人，專來聯絡富商，兜攬生意的；或

〔註55〕〈淺談如何鑒賞美輪美奐景的景泰藍〉，河南博物院網站網址：http://www.chnmus.net/big5/wbzs/2012-09/25/content_123784.htm，2015 年 10 月 9 日點閱。

〔註56〕呂碧城，〈紐約病中七日記〉，頁546。

　　是交朋友，漁獵美色的；就連扒手小偷也有。〔註57〕

禮服的紳士／晚妝的美人，本地人／外來客，富商／生意人，扒手／小偷，在複雜流動的空間裡，碧城以旁觀者的角度觀看流動的人群，揣測各種身分的可能，分析他們到此的目的，聯絡富商／兜攬生意，交朋友／獵美色。而與碧城往來的友人，含括各級人士——如上議員塔末理來信問候，報界人士來訪或約稿，銀行總理貝士林、工人湯姆約她共舞，海軍鮑登與她聊英、愛的戰事，她也曾赴紐約大富豪席帕爾德夫人的晚宴。除了上級社會的交遊，平日與理髮店的侍女、住宿樓層的管事也保持友好關係。上述敘事皆是出自〈紐約病中七日記〉，見微知著，周旋在名流之間，奢華的生活型態，可以想見呂碧城在紐約的生活大抵如此；而她的外觀形塑依然華麗，如前揭「御錦衣」、「鮮豔錯繡」，因而私下被傳為「東方的公主」。

　　特別的是，由於〈紐約病中七日記〉描述的是病中的狀態，呂碧城難得表現出「脆弱」，又提及似靈魂出竅的夢境，有些許厭世的思維，但最後仍以「一切為人立身之計，我還是黽勉進行，當做照例的公事，不敢怠慢」〔註58〕作結。表示那些不切實際的想法只是偶一為之，她在紐約的生活日常，到哥倫比亞大學旁聽文學、美術，交遊周旋在各級人士之間，為了營生更是勤勉進行經商事宜。

　　瑞士蒙特勒是呂碧城旅居最久的異國空間，蒙特勒的山光水色所構築的清靜氛圍，最深得她心。碧城寓居日內瓦湖畔，「斗室精研，靜無人到，逐日購花供几，自成欣賞。向南蠻扉雙啟，即半月式小廊，昕夕涵潤於湖光嵐影間，雖閉戶兼旬，不為煩倦。」短短數年間，呂碧城的心態已有所轉變，不似在紐約時多方周旋於人際之間，而是在精研的斗室久住獨居，購花自賞，享受湖光嵐影，融入自然，與自然為伍，展現自然的生活態度。誠如羅秀美教授所分析：

> 此「寓」於湖畔且「逐日」購花的悠閒生活，可見呂碧城已有定居之計，再遊蒙特魯的她已將此地視為海外的「家」了，是以正過著一種甚具日常氛圍的生活，至此，蒙特魯於她已非一般旅人居於旅館之浮光掠影式的感受，而是一種悠閒自得的平常生活。〔註59〕

〔註57〕呂碧城，〈紐約病中七日記〉，頁543。
〔註58〕呂碧城，〈紐約病中七日記〉，頁546。
〔註59〕羅秀美，〈自我、空間與文化主體的流動／認同——以女詞人呂碧城（1883～1943）的散文為範圍〉，《興大中文學報》第32期（2012年12月），頁188。

對花的喜愛，且逐日購花，是呂碧城耽美的表現之一。從海外新詞的詞序中，提及許多看花、賞花之雅事，如「日內瓦 Genève 湖畔櫻花如海，賦此狀以狀其盛」，「蔻嶺 Caux 多紫野花，茁於雪際，予恆採之。偶於書卷中見舊藏殘瓣，悵然賦此」，「瑞士水仙花多生於陸地，然地以湖著名，仍與原名契合，欣賞之餘，製此為頌」，「日內瓦湖畔牡丹數株，看花已二度，為題為闋。」「湖邊綠樹葱蒨，夏作小黃花，濃馥如桂，多採細枝供之瓶中，為賦此調。」〔註60〕耽溺欣賞四季繁花盛開的碧城，細緻的賞花、看花，並採花、供瓶，或做成書箋，極為風雅。另在詞序中也能見其旅居瑞士的日常生活，如「瑞士見月」，「寓雪山之頂」，遊「日內瓦之鐵網橋」，「散步日內瓦公園」，在「日內瓦湖習槳」，即是接受當地少年的邀約，蕩舟於日內瓦湖之事。〔註61〕由此可見，呂碧城是一個懂得獨處，富有情趣，善於在日常生活中尋找樂趣，趨向自然的生活情調，並形塑自我品味的女性。

深入佛法之後，呂碧城更不留戀繁華盛景的大都市，多半的時間棲身於山水清麗的瑞士，以此作為書寫、行持佛法之地。又因茹素的關係，一週要搭乘火車數小時下山採買鮮蔬，即使在冰天雪地的冬季，她也甘之如飴。〔註62〕過去習慣在飯店進食的她，也開始學會自行料理蔬食，一改過去奢華鋪張的用餐型態。因此，在清淨無擾的瑞士旅居環境，呂碧城得以念佛、觀想、打坐、譯經、書寫，在日常生活行持實踐佛法，不忘看花、遊賞，培植生活的情趣，身心也漸漸安頓下來，亦即，從地理空間中拓展了文學、心靈、精神空間。

三、超驗空間／靈異經驗的探求

呂碧城對於未知、超驗的靈異空間有著極大的興趣，如在〈紐約病中七

〔註60〕呂碧城，〈江城梅花引·日內瓦 Genève 湖畔櫻花如海，賦此狀以狀其盛〉、〈夢芙蓉·蔻嶺 Caux 多紫野花，茁於雪際，予恆採之。偶於書卷中見舊藏殘瓣，悵然賦此〉、〈翠樓吟·瑞士水仙花多生於陸地，然地以湖著名，仍與原名契合，欣賞之餘，製此為頌〉、〈花犯·日內瓦湖畔牡丹數株，看花已二度，為題為闋〉、〈探芳信·湖邊綠樹蔥蒨，夏作小黃花，濃馥如桂，多採細枝供之瓶中，為賦此調。〉，收入李保民校箋，《呂碧城集》，上冊，頁 62、72、85、101、143。

〔註61〕呂碧城，〈陌上花·瑞士見月〉、〈新雁過妝樓·寓雪山之頂，漫成此闋〉、〈玲瓏四犯·日內瓦之鐵網橋〉、〈瑞鶴仙·散步日內瓦公園即景〉、〈絳都春·日內瓦湖習槳〉，收入李保民校箋，《呂碧城集》，上冊，頁 59、70、70、78、113。

〔註62〕呂碧城，〈自然斷除肉食之方法〉，《香光小錄》，頁 14～19。

日記〉提到「拏幾本《禮拜六》閑看。那插畫裏面有『宋園鬼影』一幅，看著可怕，毛髮都豎起來。」幾個小時後，聽到房門內附近發出怪聲，她大膽過去查看，卻沒有任何異樣，當時是清晨四點左右，「雖然不迷信，這時候也有些膽寒，疑惑有鬼氣。」〔註63〕對於鬼魂、靈異的好奇，因果輪迴、報應觀的深信不疑，源自呂母嚴士瑜對於呂家姐妹們的思想灌輸。

從呂家二姐美蓀的《葓麗園隨筆》，可以見到內容多有鬼怪、因果報應、記夢之事，如〈意勳召鬼〉、〈借屍還魂〉、〈蔣夫人示夢繼室〉、〈美蓀自記三生因果〉、〈母妹陰靈〉、〈記先大夫葬親事〉等，如其自序所稱「爰將親所見聞及本身所歷之因果事實，善惡報應，據實以書，彙而存之。」〔註64〕其中，〈美蓀自記三生因果〉提及呂美蓀出生前一刻，呂母嚴士瑜夢到一位窮酸秀才以及一個修補衣服的澣女。甫夢醒，美蓀就出生了，呂母解讀夢境顯現兩個身分，即是美蓀的前兩世，因此不喜歡這個女兒，在成長過程也嚴厲對待，常耳提面命要求她在這一世能勤勉修身修福，以免無福壽夭早亡。〔註65〕〈記先大夫葬親事〉，提到呂父鳳岐入翰林後返鄉購地葬親，賣主刻意隱瞞地底下有一座古墓。一日，蓋墓的工頭離奇死亡，魂魄被拘提到冥府審判，見到怒氣沖沖的古墓主人對他大罵，請他務必告知呂鳳岐儘快將親人遷葬，否則會害死很多人命。死而復生的工頭向呂父轉告陰間奇遇，呂父認為荒唐無稽，重新啟建祖墳談何容易。不久，賣主、工人連續暴斃了二十多人。之後，呂家男丁相繼去世，呂母及呂家姐妹各自流離失所。是以，美蓀深信家中禍事連連，最主要的緣由是父親選擇祖墳不當所致，導致鬼魂作祟，報應在家人身上。〔註66〕呂碧城在歐遊時寫下〈予之宗教觀〉，提及幼年被退婚，其母問卜後的籤詩預示她會獨身一輩子，她也就此立下獨立之志。（頁439～443）由此表示，對於未知的靈異或虛幻空間，抱持著敬畏、深信不疑的態度，是呂母帶給女兒的思想觀念，並且相信透過占卜、夢境可以探索、接觸超驗空間，也能帶來現實生活正確的指引。

呂碧城二次出洋期間，尤其在1928年逐漸深入佛法，開始引介國外護生資訊，記遊主題也有明顯轉向，偶有書寫關於鬼魂、靈異之事。〈鬼打電話〉

〔註63〕呂碧城，〈紐約病中七日記〉，頁538。
〔註64〕呂美蓀，〈葓麗園隨筆自序〉，《葓麗園隨筆》。
〔註65〕呂美蓀，〈美蓀自記三生因果〉，《葓麗園隨筆》，頁84～87。
〔註66〕呂美蓀，〈記先大夫葬親事〉，《葓麗園隨筆》，頁9～10。

引用英報 Daily Mail 記載柏林的新聞，提及一個德國商人之妻，臨終前想打電話給丈夫，因電話在村里之外，距離遙遠而被勸阻。後來，其夫竟然接到其妻的電話，自稱已經死亡，不久妻子去世的消息才被證實。（頁 406）〈因果〉記載某婦人的前夫被謀殺之房間，正是婦人再嫁之夫兩年後暴亡的地方。另記某商人之妻被剃刀所殺，兇器未查獲，兩年後，某商以兇器自戕於其妻所死之室。（頁 407）從所訂的標題，即知碧城對鬼魂、因果報應的確信，引用外國人與事，證明因果律是通用的法則，蘊含天理昭彰，報應不爽的警世意味。

在〈與 The Chronicle 報談靈魂之函〉，提及外祖母的聽聞與她親身經歷的靈異事件。碧城回想在上海時某日午睡，侍女看見她穿戴整齊立在門前低喊「送熱水來！」水送來時發現她仍穿著睡衣在酣睡。她醒後得知此事很驚詫，心生懷疑，以為「詎予睡時魂竟離體而傳令耶？」前已揭她在夜晚聽聞異聲，五分鐘內將手槍裝配完畢，之後卻只看見「黑物一團，如人之傴背，但近在咫尺，既不見人形，而移動平均。」因而疑惑不知是人是鬼？又將這些靈異事件投稿至 The Chronicle 報，認同該報刊登靈魂之事，提出自己的觀點表示「精神強弱」是關鍵，惟有特強者的靈魂才得以穿過幽明與人相溝通。（頁 407～409）未久，呂碧城在〈醫生殺貓案〉進一步指出，人為萬物之靈，故必有靈魂，若謂物質外無靈界，則太輕視萬能的造物真宰，又引用斯賓塞名言：「科學愈發明，令人愈驚造物之巧，而知神閟之不可誣。」南海康同璧女士詩云：「與世日離天日近，冰心清淨不沾埃。」（頁 409～412）以科學根據確立靈魂之說，援引名人說法來佐證觀點，展現獨到的識見。

1930 年，仍在歐遊的呂碧城，其〈玄學與科學將溝通乎〉〔註 67〕在上海《時報》刊出，主題是玄學與科學，惟在開篇論及當時外國的科學家對玄學進行研究，其他篇幅都在敘述佛法的高妙，強調靈魂、因果輪迴的存在。文章開篇提到倫敦自 1882 年即有靈學會，她曾與該會接觸，也受邀加入會員，後決心皈依佛法，「只欲明心見性，勉持戒律，其他詭異之事，則不欲研究」，然亦無反對意見。此則表示碧城清楚知道佛學、靈學（玄學）之間的差別，以及靈學涉及超驗「詭異」之事。文中也提到嚴復曾談起一事，即英國某校甲乙學生的宿舍僅隔一壁，甲生隨意塗鴉，之後比對竟與乙生所繪吻合。碧城以為此種現象近似佛法所說的他心通（Telepathy）、天眼通（Clairvoyauce）之法。

〔註 67〕呂碧城，〈玄學與科學將溝通乎〉，收入李保民校箋，《呂碧城集》，下冊，頁622～628。

　　當時嚴復對呂碧城提到「心靈相通」之事，以及碧城表達的觀點，應與民初中國靈學的發展有關。五四時期強調科學萬能，嚴復、丁福保、陸費逵、俞復等著名學者，其中不乏佛教徒、教育家等名流人士，竟然參加與靈學、催眠術相關的上海靈學會，因而被魯迅、胡適、陳獨秀等人大肆抨擊支持「封建迷信」，然靈學、催眠術在當時卻是號稱超越現有領域，屬於先進的「科學」。由此顯示西方科學概念，與中國引進的西方科學，並非只有實證科學，而是具有複雜、多元的涵義。探討靈學的相關活動方式，常與鬼神信仰、靈媒、扶乩，以及催眠術相連結。民初的知識分子如嚴復、丁福保等人，經常將扶乩當成休閒活動，目的在於問疾、問事，探討個人的吉凶禍福，日常行事的方向，又傾向更多公領域與知識分子關心的學術性議題，如問柏林戰況，如何導正社會風氣等。〔註68〕當時在上海的呂碧城，亦曾偕同友人朱劍霞一同往觀扶乩。〔註69〕

　　至此，呂碧城接受其母對於鬼神信仰、靈魂、因果等價值觀，對於靈異空間的存在深信不疑，自認毫不迷信。在民初科學、靈學興起的時代背景下，受到嚴復等人的影響，對於靈學產生興趣，包括她曾問學於道教名士陳攖寧，又對扶乩有所了解，加深她對未知的靈異空間好奇與關注。歐遊期間再接觸佛法，遊記開始偏向書寫鬼魂、靈異之事，主要目的是傳達靈魂的存在與因果輪迴之理。而後到了倫敦與靈學會接觸，又因「旋皈佛法」，體會到「詭異之事」終究無法達到「明心見性」，決定修學佛法，「勉持戒律」，但她並不反對靈學，故撰文表達自己的見解。由此能看到碧城思想轉變過程之複雜，投射出對於靈異空間的好奇與探索，更悠遊自得於其中。

第三節　旅行者兼具報導者的雙重敘事 〔註70〕

　　遊記屬於紀遊文學，從文體學的角度而言，是散文中的一個類別。〔註71〕

〔註68〕詳參黃克武，〈靈學濟世：上海靈學會與嚴復〉，《惟適之安：嚴復與近代中國的文化轉型》，頁157～198。

〔註69〕呂碧城，〈偕朱劍霞女士觀扶乩有仙人降壇詩切予與朱女士姓名感賦一絕〉，收入李保民校箋，《呂碧城集》，上冊，頁269。

〔註70〕本節標題的訂立，觀點引自羅秀美教授提出單士釐在遊記中呈現「創作者與研究者的雙重敘事」。參閱氏著，〈流動的風景與凝視的文本——談單士釐（1856～1943）的旅行散文以及她對女性文學的傳播與接受〉，《淡江中文學報》第15期（2006年12月），頁87。

〔註71〕周冠群，《遊記美學》（重慶：重慶出版社，1994年），頁1。

魏晉山水之風盛行，文人以詩詞歌賦等形式作為遊記的載體，其中，酈道元
《水經注》乃是紀遊文學發展的指標，是科學性地理志轉向文學創作的代表。
明代《徐霞客遊記》正是紹承其續而來，與晚明小品遊記，成為明代紀遊文
學的雙峰。清初的遺民文學呈現沉重的故國之思，後以袁枚為首的性靈派強
調抒發個人情感，桐城派則合二者之長，抒情言志。〔註72〕清末民初，出國
機會增加，異域書寫興起，如王韜《漫遊隨錄》，梁啟超《新大陸遊記》、
《汗漫錄》，康有為《列國遊記》、林獻堂《環球遊記》、單士釐《癸卯旅行
記》、《歸潛記》等，因作者的身分不同，而讓異域書寫呈現多元的風格。在
形式的表現上，近代域外遊記以古典融合現代散文為主，或交叉運用詩歌、
辭賦、駢文等文體，表現形式互涉的現象。在語言形式上，適逢文言文過渡
到白話文的趨勢，為記錄西方新事物，翻譯的新名詞大量出現在遊記中，增
添現代性色彩。在主題的呈現上，旅行形態的改變，帶來異域遊記主題的改
變，傳統的模山範水退位，異域風光成了觸動旅人審視故國的媒介。是以，
遊記的實用功能被彰顯，成為探究西方社會文明的記錄，為遊記的體裁增添
科學理性色彩。〔註73〕

　　民初之後，女性受教育的機會增加，如秋瑾、單士釐、呂碧城、張默君、
楊蔭榆等人皆有去國遊學、旅遊的經驗，其中，隨夫出使的單士釐，將遊走
各國的點滴撰成《癸卯旅行記》、《歸潛記》，成為中國第一位女性海外記遊
作家。「此後，晚清諸多女報鮮見女性遊記，直至1911年6月《婦女時報》
創刊，首次提倡並持續刊登女性遊記，是為近代女報刊登女性遊記之始」〔註
74〕，第一號中收錄〈北戴河遊記〉，即呂碧城所作。之後，雜誌上的「遊記
便是一個重要的項目，而女性的遊記也經常出現，包括女學生的遊記習作，
有遊西湖的，有遊西北地區的，也不乏國外遊記，或歸國感言。」〔註75〕

　　以女性域外書寫而言，女性視角別於傳統文人的觀看角度，「單士釐、
呂碧城、張默君、王茂漪、蘇雪林等女性和她們的作品。每位作家筆下都有

〔註72〕引自陳室如，《近代域外遊記研究》（1840～1945），頁479～483。
〔註73〕引自陳室如，《近代域外遊記研究》，頁509、535。
〔註74〕張朋，〈旅行書寫與清末民初知識女性的身份認同——以《婦女時報》女性遊
　　　　記為中心〉，《汕頭大學學報》（人文社會科學版）第29卷第5期（2013年），
　　　　頁46。
〔註75〕胡曉真，〈恰似飛鴻踏雪泥——民國才女呂碧城與她的時代足跡〉，收入呂碧
　　　　城，《歐美漫遊錄：九十年前民初才女的背包旅行記》，頁16。

自己獨特的歐美世界，但相通的是她們都用舊體之筆集體書寫歐美鏡像，而
且開拓了舊體詩建構異國視界的新功能。」〔註76〕然而，女性記遊在晚清民
初是一種常態，但女性域外書寫以旅遊為主題並不多見〔註77〕，而單士釐的
兩本遊記近年來成為學界熱門研究對象，其後呂碧城遊記被略過，直接進入
五四時期女作家的域外記遊。是以，探討《歐美漫遊錄》，可作為繼單士釐之
後，五四時期之前，民初女性域外記遊之補白。因此，呂碧城以旅行者與報
導者的雙重身分，如何自我形塑旅行者的姿態與樣貌？書寫的對象與目的？
如何呈現遊記中的現代性？在女性域外記遊中的家國認知，與單士釐遊記對
比的異同？即本節的討論要點。

一、閒適／時尚的漫遊者

　　跨文化的視野，女性的觀看角度，寬裕的經濟條件，交遊往來廣闊，在
遊記呈顯閒適的旅行姿態，確實讓呂碧城的旅行與眾不同且深具特色。早呂
碧城兩年出生的康同璧（1881～1969），是康有為的二女兒，年方十九即女扮
男裝隻身從北京赴南洋到印度尋父，自稱是中國女士西遊的第一人，又在清
末到美國留學。康、呂二人特殊的生命經驗，皆是民初女性的特殊典型，具
備獨立的人格特質，自主的移動能力。

　　第一次赴美，呂碧城原與中國留學生一起搭船至舊金山，後來「一意孤
行，不肯等候眾人，獨自往紐約去。……我竟搭了火車，駛過萬山之頂，凡四
晝夜，到了紐約，住在世界第一的潘斯樂維尼亞旅館（今譯「賓夕法尼亞酒
店」）。樓上高高掛著一個大牌，上面詳細指明飯廳、茶舍等在何處，藥店、
理髮室等何處。」〔註78〕獨自搭火車前往紐約，具有自由的移動能力，住在
當時曼哈頓最大的潘斯樂維尼亞旅館（Hotel Pennsy Lvania，今譯「賓夕法尼
亞酒店」），能看懂指示標誌，表示具備相當的經濟能力與語文能力。

　　呂碧城的閒適姿態盡現於遊記，如〈紐約病中七日記〉開篇即是「拿幾

〔註76〕劉峰，《清末民初女性西遊與文學》（蘇州：蘇州大學博士論文，2012年），頁
　　　　172。
〔註77〕劉峰整理〈清末民初（1880～1926）出國女性一覽表〉，其中一欄是主要的文
　　　　學作品，如陳衡哲、林徽因皆有詩文集，蘇雪林《綠天》、《棘心》，冰心《繁
　　　　星》、《春水》等，但主題是記遊，且留有整本遊記，除了單士釐《癸卯旅行
　　　　記》、《歸潛記》，僅有呂碧城《歐美漫遊錄》。參閱劉峰，〈附錄：清末民初（1880
　　　　～1926）出國女性一覽表〉，《清末民初女性西遊與文學》，頁181～206。
〔註78〕呂碧城，〈紐約病中七日記〉，頁541～542。

本《禮拜六》閑看」，文中常提到飯後無事「在屋裏看報紙」或「看報閑坐」。所住宿的賓夕法尼亞酒店，每日總有萬人出入，她喜歡到大廳、餐館、茶座等處，欣賞來往的遊客，如「坐著看那些花花綠綠往來的客人，勝似坐在房間裡。」「午飯後，又覺著事可做，到樓欄間，看看廣廳裡往來客人，真是形形色色。」「晚餐後，在遊廊（Mezzanine floor）裡閑坐。」「到樓上遊廊閑坐，憑欄看樓下廣廳，萬頭蠕動，又聽見喚客的聲音。」〔註79〕之後，她也以閑適的態度，在美國完成一次歷經二個月的深度之旅。

第二次出國，呂碧城以逃離的心境離開，踽踽獨行於歐美大陸。對於碧城的獨遊形象，陳瑞婷從《曉珠詞》中考察她的歐美遊踪，提出自我放逐之說，又稱「流放者呂碧城書寫鄉愁，獨自咀嚼飄零的滋味」〔註80〕；蔡佳儒承此說，提出呂碧城第二次的歐美之旅，在《海外新詞》中「開始有大量孤獨行吟者的形象。」〔註81〕或許是因為詞體言情之故，突顯了呂碧城「自我放逐」與「孤獨行吟者」的形象，但綜觀她的域外遊記，是以「漫遊」定名，即能得知呂碧城自我塑造為「漫遊者」，抑或能以異國「流浪者」稱之，如同舒國治所說：「流浪，本是堅壁清野；是以變動的空間換取眼界的開闊震盪，以長久的時間換取終至平靜空澹的心境。」〔註82〕是以，身體的移動，疆界的跨越，漫遊、流浪在異國的呂碧城，以閑適的姿態，展開了長期的歐美之旅。

呂碧城遊歷各城鎮的旅行方式，大抵是「第一日，櫛沐休息；第二日，散步街市，觀其概略；第三日，覓取地圖及說明書，自往游覽。」（〈義京羅馬〉，頁346）可見她非常重視身心的平衡與舒適。在遊記中，時常見到她「坐柳陰觀釣」，「晝則常坐磯觀釣」，或是到劇場聽歌、電影院消磨時間，若是登覽山色，則提出「遊山以後惟賞玩湖景，不作疲勞之遊。」（〈漁翁之廉〉，頁362）

呂碧城喜愛的閑適，包含一個人獨處的清閑，從不因身處異國而喜歡湊趣或與人結伴。遊瑞士雪山時，一個德國人對她大獻殷勤，提出日後想通信的請求，碧城勉強首肯，但不打算進行，並寫下「予亦於無意中得伴侶，惟轉

〔註79〕呂碧城，〈紐約病中七日記〉，頁537～550。
〔註80〕陳瑞婷，〈呂碧城之自我放逐與歐美遊踪——以《曉珠詞》為中心考察〉，《東海中文學報》（2003年7月），頁244～245。
〔註81〕蔡家儒，《新女性與舊文體——呂碧城研究》，頁107。
〔註82〕舒國治，〈流浪的藝術〉，《流浪集》（台北：大塊文化，2006年），頁70。

多周旋，不若獨遊默賞之安逸。」（〈雪山〉，頁 361）以閒適的姿態自處，面對未知的人文風情時，則隨遇而安且笑口常開，曾云：「予雖孤蹤踽踽，每自成欣賞，笑口常開。」（〈三笑〉，頁 344）在維也納遇暴動時冷靜應對，等待城市秩序恢復後，一般人早已迅速離開此國，碧城雖擔心局勢，仍撥冗作半日遊，自稱「予素達觀，生死久置度外。」（〈維也納之被困〉，頁 415）次日搭火車前往柏林，遊興正濃卻因胃痛就醫，醫生建議她非動手術不可，於是先折回巴黎處理商務。突來的無常，又身處國外，常人早已六神無主，而呂碧城對此表示「予既警於醫言，乃預理諸務，纖屑靡遺。凡所欲遊之處，則急於實踐。欣然孳孳，終日達觀樂天，委化任命，固久契斯旨矣。」（〈渡英海峽〉，頁 386）聽從醫囑又不想放棄旅遊行程，於是提前處理好工作、生活事宜，將要去的景點一一走遍，樂天知命，隨遇而安，展現出呂碧城樂觀、膽大的人格特質。

另一例是碧城寓居日內瓦湖畔，適逢百花盛會，晚間被窗外鼓樂喧囂所擾，遂發感慨：「孤客而處繁鬧之場，則愈多感慨，況百憂駢集之身乎！」後來心念一轉，決定盛裝走進人群參與其中。結果，第一天被剪紙彩片灑到目眩神搖，趕緊落荒而逃。次日，預先購買彩片一袋，在會場與群眾奮勇追逐，讓她開心解懷。有趣的是，百花會規定參與者不許交談，一整晚像是參加啞戰，眾人比手劃腳，對碧城來說猶如夢境，亦獲奇趣。（〈百花會之夜遊〉，頁 427～429）

呂碧城雖是抱持著閒適的心情旅行，但難以預料旅途中會突發什麼事件，在遊記中也不乏她所遭遇的不懷好意〔註83〕。另則是「在父權規範的框限下，單身遠遊的女性往往被視為不務正業的『壞女人』，而呂碧城所展示的奢華休閒姿態，更引人側目。」〔註84〕因此，挑戰並轉變既有的性別權利關係，在呂碧城遊歷中時常見之。其次，碧城本身具備的才華和學識，是才女最重要的文化資本，她透過旅行將所見所聞書寫下來，展現才女的特質。由於碧城始終未跨入婚姻，轉變為人妻或為人母的身分，加上經濟獨立，個人時間運用自由，不須像其他才女面對「時間處理」，永遠處在文藝追求和家庭職

〔註83〕參閱羅秀美，〈自我、空間與文化主體的流動／認同——以女詞人呂碧城（1883～1943）的散文為範圍〉，《興大中文學報》第 32 期（2012 年 12 月），頁 184～187。

〔註84〕羅秀美，〈自我、空間與文化主體的流動／認同——以女詞人呂碧城（1883～1943）的散文為範圍〉，《興大中文學報》第 32 期（2012 年 12 月），頁 186。

責之間的衝突〔註85〕，是以，旅行書寫中形塑的「閒適」與「閒逸」，亦是文學閨秀的身分表徵。

閒適的姿態是呂碧城在旅行中的自我形塑，時尚的外觀亦復如是。由第二章所放置的小照，可以見到碧城在清末仍蓄長髮，之後皆是以時髦的短捲髮示眾。時常搭配長串的珍珠項鍊首飾，穿著樣式、剪裁典雅的綢衫、裙裝，或是繡繪孔雀圖樣的禮服，甚至以孔雀羽毛作為頭飾，既典雅又華麗的反差，極具視覺效果。穿搭之外，呂碧城對妝容極為注重，也就是精神、氣色的呈現。在〈紐約病中七日記〉提到，雖在飯店養病，到訪的客人依舊頻繁。某晚已入睡，又被櫃檯通知有客來訪，起身梳洗後「到妝臺前，挈粉撲輕輕的撲了一點粉，匆匆的挽了髻，披上我日間所著的粉紅綢衫，臨鏡自照，覺臉色很是腴潤，因為適纔酣睡的原故。」〔註86〕撲粉、挽髻，披上粉紅綢衫，臨鏡自照，滿意臉色腴潤的過程，帶來視覺的流動與想像。

當碧城漫遊歐洲各景點時，在文本多處提到穿著大衣、絲襪、革履，曾自記一次在太平洋船中，「舟中排奇裝宴，予化妝為中國官吏。」〔註87〕原來碧城也會參加化妝舞會，又極具巧思的將自己打扮成中國官吏，富有奇趣。特別的是，倫敦陰沉的天氣，讓原本樂觀的她情緒低迷，旅況的孤寂，除夕團圓夜隻身在外，思家不得回返等多重心理因素交織下，她竟穿上「黑緞平金繡鶴」晚禮服與金縷鞋，戴上珠冠，獨自一人到昂貴的餐廳用餐，霸氣稱說自己「胡天胡帝」，珠冠覆額猶如「自由加冕」。（〈旅況〉，頁416）獨在異鄉為異客，孤寂的心境，搭配中國風格「黑緞平金繡鶴」晚禮服，孤獨／華麗的融合，刻畫出一種更深層的悲涼。另一次在維也納參加保護動物大會，著名的《達泰格報》（Der Tag）報導：「中國呂女士之現身講臺，其所著之中國繡服喬皇矜麗，尤為群眾目光集注之點。」〔註88〕從第二章的圖片中，能見呂碧城明亮柔美的雙眼，一襲中國繡繪的長禮服，穿上短靴，搭配珠冠，神采奕奕的亮麗姿態，是一個東方女子獨特的自我形塑，也是自我展演的內心獨白。

〔註85〕關於女性創作者的「傳世欲望」，以及「時間管理」等問題，詳見胡曉真，《才女徹夜未眠──近代中國女性敘事文學的興起》，頁74～78。
〔註86〕呂碧城，〈紐約病中七日記〉，頁545。
〔註87〕《申報》，1926年12月13日。
〔註88〕呂碧城，〈赴維也納璢記〉，《歐美之光》，頁137。

二、預設特定讀者的撰寫意識

（一）隱含的讀者／《申報》、《地學雜誌》、《紫羅蘭》

1920 年至 1922 年間，呂碧城赴哥倫比亞大學研讀美術，兼任上海《時報》特約記者。〔註89〕期間留下〈紐約病中七日記〉，是以白話日記體描述在飯店養病，觀看與往來的人際。另撰〈美洲通訊〉，體裁結合通訊和書信體，內容描述中國在國際地位的落後問題。〈旅美雜談〉五篇為通訊體裁，與新聞報導相似，且帶有文學性，文中記述觀察美國的社會實錄與文明新知。

從〈旅美雜談〉、〈美洲通訊〉的通訊體例，反映了民初報刊、通訊社興起，記者透過新聞消息與通訊編寫傳達新資訊，如瞿秋白、戈公振等著名報人，皆有擔任駐外記者的經驗，皆利用通訊體來記遊報導。通訊體裁和消息與新聞有著本質上的一致，為了吸引人，通訊寫作必須更加生動、形象化報導其人其事，所以講究主題或情節的豐富，使之有故事性，要求語言修辭、結構方法，類似文學作品。〔註90〕呂碧城以記者身分融合文學家的文采，確實充分發揮通訊體裁的特色。

二次出國後，留下《歐美漫遊錄》，即《鴻雪因緣》，為 1926 年 9 月至 1929 年 5 月的遊記。記遊性質與通訊遊記不同，碧城在開篇前表達寫作目的：

> 予此行隻身重洋，翛然遐往，自亞而美而歐，計時週歲，繞地球一匝，見聞所及，爰為此記。自誌鴻雪之因緣，兼為國人之向導，不僅茶餘酒後消遣已也。（頁 317）

由上述自序，能見書寫目的具有個人傳記特質，又期望作為國人旅遊嚮導。另外，從二次出國留下的遊記所刊登的管道，反映呂碧城在書寫的自覺意識考量閱讀群體，即在記遊中隱含預設的讀者。

〈旅美雜談〉五篇在《申報》刊出，首篇又刊於《地學雜誌》。《申報》是英商在上海所辦的大型日報，讀者群散布各階層，資訊傳播的影響力極大。呂碧城預設的讀者不分階級，所指為廣大的閱報群眾，文中側重文明新知傳遞，提出政治、教育、風俗等事件，針對疏失如人種歧視、犯罪等提出見解，

〔註89〕常惺法師按語。參見法國 E. Haraucourt 著，呂碧城譯，〈馬鳴菩薩說法〉，《海潮音》，收入黃夏年主編，《民國佛教期刊文獻集成》，第 174 卷，頁 548～553。

〔註90〕觀點引自何國瑋，〈通訊體裁及其「異化」的思考〉，《暨南學報》第 17 卷第 3 期（1995 年 7 月），頁 123。

讓國人見識 1920 年代美國的社會概況，作為國家政策取資改良的途徑，展現通訊寫作的特色，及報導的真實性，含有知識女性對於國家的督促與期勉。

《地學雜誌》（1910～1937）由「中國地學會」出版，該學會由晚清著名歷史地理學家張相文（1866～1934）所創辦。《地學雜誌》提倡「地學」，不只是「沿革地理」，而是一種兼容並蓄的學科，包括地質學、地理學、和地文學，從自然環境到人類社會，從天地初開到今時今日，從全球經濟網絡到中國的建國，都納入「地學」的研究範圍。另一方面，提倡「地學」的目的，是要改造中國人的世界觀，以中國為中心觀看全球化，期許中國儘快與「現代世界系統」接軌。〔註91〕呂碧城〈旅美雜談〉首篇刊在《地學雜誌》1921 年第 8 期（該刊作〈旅美雜譚〉），雜誌欄目分成「論叢」、「雜俎」、「說郛」、「郵筒」四大類。「雜俎」收錄文章最多，分為內外篇，內篇是中國史地與遊記，如有惠人〈治河芻議〉、謝彬〈新疆遊記〉；外篇則是外國見聞實錄，有呂碧城〈旅美雜譚〉、朽木〈遊美隨感〉、一歐〈南洋社會之現狀〉等。〈旅美雜談〉共有五篇，呂碧城是以記者身分針對廣大閱報群眾描述美國當時的現象，第一篇涵蓋面向較廣，敘述美國教育普及，對於重婚的規定，男女之別，婦女吸菸，以及美國西部排日問題等議題；其他四篇，或與第一篇議題相關，針對社會環境改良，或是旅遊心得。其中，只有首篇被收入《地學雜誌》，表示內容議題符合該刊的發行主旨、讀者的期待，即透過觀看世界，學習文明新知，督促中國步上全球化、現代化的路徑。

〈美洲通訊〉（致王鈍根書）和〈紐約病中七日記〉在 1921 年所作，內容有所互涉。前文發表在《禮拜六》，後文發表在《半月》雜誌，兩本雜誌皆是鴛鴦蝴蝶派公認的代表刊物。《歐美漫遊錄》原以《鴻雪因緣》為題，先後連載於《紫羅蘭雜誌》1930 年「第 4 卷第 13 號～24 號。」〔註92〕。王鈍根創辦《禮拜六》，《半月》是周瘦鵑主編，後來改名為《紫羅蘭》的暢銷雜誌。這些被歸於民國舊派的文人所創辦的刊物，吸引且影響城市中對時尚、西方、西式生活有興趣的中產階級讀者。因此，呂碧城撰寫時會考量讀者因素，不論在地景人文，時事演變，旅遊新知，包括人際關係，對生活的見解等，豐富

〔註91〕韓子奇，〈進入世界的挫折與自由──二十世紀初的《地學雜誌》〉，《新史學》19 卷 2 期（2008 年 6 月），頁 176。

〔註92〕潘少瑜，〈時尚無罪：《紫羅蘭》半月刊的編輯美學、政治意識與文化想像〉，《中正漢學研究》第 2 期（2013 年 12 月），頁 290。

的文化的視野，讓讀者得以經過閱讀逕行想像西方世界。

（二）旅遊嚮導

在《歐美漫遊錄》自序，呂碧城表示記遊目的是作為旅遊嚮導的實用意義，而文中呈現的實用性，多半是由她遭遇的困難，經處理後所產生的個人經驗談。旅途開始從美洲跨越至歐洲，面臨的第一個困境即是語言問題。法語為當時國際通用語言，然非精通英語的碧城所擅長，只好嘗試「啞旅行」，竟獲得意外的「奇趣」。雖然如此，碧城依然不忘提醒讀者，「以經歷所得，為隻身遠遊且不諳方言者之向導（但英語或法語必通其一方可）。」（〈續篇 獨遊之辦法及經驗〉，頁 332）

旅遊行程的規畫，碧城建議「先取得歐洲地圖測覽，查各國所在，定行程之先後」，藉由大型有保障的旅遊公司，如柯克（Thos. Cook & Son）、美國轉運公司（American Express，今譯「美國通運公司」）代購交通票券。至於旅費，備用少數現金支付雜費、小費，餘者多運用匯票、旅客支票（Traveler's Check，今譯「旅行支票」）及信票（Letter of Credit，今譯「信用狀」）。雖然加入旅行團有導遊嚮導，「但欠從容」，趕行程讓旅客「備極疲勞」，若時間寬裕，則「約友向導，尤較安適。」沿途風景極佳的路線，先向旅遊公司洽詢沿途名勝地點，以便遊觀。（〈續篇 獨遊之辦法及經驗〉，頁 330～332）

又以親身經歷告訴讀者上海出版之《游歐須知》等書，內容稱說歐洲無代寄行李制，是需要更正的錯誤資訊；提醒讀者在國外要隨身攜帶護照，穿越各國邊境時要注意查驗行李的手續，不要隨意接受陌生人的菸茶食物，更要注意穿著得體，維持大國人民的泱泱風範（頁 330～334）。提供最新消息，如在 1927 年 7 月，阿爾伯士雪山發生一起重大山難，又有兩河潰決，「尚有小瑪特杭山（今譯『馬特洪峰』）在瑞士與義大利交界處，特為詳紀，俾國人遊此者注意。」（〈遊覽之危險〉，頁 432）作者特別在文中標示「提醒讀者」的事項外，事實上，跟隨著她的旅行所接觸的人事物，皆是讀者能從中取資借鑑的旅遊經驗，亦能認識歐洲社會文化的多元面向。

綜言之，碧城具有旅行者與作家的雙重身分，而作家可以「藉助旅行者的眼光來發現新事物，並獲得一種頗有誘惑力的陌生感和新鮮感。」〔註 93〕

〔註 93〕陳平原，〈旅行者的敘事功能〉，《中國現代小說的起點——清末民初小說研究》（北京：新華書店，2010 年），頁 222。

至於呂碧城的遊記，先以記者身分撰寫通訊體裁，呈現 1920 年代美國社會寫實；後是作為國人旅遊嚮導，類似旅遊指南的實用價值。如此一來，已經有別於傳統的記遊文學，符合近代域外書寫強調反映現實的實用性，進而為讀者的旅遊提供實際幫助，產生明確的超越意義。

三、融合傳統與現代性的寫作體例

相對於〈旅美雜談〉、〈美洲通訊〉的通訊體裁，《歐美漫遊錄》承繼傳統紀遊文學形式，文體互涉，使用文言文寫作，延續近代域外書寫創新，大量使用的翻譯名詞，富有現代性。

陳室如教授從其研究提出，康有為《列國遊記》的篇章，已有類似國別體的章節架構，如〈德國遊記〉、〈美國遊記〉等。〔註94〕呂碧城《歐美漫遊錄》的體例之一，則不用國別，是以「城市」為題，如〈斯特瑞撒（今譯「史特雷薩」）〉、〈密蘭（今譯「米蘭」）〉、〈義京羅馬〉、〈建尼瓦（今譯「日內瓦」）〉、〈柏林〉、〈巴黎〉、〈倫敦〉等。若是重遊之地，則標示次數，如有〈第三次到羅馬〉、〈重到密蘭（今譯「米蘭」）〉、〈重遊瑞士〉、〈重往建尼瓦（今譯「日內瓦」）〉諸篇。或將城市改以「別稱」為題，如〈花城〉即知是佛羅倫斯、〈古城〉即知是龐貝、〈水城〉則是威尼斯；或強調景點的〈大坎寧（今譯「大峽谷」）之山景〉、〈芒特儒（今譯「蒙特勒」）之風景〉；或描述參與活動的〈建尼瓦（今譯「日內瓦」）湖之蕩舟〉、〈百花會之夜遊〉、〈巴黎選舉女皇〉；其他如〈三千年之樹〉、〈荷萊塢（今譯「好萊塢」）諸星之宅墅〉、〈紀木蘭如吉（今譯「紅磨坊」）之戲〉等篇，則記錄作者特別偏好的事件。

呂碧城在記遊時習慣中英夾雜書寫，在中文後標註英文的大抵有城市，如拿坡里（Napoli）、羅馬（Rome），若是知名大城市如紐約、倫敦、巴黎、柏林，則不標示；標示的尚有山川河流，景點旅館，地名街道，以數段遊記為例：

> 巴黎全地界以弓形之河，繁盛之區皆在左岸，以音樂館（Opera，今譯「巴黎歌劇院」）為中心，前以瑞佛里路（Rue de Rivoli，今譯「里沃利街」），後以好斯滿路（Boulevard Hausman，今譯「奧斯曼大道」），

─────────────

〔註94〕陳室如，《近代域外遊記研究》（台北：文津出版社，2008 年 1 月），頁 494～495。

二者為最長，然亦逐段名稱各異。（〈巴黎〉，頁 381～382）

予抵柏林寓昂特頓玲頓（Unter denlinden，今譯「林登大道」），為城中要道，猶紐約之五馬路（今譯「第五大道」），巴黎之音樂街（今譯「巴黎歌劇院」）也。（〈柏林〉，頁 380）

倫敦位於泰穆斯河（River Thames，今譯「泰晤士河」）之濱，以西部為繁盛，東則工人、水手及各種窶人所聚居。奧克斯福街（Oxford Street，今譯「牛津街」）最為整齊而長，皆巍大商店。而四卡的歷（Piccadilly，今譯「皮卡迪利」）及瑞金街（Regent Street，今譯「攝政街」），則舞場酒肆薈萃之區。（〈倫敦城之概略〉，頁 426）

另外，人名、藝術家，如卓別麟（Charlie Chaplin，今譯作「卓別林」）、范倫鐵瑙（Rudolph Valentino，今譯作「范倫鐵諾」），及特別想傳達的事項，如律師之假髮（Wig）、花草如「長相思」（Forget me not，今譯「勿忘草」），皆附註英文。特別的是，與呂碧城有往來的朋輩，其名皆不附記英文，通常直譯其名，加註身分或性別，如席帕爾德夫人、銀行總理貝士林。方秀潔教授在呂碧城〈遊廬瑣記〉已有注意到這個現象，文章中的山中居民只有外國人，諸如愛格德夫人、俄羅斯茶商高力考甫、威爾思，她沒有提供這些外國人名字的字母拼寫，而只給出了中文的譯音。〔註95〕

在語言的選擇，碧城堅守文言寫作的立場眾所皆知，然而，卻留有一篇白話作品〈紐約病中七日記〉。所幸有這篇文章，讓她第一次的美國行有了更完整的史料依據，能了解她對白話文有駕輕就熟的能力。李保民先生曾以此文和廬隱〈麗石的日記〉比較，提出「兩者都注重反映現實人生，都用日記體，使用的白話語言都相當的成熟，體現了新文學所要求的平易、寫實、新鮮、通俗的特點。」〔註96〕

呂碧城以散文記遊，兼有賦詩、短句創作，用以抒發情志。歐遊期間，碧城創作大量的海外新詞，詞序多抄錄自遊記，從「詞與詞序的拼接與『調和』，既展示了她開拓文本疆域的實驗與視野的同時，也表明了其堅定不捍衛詞體『要眇宜修』的本體性特徵的立場。」〔註97〕同有歐遊經驗的作家孤

〔註95〕方秀潔，〈重塑時空與主體：呂碧城的「遊廬瑣記」〉，《中國文學：傳統與現代的對話》（2007 年 12 月），頁 401。

〔註96〕李保民，《呂碧城詩文箋注・前言》，頁 17。

〔註97〕吳盛青，〈彩筆調和兩半球──呂碧城海外詞中的文化翻譯〉，頁 145～146。

雲，本主張以新材料入舊格律，對於呂碧城的海外詩詞，提出其詞較詩尤勝，所具特點為「能鎔新入舊，妙造自然」〔註98〕，即以新事物入舊文體。因此，能見呂碧城使用詩詞文等舊文體書寫異國新世界，試圖以「綵筆調和兩半球。」〔註99〕

　　回到語言的選擇問題，隨著新文學運動的推展，早在 1896 年，夏曾佑、譚嗣同提倡「新詩運動」，主張以「新觀念」入詩；後有梁啟超提出「詩界革命」的口號，標舉「新理想」、「新名詞」、「舊風格」等寫作方式。〔註100〕民初，經歷「五四時期」的白話文學運動，至 1920 年胡適、陳獨秀倡導的白話文學運動暫告結束，近代的文學改良運動從未停止，白話文成為書寫的主要載體，但呂碧城始終獨立於風潮外，堅持使用文言文創作，以舊文體創造新世界。在〈國立機關應禁用英文〉文中提出：

> 國文為立國之精神，決不可以廢以白話代之。……且文辭之妙，在以簡代繁，以精代粗，意義確定，界限嚴明，字句皆鍛鍊而成，詞藻由雕琢而美，此豈鄉村市井之土語所能代乎？文辭一二字能賅括者，白話則用字數倍之多，所多者浮泛疵累之字耳。孰優孰便，可瞭然矣。但文辭意義深奧，格律嚴謹，非不學者所能利用，然惟深嚴始成藝術。夫藝術不必盡人皆能也，亦決不可廢，必有專家治之（此指文學而言，非通用之國文），況吾國以特殊情形，賴以統一語言者乎？（頁459）

或許正是白話文太過平易通俗，致使耽美傾向的呂碧城堅守文言傳統。文言的精妙、字句鍛鍊、詞藻優美，深得作者之心。此外，雖然碧城主張文言創作，但並不建議使用僻澀的古文，如同其散文敘事，皆以淺近的文言書寫。

　　然而，呂碧城堅守文言的立場，與新時代風潮相悖，其人其作呈現邊緣化、離散的效應，如同加拿大漢學家方秀潔教授所說：

> 當後人把這一代成員的文化價值和實踐定位為「傳統」範疇時，呂碧城在生活和文學上的傑出成就，也被模糊在新文化和後「五四」運動對現代文學的敘述以及二十世紀中國史學和文學研究關

〔註98〕吳宓，《空軒詩話》，收錄於《民國詩話叢編》（上海：上海書店，2002 年），冊 6，頁 61～62。
〔註99〕呂碧城，〈減字木蘭花〉，收入李保民校箋，《呂碧城集》，上冊，頁 141。
〔註100〕魏仲佑，《黃遵憲與清末「詩界革命」》（台北：國立編譯館，1994 年），頁 18。

於民族和現代性的主流話語之外。這些話語給予白話寫作者很高的地位，而將呂碧城這樣堅持用文言文創作的作者的文學作品邊緣化。〔註101〕

羅秀美教授也指出：「呂碧城與同時代已逐漸走向白話書寫的五四女作家大異其趣，在文化主體性及價值的選取上，呈現的是多方流動／認同的面貌。其堅守文言書寫，使她匿跡於現代文學史。」〔註102〕近十餘年來，呂碧城終於開始被學界注意，透過各國研究者的深耕，相信未來改寫的文學史中，會將她和她的作品重新定位，為空缺已久的晚清民初才女留下一個適當的位置。

四、女權、女學、國族：對比單士釐域外遊記

單士釐（1856～1943）是近代女性域外遊記書寫的第一人，具有獨特的時代意義。單士釐出生的時代早呂碧城約三十年，承繼才女傳統，而後隨夫宦遊遍世界。以性別視角的差異而言，單士釐呈現「依附的性別意識」，因跟隨外交官的丈夫才得以出遊，以傳統的賢妻良母，跨越閨閣藩籬的雙重身分下遊走各國。回歸到文本書寫時，單士釐轉變為主導者的角色，但丈夫的意見與論述依然佔據重要地位，呈現女性書寫困境。〔註103〕呂碧城單身未婚，具有獨立自主的性別意識，抒發己見，書寫自我，作為一位新女性，始終表現出高貴優雅的姿態，遊走在不同的空間與身分之間。而單、呂二人皆面臨才女向新女性的轉型，主張女權，提倡女學、普及教育，以舊文體寫異國風情，推介異國文藝〔註104〕，在遊記感時憂國，汲取異國經驗建構國族論述。

在女權與女學，以及重視教育的識見上，兩人皆具慧眼。單士釐隨夫出使，撰寫遊記當時，正是呂碧城在中國辦女學時期，單士釐《癸卯旅行記》提出中國應效法日本在教育的積極推動，並且提倡女學：

日本之所以立於今日世界，由免亡而躋於列強者，惟有教育故。……

〔註101〕方秀潔，〈重塑時空與主體：呂碧城的「遊廬瑣記」〉，頁393。

〔註102〕羅秀美，〈自我、空間與文化主體的流動／認同——以女詞人呂碧城（1883～1943）的散文為範圍〉，《興大中文學報》第32期（2012年12月），頁7。

〔註103〕陳室如，〈閨閣與世界的碰撞——單士釐旅行書寫的性別意識與帝國凝視〉，《彰化師大國文學誌》第13期（2006年12月），頁261～270。

〔註104〕本段主要針對單、呂二人的女權、女學、國族認知來發揮，關於單士釐對於「異域文藝的推介」，請參閱羅秀美，〈流動的風景與凝視的文本——談單士釐（1856～1943）的旅行散文以及她對女性文學的傳播與接受〉，《淡江中文學報》第15期（2006年12月），頁60～69。

　　要之教育之意，乃是為本國培育國民，……故男女並重，且孩童無
　　先本母教。故論教育根本，女尤倍重於男。〔註105〕

強國必先興教育，教育須從母教而來，所以須特別培養女性受教育，又云：
「由女教以衍及子孫，即為地球無二之強國可也。」〔註106〕呂碧城〈論提倡
女學之宗旨〉則直言女學有益於國家公益之重要：

　　女學之倡，其宗旨總不外普助國家之公益，激發個人之權利二端。
　　國家之公益者，合群也；個人之權利者，獨立也。然非具獨立之氣，
　　無以收合群之效；非藉合群之力，無以保獨立之權……自強之道，
　　須以開女智與女權為根本。蓋欲強國者，必以教育人材為首務。豈
　　知生材之權，實握乎女子之手乎？緣兒童教育之入手，必以母教為
　　基。若女學不興，雖通國遍立學，如無根之木，卒鮮實效。……由
　　是觀之，女學之興，有協力合群之效，有強國強種之益，有助於國
　　家，無損於男子。〔註107〕

對此，夏曉虹教授曾以呂碧城個人「完足」的女學論為題，提出碧城的女權
論述，大體與女學合一，二者均為救國之必需，其女學核心理念是培養個體
完足的國民。又稱碧城受到梁啟超《變法通議・論女學》中關於「母教」的論
說，延續金天翮等人「國民之母」的思路，進一步思考如何教育未來的國民
之母，是呂碧城對女教的開創意義。〔註108〕民初女學漸興，留學之風盛行，
1920 年代，呂碧城在歐遊時期，亦關注中國女界的發展，尤其重視海外歸國
的女留學生動向，前已揭她不贊同女子參政，而是鼓勵女性著作，並提出創
作之法：

　　予以為抒寫性情，本應各如其份，惟須推陳出新，不襲窠臼，尤貴
　　格律雋雅，情性真切，即為佳作。詩中之溫本，詞中之周柳，皆以
　　柔豔擅長，男子且然，況於女子寫其本色，亦復何妨？（〈女界近況
　　雜談〉，頁 438）

〔註105〕單士釐，《癸卯旅行記》，收錄於鍾叔河、楊堅校點，《走向世界叢書》（長沙：
　　　　　岳麓書社，1985 年），頁 686～687。
〔註106〕單士釐，《癸卯旅行記》，頁 697。
〔註107〕呂碧城，〈論提倡女學之宗旨〉，收入李保民校箋，《呂碧城集》，下冊，頁 457
　　　　　～459。
〔註108〕夏曉虹，〈呂碧城的個人「完足」女學論〉，《漢語言文學研究》第 2 期（2015
　　　　　年），頁 4～10。

鼓勵女性創作，以婉約本色為主要，重修辭，貴格律，抒發情性，維持一貫強
調抒情傳統的古典特質。

　　前述提及單士釐提出效法日本之事，源自往觀大阪博覽會，眼見明治維
新後的社會進步，令她無限感慨，因而再三強調男女受教的平等權，及普及
國民教育對國家前途的效益。〔註109〕呂碧城認同普及國民教育的理念，強調
「女子亦國家之一分子，即當盡國民義務，擔國家之責任，具政治之思想，
享公共之權利。」〔註110〕女子具有「國民」身分，自然與男子一樣具有平等
的受教權。民國以來，推翻封建禮教的言論不斷，呂碧城認為是受到西方浪
漫主義的影響，致使「世風縟靡，禮教廢弛」，但禮教應隨時世變遷以求完善
之必要，而無廢棄之理由，所以對於國內的批評聲浪駁曰：「每於報紙中，見
下流浪漫子倡言打倒禮教，此輩號稱國民，而下筆不能作通用之國文，復弄
筆詆毀文化，此真無禮無教之尤也。」（〈女界近況雜談〉，頁 436）呂碧城自
辦學以來，即強調教育為立國之本，且有創新的遠見與理想，在「西學東漸」
的風潮之中，她也受到浸染，並有多年在海外的異國經驗。隨著中西方的頻
繁交流，呂碧城以敏銳的觀察力看到「東化西漸」的可能：

> 友人程君白葭來函，謂曾向當局建議在奉天辦一大學，招考中外大
> 學文科畢業而有國學根柢之人，優給膏火，教授有系統之國學，並
> 預備低級之學科，待東西洋人來學。畢業後，介紹至各國大學為漢
> 學講師，俾發揚東方文明，導全世界人類入於禮讓之域云云。趯哉！
> 此議實獲我心。蓋東化西漸已有動機，各國大學多添設漢學講科，
> 美國各大學中關此科者已有三十餘校。（〈女界近況雜談〉，頁 437）

上文是 1928 年所作，而早在 1920 年碧城到哥倫比亞大學就讀時，已有聽
說華人在哥大任教之事，透過種種徵兆，對於「東化西漸」發揚國學極具信
心。

　　至於單、呂二人在遊記中對故國發出的國族論述，單士釐帶有矛盾的國
族認知，呂碧城維持借鑑西方文明，但不屈於俗的態度。相較於對俄國殖民
主義的大力抨擊，單士釐對日本政府顯得寬厚許多。日本對中國的侵略野心

〔註109〕顏麗珠，《單士釐及其旅遊文學——兼論女性遊歷書寫》（中壢：中央大學中
　　　　文所碩士論文，2004 年），頁 78。
〔註110〕呂碧城，〈論某督札幼稚園公文〉，收入李保民校箋，《呂碧城集》，下冊，
　　　　頁 478～479。

從未消滅，然而單士釐卻肯定日本自明治維新之後的文明樣貌。她曾到大阪參觀萬國博覽會，在臺灣館僅著眼於日本殖民統治的成功，與對俄國殖民政府的嚴苛批判相較之下，對日本帝國的心態，確實相當突兀。〔註111〕呂碧城一開始對日本的態度和許多國人一樣，將其視為國仇家恨。留美返國時，在輪船上遇見一個儀止楚楚的日本少年，其云：「該少年操其倭音之英語，殷殷詢余行蹤暨學業甚詳……彼出其名刺授余，加註住址，諄以別後通訊為請。」呂碧城非但沒有愉悅，心中遍是想法：「余年來浪跡天涯，盍簪之雅，遍於各國，惟於東鄰缺如。此蓋因外交杌隉，而私誼亦隔閡」。少年的名片，最後被呂碧城丟入海底。（〈橫濱夢影錄〉，頁551～552）直到歐遊之後，見聞益廣，視野隨之寬闊，心態才轉為平和，而與國人共勉曰：

> 予自旅行以來時遇日人，皆善處之，不存芥蒂。曩曾以國讐視之，
> 今悟其謬。以吾國土地人眾論，在在有自強之本能，苟非自棄，他
> 人何能侮我？且怨天者不祥，尤人者無志，認為命運或歸咎他人，
> 皆自窒其進展之機耳。願國人共勉之。（〈第三次到羅馬〉，頁370）

單士釐曾到訪義大利，記述義大利和古希臘羅馬藝文的《歸潛記》，內容主要傳達文化價值。或許是單士釐旅居日本的時日較長，看到東洋文明的進步期待國人取資，所以有別於對俄國的態度，呈現矛盾的國族認知。呂碧城則是以大國國民身分自居，面對於中國的落後深感憂心，因而提供西方文明的樣貌，給予國人取資借鑑，用以改進社會，提高國民素質。

綜言之，單士釐是以旅行者和研究者的雙重敘事〔註112〕，呂碧城則是兼具旅行者與報導者的身分，以文言書寫記遊，敘述她所觀看的世界，在遊記書寫中繼承傳統，也帶有創新。呂碧城紹承單士釐以文言書寫異國，兩人取資東、西洋的見解不同，目的皆是期待落後的故國得以進步，俾與文明等齊。對於女權與女學的提倡，兩人具有女性自覺，及超越性別的時代意義。在同中有異的思想脈絡中，能見呂碧城於性別意識，教育理念，與國族認知，具有更豐厚的思考，更開闊的思想空間。

〔註111〕陳室如，〈閨閣與世界的碰撞——單士釐旅行書寫的性別意識與帝國凝視〉，頁276。
〔註112〕引自羅秀美，〈流動的風景與凝視的文本——談單士釐（1856～1943）的旅行散文以及她對女性文學的傳播與接受〉，《淡江中文學報》第15期（2006年12月），頁87～90。

第四節　餘論：延伸女性旅行的意義

　　跨文化的視野，女性的觀看角度，沒有上限的經濟能力，不需趕行程的旅行步調，所呈現的閒適獨遊姿態，是碧城與眾不同的旅行方式。既是旅行者又是報導者的身分，如同陳平原教授所說：「記遊者注定是一個觀察者」，「山水隨旅人的足跡移動變化，人事因旅人的耳聞目睹才得以入文。遊記不同於山水小品與筆記雜錄之處就在這裡。」〔註113〕因此，兩次歐美遊蹤，讀者能見到呂碧城以綵筆描繪歐美人文風貌，中西相映的山水風光，建築與藝術之美，試圖「調和」中西文化的痕跡，傳達旅遊的實用性，展現寬廣的文化視野。

　　旅行書寫中的異域風情，不僅是對景象的複製描繪，更是融入了記遊者的書寫意識、主體想像建構、知識背景與價值觀，因此，記遊者亦是旅行書寫的研究重點，其筆下的異域風情成為映現作者自我的鏡像。誠如潘少瑜教授所說，「在《鴻雪因緣》中，呂碧城跳出了國族主義的偏狹心態，展示了新時代國民不卑不亢的身段。這樣的旅行紀事所帶出的西方想像及女性主體的自我形象，有相當正面的意義。」〔註114〕胡曉真教授則進一步詮釋，「呂碧城歐美之遊的特色非是路程比較遙遠、見聞廣博，而是在她刻意標舉其遊之『漫』，非關進取，無意求學，也不想革命救國，因此，所映現的是『人生到處知何似』的背面文本，所遇之人，自然也是生命指爪的痕跡。」〔註115〕一個東方女子能夠在1920年代以漫遊的姿態獨自在異國旅行，在記遊之中呈現女性自己的聲音，女性的主體意識，是呂碧城歐美之遊的特色與價值。

　　1927年，呂碧城來到羅馬名勝卡匹透連藝術館（Capitoline，今譯作「卡比托利歐博物館」），看見牝狼乳哺兩小兒的銅像，聽聞羅馬建國傳說——相傳創建羅馬城的雙胞胎兄弟，是由一隻母狼在洞穴裡養育成人，由此回憶起「《左傳》鬭穀於菟故事稱令尹子文襁褓被棄，而虎乳之」、「1921年左右在紐約時見美報載某博士之子，幼時走失，八年後得之於豹穴」，以及《舊金山報》報導有獵者獲二女孩於狼穴，被狼拾為螟蛉子的奇聞（〈義京羅馬〉，

〔註113〕陳平原，〈旅行者的敘事功能〉，《中國現代小說的起點——清末民初小說研究》，頁233。

〔註114〕潘少瑜，〈時尚無罪：《紫羅蘭》半月刊的編輯美學、政治意識與文化想像〉，頁290～291。

〔註115〕胡曉真，〈恰似飛鴻踏雪泥——民國才女呂碧城與她的時代足跡〉，收入呂碧城，《歐美漫遊錄：九十年前民初才女的背包旅行記》，頁15。

頁350～351），因而萌生：

> 夫狼虎豹等皆兇猛之獸，吾人未研究其心理，安知其無慈善之念？
> 其噬人者，或為拒敵起見，非盡擇肥取弱也。乃吾人類反而肉食，
> 無惻隱之心，能不愧於禽獸？（〈義京羅馬〉，頁351）

證明即使獸類也有慈善、惻隱之心，甚至願意救助被棄的人類兒童代為撫養，
而人類每取獸類而烹食，是人不如獸也，從中又加深戒除肉食的信念。此後
不久，碧城開始向國人引介西方動物保護運動，關於其護生思想，將於下一
章詳論之。此篇羅馬記遊中所發的護生感言，多年後被節錄於《覺有情》半
月刊，訂名為〈狼乳哀言〉，編輯陳法香居士贊美此文為呂碧城「畢生護生文
字之代表」。〔註116〕文中可以見到碧城面對審美的態度已經產生轉變，對於
美的見解，則提出：

> 人類侈談美術、圖畫、雕刻，一切工藝，僅物質之美形，而上者厥
> 為美德。美物悅我耳目，美德涵養心性。嘗謂世界進化，最終之點
> 曰美。美之廣義為善，凡一切殘暴欺詐，皆為醜惡，譬之盜賊其形，
> 而錦繡其服，可為美乎？況以他類之痛苦流血，供己口腹之快，醜
> 惡極矣！歐美有禁止虐待牲畜等會未始非天良上一線之明。惟戒殺
> 之說，現僅少數倡之中國耳。（〈義京羅馬〉，頁351）

從美形、美物擴及美德、美善之說，再由人類推及他類，對於保護動物的戒
殺理念已經悄然萌生。至此，呂碧城已將「藝術審美」提高到「道德審美」的
層次，由藝術的鑑賞延伸至護生的道德論述。羅馬之遊在1927年中，是年底
碧城旅居倫敦，頻繁作客於中國駐英公使館。〔註117〕因拾得印光法師《嘉言
錄》宣傳單，後即遵教以十念法開始念佛，作為修行佛法的入門方式。〔註118〕
宗教的向度，護生的啟發，使得原本飄盪的漫遊心境，有了依止之處，誠如
胡曉真教授所說：「『美』對此時的呂碧城而言已不只是藝術的美，而是道德
的美，宗教之美，這也對應了她生命旅程朝向宗教追求的階段。」〔註119〕

從在羅馬引發護生想法，後到倫敦拾得印光大師《嘉言錄》，即以「十念

〔註116〕呂碧城，〈狼乳哀言〉，《覺有情半月刊》，收入黃夏年主編，《民國佛教期刊
文獻集成補編》，第62卷，頁7。
〔註117〕李保民，〈呂碧城年譜〉，《呂碧城集》，頁582。
〔註118〕呂碧城，〈蓮邦之路〉，《香光小錄》，頁4。
〔註119〕胡曉真，〈恰似飛鴻踏雪泥——民國才女呂碧城與她的時代足跡〉，收入呂碧
城，《歐美漫遊錄：九十年前民初才女的背包旅行記》，頁21。

法」開始念佛，呂碧城在《歐美漫遊錄》的記遊已有明顯的轉向——〈鬼打電話〉、〈因果〉，記述超驗現象與因果報應之說。〈與 The Chronicle 報談靈魂之函〉，對靈魂之說極為關注，並提及自己與外祖母的靈異經驗。〈醫生殺貓案〉則申揚戒殺、蔬食的護生理念。（頁 406～412）〈與西女士談話感想〉，提出服膺佛教戒殺的理念，有機緣則會皈依佛教。（頁 423）值得一提的是〈予之宗教觀〉，當時碧城尚未有正信佛法的觀念，論述起始所說的宗教觀，其實是將神道設教與創造宇宙萬物本源的本體論混為一談。接著話鋒一轉，提及可用占卜的方式徵驗神道的存在，因而帶出她幼年被退婚，其母問卜後的籤示，已預示後來獨身之事。再從被舅罵阻一怒離家，後被英斂之留任編輯，與秋瑾結識的經過，後因秋瑾遇難亦受牽連而倖存，提出「殆成仁入史亦有天數存焉」之論斷，述及彼時辦女學將有成，不參與政治運作的決定。至此，碧城對自己前半生重要的經歷，尤其是從閨閣跨入公共領域，興女權、辦女學，成為新女性典範的階段，似乎隱含著皆是「天數」所致，表現出命定論的思想。文末，感謝初到天津受到諸友幫助，自此經濟獨立，「於家庭錙銖未取」（頁 439～443），最後總結：

> 顧乃眾叛親離，骨肉齮齕，倫常慘變而時事環境尤多拂逆，天助吾而復厄吾，為造成特異之境，直使魯濱孫飄流荒島，絕處逢生；又如達磨面壁，沉觀返省，獲證人天之契。此則私衷所感謝愉快者。
>
> （頁 443）

從家變、世變、逆境中形成前半生的「特異之境」，呂碧城認為是上天給予的層層考驗，所幸皆能「絕處逢生」；經過「沉觀反省，獲證人天之契」，表示對命運的安排感到釋懷，對於生命中造成的種種心結，產生了解結的可能。

《歐美漫遊錄》最終篇為〈赴維也納瑣記〉，內容已是碧城推動護生有成，揚名國際，受邀演講的經過。（頁 444～453）此篇之前即是〈予之宗教觀〉，這篇文章應視為呂碧城歐美之旅的總結。亦即，在描繪歐美人文風情的之餘，旅行者對於自己「內心風景」〔註 120〕的剖析，產生了內省和反思，使旅行創造出不同的意義。旅行之所以迷人，是當旅行者置身在陌生的國度，必須暫時擱下舊的思維框架，得以從新的視角來思考存在的價值與意義，因此，旅

〔註 120〕觀點引自鍾怡雯，〈旅行中的書寫：一個次文類的成立〉，《臺北大學中文學報》第 4 期（2008 年 3 月），頁 39。

行能成為改變旅人命運的契機，漫長的旅途成為旅人心靈的歷程。〔註121〕綜言之，自1927年中開始，碧城對美的見解，已從藝術審美提高到道德審美的層次，從個人耽美轉向對生命姿態的觀察，而對動物生起惻隱、悲憫之心，成為日後推動護生運動的契機之一，進而對宗教信仰、身心安頓的企求。因此，呂碧城已從漫遊歐美轉向宗教之旅，帶有朝聖的意味，與古代才女的進香朝聖之旅最大的不同之處，即是跨越國界，繼續掌握公共媒體，呈現旅行者與報導者的雙重敘事，擴充才女的旅行經驗、文化資本的累積。是以，旅行所跨越的不僅是地理空間，尚包含悠遊於不同空間的體驗，而這些在中／西，自我／他者，往／返的對映產生的種種「差異」，即是旅行的意義。

〔註121〕觀點引自陳平原，〈旅行者的敘事功能〉，《中國現代小說的起點──清末民初小說研究》，頁222～233。

第四章　護生：揉和中西的
戒殺／蔬食書寫

　　「護生」，即是保護生命，對具有生命的一切有情眾生，透過護生的行動，將人性中的慈悲善性顯揚出來，成為一種價值根源。中國社會是由儒學思想、道家學說與佛教倫理，共同構成動物保護倫理的基本脈絡。在儒家思想中，親親而仁民，仁民而愛物，由人推及於物而節殺，是成就個人、社會及宇宙秩序之作為。如《論語・述而》：「子釣而不綱，弋不射宿。」〔註1〕孔子釣魚而不撒網，射飛鳥而不射宿鳥，來展現取之有時，用之有節的仁愛之心。《孟子・梁惠王上》：「君子之於禽獸也，見其生，不忍見其死；聞其聲，不忍食其肉。是以君子遠庖廚也。」從素樸的情感而生的憐憫之心，擴而充之「老吾老，以及人之老；幼吾幼，以及人之幼；天下可運於掌。」〔註2〕治天下之道悉在於此。《老子》強調攝生、貴生，《莊子》的保生、餘生、盡年，呈現出道家戒殺貴生的傳統。是以儒、道為主流的中國傳統思想，展現出有節制的殺生及貴生的特質，直到佛教東來，帶來「食肉斷大慈心」〔註3〕、「展轉因緣常為六親」〔註4〕、「眾生悉有佛性」〔註5〕等慈悲平等的新觀念，至梁

〔註1〕宋・朱熹撰，〈論語集注卷四・述而第七〉，《四書章句集注》（北京：中華書局，1983年），頁99。

〔註2〕宋・朱熹撰，〈孟子集注卷一・梁惠王章句上〉，《四書章句集注》，頁 208～209。

〔註3〕隋・智者大師，《菩薩戒經義疏》卷下（CBETA, X38, n0676, p0016b07）。

〔註4〕劉宋・求那跋陀羅譯，《楞伽阿跋多羅寶經》卷第四，（CBETA, T16, n0670, p0513c13～14）。

〔註5〕北涼・曇無讖譯，《大般涅槃經》卷第六，（CBETA, T12, n0374, p0399a06～07）。

武帝頒令〈斷酒肉文〉，建立中國僧伽文化的素食傳統。其後，佛教成為中國推動護生的主要力量，其護生的理論基礎，源自緣起法則〔註6〕，強調戒殺，並以放生、素食作為護生的實踐方式。

西方動物保護倫理的思想根基，其一是人類中心論，其二是笛卡兒（Ren'e Descartes, 1596～1650）延續機械哲學觀所提出的「機械主義動物觀」，提出動物無理性亦無感覺，又因沒有思維（thought）而不會感覺到痛。這個論點引發最大的反對聲浪，即是以功利效益建構動物理論，十八世紀英國哲學家傑里米·邊沁（Jeremy Bentham, 1748～1832）。邊沁主張在「功利主義」的原則下，動物的知覺和價值，應受到尊重與保護，此觀點成為近代西方動物利益論述的邏輯基礎。從邊沁之後，彼得·辛格（Peter Singer, 1946～）《動物解放論》、湯姆·雷根（Tom Regan, 1938～）《動物權利論》，皆可視為「功利主義」啟發下的成果。〔註7〕為了讓動物享有生命權利，英國在十九世紀初已立法保護動物，隨後歐美各國紛然響應推動。在法律層面立基闡述護生的西方社會，以抵制動物肉品、狩獵，反對動物活體試驗，及拒穿動物毛革等行動，作為戒殺護生的實踐。

以上是中西護生觀的基本差異，而中國護生文化發展至明末，戒殺思想勃興，陸續成立放生社、建構放生池、放生場所，使得放生文化獲得空前的發展。明末清初，在上層婦女的家庭生活中，宗教虔誠是一個主要內容。這些婦女在家內對虔誠的追尋，與在每日生活中不懈怠的實踐，如不吃肉，或是在房內祈禱，皆是晚明世俗佛教運動發達的成因。明代才女沈宜修（1590～1635）是護生運動的典型實踐者，對於佛教經典中的「楞伽、維摩，朗晰大旨」，更重要的是家內的實踐。「家奉殺戒甚嚴，蜆螺諸類，未嘗入口，蟻螻雖微，必護視之。湖蟹甚美，遂因絕蟹不食，他有血氣者又更無論。兒女扶床學語，即知以放生為樂。」〔註8〕表示在孩子剛會說話之前，宜修就教導他們放生。其後，並利用持家的權力，保持一個嚴格的「素食廚房」，將她的虔誠

〔註6〕昭慧法師曰：「護生的理論基礎，來自於佛法基本原理的『緣起』法則。素樸經驗『自通之法』的背後，有它『相依相存』或『眾生平等』的思辯邏輯。」釋昭慧，〈動物權與護生〉，《應用倫理學研究通訊》，第 13 期（2000 年 1 月），頁 27。

〔註7〕參見費昌勇、楊書瑋，〈動物權與動物對待〉，《應用倫理評論》，第 51 期（2011 年），頁 98～101。李雅雯，《近代護生戒殺思想之發展與實踐》，頁 4～6。

〔註8〕明·葉紹袁，〈亡室沈安人傳〉，收入明·葉紹袁編，冀勤輯校，《午夢堂集》（北京：中華書局，1998 年），上冊，頁 226～227。

強加在每個家庭成員上，因而使喜愛吃湖蟹的葉紹袁（1589～1648），在家時不得不遵守其妻訂立的素食飲食方式。呂家四姐妹的戒殺護生思想，亦是來自掌握持家權力的呂母嚴士瑜。呂母在某晚夢到被羊、豬凶猛追趕，快被撲噬時，以「向來不吃羊」和「再也不吃豬」回應，才得以脫險。醒後悟得戒殺之理，自此呂家「始無事庖廚不殺，其後即有事亦戒殺矣。」〔註9〕同樣是護生的飲食實踐，差別在於沈宜修來自虔誠的宗教信仰，嚴士瑜則是因為解讀夢喻所致，不過也因此讓碧城和姐妹從小承襲不殺生、仁慈、茹素等護生觀念。

據碧城自記，1925年已實行「庖廚戒殺」，1928年12月25日自日內瓦赴美國人年宴後，完全蔬食。〔註10〕而她早年就關注護生，並想推動戒殺。光緒二十九年（1903）初抵天津時，見《滬報》報導伍廷芳倡導的蔬食衛生會，即致函伍氏，提出「衛生義屬利己，應標明戒殺，以宏仁恕之旨。」伍氏復函稱其所倡蔬食衛生會，原蘊戒殺之義，惟恐世俗斥為佞佛，故託衛生之說，以利進行。〔註11〕至1926年，呂碧城擬邀步林屋共同創辦《護生月刊》，「以人類不傷人類，及人類不傷物類」為宗旨，步氏因其願望太宏回絕而作罷。是年秋天，呂碧城遊美，又邀日本人提倡戒殺，仍未果。〔註12〕此外，蓄養寵物的「情感經驗」，也是萌生護生實踐的因素之一。碧城天性喜愛動物，曾「蓄芙蓉雀一對，日親飼之。」〔註13〕又養一犬，名曰杏兒，平日犬常「偎伏其旁」。〔註14〕碧城離開上海前將犬送給友人，後得知杏兒因病物化後，悵惘累日，並賦詩悼亡。〔註15〕在杏兒之後又再養一犬，某日不小心被西方人的摩托車輾過，乃延請右尼干律師致函，送犬入「戈登路獸醫院」就醫，直到犬癒，交涉始罷。〔註16〕前述軼事，已能見到呂碧城與寵物之間濃密的感情，

〔註9〕呂美蓀，〈庖廚戒殺〉，《葂麗園隨筆》，頁88。

〔註10〕呂碧城，〈海外蔬食談〉，《歐美之光》，頁121。

〔註11〕呂碧城，〈謀創中國保護動物會緣起〉，收入李保民校箋，《呂碧城集》，下冊，頁568。

〔註12〕呂碧城，〈義京羅馬〉，收入李保民校箋，《呂碧城集》，上冊，頁351。

〔註13〕鄭逸梅，〈呂碧城放誕風流〉，《人物品藻錄》，頁76。

〔註14〕紙帳銅瓶室主，〈呂碧城〉，收入李保民校箋，《呂碧城集》，下冊，頁703。

〔註15〕呂碧城詩序：「小犬杏兒，燕產也。金髦被體，狀顏可愛。余去滬時，贈諸尺五樓主。昨得來書，謂因病物化，已瘞之荒郊，為悵惘累日云，賦此答之。」詩曰：「依依常傍畫裙旁，燈影衣香憶小窗。愁絕江南舊詞客，一犁花雨葬仙尨。」收入李保民校箋，《呂碧城集》，上冊，頁286。

〔註16〕竹坡，〈小說家平襟亞〉，《南洋商報》（Nanyang Siang Pau），1964年4月17日，第18版。

以及日後在歐洲積極投入動物保護的端倪，對於動物權利的爭取，不惜訴諸法律，以求公平對待。1926 年 9 月，呂碧城跨越地理疆界漫遊歐美，前後長達十餘年，期間兼任天津《大公報》駐歐訪事。〔註 17〕前揭她到羅馬的記遊中，已對歐美保護動物團體的行動產生認同〔註 18〕，另在維也納看到擺賣的獸皮血痕清晰可見，更萌生同理不忍之心。〔註 19〕

　　是以，呂碧城基於原有的護生思想，又因歐遊的見聞，成為進行護生的催化力量，但為何推動護生的緣起是創立中國保護動物會？之後如何與歐美保護動物、蔬食團體接觸與傳播？護生運動的總結彙編成《歐美之光》，其成書的緣由，及其傳達的護生課題的現代性？引介過程中，有語言轉譯、觀念傳遞的問題，呂碧城以何種途徑來調和中西護生文化？護生後期與佛教合流，帶來的思想轉變？多年護生行動帶來的影響與評價，對女性護生經驗產生何種意義？據此，本章以呂碧城編繹的《歐美之光》，及其相關的護生論述為文本依據〔註 20〕，在前輩學者的研究基礎上，試圖構築呂碧城融合中西的護生結構。首先，以「啟蒙者」的角色，探析呂碧城從女權到護生，如何運用報刊，甚至在國際會議上演講，繼續在公共領域發揮效益。其次，由於《歐美之光》的體例未經完整梳理，擬分立主題詮釋其中引介的護生觀念，及其彰顯的現代性意義。再者，試圖調和中西護生文化，是呂碧城護生行動的特色，擬從引中入西，中西對舉，乃至反思西方經驗，轉以導入佛教義理的途徑，依序勾勒出其護生思想的轉折脈絡。最後，綜論呂碧城護生行動所帶來的迴響與評價，及其擴充女性護生經驗的意義。

第一節　公共啟蒙者：從女權到護生

　　近代知識女性由傳統才女轉型為新女性，文學場域由閨閣自留存稿轉為

〔註 17〕常惺法師按語。參見法國 E. Haraucourt 著，呂碧城譯，〈馬鳴菩薩說法〉，《海潮音》，收錄於黃夏年主編，《民國佛教期刊文獻集成》，第 174 卷，頁 548～553。

〔註 18〕呂碧城，〈義京羅馬〉，頁 350～351。

〔註 19〕呂碧城，〈維也納之被困〉，收入李保民校箋，《呂碧城集》，上冊，頁 378～379。

〔註 20〕本文所引用呂碧城編著《歐美之光》，為上海國光印書局 1932 年刊本。呂碧城的護生文章主要引自《民國佛教期刊文獻集成》、《民國佛教期刊文獻集成補編》，李保民校箋《呂碧城集》上下冊。

投書於報刊的公共輿論場域。另有女性創辦與編寫的報刊，如陳擷芬《女學報》、秋瑾《中國女報》、張默君《神州女報》等，在這類新式的公共領域，女性發出自己的聲音，以論說文與時代對話，以啟蒙者的姿態啟蒙女性。如呂碧城〈中國女報發刊詞〉、〈女子宜急結團體論〉曾在《中國女報》刊出，提出女子合群，女權方興的道理。從這些由女性撰寫，提倡女權與女學的報刊，看出女性參與公共領域的現代性意義。〔註21〕以呂碧城而言，於《大公報》為女權、女學發聲嶄露頭角，自此以報刊作為輿論的工具，在公共領域占有一席之地。即使後來離開教育界以經商為生，依然涉及文學領域，如加入南社，亦有詩詞、遊記等作品刊登。1920年，第一次赴美時兼任上海《時報》特約記者，曾撰寫通訊報導；1926年，二次出洋期間，兼任天津《大公報》駐歐訪事。此即表示人在國外的呂碧城，仍享有在國內公領域發表言論的管道，使得出洋的記遊報導能夠透過報刊呈現給讀者大眾。

　　1928年，由於護生觀念的深植，加上遊歷的見聞，成為碧城投入護生運動的催化劑，使她的生命有了明確的轉向。年初，旅行至倫敦時，獲得聶雲台所寫的書、印光大師《嘉言錄》傳單，即遵教以「十念法」開始念佛。年底，閑居於瑞士，「偶於倫敦《太晤士報》（今譯「泰晤士報」）見有『皇家禁止虐待牲畜會』之函，心復怦然，立即馳牘討論，遂決計為國人倡導……而成效期於世界。」〔註22〕至此，呂碧城正式與西方保護動物團體接觸，由擬創「中國保護動物會」展開護生行動。

一、護生行動與國際演講

　　皇家禁止虐待動物會（RSPCA）創於1824年，是全世界最早的保護動物機關。聲明禁止虐待動物，積極增進人類的仁慈之心是協會的創辦宗旨。該會的運作方式，一方面印製大量宣傳單、刊行書籍，對常民百姓宣導保護動物的觀念；另一方面則將保護動物之旨編入教科書，藉以改造青少年對於動物的固有觀念。此外，主動派員偵查虐待禽獸的案件，若調查屬實，則移送法辦。由於無法完全推動戒殺，故為動物權立法努力，並推動改良屠法，讓

〔註21〕引自羅秀美，〈從閨閣女詩人到公共啟蒙者——以近代女性報刊中的論說文為主要視域〉，《興大中文學報》第22期（2007年12月），頁15～25。另，本節標題「公共啟蒙者」的訂立，觀點亦引自此文。
〔註22〕呂碧城，〈謀創中國保護動物會緣起〉，收入李保民校箋，《呂碧城集》，下冊，頁568～569。

動物被宰殺時痛苦能降低，甚至失去知覺，因此，尋求更好的屠獸工具推行至屠場，也是該會推動禁虐的主要項目之一。然而，呂碧城看到其中只言禁虐，不言戒殺的盲點，認為未提倡完全戒殺，和儒家的限制、戒恣殺相似，皆是無貫澈的主張，因此提出未來在中國設立的保護動物團體，應以「禁止虐待」及「鼓吹戒殺」並行之途徑，作為根本挽救之法。〔註23〕

為推行戒殺、改善屠法的理念，1928年12月11日，呂碧城致函倫敦皇家禁止虐待動物會（RSPCA），提出三大建議：一從「世界文明」的高度，勸導「完全停止殺害物類」。由西方社會誤認禽獸是上帝賜給人類的食品說起，再以林肯救助黑奴一事，呼籲調整人對動物的既定看法，強調以公理正義對待動物。二從夙受儒家孔教的源流，「以為殺生縱不能完全停止，亦應予以限制。」即使因慶典之故不得已須屠殺牲畜，則必先申請獲得允許，證明平日皆以穀糧蔬菜為食品。三是改以善法屠牲，建議使用歐戰時，德軍所用「毒嘎斯」來使獸類昏迷，或用電氣及他種善法，降低獸類痛苦。〔註24〕

RSPCA總書記費好穆旋及回函，說明協會已推行戒殺運動多年，在改良屠法上，「以無子彈之彈藥包射入腦中」，使牲類失去知覺毫無痛苦，此法在蘇格蘭已正式訂為法律，施行全境，不久將在英國立法通過。〔註25〕RSPCA回覆的空包彈射擊屠法，仍使呂碧城質疑其可行性，復經友人告知，芝加哥有最新免除痛苦殺牲的方法，乃於12月21日致函美國芝加哥屠牲公會，文中又再提議採用「毒嘎斯」之法。因覆函需時一個月，故先寄回國內刊行，希望推行戒殺之餘，先倡此說為急，呼籲國人改良屠法，俾使文明同躋與各大國。〔註26〕之後，呂碧城日漸與歐美保護動物團體聯繫，再以記者的身分編譯護生消息，寄回國內報紙刊行，以此作為傳播方式。

呂碧城的積極行動，獲得國內外的關注，於1929年5月12～16日，受邀出席維也納所舉行「國際保護動物會」（Internationaler Tierschutz Kongress），並以〈廢屠〉（There Should be No Slaughter）為題，發表英語演說。演說最

〔註23〕呂碧城，〈謀創中國保護動物會緣起〉，頁569～570。
〔註24〕呂碧城，〈致倫敦禁止虐待牲畜會函〉，收入李保民校箋，《呂碧城集》，下冊，頁573～574。
〔註25〕費好穆，〈倫敦禁止虐待牲畜會覆函〉，收入李保民校箋，《呂碧城集》，下冊，頁575。
〔註26〕呂碧城，〈致美國芝加哥屠牲公會函〉，收入李保民校箋，《呂碧城集》，下冊，頁576～577。

後，呂碧城再次表達護生與世界文明等齊，提出須由改造人心作起：

> 人類之殺動物，完全係以強侵弱，予認為世界文明之重大羞恥。……
> 世界之和平，斷非國際條約及辦法所能維持，必賴人心維持之，而
> 和平之心，須由公道、正義、仁愛之精神養成之。〔註27〕

將戒殺護生提升到與世界文明等齊的高度，也深刻體認到法律是「失禮而後刑」的不得已手段，最終還是要回到「人心」的改造，由公道、正義、仁愛的精神來培養和平之心，由人類及於物類，達到戒殺的宗旨，世界和平才有實現的可能。而公道、正義、仁愛的精神，其實就是儒家之「仁」的擴充，足見呂碧城以儒家仁恕為本懷，來推動保護動物之道。而改造人心達成和平的理路，適與佛教「護生即是護心」的反戰和平思想不謀而合。

　　與會期間，碧城對於大多數的團體倡言「禁止虐待而不言保護其生命」，深覺是治標不治本，未達保護動物的根本之旨。但她也從西方保護團體的演說，理解西方保護動物之道，最上為廢屠戒殺，次則改良屠法，再則禁止虐待、不用其毛革。由於推動廢屠的最大困難，是無法使世人悉摒肉食，只能退而求其次在「改良屠法」與「禁虐」上努力。對禁止虐待動物的立法，西方國家從十九世紀已開始為動物爭取權利，具有顯著的文明象徵意義。另則是反對穿著皮製衣物，鼓勵以人造皮革代替，如在會中有「婦女之頸圍貂皮著皮領袖者，當場被諸演說家諷戒。」〔註28〕至於改良屠法方面，會中介紹新式屠場建築的分隔法，與德國研發的屠獸昏迷器。與會之前，呂碧城已得知此款新屠獸器的資訊，並推薦給天津屠獸場場長談念曾，又在演講時提及此事：「天津將建一屠場，諸事求新，予已將德國公司所發明之屠獸昏迷器之圖說，介紹於該場主任矣。」〔註29〕

　　除了天津屠場之外，呂碧城為籌建滬北新宰牲廠之事，撰〈改良牢牲意見〉，刊於《申報》。內容仍以道德、文明為出發點，提出改良屠法之建議，並論及參與國際保護動物會的過程：在電影中目睹德國屠豬機器，便利實用，至祈採納；又建議以分隔法執行屠獸，以免獸體引發毒質名Pomarne，人食其肉有害衛生，附呈屠場建築等圖說。〔註30〕幾天後，有讀者署名清瘤，撰文

〔註27〕呂碧城，〈呂碧城在維也納之演說〉，《歐美之光》，頁149～150。

〔註28〕呂碧城，〈赴維也納璅記〉，《歐美之光》，頁130～131。

〔註29〕呂碧城，〈呂碧城在維也納之演說〉，《歐美之光》，頁150。

〔註30〕呂碧城，〈改良牢牲意見〉，1929年7月2日，《申報》，第15版。

〈志屠豬機器〉，肯定呂碧城推動護生運動之仁心，再以上海常見的「酌水肉」為例，說明此法係在豬身灌注大量的水以增加重量，販售時更添利潤的惡習。次由屠宰之法引申至「衛生」的角度，引證醫家所證，提出酌水肉易使不治之病源所從入，危害健康甚大，呼籲業者能停止該劣習。〔註31〕

　　戒殺是呂碧城護生的基本精神，實際參與西方保護運動後，理解廢屠的困難，也肯定西方在改良屠法、禁止虐待、不使用動物皮毛方面的努力，如發明文明屠獸器，製造人造皮革，為家畜、鳥禽等物類推動立法。這些資訊也成為碧城傳播回國的文明新知，如其自稱「因勢利導之故，凡國際一切保護物動之運動，皆為竭力介紹於中國報紙。」〔註32〕初期傳播尤以倡導「改良屠法」為首要，期能讓獸類被屠宰時，失其知覺，免其痛苦，以符合公道仁慈之旨。

二、善用報刊作為傳播管道

　　呂碧城在清末曾任職天津《大公報》編輯，民初遊歷歐美時，仍是以天津《大公報》駐歐訪事的記者身分進行報導，亦保有閱讀國內外各大報的習慣。1928 年 9 月 13 至 15 日，天津《大公報》第 7 版，連續刊載〈天津社會事業之三——屠獸場〉；1929 年 2 月 12 日至 17 日，接連數日於第 11 版「本埠新聞」刊載天津屠獸場場長談念曾所擬〈天津特別市市政府屠獸場設計書〉，其中提到「至廣事宣傳養成市民之肉食習慣」，引發呂碧城的關切與回應，旋從日內瓦寄出〈致天津屠獸場談念曾君書〉，於 1929 年 3 月 23 日刊於天津《大公報》。呂碧城首先以食肉「不合衛生」談起，表示人體構造為方齒適合蔬食，與名醫提出「終身蔬食者則健康無疾」，再以日內瓦蔬食之風盛行，曾見肉食有害人體的圖說展示為證。其次，若鼓勵民眾食肉穿錦衣，易流於「獎勵奢侈」之風，建議將購肉之錢積為子女教育之費。再者，西方社會推行動物保護已有百年，國人再繼續屠殺肉食，即是「違反世界文明」。以上述說法，反駁市民應養成肉食習慣之說。文中並預告將於 5 月出席維也納舉行「萬國仁慈保護禽獸大會」，末附歐美四個保護動物團體的聯絡地址，以供談念曾場長調查研究。〔註33〕

　　3 月 29 日，呂碧城寄回〈國際保護禽獸運動下月在奧京舉行大會〉的通

〔註31〕清瘤，〈志屠豬機器〉，1929 年 7 月 8 日，《申報》，第 18 版。
〔註32〕呂碧城，〈呂碧城在維也納之演說〉，《歐美之光》，頁 149。
〔註33〕呂碧城，〈致天津屠獸場談念曾君書〉，天津《大公報》，1929 年 3 月 23 日，版 11，本埠新聞。

信，於 4 月 22 日刊載於天津《大公報》第 4 版。5 月，呂碧城赴維也納會後撰寫〈赴維也納璪記——參加國際保護動物會〉一文，在 6 月 22 日至 24 日天津《大公報》第 4 版連載。談念曾閱讀後，回覆〈致呂碧城女士書〉，於 7 月 1 日刊載天津《大公報》第 11 版「本市新聞」。談場長說明「屠場計畫，乃以職責所在」，不能就個人惻隱之心，妨礙屠場前途。其說可歸納成數點：一是食肉可得滋補之益。二是不食肉，獸類增加將危害人類。三是引日本牧醫家之說，提出機器宰殺與回僧宰殺（牛羊商係回教徒），動物死之速度同快。文中以西方政府並無明令禁止肉食之舉，只創改良屠器，回應實施戒殺蔬食的困難度，最後表示屠豬機器，已向德國詢價，待經費決定當可採購。談氏提出的辯解，可用來了解一般葷食之人對於營養、食肉有益健康的概念，當時天津屠場的解剖、檢驗的運作。

7 月 14 日，天津《大公報》第 4 版以「禁屠為中國固有之道德——呂碧城女士在維也納之演詞」為標題，刊出演說詞。7 月 31 日《盛京時報》則用「呂碧城女士在奧京維也納之禁屠演說」為題，刊載演說全文，附呈呂碧城出席大會所著孔雀裝半身照。呂碧城會後所撰〈維也納璪記〉，在天津《大公報》、《盛京時報》連日刊載，她又主動將此文寄到佛教期刊《海潮音》〔註34〕刊登，引發國人與佛學界的關注。

8 月 25 日，天津《大公報》於第 11 版刊載呂碧城〈改良屠宰問題——報談念曾君書〉一文，為雙方筆戰畫下句點。12 月 20 日，天津《大公報》第 12 版刊載〈整頓屠獸場規定四項辦法〉，天津市政府屠獸場場長談念曾，調升為市政府祕書，所遺場長一職，委派劉兆鈞接任，進一步規定整頓辦法。此項人事變動，不能說是呂碧城所帶來的政治效應，但由天津屠場計畫引發的論戰，透過報紙的傳播，促使西方保育運動的理念得以流通在中國境內，使國人得以與國際視野接軌，進而關注保護動物、屠牲、蔬食等議題。

綜言之，碧城早先是以駐歐記者的身分，將西方團體的護生行動傳回中國，刊登在天津《大公報》、《盛京時報》、上海《時報》等日報。《大公報》創刊於天津，發行人英斂之即是聘任呂碧城為編輯，帶領她進入公共領域發聲的伯樂。直到抗日戰爭之前，《大公報》都是極具影響力的民營報紙之一，是一份至今仍在刊行的百年大報。《盛京時報》是日人在東北創辦的報紙，

〔註34〕〈維也納璪記〉刊於《海潮音》第 11 卷第 3 期，文後注解：「國際保護動物會在奧京維也納開會，呂碧城女士由瑞士前往列席，抵維後寄來稿。」

總部在瀋陽。上海《時報》是民初上海三大報之一，影響力極大。〔註35〕透過這些報紙的宣傳效應，讓西方護生理念在國內蔓延，也讓佛教界關注到呂碧城的護生行動，並主動在佛教期刊刊登她的言論。如上述碧城與談念曾為肉食議題筆戰刊出後，《世界佛教居士林》以〈主張廢止肉食談〉為題，節錄呂碧城所提出食肉是不合衛生、獎勵奢侈、違反世界文明等重要質疑〔註36〕，《海潮音》也全文刊登談念曾回應〈致呂碧城女士書〉。《海潮音》是太虛法師所創辦的佛教刊物，《正覺》雜誌是佛教寺院所刊行，皆是民初具有較大影響力的佛教期刊。開始是《世界佛教居士林》、《海潮音》等刊物轉載碧城的文章，其後她也主動將文章寄到《海潮音》、《正覺》、《佛教評論》、《大雲》、《覺有情》等具有影響力的佛教期刊，進而與佛教界接軌。又因碧城的護生行動，以改造人心達成和平的理路與佛教「護生即護心」的理念相符，經過佛教界的推動，而成立中國保護動物會，以及《歐美之光》付梓成書。

第二節 《歐美之光》彰顯的現代性課題

　　呂碧城大力引介西方護生理念回國，又因戒殺、蔬食符合佛教護生之旨，「引起滬上知名居士王季同、吳致覺、豐子愷、李圓淨等人的注意，隨即由圓淨與碧城取得聯繫」〔註37〕，遂有《歐美之光》的編印緣起。〈歐美之光自序〉：「海外操觚，多供報紙資料，日久不免遺軼。今承李圓淨居士之介，由上海佛學書局刊行專集，遂檢舊稿，益以新聞，彙編餉世，俾國知世界趨勢。」〔註38〕呂碧城將西方保護動物團體、蔬食團體的歷史沿革與發展、歐美佛教發展（西漸梵訊）、國外期刊雜誌、詩文等報導進行編譯，又將其自撰、演講稿，與護生團體往來函稿、照片插圖、團體名目地址、傳單等資料集結，題名為《歐美之光》，交由上海佛學書局於 1931 年付梓刊行，1932 年由上海國光印書局重印「完本」〔註39〕六千冊。《歐美之光》為呂碧城傳播西方護生理

〔註35〕戈公振，《中國報學史》（上海：上海書店，1990 年），頁 141～154。

〔註36〕呂碧城，〈主張廢止肉食談〉，《世界佛教居士林》，收錄於黃夏年主編，《民國佛教期刊文獻集成補編》（北京：中國書店，2008 年），第 10 卷，頁 299～300。

〔註37〕李保民，〈呂碧城年譜〉，《呂碧城集》，下冊，頁 819。

〔註38〕呂碧城，〈歐美之光自序〉，收入李保民校箋，《呂碧城集》，下冊，頁 621。

〔註39〕《歐美之光》分為「完本」及「節本」；「完本」是一切篇章與圖像皆如初版，「節本」則將圖與內文中長篇英文去除，以降低有志者刊印之成本。

念的精華，「介紹于東亞之嚆矢」，自序中鼓勵仁人善士跟進選譯，由宣傳進展到實行，「俾與世界文明相應，勿任他國輕視，以為落伍，是所厚望。」〔註40〕因此，呂碧城可謂是民初東西方護生思想交流的啟蒙者，重要的典範人物。

　　面對近代思潮的發展與西方保護動物的風氣，呂碧城在《歐美之光》提出見解：「近代思潮發展，大勢所趨，厥為國界種族偏狹之見漸泯，而世界民物同情之運動漸多，由人類推及物類，此公道之極則，而文明之精髓也。」〔註41〕「國界種族偏狹之見漸泯」，是一種融和包容的狀態，與呂碧城所持「世界主義」〔註42〕的意識型態相通。世界主義是以達成人類和平安樂為理想目標，如何維持和平，呂碧城認為「世界之和平，斷非國際條約及辦法所能維持，必賴人心維持之，而和平之心，須由公道、正義、仁愛之精神養成之。〔註43〕」公道、正義、仁義是人類認定的普世價值，若能由人類推及物類，則是文明精隨的呈現。「文明」一詞經常出現在碧城的護生論述之中〔註44〕，述及文明，隱含對中國猶如化外之地，無法跟上世界潮流的憂心，又見西方保護動物的風氣盛行，更是文明的展現，因此極力將理念傳介回中國。

　　是以，《歐美之光》〔註45〕是呂碧城在國外引介西方護生運動的集結，然由於「本書急就成就成章，匆促付梓，體例既未完善，紀事及譯文亦欠精詳。」〔註46〕除了後半部有訂立「西漸梵訊」的標題，表示其後是介紹佛教在歐洲發展的篇章，前半部引介西方護生新知的編譯稿、講稿、撰文，只能大致歸類，沒有固定的體例，因而有必要加以梳理分析。綜觀全書，可見到呂碧城傳介的新知有「保護動物」、「蔬食觀」兩大方向；「保護動物」新觀念可再細分為法律、醫學、教育三方面，具有現代性的意義，茲羅列說明如下：

〔註40〕呂碧城，〈歐美之光・例言〉，《歐美之光》，頁2。
〔註41〕呂碧城，〈各種保護動物近訊・瑞士國〉，《歐美之光》，頁30。
〔註42〕秋瑾曾勸呂碧城同赴日本，共圖反清大業。呂碧城回應：「予持世界主義，同情於政體改革而無滿漢之見」。呂碧城，〈予之宗教觀〉，收入李保民校箋，《呂碧城集》，上冊，頁442。
〔註43〕呂碧城，〈呂碧城在維也納之演說〉，《歐美之光》，頁149～150。
〔註44〕例如：呂碧城，〈謀創中國保護動物會緣起〉：「佛教集戒殺之大成，闡文明之真義，心實服膺。」收入李保民校箋，《呂碧城集》，下冊，頁570。呂碧城，〈各國保護動物近訊〉：「歐美已運動百年，吾國尚目不之知，或知而不之重，苟不繼起回應，將待至何時，始脫野蠻而與歐美之文明媲美乎？」見氏著，《歐美之光》，頁14。
〔註45〕**以下所引《歐美之光》內容，為節省篇幅之故，僅加註頁數，不另再出註。**
〔註46〕呂碧城，〈歐美之光・例言〉，《歐美之光》，頁1。

一、立法提高動物地位

　　西方保護動物肇端於 1822 年，英國議員馬丁（Richard Martin）提議保護動物立法，為人類與物類的關係，開創新紀元。（〈世界保護動物節〉，頁 1）其後此等法律概念在文明開化之國漸成共識，並有各種保護動物之團體陸續成立。茲表列簡介各國法律規定：

表 3：保護動物的各國法規〔註47〕

國家‧地區	保護動物法律與範圍	推動者
英國‧倫敦	1822 年通過，只限於馬牛載重負貨之獸。	議員馬丁
	1835～1920 年，歷經 18 次增修，由英倫推廣於愛爾蘭、蘇格蘭等，禁止虐待動物，賅括家畜、野禽野獸，違者罰鍰以 25 磅為限。	國會
	1911～1921 年，歷次修正，包圍動物使無路可逃之獵事違法，凡贊助者負連帶罪。	國會
	1929 年，禁止獵取野兔及紅兔，但不能制止狐狸、水獺等。	議員福特
	保護鳥類致力於立法：禁止用鋸齒形之鋼製機括捕鳥、禁止羽貨入口及禁止販賣鳥類、聯合國禁止海面輪船隨意排油毒斃海鳥，現已有六處燈塔裝設鳥之棲塒。	皇家禁虐會
德國‧柏林	擴充新法律保護動物，增高動物之地位。禁止夜獵，禁用犬逐獵野獸，禁用眩電獵取鳥獸。凡商家及人藏有生犎者，須註冊報告。	保護動物團體
法國‧巴黎	十八世紀已訂有保護動物之法律，限以家畜為限，違者處小數罰鍰，後由各界推動擴充增補，俾合於時代化。	立法界
荷蘭‧阿姆斯特爾丹（今譯「阿姆斯特丹」）	訂有保護動物之法律，凡虐待者應受罰鍰或監禁，且將被虐之獸沒收入官。	保護動物團體
丹麥‧可本漢（今譯「哥本哈根」）	牧師史密斯博士提議護動物法律，經公眾認可，於 1789 年通過，嗣後迭有修正，該國是頒行獵律最早國之一。	牧師史密斯博士（Dr. Smith）
	1871～1879 年間，律例逐漸改良，自日落後一小時起，不許開鎗獵取野兔、野鴨、鳧、雁等。禁止用蓬鬆網、彈力網、以及毒藥等，欲除害物者，不在此限，須申請特別執照。	立法界
	一切虐待動動，均屬罰鍰律。	

〔註47〕本節所列三個表格內容，係筆者節錄《歐美之光》1～37 頁之資料彙編。

阿建廷（今譯「阿根廷」）‧布納士（今譯「布宜諾斯艾利斯」）	1882 年 4 月 11 日，阿建廷（Argentina，今譯「阿根廷」）政府以命令正式承認保動物會（Sociedad Protectora de Animales）為合法官方團體。	政府
奧國‧維也納	其先於法律上無正式保護動物之條文，後以新頒之罰則，賅括禁止虐待，違犯者監禁六個月。	保護動物團體
捷克斯羅瓦國（今譯「捷克共和國」）	延用奧律，預計會通過完全禁止鎗獵鴿類。	保護動物團體
意大利（今譯「義大利」）	1888 年，制定懲罰虐待動物之條款，後送有增訂，至 1913 年 6 月而實施有效。莫索里尼（Mussolini）執政之始，凡虐待動物，罰款一百至四千立爾（Lire）。與科學、醫學、教育無關的動物試驗，均按律處罰。倘用為公眾娛樂而使動物受虐，從重治罪，馬夫等犯之，則停止其執照。	立法界 莫索里尼（Mussolini）
比利時‧伯魯賽爾（今譯「布魯賽爾」）	原以虐待動物為違警罰科，違者罰鍰。1924 年，參議員阿桑（Senator M. Ason）提議以虐待動物，認為過犯或惡行，提案中賅括運載、屠宰、活剖試驗等限制，於 1929 年 3 月正式通過。	參議員阿桑（Senator M. Ason）
西班牙‧馬德里	進化較諸先進國為晚，尤於立法上未能跟進。1925 年玖立亞爵士（Don Joaquin Julia）提議通過法律，為西班牙人道主義之歷史開篇。 未籌有充分保護法之前，不許馬類入競馬場。年在 14 歲以下之兒童不許入場觀鬥牛之戲。	玖立亞爵士（Don Joaquin Julia） 政府
波蘭‧華沙	「動物朋友會」與其他保護動物團體的努力，使法律通過完全禁止鎗獵鴿類，並由政府下令於各省長官、警察，令嚴遵牛馬運貨章程。	保護動物團體 政府
美國	代動物起訟之執行，已有可觀的成果。 1930 年，美國已有二十六省承認將保護動物之旨編入教育，與兒童之人道教育有重大關係，皆已訂為法律。 土法通過限制捕獸機括（鋼製者）	保護動物團體 國家親師會 保護動物團體

資料來源：節錄《歐美之光》

　　承上表，歐美國家為動物立法的推動力量，主要來自各動保團體，執政者、官員，亦是重要推手。保護動物法律範圍，由家畜逐漸擴充至野生禽獸，包含戒殺和禁虐各項規定：

（一）保護家畜規定

家畜泛指人們為經濟或娛樂所飼養牛、馬、羊等動物，而其飼主，經常是施虐的主要來源。若是負重之獸，經常超時工作，荷負超過體力的重物。若為販賣，可能為求經濟效益，而使用各種讓動物快速成長的非人道行為。若為娛樂，常因表演、競技等目的，過度訓練或施以不同程度的虐待。

同樣是虐待動物，在法國、丹麥僅處以罰鍰，於荷蘭要受罰鍰或監禁，沒收被虐之獸，在奧國須監禁長達六個月。義大利進一步規定，倘因公眾娛樂而使動物受虐，從重治罪，馬夫等駕駛人員若有行虐待之實，則吊銷其執照。波蘭政府以高標準下令要求各省首長、警察，嚴格遵守牛馬運貨章程。丹麥政府更周密規定「舟車之地板須刻浪紋，且鋪以沙，以免動物在其滑滾。……敞車運載牲類，須加幃罩，以避風寒。」（頁 25）此外，家畜除了可能被虐待，尚有被丟棄的風險，處置的方式，如巴黎的保護動物同盟會（Ligue pour la Defense des Animaux）設有貓犬收容所；比利時最大動物保護團體（Ligue Internatiolnale Anti-vivisectionniste）附有動物收容所（頁 10）；墨西哥的衛生部則量力收養野犬，後若無人認領，即以善法處置。（頁 35）

（二）保護野禽、野獸規定

各國在保護禽獸方面，或規定打獵時間，或禁止獵取的物種，再則是禁用機括、毒藥等惡獵方式。丹麥自日落後一小時起，不許開鎗獵取野兔、野鴨、梟、雁等物，而德國全面禁止夜獵。英國禁止獵取野兔及紅兔，波蘭、捷克則完全禁止鎗獵鴿類。另是禁止惡獵的手段，英國禁用鋸齒形之鋼製機括捕鳥，美國禁用鋼製機括捕獸。德國規定禁用犬逐獵野獸，禁用眩電獵取鳥獸。丹麥進一步禁止用蓬鬆網、彈力網捕獸，以及使用毒藥虐殺禽獸。若欲除去有害物而用藥，則須申請執照。由此衍生出如何定義「有害物」，如何對待等難題：如虎、獅等猛獸，全數剿滅則有滅種的憂慮，若要圈養，則有囚獸的虐待疑慮，或可能被動物傷害的問題。呂碧城對此提出「虎為有害之獸，應否保護，實為一困難之問題」，最好的處理方式是「劃地以隔絕之，使其自生自滅而不害及他類。」（頁 26）

西方保護動物的法律規範中，呂碧城特別注意牛馬駝驢等工獸，無法提供勞力後往往被殺害，或移做動物試驗的情況相當普遍，因此在呈英國下議院的文章 "A Call to Paralysed Conscience"（中文譯名：〈呼籲於已死之良心〉），提出「禁止屠殺工獸，凡世界文明之國，皆應通過於立法會議。」（頁 159～

160）由於 1930 年代「中國尚無保護動物之法律」（頁 125），碧城親見歐美國家為動物立法，甚至為鳥獸起訴，因此致力引介相關法律資訊，呼籲國人群起響應，擺脫野蠻之邦的封號，邁向文明之國的行列。

二、反對活剖動物醫學

活體解剖是為了醫學研究，利用存活的動物進行解剖的試驗。在歐美見到各界對活剖的反對，碧城寫道「得有各國寄贈之種種圖說、攝影，其慘狀直非人間世所能夢見」（〈香驄歷劫記〉，頁 88），因而撰譯相關文章支持反活剖行動。其〈世界動物節〉曾說：「至若醫學中以活剖獸體為試驗，其事至為殘忍，能養成人類之兇惡性，有害社會秩序及世界安寧，尤為各界所激烈反對。」（頁 2）即使從動物試驗能獲得醫藥的研究利益，但對被活剖的動物極為殘忍，傷害其存活的權利。進一步而言，呂碧城從道德層面提出活剖不是正當的行為，且從利益的考量來看，因活剖帶來人性的染汙，危害甚至擴及到社會、世界，其弊遠勝過活剖實驗的研發，故極力反對。（〈動物之福音〉，頁 101）1930 年代，西方國家面對活剖聲浪日益升高的情況，也訂定法規規範、限制活剖的實行，茲表列分述如下：

表 4：反對活剖的各國法規

國家・地區	反活剖的方式	主要推動者
德國・柏林	九大團體聯合反對活剖獸體為醫學之試驗，並督促依律例增補修正，及須請准特別照會，方許執行。活剖之學校或場所，應與警告，並得派員偵察之。	保護動物團體醫界
英國・倫敦	犬得豁免於醫學活剖之用。	下議院
丹麥・可本漢（今譯「哥本哈根」）	1890 年通過法律，限制活剖，只發給短期之執照，且一律須用昏迷藥。屠獸必須手技專精之屠戶，違者罰鍰至五百元為度。	各日報及星期報
阿建廷（今譯「阿根廷」）・布納士（今譯「布宜諾斯艾利斯」）	保護動物會全力抵制活剖學，即醫院或學校中之試驗者。如執行活剖，一律須用昏迷藥，但禁用印度之毒藥「苦雷爾」。屠獸者須為手技專精的屠戶。	保護動物團體
奧國・維也納	民眾於活剖學及野蠻屠法，攻擊甚力。醫界於 1928 年在維也納成立一反對活剖團體。	民眾、醫界

意大利（今譯「義大利」）	若以動物為試驗，無論關於科學、醫學或教育之用，苟不得特許，均按律處罰。反對活剖學逐日加緊，司法大臣已接有多數請求廢止活剖之意見書。	民眾
瑞士・日內瓦	萬國保護動物會之會所，設有活剖部，以供民眾參觀。	保護動物團體醫界
比利時・伯魯賽爾（今譯「布魯賽爾」）	1929 年 3 月，活剖試驗的限制的法律通過。	參議員阿桑（Senator M. Ason）

資料來源：節錄《歐美之光》

　　承上表，反對活剖的推動來源，以保護動物團體為主，有德國、阿根廷、瑞士；來自政府力量的有英國、比利時；德國、奧國、瑞士的醫界，曾聯合發表反活剖聲明。（頁 74～77）丹麥利用媒體的力量來推動法律的訂立，奧國、義大利則依民意的呼聲而正視活剖的議題。這些歐洲國家對於活剖直接立法者，有德國、英國、丹麥、比利時，其他如阿根廷、義大利則是針對進行活剖的條件給予限制，違者即抵觸相關法律。然而，對於某些學科而言，活剖依然有其必要性，如在學校的科學實驗，醫學試驗的研究等，道德上理應廢除，實際上卻無法禁止，即使如英國有明確規定犬不能用來活剖試驗，而其他動物仍不能免刑。因此，為活剖訂定的法律條例，是有條件的限制，設定容許執行的範圍。如在德國執行活剖前，必須申請特別執照，在丹麥也須申請，但只發放短期執照。德國對於活剖的學校或場所會予以警告，並派人員視察。丹麥和阿根廷規定執行活剖時，一律須用昏迷藥，使動物免其痛苦，不過，阿根廷嚴格禁用印度製藥「苦雷爾」，該藥只能讓動物癱軟，無法失去知覺。兩國尚有規定活剖人員須有手技專精的能力，以免讓動物遭受更多的痛苦，而在丹麥違此規定者將處以罰鍰。

　　除了介紹歐洲各國對活剖的限制規定之外，呂碧城譯自 1930 年 11 月之 The Spectator 雜誌（英國有百餘年歷史的雜誌之一），題名為〈動物之福音〉的文章中，更進一步表達絕對反對活剖的立場。該文提及英國領有活剖執照者有一千三百多人，前一年被活剖之獸，竟高達四十萬隻。呂碧城彼段後加註按語，痛斥：

> 以慘刑濫殺至此程度，惟有完全廢止活剖，而無改良修正可言。方
> 今諸名流及各團體皆一例主張完全廢止之……縱有裨於醫學，而病

　　家受惠亦微，雖不憑藉此等醫術，以至於死，亦是善終，較諸因活
　　剖習於殘忍，養成卑汙人格，釀成恐怖時代。（頁101）

呂碧城採絕對主義來反活剖，不能傷害動物生存的權利是基本論點，如同湯姆・雷根所提出的「動物權利論」，強調動物與人類應享有相同的權利，不應為人類目的所利用，此因動物本身具有道德地位，故而不得為追求人類研究目的或科技進步，利於以動物做實驗對象，有違個體平等的權利。〔註48〕

　　若以動物試驗成果的微小效益，與人格敗壞影響所及的具大災害相比，禁止活剖是必要的。呂碧城為了表示不僅是個人立場，在《歐美之光》收錄〈德奧瑞士醫界反對活剖之聯合宣言〉，並附上原文及簽名，以茲引證活剖試驗是失敗的，「無必須」進行的不道德、不公平、殘酷不堪之行為。另編譯倫敦的世界聯盟抵制活剖會（The World League against Vivisection and for the Protection of Animals）所寄，是巴黎某醫院的罪惡實錄，題名為〈香驄歷劫記〉，內容以主角馬作為第一人稱的敘述視角，娓娓道來當工獸之苦，後被活剖施刑，皮開肉裂的慘狀。呂碧城在文後附識：「人類與物類，本族與他族之間，其差別僅親疏遠近而已。殘忍之人，乃戰爭禍亂之發酵物。」（頁94）重申人心敗壞是戰禍的根源，此一論點與荷蘭 N. D'hamecourt〈使人種惡化之科學〉，提及活剖試驗敗壞德性及心術，增加刑事的罪犯，積累重量於戰爭禍亂之源的說法相呼應，呈現呂碧城反對活剖的堅定立場。（頁78～83）

三、注重兒童人道教育

　　教育是一國的百年大業，培育人才須從兒童教育紮根做起。呂碧城秉受家學，涵養深厚，後辦女學，為女權發聲，嘗作〈論提倡女學之宗旨〉，提出「蓋欲強國者，必以教育人材為首務……緣兒童教育之入手，必以母教為基。」〔註49〕深信教育能帶來改變的力量，成為國強民富的基礎，並以「家為國本」的觀念，強調以母教化育子女的家庭教育功能，及兒童教育的重要。日後，當呂碧城編譯西方保護動物的資訊時，各國如何引導兒童產生慈善之心的教育方式，自然成為傳播的要點。茲表列如下：

〔註48〕參閱費昌勇、楊書瑋，〈動物權與動物對待〉，頁84。
〔註49〕呂碧城，〈論提倡女學之宗旨〉，收入李保民校箋，《呂碧城集》，下冊，頁459。

表 5：兒童人道教育的實施要點

國家・地區	保護動物教育實施概況	傳播方式
美國	1930 年時，麻省將保護動物之旨，編入公立學校之教科書，為兒童人道教育之基礎，已行之五十餘年。	成立新慈善團體，由各公立學校編列兒童入隊，為保護動物工作。
	1930 年，美國已有 26 省承認將保護動物之旨編入教課，與兒童之人道教育有重大關係，皆已訂為法律。	每年 4/21～4/26，舉行動物節。
英國・倫敦	皇家禁虐會（RSPCA）所派的演講員，得教育部特許，可逕往任何學校，與校長接洽，將保護動物之旨，編入教課。	小學兒童作文，以仁慈於動物為旨，且廣藉電影宣傳保護動物理念。
德國・柏林	公共學校學生提議，應在公共建築的外牆，多造磚穴，以備鳥之居處，而得准許。	
荷蘭・阿姆斯特爾丹（今譯「阿姆斯特丹」）	保護動物會主要工作，乃實行以教育改造公眾意見。	兒童會設於各俱樂部，教以人道及慈善於動物。
俄國・莫斯科	兒童皆於學校受保護動物教育，青年博物會的會員大多是兒童，樂於研究生物。	每年舉辦鳥節，兒童以人工所製鳥巢，舉而游行於市，及旗幟標語等。兒童將鳥的習慣等研究所得，向有關單位報告。
阿建廷（今譯「阿根廷」）・布納士（今譯「布宜諾斯艾利斯」）	保護動物會為合法官方團體。	於最要之學校中舉行動物節，使兒童發生慈善於動物之思想。
西班牙・馬德里	政府下令年在 14 歲以下之兒童，不許入場觀鬥牛之戲。	
墨西哥	嘉禮士（Calles）執政有功，教育漸興，公眾對動物之觀念漸有改良。鬥牛之風銳減，假日以踢球代之。	

資料來源：節錄《歐美之光》

　　由上表可知，歐美各國對於實施保護動物教育的重視，其中，注重兒童人道教育者，有美、英、俄國。美國實施兒童人道教育起於十九世紀，尤其在麻省，已將保護動物的要旨編入教科書，成為授課內容，1930 年，呂碧城編

譯〈美國動物節〉時，已有 26 省跟進，並訂為法律。此項法律與教育結合的推動成果，得力於美國國家親師會（The National Congress of Parents and Teachers）的力倡，及聯合各人道教育等機關團體，致力於兒童人道教育的傳遞，使兒童接受教育之外，能對慈善問題感發興趣，進而投入保護動物的行列。英國推動保護動物教育，得力於皇家禁虐會（RSPCA）的推廣，當時已有 1600 多所分會，其所派遣的演講員，得教育部特許，可逕往任何學校與校長接洽，將保護動物之旨編入教科書。英國曾按罪犯學籍調查，發現曾受人道教育而犯罪者，為最低的比例，因此決定由兒童教育著手。俄國亦不亞於英、美，兒童皆於學校受保護動物教育，從小培養對動物的仁慈之心，而且青年博物會的會員大多是兒童，皆樂於研究生物。

保護動物教育實施對象與成效，由兒童擴及民眾者，有德國、荷蘭、墨西哥等國。德國的教育基礎完善，學生全面接受人道教育，其中，公立學校學生更提議在公共建築的外牆多造磚穴，以備群鳥的居處，而得到政府准許。此項規定並不強制實施，卻獲得建築師與民眾的認同響應，從禁止層面擴及友善對待動物的行為表率，展現文明國家的風範。荷蘭保護動物團體，主要施行教育改造公眾意見，期待民眾受到感化，起而推動保護動物。位於南美洲的墨西哥，保護動物的推展與成效不彰，無法與歐洲國家相比擬，直到嘉禮士（Calles）上任執政後，使得教育漸興，公眾對待動物的觀念漸有改良的希望。由於墨西哥曾受西班牙統治，尚保有鬥牛的風氣，西班牙政府規定 14 歲以下的兒童不許入場觀賞鬥牛之戲；墨西哥則因民眾的觀念改良，而使鬥牛之風銳減，假日以踢球取替之。

前述為各國保護動物教育的實施概況，可歸納為成立新慈善團體、撰寫作文、電影宣傳、舉辦動物節四項。

（一）成立新慈善團體

據美國人道教育會 1930 年 3 月的統計報告，美國一個月之間，平均每 35 分鐘成立一組新慈善團體。此等團體由各公立學校編列兒童入隊，實際參與保護動物工作，成為動物保護的生力軍。荷蘭則是將兒童會廣設於各俱樂部，向兒童極力推廣人道及善待動物的理念。

（二）撰寫作文

英國的國小學童，以「仁慈於為動物」為題撰寫作文，一年多達 22 萬餘

篇。藉由兒童寫作的構思與表達，亦能反映平日施教的成效。

（三）電影宣傳

英國皇家禁虐會（RSPCA）致力推廣動物保護，所派演講員除了到各校接洽宣導，將保護動物之旨編入教科書，又以電影宣傳，藉由動態畫面、聲光效果吸引兒童注意力，更能清晰的傳達理念。

（四）舉辦動物節

訂定節日的意義，在於將某種重要的，值得彰顯的習慣或價值觀，藉由節日的形式保留下來。慶祝節日，也讓人們回顧節日的起源與歷史，以達成教育目的與功能。10 月 4 日為世界動物日，至今仍延用，在 1930 年代，許多國家也有自訂動物節。如美國在每年 4 月 21 日至 26 日，舉行為期一週的動物節。阿根廷則於最重要的學校舉辦動物節，目的在使兒童更加了解人與動物的關係，產生慈愛之心。特別的是俄國，每年舉辦鳥節，兒童用人工製作的鳥巢在市區遊行，又將鳥的習慣等研究所得向有關單位報告。除上表所列的國家之外，波蘭則訂 11 月 17 日為保護動物節，捷克每年舉辦動物節。（頁 34）

呂碧城《歐美之光》特別收錄英國 J. L. Cather 著〈普告教育家〉，提及「凡負有教育青年之責任者，須知男女兒童必期其成長為良善之人……如何方能養成良善，必先擯其自私自利之習。」（頁 105）人類不得不承認所享的物質文明，是向動物界作無限侵略而來，其中殘忍的手段猶如一場戰爭。欲求良知良善之心，以達和平之旨，須在人類與物類之間建立一道理性的標準，以公道代替表面上的小仁小惠。據此呼籲教育家，由童蒙教育入手，注重兒童人道教育的啟發。

綜合上述，本節由呂碧城實際參與護生行動，接受西方動物保護觀念，著手編譯、傳播的過程。亦即，從廢屠的理想轉以推廣改良屠法為主，再從《歐美之光》分類成法律、醫學、教育三大類，說明傳播西方保護動物新知的要點。從中透顯碧城對公道正義的道德覺知，呼籲友善保護動物的生存權利。

四、健康涵義的蔬食觀

戒殺與蔬食，是大乘佛教實踐護生的根本方式。基於服膺佛教的戒殺精神，碧城謀創中國保護動物會時，提出「禁止虐待」及「鼓吹戒殺」並行的途

徑，到維也納「國際保護動物會」演說，亦以〈廢屠〉為題，演說內容提及：

> 吾國仍有多數佛教信徒，皆蔬食之人，完全贊成保護動物，且有多
> 數慈善團體，無由聯絡耳。……廢屠非僅予個人之主張，亦且代表
> 吾國一切愛和平而蔬食之人。（頁149～151）

當時呂碧城未深入佛教，無從與佛教團體聯絡，但在她原有的觀念中，多數
的佛教徒皆以蔬食持守不殺生的戒律，自然完全贊成保護動物，又因不殺，
所以保有和平之心；是以在演講時，將個人提出的理念，與國內教界一切愛
和平與蔬食者連結，形成廢屠的共識。講畢後分送「前一日由上海寄到的中
國戒殺學佛書」（頁130），使在座的西方人將蔬食、保護動物、戒殺等觀念，
與中國佛教徒的形象鮮明的結合起來。多方參與西方團體之後，呂碧城明白
廢屠在實務上推動的困難，轉以引介改良屠法回國，將戒殺的理念，延伸至
介紹反活剖、禁止獵殺鳥類、立法保護工獸等保護動物權利的課題。

　　廢屠是呼籲他者戒殺動物，而蔬食則是自我護生實踐的方式。呂碧城現
存詩文中，未見「素食」二字合稱，皆以「蔬食」行文，雖說素食、蔬食、疏
食、菜食的語意相通，且從《論語‧述而》：「飯疏食飲水，曲肱而枕之，樂亦
在其中矣。」[註50] 已有提及，但碧城使用「蔬食」，則必須考量到她的西方
經驗。她曾在美國《蔬食雜誌》評論蔬果治病勝於醫學[註51]，考訂「英文
蔬字 Vegetable 由於拉丁文 Vegetus 而成，而拉丁文之原義為 Vegorous，即強
壯之說」（頁123）。從《歐美之光》與相關記錄蔬食的資料顯示，蔬食是指蔬
果，不全然指菜蔬，非是佛教的素食，而是帶有健康涵義的西方蔬食觀。「蔬
食」在當代成為新興素食的代名詞，內涵從宗教規範轉變為結合生命、健康、
環境、全球暖化等議題，而在民初，呂碧城已使用蔬食一詞，內容含括保護
動物生命、健康、經濟、衛生等涵義，具有現代性。

　　對於戒殺、蔬食，碧城有深刻的體悟，早年想學習吃素，「但以旅次諸
多不便，遂爾因循」，不過其自稱在1925年已開始「庖廚戒殺」，及1928年
12月25日，自日內瓦赴美國人年宴後，完全蔬食。（頁121）據此，參加歐
美護生運動之前，蔬食已成為碧城的日常飲食習慣，與西方蔬食團體互動之
後，曾對保護動物的廢肉時期運動提出看法：

〔註50〕宋‧朱熹撰，〈論語集注卷四‧述而第七〉，《四書章句集注》，頁97。
〔註51〕呂碧城，〈蔬果治病勝於醫學〉，《覺有情半月刊》，收錄於黃夏年主編，《民國
　　　　佛教期刊文獻集成補編》，第61卷，頁13。

人類原始時代，茹毛飲血，為食品生活之全肉時期；迨智識漸開，
而知耕種，食品佐以蔬穀，是為半肉時期；迨文明更進，道德範圍，
由本族推及異類，且知屠殺異族，乃培養人類好戰性之禍源，於是
有保護動物之運動，即廢肉時期之嚆矢也。方今歐美各國，此種團
體，風起雲湧，實世界之一種重要變遷，庸俗之流，目光所及，僅
限於物質工商等業及政爭兵戰，而略於風氣時勢之轉移，是猶夏蟲
朝蟪，不足以知遠大也。（頁62～63）

廢肉戒殺是一種時勢風氣，與文明進化俱進，且蘊含由人類推及物類，是公
道正義的道德覺知，更有止戰弭殺的利益。因此，從西方保護動物觀念至蔬
食的引介，皆是呂碧城想傳遞回中國的西方文明。

相對於《歐美之光》中大量記錄保護動物的進程，蔬食的篇幅顯得較少。
一方面是國際蔬食大會舉行時，呂碧城因病未能躬逢其盛（頁45），不似參加
國際保護動物大會，能與多國人士進行實務交流；一方面不熟悉佛教義理，
無法將蔬食與戒殺的精神，調和詮釋得更完整。因此，呂碧城列出各國蔬食
會地址、各國蔬食雜誌，再從往來的蔬食團體，相關報刊雜誌中編譯蔬食新
知，加入自己的海外蔬食經驗，說明不應食肉的原由與蔬食的利益。

其中，介紹倫敦蔬食會，提到該會以「道德為重要根據，但賅括強健衛
生、改良食事、節省經濟」（頁64）為宗旨──「改良食事」是用蔬食實踐戒
殺的行為，「強健衛生」、「節省經濟」，是蔬食所帶來的廣大效益。這些作為
是歐美團體推廣蔬食的主要方式，成為呂碧城引介蔬食的要點。

（一）強健衛生

呂碧城引用貝爾格博士《素食主義屬於生理之重要》（The Biolocal
Significance of Vegetarianism）的觀點，認同中歐人士的食肉習慣乃誤信人體
需要多量的脖精（Protein，今譯「蛋白質」），依此駁斥從肉品才能獲取蛋白
質的說法，又以西方科學驗證植物中含有大量蛋白質，可提供人體健康元素
來舉證；再由食肉會使人體產生寄生蟲的新聞，論辯不應食肉的理由。（頁
41～42）

關於「強健」、「衛生」的概念，在中國流行於清末民初，曾與呂碧城函
復往來的民初外交家、政治家伍廷芳（1842～1922），撰有《延壽新法》，即是
從衛生角度提出運動養生之法，論斷煙酒是毒害，力倡蔬食具有健康延壽之
效用。由於伍廷芳自幼多病，看遍中西醫皆罔然，直到茹素、養生之後才重

拾健康，並利用斷食之法成功減肥。呂碧城辦女學時亦重視體育課程，尤其做「體操」，不過當時「眾聲喧嘩的女子體育觀」〔註52〕，源自提倡女權、廢纏足的時代背景，從強國保種，兩性平等，健康美，甚至吸引異性的體態美論調中，展現國家民族中心、性別差異的女子體育觀。呂碧城是愛美之人，非常在意體態的美感，過去到廬山遊玩時，「篋中帶有體操書，每晨按圖演習畢，即進早膳。」〔註53〕做體操既能強健多病的體質，又能帶來體態的美感，因此呂碧城即使出遊，都不忘晨起做體操。

從《歐美之光》中亦能看出呂碧城對「衛生」觀念的重視與引介，這個詞彙不只是狹隘與醫療、人民健康有關的行政制度，在中國所處的困境中，「衛生」透露多層意義；它代表著中國政體、社會與個人都應該從落後、「病態」的傳統與提升到「健全」的「現代」文明需要，講求衛生不單是個人身體與精神上的提升，更是民族國家集體的提升，「衛生」一詞意味著「健康」不再單是個人「養生」的問題，而是公共領域的事務。〔註54〕如1911年，伍廷芳在上海成立「勸戒紙烟會」，擔任協會會長，勸導煙毒之害。王一亭、呂碧城等人任勸導兼調查員，俞鳳賓、丁仲祜等名醫任編譯。〔註55〕可以見到知識分子在公共領域，為達成預防疾病、延長壽命，及促進國人身心健康的提升，乃至國族集體提升的努力。

（二）改良食事

即是推廣蔬食主義。呂碧城引用許多名人對於蔬食的看法，特別節譯華爾緒博士的講題：〈蔬食主義與世界人類同情之關係〉（Vegetarianism in relation to world brotherhood），主旨是以仁慈精神剷除一切惡事之根源，特別指出：「人權無論提高至若何圓滿程度，決不能允許其轢犯物權。」「欲免人類之戰爭流血，當先從其餐桌做起。」「必須培養世界仁慈及公道之精神，達到和平。」（頁42～43）再次將動物權利、人類道德自覺與世界和平的關聯合而為一。此外，倫敦蔬食會惠德女士（Frank Wyatt）曾致函呂碧城，認同「凡保

〔註52〕詳參游鑑明，〈眾聲喧嘩的女子體育觀〉，《超越性別身體：近代華東地區的女子體育（1895～1937）》（北京：北京大學出版社，2012年），頁17～56。

〔註53〕呂碧城，〈遊廬瑣記〉，收入李保民校箋，《呂碧城集》下冊，頁521。

〔註54〕「衛生」的多層意義，引自梁其姿，〈醫療史與中國現代性問題〉，收入余新忠編，《清以來的疾病、醫療和衛生：以社會文化史為視角的探索》（北京：三聯書店，2009年），頁9～20。

〔註55〕〈勸戒紙煙職員會記事〉，《申報》，1911年6月8日，第19版。

護動物之運動，必以蔬食主義為總樞紐。」（頁 65）表示雙方達成戒殺蔬食，才是保護動物最上之道的共識。

（三）節省經濟

前揭碧城以草木非血肉之軀，與人類氣稟相異，再以儒家仁恕之道，由近及遠，衡量親疏遠近，證明「自應食植物以代動物，猶文明民族食獸肉以代人肉」。〔註56〕又以《大學》所提供的生財之道，印證烏地博士所採用的物質角度、經濟學原理，說明蔬食之必要，並能帶來財富的道理。文中由「糧食產額，及人口分配的調查，以為世界和平之計」，再次證明「茹素為和平之本」。（頁 43～44）

此外，呂碧城撰有〈海外蔬食談〉，是其蔬食經驗的總結，提出完全蔬食的理由是「既符仁恕戒殺之旨，而又適口。」（頁 121）文中第一部分，描繪在海外試行蔬食，研究素菜做法，練習煮義大利最流行的「斯巴蓋地」（Spaghetti，今譯「義大利麵」）。（頁 122）其中，提到食材中不加雞蛋，自稱「予昔之茹素屬道德，今之茹素屬宗教。故自今年皈依佛法後，不食雞蛋。」（頁 121）表示茹素的理由不僅是道德自覺，亦加入持守宗教戒律的因素。文中第二部分，採用醫學知識，以人體構造來論辯人是草食的體質，再以牙齒方形與猛獸獠牙對比，證明人類應如牛馬而草食。（頁 124）文中第三部分，引用英國醫藥報（British Medical Journal），提出不治之症來自食肉，與水族魚蝦等類。

又以上海名醫俞鳳賓（1884～1930）所言，人類匝月不食植物，即得敗血症為舉證。俞鳳賓為留美的醫學博士，中西醫兼治，是呂碧城在南社的舊識，上揭二人曾加入伍廷芳的「勸戒紙烟會」，並擔任職務。碧城引用中國名醫觀點，提出不應食肉的理由，再引用法國大哲學家盧梭亦是終身蔬食之人，其所著《懺悔錄》（Confessions）提及「吾不應強變兒童之本性，使成為食肉類之動物，即不為衛生計，亦應為其品性計也。」證明食肉的習慣扭曲人類本性，又稱「使人類惡化，所謂 Cannibalism（弱肉強食），一切戰爭禍亂，基於此矣。」總結以上諸端，食肉之於衛生、經濟、道德，皆有直接之損害（頁123～125），為人類應該蔬食，提供強而有力的辯證。

由於呂碧城不遺餘力推介歐美護生運動，而揚名國際，美國蔬食月刊（The

〔註56〕呂碧城，〈醫生殺貓案〉，收入李保民校箋，《呂碧城集》，上冊，頁 411。

Vegetarian and Fruitarian）曾以 "A Famous Poet of China. A Widely Known Humanitarian. A Typical Vegetarian." 為題，刊登這位「戴珠抹額，著拼金孔雀晚妝大衣」（頁 129），穿著華服的著名中國女詩人玉照，身分尚有眾所皆知的「人道主義者」與「素食主義者」。（頁 66）

第三節　中西護生文化的調節途徑

當呂碧城來到歐美，看見以法治為基礎的西方社會，以法律規範為動物帶來更多保護，於兒童人道教育施行的成效，進而反思用動物做活剖試驗，為了追求科學、醫學進步等具有現代性的西方文明，相對於傳統僅用道德覺知的呼籲，呈現理性的態度，能夠有效解決問題，成為社會國家進步的動力，為呂碧城開啟全新的視野，因而在接受資訊同時，積極將訊息轉化、編譯，引介回國內，期待為落後的中國輸入一帖對治的良方，用以朝向文明進化的社會邁進。換言之，自《歐美之光》成書後，呂碧城護生思想輪廓逐漸清晰，引介西方保護動物觀念，即在傳遞具有現代性新知的西方文明，藉此改變風氣，試圖扭轉中國暫居文明落後地位的情勢。

此外，書中包含許多動保衍生出的議題，如戒殺、改良屠法、改良食事（蔬食）、禁止虐待動物、社會文化、宗教等，呂碧城進行編譯時而加註按語說明，或引申詮釋，或以中國儒釋思想、社會文化來與西方文化對應，能見居中調和的痕跡。凌楫民博士在《歐美之光·序》提及呂碧城融匯中西護生文化的始末，文曰：

> 世變日亟……周遊列國，提倡仁術……適值歐美有新道德之運行，
> 以護生戒殺，為非戰弭兵之根本，女士以亞洲儒釋之精神，灌輸而
> 融匯之，東西文化，相得益彰，世界和平，斯為左券。（頁 1）

凌博士認為歐美推動護生是一種新道德運動，是以護生戒殺作為止戰的根本，而呂碧城是居中的匯通者。此說極為中肯，如同碧城寫得出色的外邦記遊之作，自評為「綵筆調和兩半球」〔註 57〕，而在中西護生文化的傳遞過程中，重視的依然是「調和」。

1929 年 5 月，呂碧城應國際保護動物會邀請，至維也納參加「國際保護

〔註 57〕吳盛青，〈彩筆調和兩半球——呂碧城海外詞中的文化翻譯〉，收入高嘉謙、鄭毓瑜主編，《從摩羅到諾貝爾：文學·經典·現代意識》，頁 143。

動物會」，登台演說之時，提出中國傳統保護動物的觀念，有三種源流：佛教、孔教與古代法制。佛教，嚴禁一切屠殺；孔教，則示節制，不得殘忍濫殺，有「見其生不忍見其死，聞其聲不忍食其肉」之說；古代法制，散見於《周禮》。（頁148～149）從其熟知的中國傳統護生淵源，援引儒家仁恕之道以觀察西方文明，或將中西社會景象對舉評論，是呂碧城在《歐美之光》作為調節中西護生文化的途徑。其後，呂碧城深入佛法，又回到中國，開始反思西方護生運動僅做到保護，未能達成戒殺之旨，因而改變原先以保護動物為主的行動，轉以佛教戒殺的理念為主，大力推廣蔬食，是以，於護生與佛教合流階段，碧城進而導入佛教義理來推廣蔬食。至此，儒釋思想的交涉，護生行動的轉折，為調節中西護生文化的途徑帶來哪些激盪，是本節的論述要點。

一、引仁恕之道以觀西方文明

中國傳統護生文化，以儒釋思想為中心，後以佛教為推動的主要力量，呂碧城曾言：

> 考吾國經傳，間有思及禽獸之說，成湯之開獵網，宣尼之遠廚，聞其聲不忍食其肉，大夫無故不殺羊等，皆示限制，而戒恣殺，但無貫澈之主張，蓋未根本明瞭殺生之有違道義也。迨佛教東漸，戒殺之說始斬然成立。惟以其發源於宗教，儒者弗取，遂致正義湮沒。〔註58〕

儒家提出戒恣殺，仍須殺生，雖不及佛教戒殺的主張，但儒家居於中國思想主流，故不採取佛家之說。不過，儒家「止於至善」亦能對應佛教「眾生平等」的理念，又曰：「佛教一切人我眾生平等，願力之宏，道義之廣，猶儒家之止於至善，有過之而無不及，實互相印證。」亦即，儒家的至善若能與佛教眾生平等、博愛慈悲的理念相結合，相輔相成，則能成就最大的效益。碧城在許多篇章時常提及「佛教集戒殺之成，闡文明之真義，心實服膺。」戒殺是表現文明的方式，因此，所謂的「文明」是一種進化的象徵，應是人類不傷人類，推及人類不傷物類，以物我平等的道德覺知，善待同類或他類的表現，因而不致有虐待、血食的過程，不會有戰爭的發生，成就世界和平的理想願

〔註58〕呂碧城，〈謀創中國保護動物會緣起〉，收入李保民校箋，《呂碧城集》，下冊，頁570。

景，這才是真文明的展現，此即如碧城所說：「惟真文明而後有真安樂。何謂真文明，即吾儒仁恕之道，推己及人、仁民愛物之心，及佛教人我眾生平等之旨，使世界人類物類皆得保護，不遭傷害。」〔註59〕

必須注意的是，呂碧城以佛教戒殺為主要的護生精神，然而從 1928 年底起推動、參與西方護生運動，至 1931 年《歐美之光》成書的過程中，對於佛教逐漸深入，但未完全理解，故引用佛教護生思想，「並沒有揚棄中國佛教中畏因的戒殺理論。」〔註60〕亦即，書中會以因果、福報來從權引導，較少使用佛教義理來對應，主要援引儒家仁恕之道作為調和途徑，或許是和西方人道主義的慈善精神有貫通之處，想藉此啟發讀者的道德覺知。茲舉例說明如下：

德國普魯西亞（Prussia）之國務院，在 1930 年有新條例禁止夜獵。呂碧城在文中加註按語：「譯者按：此事中國倡之最早，即孔子弋不射宿之旨。」（頁 7）《論語・述而》：「子釣而不綱，弋不射宿。」釣魚而不撒網，射飛鳥而不射宿鳥，是孔子對動物的仁愛表現。另一件關於打獵的規定，是「英國歷次修正，僅使包圍動物使無路可逃之獵事，為違反法律。」碧城註曰：「編者按：即吾國歷史上成湯見獵者四面張網，乃飭令網開一面，俾野物有逃生之機會，為千古美談。」（頁 11）網開一面，比喻商湯對動物亦保有寬大仁厚的胸襟。自漢代儒術獨尊之後，湯、武的聖人地位不可撼動，成為儒者心中的聖賢典範、處世典範。碧城以中國千古美談與英國近代法律對話，透顯出中國自古已有護生典範的自豪，並對儒家的仁義之教予以肯定。話鋒一轉，又提出禁止夜獵、網開一面本是美事，但中國幾千年來未能在保護動物上有所進步，「而世界多有法律，每排列各國護生紀事，獨中國落伍，吾人對之能不愧死。蓋中國於世界，儼然處於化外之地位。」（頁 8）碧城的急切憂心，在於從西方文明看見中國未能跟上潮流，繼續處於文明以外的化外之地。

蔬食是個人對於戒殺的飲食實踐，碧城卻在西報上看見讀者投函批評「蔬食者」（Vegetarian）才是劊子手，謂草木亦有生命，何忍殘殺？對於此等佞詞謬論，碧城提出反駁：

> 宣尼所謂詖遁淫邪，應予明辨者也。夫仁恕之道，由近及遠，前既

〔註59〕呂碧城，〈與西女士談話感想〉，收入李保民校箋，《呂碧城集》，上冊，頁 423。
〔註60〕李雅雯，《近代護生戒殺思想之發展與實踐》，頁 29。

言之矣。草木非血肉之軀，與人類氣稟迥殊，雖應愛惜，衡其親疏遠近，自應食植物以代動物，猶文明民族食獸肉以代人肉，其義甚明。〔註61〕

儒家最重視的德目是「仁」，作為道德本體的超越性「仁心」，必須在各種不同角色關係的互動中方能朗現出來，而「仁心」的朗現卻是依「關係」的親疏遠近而有差序性的。〔註62〕碧城引用親疏遠近之理，層層推論人類應食植物替代肉食，猶如文明的民族食獸肉替代人肉，為蔬食者提供辯證。

至於歐美蔬食觀與佛教的最大差別，則是沒有因果業報的宗教因素，對於動物的態度，發展至十九世紀，已將動物視為與人平等，因此必須保障動物權利。蔬食者為何採取不食肉的生活方式，或基於戒殺，或為了身體健康等各種理由，而在《歐美之光》裡，碧城特別編譯《蔬食雜誌》（The Vegetarian News）記載烏地教授的演說，提出為了食肉而飼養大量牲畜，最為銷耗物力的簡明的經濟原理，來作為應該蔬食的最佳理由之一。文末並加註曰：

烏地氏之說，最得原富學之綱要，及治平之精義。無論何國之擾亂，多以人口過剩，財源枯竭為重要原因。吾國古聖，早闡明此理，《大學》之「生財有大道，及生之者眾，食之者寡」，即最切實之經濟學也。（〈國際蔬食大會〉，頁 43～44）

《原富》一書，中國最早的譯本是呂碧城的業師嚴復所翻譯。此書又譯《國富論》，作者為亞當・斯密，是一部影響東西方甚鉅的政治經濟學論著。儒家經典《四書》之一的《大學》，早有提及：「生財有大道，生之者眾，食之者寡，為之者疾，用之者舒，則財恆足矣。」〔註63〕透過生產創造不斷的積累，使用的慢，財富則能長久具足，此是自古聖賢所教導的生財之道。文中又說由此法則來檢視飼養牲畜以供肉食，以及種養五穀菜蔬以供蔬食，兩相對比，得出假如歐人皆茹素，其物力可供給當時人口的四倍之多。據此，呂碧城推崇烏地博士以經濟學的視角推廣蔬食，不忘提醒讀者儒家思想中早有闡明此理，藉此說明蔬食之必要，更能帶來財富的至理。

宗教是真理的象徵，文明的展現，在人類歷史發展的進程中，佔有重要

〔註61〕呂碧城，〈醫生殺貓案〉，收入李保民校箋，《呂碧城集》，上冊，頁 411。
〔註62〕黃光國，〈從社會心理的角度看儒家文化傳統的內在結構〉，收入黃俊傑編，《傳統中華文化與現代價值的激盪與調融》（二）（台北：財團法人喜瑪拉雅研究發展基金會，2002 年），頁 8～11。
〔註63〕宋・朱熹撰，〈大學章句〉，《四書章句集注》，頁 12。

的席位。然而，西方宗教戰爭從十一世紀十字軍東征起，尤其是以阿之戰，衝突至今尚未平息。1930 年代，也有一次阿拉伯人屠殺猶太人事件，呂碧城寫下〈耶路撒冷亂事感言〉，以為：

> 宗教訓飭吾人尊重他類之生命，如何對待他類，猶本身為遭同樣承受。如播與收穫云……予非對於巴勒斯丁之變，有幸災樂禍之心。予之引證此事，蓋言恕道之必要，不必待禍臨本身本族，而始感覺耳。吾儒治平之道，以忠恕為本，苟能貫澈此旨，何有於宗教之戰？（頁 154）

宗教的教義皆是教人良善、尊重生命，以平等之心善待他者，若以宗教為名行侵略之實，便違背宗教本質的美善。儒家治平之道以忠恕為本，朱子以「盡己之為忠，推己之為恕」[註64] 作為註解，呂碧城認為一個人由自己做起，推己及人，貫澈忠恕之旨，會發生宗教戰爭，幾乎是不可能的事。由此能見她對儒家治平思想的推崇，認定實踐之後必會帶來家國和平，亦表達對西方宗教文明演變為戰爭感到惋惜。

綜言之，呂碧城自幼飽讀詩書，肯定傳統儒家思想的價值，從克己修身，治國平天下，皆能奉行之。因此，當她引介歐美保護動物的法律，論辯人類應該蔬食，以及蔬食帶來的生財利益等課題，則引用傳統儒家的仁恕、治平之道，以及個人的經驗加以融通。一方面也讓不熟悉西方社會的國人，能以固有的思想文化對應理解，以達成資訊傳遞的效果；一方面也從她援引儒家思想的調和途徑中，投射出西方文明發展的樣貌。

二、中西社會景象的對舉與論評

1923 年 10 月倫敦所刊 "The Animal's Friend" 提到「中國之殘忍」，常見「將烹蝦蟆時，活剝其皮，將活蟹或龍蝦等折去其足爪，使不能行動。」又稱「中國人往菜市買雞鴨等，從不攜帶筐籃，但以繩繫雞鴨之足，倒懸其人之肩背上。菜市之中之筐簍，其容量每件僅能貯雞鴨十餘隻者，可擁塞至百隻之多。」（頁 38）從倒懸雞鴨，即是虐待動物的行為，對蝦蟹剝皮、折爪，能見宰殺料理過程的殘暴。呂碧城在編譯此文時，罕見不加按語評論，只是如實呈現外國人描述中國社會現象中殘忍的一面，讓讀者自行體會。

〔註64〕宋・朱熹撰，〈論語集注卷二・里仁第四〉，《四書章句集注》，頁 72。

（一）使用動物絲皮

呂碧城在穿著上極為華麗，早年曾到紐約欲購 Egret 羽毛為冠飾，而被告知法律禁止羽貨已久。（頁 13）在紐約時，住過當時世界最大的旅館 Hotel Pennsylvania，適逢中國絲商展覽會，據稱為宣揚國貨，惟見廠商代表「每日換著花緞之衣，炫示於眾。」而碧城也擁有斯剛克（Skunk）皮大衣，購於紐約。（頁 102～103）絲織品、皮草是昂貴的奢侈品，也是身分地位的象徵，更是時尚圈名媛貴婦爭相購藏的珍品，這種現象在東西方社會極為普遍。然而，使用鳥類羽絨（down）的問題是動物都被活著拔毛，皮草牧場的動物在沒有失去知覺下被剝皮。蠶絲的處理過程用沸水燙死蠶繭，而蠶是有感覺神經的動物，從幼蟲到蛹（繭）均會感覺到痛。〔註65〕碧城也是在推動護生之後，才體會使用動物絲皮的殘忍，故奉勸讀者「已有絲皮之衣服，固不必拋棄，但勿再購買，既節省經濟，又合乎新道德。」（頁 103）因此，西方保護動物團體的運作，除了鼓吹戒殺、禁虐之外，不使用動物的毛皮，以人工皮革代之，也是主要的推行項目。碧城後來深知護生之旨後，亦懺悔曰：「當時不知其經過之慘酷，幾忘其為有生命之物。蓋凡事不人解說，則不注意，可知宣傳之必要。」（頁 102）

除了上層社會的女性喜愛穿購皮草之外，在《歐美之光》有一則新聞，報導中國男性穿戴皮帽的現象：

> 《大公報》載市民某呈請禁止剝貓皮為男子製帽之用，據云，以燒
> 紅之鐵條貫入貓腹，貓立即皆裂見血，毛皆豎立，即製為蓬鬆之帽。
> 記者敢請吾國司法界，注意及此，維持人道，不讓歐人專美，且矯
> 正男子浮華之習，俾與文明國形式上相同。（頁 102～103）

據此，呂碧城評曰：「歐美常見婦女著皮衣為妝飾品，中國則男子亦皮裘毳冠。」（頁 102）由於中國不似歐美有保護動物的法律，對於殺貓製帽之事，碧城先採取人道勸說，請中國司法界注意此現象。論評中蘊含並非只有女性是使用皮草，成為虐殺動物的元凶，男性亦不遑多讓，更期許達到「矯正男子浮華之習」，維護人道精神。

（二）養鳥

1930 年代，英國相對於其他歐美國家，特別重視保護鳥類，英國皇家禁

〔註65〕參見費昌勇、楊書瑋，〈動物權與動物對待〉，頁 89～90。

虐會代鳥獸起訴的案件，每年不下幾千件。呂碧城曾見一張照片，一人穿著類似警察的制服，手托一籠，籠中鳥觸破籠，首懸籠外而死。照片下端註曰：「為爭自由而死，有畜鳥於籠以為賞玩之習慣者之犧牲物。」（頁 14）有法律規範，表示在英國養籠鳥是常見的現象。呂碧城編譯義大利的動物保護狀況時，亦提及「歐人喜蓄啼鶯，貯之籠中，聽其嬌囀。意國之蔬果店，多懸鶯籠，意相慕索里尼屢以命令，嚴禁捕取黃鶯。以蓋世梟傑之政治家，而注意及此，亦善政之一也。」（頁 30）原來不只是英國，歐洲人皆喜愛飼養啼鶯為嗜好，義大利雖不像其他國家有系統的以法律保護動物，但透過統治者下令嚴加取締，亦改善了沿習已久的不良風氣。

　　至於養鳥、賞鳥之嗜好，在中國社會其來有自，上至帝王、士大夫，下至文人、百姓皆能見之，而養鳥的主要目的是提供娛樂。為了不讓鳥類飛走，必須要製作鳥籠，至清乾隆時，鳥籠不只是工具，已然晉升至藝術品。民初時，精緻的鳥籠更成為收藏的珍品，至今仍沿習此風。〔註 66〕呂碧城在上海時也養鳥，民初掌故大王鄭逸梅提過此事：

> 性愛小動物，蓄芙蓉雀一對，日親飼之。後病死其一，其一如失偶亦憫憫垂斃，碧城擬再購一雀，以為之匹，不料數日後，憫憫者竟亦殞命籠中。碧城稱之為同命鳥，闢壙於園之冬青樹下而雙埋之。〔註 67〕

呂碧城天性喜愛蓄養動物，到了英國，看到皇家禁虐會竟有代鳥獸起訴的項目，回憶起這件往事，述及：

> 昔年亦喜養鳥於籠，供以精美飲食，且勤飭僕役代為沐浴，愛護周至，而鳥多斃於籠中，初不知為虐也，蓋凡事不經人解說，則不明其理，社會教育之不可缺乏如此。（頁 15）

鳥有飛翔的權利與自由，被困於籠中，本就不合乎其本性，即使以精美飲食眷養，仍無法延其壽命。此在《莊子‧達生》也有相似之說，其中有一則扁慶了以養鳥為喻的寓言，提出「以己養養鳥」，不如「以鳥養養鳥」的省思，因為物的才性稟受各有不同，必須順應其性，才不致傷其本真。〔註 68〕呂碧城

〔註 66〕姜晉，《鳥籠把玩與鑒賞》（北京：北京美術攝影出版社，2007 年），頁 4。

〔註 67〕鄭逸梅，〈呂碧城放誕風流〉，《人物品藻錄》，頁 76。

〔註 68〕清‧郭慶藩，《莊子集釋‧達生第十九》（北京：中華書局，1997 年），卷七上，頁 665～666。

對物類的愛護，因飼養而喜，因失去而悲，直到接觸歐美保育理念時，才驚覺籠中鳥是行虐待之實，從而確認社會教育之於常人的重要性。

（三）屠殺工獸

呂碧城在國際保護動物會進行演說時，提及中國保護動物的淵源之一，即是古制，其曰：

> 至於古代法律，則散見於約近三千年周代之禮制，有天子無故不殺牛，大夫無故不殺羊，士民無故不殺豕之說。蓋必因祭祀宴饗等典節，不得已而殺牲，日常食品，惟蔬菜米穀而已。……私宰耕牛，猶干厲禁，沿至吾國最後專制政體之滿清時代，尚未廢也。（頁 149）

牛馬等工獸，歷代皆有嚴禁宰殺制度，此因中國以農業為本，禁止屠殺牛馬，目的為使牛馬維持一定的數量，使耕有牛、載有馬，讓百姓生計得以順利進行。對老百姓來說，牛馬是犁田、載運的重要協助工具，在相處過程中亦培養深厚的情感，因此至今務農之家多不食牛肉，是一種感恩，也是尊重生物的情感與價值的表現。呂碧城的演說提及中國古制對於護生的看法，再延伸到天津政府拒絕歐商出口牛肉的新聞，深表贊同更強調「牛於中國專為耕田之用，不得屠為食品，此項古制今已恢復」（頁 149），呼籲大眾依公理正義的仁心善待工獸。

由於不殺牛馬的中國古制，已深植在呂碧城的思想底蘊，當她歐遊時，觀察到牛馬等工作之獸，於年老不堪服勞役時，或被殺食，或被活剖用來醫學試驗，甚至連皮革毛齒皆不放過，成為販賣的商品，心中的震撼可想而知。日後，當她有機會應倫敦世界聯盟保護動物會之請，即撰寫〈呼籲於已死之良心〉，兼呈倫敦下議院，積極推動禁屠工獸之法。該文提及曾遊維也納，看見販售活剝獸皮之事，在其〈維也納之被困〉中記載此事較為詳細：一日在參觀雄本皇宮（The Imperial Residence Schonbrunn，今譯「熊布朗宮」或「美泉宮」）返回住處的路上，看到菜場擺賣的獸皮，毛色如生，血痕清晰可見，而駕車的牛馬正好經過其處，不禁想像這些牛馬看到同類血跡斑斑被公開販售時，心裡該是多麼悲涼，因而發出「牲類為人服役，永無同盟罷工之舉，而反遭屠殺，世有仁者為之呼籲乎？跂予望之。」〔註69〕看見協助人類工作的

〔註69〕呂碧城，〈維也納之被困〉，收入李保民校箋，《呂碧城集》，上冊，頁 378～379。

牛馬，不堪使用後被屠殺，連外皮都成為商品，內心留下衝擊的印象。因此，在撰寫〈呼籲於已死之良心〉時，特別回顧此事，並提議：

> 最低之限度，凡代人「工作」之獸，如牛馬驢騾駝象等，應禁止屠殺，並以「工獸」，或「次等工人」（Sub-Human Labourers）稱之，要求正式通過立法會議，按律實行。……制定禁屠工獸之律，以張公道之精神。（頁 159～160）

十九世紀起，資本主義高度蓬勃，歐美工人對於工時過長產生反感，經過集體抗爭，最後爭取到八小時工作制。人類可以群體合作爭取利益，但物類只能任人宰割，面對工獸淒涼的晚景，呂碧城積極建議立法保護之外，也試圖以公道的精神來喚起大眾的道德良知。

中國古制禁屠工獸，是優良的文化傳統，以法治為基礎的歐美社會，在 1930 年代，卻尚未制定禁屠工獸的法律，只在廢除載運工作上努力。西方在工業革命後，大量生產機器替代人力，但許多國家仍以牛馬作為負重的工具，如在《歐美之光》中收錄一篇 J. Gardner〈煤鑛之馬〉，作者提出廢用工馬的建議，呼籲英國要向德、美學習在採礦載運全面使用機器，以免礦坑中的工馬超時工作，發生被虐的情況。呂碧城在文後註曰：

> 吾國尚未臻機器全盛時代，牛馬之工作獨多，其情況與墨西哥國相似，而又從無人注意及此。動物中馬最可愛可貴，以其氣度英俊，性質馴良，而且工作最準，善解人意，較之人類，只低一格耳。應與以公道之同情，視如勞工，不得以其形質之異，遂抹煞一切道德與良心也。（頁 171～172）

呂碧城曾參加歐洲禁止屠馬運動十多次，對於馬的喜愛之情，在《歐美之光》有多處能見之。上文特別提及中國尚未廢用牛馬工作，藉此呼籲國人注意善待工獸，不要虐待牛馬，或讓牠們超時工作。除了使用牛馬載運之外，荷蘭用的是犬車，值得一提的是，荷蘭各動物保護團體與民眾，皆極力促成禁用犬車運載之立法，禁止虐特牲畜會時常舉辦募款集會，待法令通過時，預備將所得款項提供給失業的物主，作為過渡救濟。（頁 19）在政府的協助之外，民眾的互助模式，也是社會福利的提供來源，呂碧城特別編譯此事，提供國人了解西方保護動物的新途徑。

由本節可知，碧城援以儒家思想、中國古制，目的在於喚起國人的道德覺知，鼓勵國人重拾中國傳統思想、文化的美善價值，則能達成修齊治平的

理想；以中西社會景象對舉，透顯出人類為了私利而虐殺動物的情況，不分中西，皆是利己自私的表現。然而，歐美國家早在 19 世紀已經意識到動物應與人擁有相等的權利，因此立法、訂各項保護措施、編入教科書，並廣為宣傳，使保護動物的概念普及化。反觀當時中國在保護動物的觀念極為落後，因此碧城藉由社會景象對舉，期許國人改革陋習，學習歐美文明國家對於動物的保護之道。

三、西方經驗反思

《歐美之光》出版後次年，即 1933 年冬，呂碧城由瑞士歸國，寓居上海迻譯經典。〔註 70〕在她人生最後的十年，除了短暫幾次至瑞士、泰國、新加坡等國，主要居住在上海、香港兩地；其身分也再次越界，轉為一位虔誠弘揚淨土宗的佛教女居士；翻譯佛典，深入經藏，念佛修觀等行持，成為呂碧城日常生活的修行實踐，而日常飲食習慣在歐美推行護生運動時，已改為茹素。深入宗教的主因，加上生活型態的轉變，致使呂碧城晚年的護生行動，與在歐美時的最大差異，是從儒家仁恕思想，轉以佛教戒殺為主，極力推動斷肉蔬食。

關於呂碧城信佛的經過，于凌波《中國近現代佛教人物志》寫道呂碧城出國前，已皈依在諦閑法師（1858～1932）座下，後讀《印光大師嘉言錄》，由此信佛益虔，乃守五戒、茹素、不再肉食。〔註 71〕澄徹居士〈呂碧城居士傳略〉續曰：

> 印光法師《嘉言錄》也，授居士（按：呂碧城）覽竟，學佛之念油然而生。自是遂漸遠酬酢，日從事內典。年餘，皈依三寶，未幾斷肉食，且以此勸人。又念歐美人之嗜肥甘，由耶教博愛之旨不究竟，且罔識因果輪迴也，乃發願以英文先後譯成《普賢行願品》、《阿彌陀經》、《普門品》、《十善業道經》等諸大乘經，及戒殺因果諸論，流通各國，佛法由東而復西。〔註 72〕

由上文和呂碧城所撰有關佛法的文章相互參照，為其晚年護生歷程的轉折提供了解答。在引介西方蔬食、保護動物新觀念時期，碧城觀察西方因物質文

〔註 70〕李保民，〈呂碧城年譜〉，收入李保民校箋，《呂碧城集》，下冊，頁 820。

〔註 71〕于凌波，《中國近現代佛教人物志》，（北京：宗教文化出版社，1995 年），頁 508。

〔註 72〕澄徹居士，〈呂碧城居士傳略〉，收入李保民校箋，《呂碧城集》，下冊，頁 698。

明快速發展帶來的傷害，又因對佛法日益深入，深信因果輪迴之理，由此反思基督教博愛之旨，認為不夠周延，因而發願弘揚淨土，翻譯淨土諸經，期使歐美人士理解戒殺因果諸論，接受大乘佛教，尤其是淨土宗。

1936 年，英譯《普賢行願品》及《無量壽經》，編為《大乘佛法之兩書》，出版後不久，呂碧城應杭州各學佛團體之邀，到杭州演說，提及：

> 歐洲學佛團體、蔬食團體、及保護動物團體，係各不相謀。即學佛者不必吃素，蔬食團體亦不必信佛，吃素者又未必辦保護動物。非若干種團體常有其連帶性也。……歐洲人信佛者並不吃素，其原因乃不知大乘之故。蓋信佛自信佛，吃素者自吃素，不生連帶關係。佛徒對大乘甚多誤解，尤其淨土宗常生誤會。有謂為消極，或云淨土是懶惰神仙所居……。此足證生淨土後仍要度生，而且要積極度生。〔註73〕

學佛、蔬食、保護動物本具連帶性，但在歐洲各不相謀，對於西方經驗的反思，呂碧城得出原因「乃不知大乘之故」，為弘揚淨土，特別翻譯《大乘佛法之兩書》，目的讓歐美人士矯正思想用。

是以，呂碧城的護生行動，原先是向中國引介西方文明，隨著對佛教的深入，改為英譯經典，轉向對西方傳遞中國大乘佛教的精華，對國人則極力推廣蔬食、戒殺。

四、導入佛教義理

自梁武帝頒令〈斷酒肉文〉建立中國僧伽文化的素食傳統，即以斷除肉食為護生的主要實踐方式；另一種實踐則是放生，最早依教奉行提倡放生，成就護生典範的是隋代智者大師（538～597）。〔註74〕唐宋的護生風氣日漸開展，明末以來護生戒殺思想勃興，成立放生社、建構放生池、放生場所等，使得放生文化空前發展，雲棲袾宏（1535～1615）即是以儒釋交涉思想推行放生、戒殺，最具代表性的高僧。印光大師（1862～1940）所倡因果業力思想，對民初護生風氣產生極大影響，如同其在〈上海護國息災法會法語〉所說：「現者國家危難已至千鈞一髮之際，余以為今日治國須標本兼治。兼治

〔註73〕呂碧城，〈呂碧城女士在杭演說〉，《佛學半月刊》，收錄於黃夏年主編，《民國佛教期刊文獻集成》，第 53 卷，頁 276。

〔註74〕《國清百錄》記載智者大師曾購得沿海土地，闢放生池，敕請立碑，禁止漁捕。隋・灌頂，《國清百錄》，（CBETA, T46, n1934, p0822b3～0823a26）。

之法最莫善於念佛吃素、戒殺放生，而深明乎三世因果之理。」〔註75〕放生、戒殺不僅能明因果之理，尚能提升到消業救國，遂將護生風氣推到另一個高峰。

弘一法師（1880～1942）與豐子愷（1898～1975）合作的《護生畫集》，以漫畫的形式宣導慈悲護生，亦是受到印光大師力倡戒殺放生的影響。民初以建設人生佛教為旨的太虛大師（1890～1947），也認同「斷絕殺機，消弭戰禍」〔註76〕的理念。此外，民國初年日軍侵華，抗戰期間，佛教界每年舉辦大規模護國法會。「不僅如此，一些高僧大德如弘一、豐子愷、呂碧城等在戰爭期間提出『念佛不忘救國』的同時，大力闡發護生、停止殺戮。這對戰後維護世界和平，維護生態環境也有啟示意義，成為現代保護環境，保護生態平衡的國際運動的先聲。」〔註77〕據此，呼籲戒殺維護和平，以護生行動體現佛教慈悲平等的涵義，從而將「和平」和「平等」的人間佛教精神連結起來。

受到佛教界放生、戒殺的護生風氣影響，以及逐漸深入內典，呂碧城在文章中常引佛典、祖師大德的論述，來說明不應食肉，應行蔬食的理由：

（一）佛性平等、六道輪迴

佛教從慈悲、平等之心看待眾生，佛教所謂眾生平等是指緣起的平等，即一切眾生悉有佛性。既然一切眾生皆有佛性，皆可成佛，與肉食有何關係呢？《梵網經》：「若佛子，故食肉，一切肉不得食，斷大慈悲性種子，一切眾生見而捨去。是故一切菩薩不得食一切眾生肉，食肉得無量罪。」〔註78〕經上稱由於食肉所造殺業最重，且無法長養慈悲心，若是殺生食肉，則與佛理相違背。雲棲大師〈戒殺放生文〉亦說：「蓋聞世間至重者生命，天下最慘者殺傷……凡厥有生，皆能作佛，則生為佛種，故云至重。」〔註79〕凡所有生命將來都能成佛，生命是成佛的種子，沒有生命怎麼成佛，故推論出不能

〔註75〕印光大師，〈上海護國息災法會法語〉，《印光大師文鈔三編》（台北：財團法人佛陀教育基金會，2013 年），頁 1065。

〔註76〕釋太虛，〈佛教與素食〉，《太虛全書》（台北：善導寺佛教流通處，1980 年），第 31 冊，頁 1468。

〔註77〕陳兵、鄧子美，《二十世紀中國佛教》（台北：現代禪出版社，2003 年），頁 199。

〔註78〕姚秦‧鳩摩羅什譯，《梵網經》，（CBETA, T24, n1484, p1005b10～12）。

〔註79〕明‧雲棲袾宏，〈戒殺放生文〉，《蓮池大師全集》（台南：和裕出版社，1999 年），第 3 冊，頁 3355～3356。

殺生。呂碧城在其〈不應食肉之鐵板註腳〉,引用雲棲大師〈戒殺文〉的觀點,
提出:「世人食肉,咸謂理所應然,乃恣意殺生,廣積怨業,相習成俗,不自
覺知,昔人有言:可為痛器流涕長太息者是也。」〔註80〕既然殺生廣積怨業,
而且生命是最重要的事,理當戒殺,不食眾生肉,以免斷滅其成佛的可能。

　　民初,印光大師在推行戒殺、素食時,也強調「一切眾生皆是未來諸佛。
以一切眾生皆具佛性,皆當作佛,故是未來諸佛。」與南京素食同緣社開示
時,就曾舉《清涼志》載薄荷事,敘述吃下僧人所投食的薄荷,便立化的豬
隻,其實是菩薩來示現。以此說明畜類中時有佛菩薩化現於其中,因此不能
殺生。〔註81〕呂碧城延續此觀點,撰有「雞犬知誦佛拜佛」〔註82〕,提及居
新加坡時,曾購一雞,由女僕教誦阿彌陀佛,雞竟然隨聲應之。數日後將雞
放生到光明山普覺寺,寺中養一黑犬,每日四次隨僧眾登堂禮拜,以身伏地,
其身端直,而頭向佛像。此事為呂碧城所親眼目睹,因而確信「眾生皆有佛
性」,遂書寫刊登,勸人不應食肉。此外,又撰「飛鳥送殯護鳥之人」的記
聞,近年所編《護生文集》特載錄此文,以茲紀念呂碧城的護生行動。〔註83〕

　　除了佛性平等之外,人類應斷除肉食的另一個理由,即是在輪迴的脈絡
之下,生命存在的狀態,是以業報輕重而成為天、人、阿修羅、地獄、餓鬼、
畜生的六道眾生之一,因此,生命在流轉無窮的輪迴之中,眾生皆有可能是
我們過去生的父母、眷屬,如《梵網經》曰:

　　　　一切男子是我父,一切女子是我母,我生生無不從之受生,故六道
　　　　眾生皆是我父母。而殺而食之,即殺我父母,亦殺我故身。……若
　　　　見世人殺畜生時,應方便救護解其苦難。〔註84〕

《龍舒增廣淨土文》亦說:「一切眾生從本以來,展轉因緣常為六親,以親
想,故不應食肉」。〔註85〕雲棲大師《竹窗三筆》記載:「《經》言有生之屬

〔註80〕呂碧城,〈不應食肉之鐵板註腳〉,《覺有情半月刊》,收錄於黃夏年主編,《民
　　　　國佛教期刊文獻集成補編》,第 61 卷,頁 420。
〔註81〕印光大師,〈南京素食同緣社開示法語〉,《印光大師文鈔三編》,頁 866～867。
〔註82〕呂碧城,〈不應食肉之鐵板註腳〉,《覺有情半月刊》,收錄於黃夏年主編,《民
　　　　國佛教期刊文獻集成補編》,第 61 卷,頁 420。
〔註83〕聞妙、吳豐合編,《護生文集》(上海:上海佛學書局,2000 年),頁 484～
　　　　488。
〔註84〕姚秦・鳩摩羅什譯,《梵網經》,(CBETA, T24, n1484, p1006b09～15)。
〔註85〕南宋・王日休,《龍舒增廣淨土文》卷第九,(CBETA, T47, n1970, p0279a23
　　　　～24)。

或多夙世父母，殺生者自少至老，所殺無算，則害及多生父母矣。」〔註86〕
印光大師亦說：「吾人既明因果輪迴，則一生有一生之父母眷屬，歷劫多生
有歷劫多生之父母眷屬。」在六道輪迴中，其間若有造惡者，難免墮入地獄、
餓鬼、畜生之三惡道。因此對六道眾生應作父母、妻子想，豈有孝子賢孫而
食其親？豈有慈父慈母而食其子女。如此思量之後，對於食肉，應不忍食亦
不敢食。〔註87〕

　　印光大師曾撰〈南潯極樂寺重修放生池疏〉〔註88〕，文中由淺至深，層
層遞進戒殺放生之理，由眾生與佛心性本同，因惡業力所致，所以生為異類，
而六道眾生皆是我父母，因此應放生使他們各得其所，為之念佛迴向。又強
調為挽殺劫以培福果，讚嘆景仰雲棲大師〈戒殺放生文〉流風甚廣。呂碧城
在其《香光小錄》之〈自然斷除肉食之方法〉，提到魏梅蓀居士信佛、念佛而
不能喫素，受到印光法師規勸，熟讀〈南潯極樂寺修放生池疏〉數十遍，未及
兩月，即不再吃肉之例，認同「歷劫以來，人與動物互為親屬，互為怨家，互
殺互報」的理念，舉例人難免有受刀傷的經驗，不到分寸便感劇痛，何況動
物痛苦的流血慘死，只為供給人們的口腹之欲。據此呼籲新青年，各國皆有
提倡蔬食運動，食肉為野蠻生番之遺風。〔註89〕

　　佛教除了從眾生皆有佛性、六親輾轉常為眷屬的觀念，闡明因果輪迴之
理，更強調戒殺、放生、茹素的護生實踐，可得長壽健康、長養慈悲心、消除
殺業等利益，尤其在民初內外戰亂頻仍的背景下，特別強調吃素能獲得弭亂
止殺的利益。如《歐美之光》的出版，即以「溯良心之本，弭禍亂之源」〔註
90〕為宗旨，表示護生戒殺，為非戰弭兵之根本。前已揭，呂碧城提出由公道、
正義、仁愛的精神來培養和平之心，其基本精神就是儒家之「仁」的擴充，足
見其以儒家仁恕為本懷，來推動保護動物之道。而改造人心達成和平的理路，
與佛教「護生即是護心」的觀念不謀而合，亦回應近代佛教的反戰和平思想，
誠如何建明教授所說：「佛教之所以要戒殺，正是基於人我一如、眾生同體
的觀念。戒殺、茹素、愛護生靈，不僅養生，更可養心。中國近代佛教正是從

〔註86〕明・雲棲袾宏，《竹窗三筆》，《蓮池大師全集》，第 4 冊，頁 3917。
〔註87〕印光大師，〈南京素食同緣社開示法語〉，《印光大師文鈔三編》，頁 865～866。
〔註88〕印光法師，〈南潯極樂寺重修放生池疏〉，收入張景崗點校，《增廣印光法師文
　　　　鈔》（北京：九州出版社，2012 年），頁 272～274。
〔註89〕呂碧城，〈自然斷除肉食之方法〉，《香光小錄》，頁 14～15。
〔註90〕呂碧城，〈歐美之光自序〉，收入李保民校箋，《呂碧城集》，下冊，頁 621。

此出發闡發了『護生就是護心』的反戰和平思想。」〔註91〕

綜言之，呂碧城由儒家仁恕的思想，轉而融合佛教義理之說，從眾生悉具佛法的平等觀，六親常為父母親屬之說，勸人斷除肉食，改為蔬食，人人內心平和，世界和平指日可待。

（二）戒殺、放生同屬於孝

呂碧城出身於書香名門，自幼飽讀詩書，儒家思想的底蘊盡現於詩文之中，後受佛法的浸潤，則見其以儒釋交涉的思想來詮釋護生。在其往生前一年，曾撰〈戒殺與放生一性兩用論〉，提出挽救兵禍浩劫，必須推行孝道。不惟儒家強調孝道倫理，佛教也重視孝道思想，如在《地藏經》中，婆羅門女即地藏王菩薩的應化身，其發願下地獄救母，展現一種超越的孝道，最終在義理深處推擴到「地獄不空，誓不成佛」的深宏大願。《佛說觀無量壽佛經》：「一切凡夫欲修淨業者得生西方極樂國土。欲生彼國者，當修三福。一者孝養父母、奉事師長、慈心不殺、修十善業。」〔註92〕表示將孝養父母與慈心不殺，並列為最重要的佛教修學綱領。因此，佛教也重視孝道，如護生觀點常被碧城引用的淨土宗祖師雲棲袾宏，即是明末進而會通儒釋，將孝親與護生合而為一的高僧。

在〈戒殺與放生一性兩用論〉〔註93〕文中，旨在推行孝道。基本架構是從「儒之所謂仁，佛之所謂慈也」進入論述的核心，提出「慈為吾心之所固有」，且「戒殺、放生之為慈」，「充孝為慈，全慈即孝。」亦是，先彙同儒釋而成仁慈思想，再說明戒殺、放生即是仁慈的表現，而孝與慈互為表裡，因此戒殺、放生的實踐，即是孝道的展現，所以必須推行孝道。

上文論證的推衍過程，先以「孝為八德之一，百善孝為先」為切入點，引用《梵網經》：「孝順父母師僧三寶」之說，印證「孝名為戒，亦名制止。世出世間，莫不以孝為本。」再細分儒、佛二家的孝道有顯晦之分：儒家提倡立身行道揚名於後世，為顯而易見之孝，由此推擴到「舉凡五常百行，無非孝道所成。」故《禮》之〈祭義〉云：「斷一樹，殺一獸，不以其時，非孝也。」至於

〔註91〕何建明，《佛法觀念的近代調適》（廣州：廣東人民出版社，1998 年），頁 297 ～298。

〔註92〕劉宋・畺良耶舍譯，《佛說觀無量壽佛經》，（CBETA, T12, n0365, p0341c07～14）。

〔註93〕呂碧城，〈戒殺與放生一性兩用論〉，收錄於黃夏年主編，《民國佛教期刊文獻集成補編》，第 74 卷，頁 375～376。

佛家，以成道利生為最上之報恩，報無量劫來四生六道一切父母之恩，此為晦而難明之孝。再以《梵網經》：「故六道眾生皆是我父母。而殺而食者，即殺我父母，亦殺我故身」〔註94〕為證，強調六道皆為我父母、眷屬，故應實行戒殺。

至此，「戒殺」與孝道互為因果，由於「放生」、「戒殺」皆是護生的實踐方法，因而開展出「戒殺與放生，同屬乎孝，一性也。而戒與放，實為二事，兩用也。」碧城認為「戒殺」與「放生」是一體而兩用，既是體用關係，「戒殺」屬於孝，「放生」亦歸於孝，二者不能偏廢。但「放生」乃未能盡行「戒殺」的前一階段，因而首重「戒殺」，故稱「戒尤重於放，人人戒殺，即放生無必要矣」。

因此，碧城在戒殺與放生兩者之間，更強調戒殺，並提出理想目標：「今推行孝道，俾以孝其親者，普及於物類，庸行之行，習與性成，馴至人人不殺，物物全生，并無戒之可言，更何放之足云。」她維持一貫的護生理念，由人類推及物類，現又加上孝道的思維，目的在使戒殺成為常民的庸行之行，由人人習慣戒殺以至恢復和平本性的馴化，如此才能讓物物得以全生。換言之，將儒家之「仁」與佛家之「慈」臻至極致的方式，即是人人皆戒殺，又戒殺屬於孝道，是故必先推行孝道。

（三）勸發菩提心、懺悔心

呂碧城與淨土宗有緣，偶得印光法師《嘉言錄》宣傳單，後即遵教以十念法開始念佛，又因「夢蓮邦之路」確認生西有望，自此深信淨土不疑。〔註95〕其後約莫十五年的光景，呂碧城念佛作觀，深入研習內典，迻譯淨土諸經，弘揚淨土法門。隨著信仰的堅定，碧城深信彼岸的淨土佛國，是此生結束後的唯一依歸，在她生命的最後一年，撰寫〈勸發菩提心文〉，更是將護生實踐和成佛的因果關係，作了強而有力的詮釋。

〈勸發菩提心文〉〔註96〕旨在護生，並稱「護生與發菩提心，非一非異。」簡言之，是以「護生為發菩提心之正因」。何謂「菩提心」，即是成佛的心，為一切諸佛之種子，淨法長養之良田。〔註97〕何謂「正因」，所指為往生淨土之

〔註94〕姚秦・鳩摩羅什譯，《梵網經》，（CBETA, T24, n1484, p1006b09～12）。

〔註95〕呂碧城，〈蓮邦之路〉，《香光小錄》，頁 5～6。

〔註96〕呂碧城，〈勸發菩提心文〉，《覺有情半月刊》，收錄於黃夏年主編，《民國佛教期刊文獻集成補編》，第 61 卷，頁 485～486。

〔註97〕釋慈怡編著，《佛光大辭典》（高雄：佛光山出版社，1983 年），頁 5200。

直接原因。〔註98〕是以，若想往生淨土，必須先發菩提心，行菩提心的實踐方式，即是護生。

　　文中先提出普度眾生應從無力自救的動物著手，此因「人類有時亦遭殺害，乃變而非常；物類之遭殺害，則常而不變」，而且保護動物的工作艱巨，比救人類更難，因此呼籲「凡年高才絀者，應發願救生，待緣隨順為之，藉贖前愆；其年壯力強，嫻中國文或外國文者，則挺身而起，負責為全球廢屠之運動。」戒殺廢屠，仍是不變的堅持，並且告誡佛教徒，尤其是修淨土之行者，修行的目標要明確，「當離此濁世，往生淨土矣。」為利益一切有情眾生而發菩提心，透過護生救他的行動亦即自救，「為出世資糧，回向淨土，成大菩提故。」最後得成佛利益，依然是付諸實踐護生者，是故「因於眾生而起大悲，因於大悲生菩提心，因菩提心成正等覺。」

　　此外，不惟要發菩提心，碧城更強調發懺悔心，文曰：

> 懺悔者，吾人雖皈佛茹素，然未皈佛之前，人人皆曾殺生食肉，舊債猶在，按理應償，如何償之？曰：立誓終身為戒殺運動，猶恐無補，況不立誓，不試行乎！若僅以茹素自認滿意，置舊債於不理，但求帶業往生，無論不發菩提心，生西無把握。即曰能之，品位亦卑。

上述從個人發露懺悔的重要性，延伸至護生為當務之急的主旨。由於淨土經典《佛說無量壽佛經》有「三輩往生」之說，《佛說觀無量壽佛經》有「九品往生」之說，大柢是位階高下與境界不同的差別。因此，呂碧城提醒佛教徒若已立誓戒殺、蔬食實踐，尚且不足，必定要再發懺悔心、發菩提心，往生西方淨土才有把握，品位更為高上。〈勸發菩提心文〉刊出時，呂碧城甫離世一星期，「親友遵照遺囑，將其資產全數布施佛事，荼毘後之骨灰和麵成丸，投入大海與水族結緣」〔註99〕，其以親身示範，達成護生實踐的極致。

　　綜合本節，秉持戒殺理念，是呂碧城護生的基本精神；從西方經驗的引介到反思，又因宗教信仰日漸深入，轉而在中國大乘佛教經典尋找戒殺的依據，進而提倡蔬食，推行孝道，最後以勸發菩提心、發懺悔心，作為其護生思想的總結。

〔註98〕釋慈怡編著，《佛光大辭典》，頁 1985。
〔註99〕李保民，〈呂碧城年譜〉，收入李保民校箋，《呂碧城集》，下冊，頁 824。

第四節　餘論：擴充女性護生經驗

　　呂碧城積極引介護生運動帶來正向的評價，如震華法師予以「世界佛教學者」的美稱，將其於佛教的貢獻定位為「譯述經典」與「蔬食運動」，贊其推動蔬食因時制宜，廣採西洋道德言論，及倫敦、紐約、維也納等處實地保護動物情形，久之彙合成書，題曰《歐美之光》，藉以提倡蔬食運動，是「真能以方便法納人於正軌者也」。〔註100〕竇存我居士則贊曰：「女士一生事業，以護生為最大，其一生思想，亦以護生為中心，普扇仁風於世界，跡其行事，可說是今日女界中之墨子。」又稱她義俠的心腸，仁厚的性情，國學根抵深厚，所以能走上佛教的路，行履篤實，所以能走上淨土的路。〔註101〕因此，碧城可謂是民初東西方護生思想交流的啟蒙者，誠如溫金玉教授所說：「呂碧城在中國佛教近代史上的意義主要是倡導戒殺護生的思想，並以此來促進東西方對佛教慈悲理念的認同。」〔註102〕以上重要的歷史評價，可作為碧城揉和中西護生文化的最佳註解。

　　在世界護生潮流的趨向，國內佛教界將護生與救國連結的背景下，呂碧城應時而出，引介西方的護生新知，進而從中調節中西護生文化，所獲得的迴響極為廣泛——1929年，中國佛教會向太虛法師致函，倡設世界保護動物會中國分會。1933年，王一亭等居士再度發起成立中國保護動物會，以勝殘去殺為旨。〔註103〕1934年，中國保護動物會正式成立。呂碧城謀創中國保護動物會的初衷，經由佛教界的推動，終於完成體現。中國保護動物會在《護生報》徵求會員的公告曰：「往歲呂碧城女士輯《歐美之光》，有〈謀創保護動物會緣起〉一文，為中國護生運動之嚆矢。」〔註104〕表示該會成立，確實受到呂碧城的推動護生運動影響所致。國內的迴響尚有《護生報》的刊行、〈護生歌〉的製作，並由中國保護動物會提供歌詞。〔註105〕上海的佛教居士

〔註100〕震華，〈佛教世界學者呂碧城女士逝世感言〉，《覺有情半月刊》，收錄於黃夏年主編，《民國佛教期刊文獻集成補編》，第62卷，頁9。

〔註101〕竇存我，〈讚吾國女傑呂碧城居士〉，《覺有情半月刊》，收錄於黃夏年主編，《民國佛教期刊文獻集成補編》，第62卷，頁10～11。

〔註102〕溫金玉，〈呂碧城與戒殺護生〉，《美佛慧訊》，第91期（2004年7月），頁41～46。

〔註103〕〈保護動物會籌備會〉，《申報》，民國22年5月21日，版12。

〔註104〕《護生報》，1934年1月29號，第4期第1版。

〔註105〕引自賴淑卿，〈呂碧城對西方保護動物運動的傳介——以《歐美之光》為中心的探討〉，頁106～107。

團體成立中國放生會、世界素食同志聯合會、世界提倡素食會等團體，均直接或間接受到呂碧城的影響。〔註106〕其中，碧城亦有擔任「蓮池放生會名譽會長」〔註107〕一職。在社會風氣的影響層面，呂碧城引介的西方護生經驗，與佛教戒殺護生觀融合後，於社會領域有了具體的實踐，如上海居士朱石曾等人推動「素食結婚」與「佛化家庭」，將結婚場合當作社會改良場所。〔註108〕除了中國境內，南洋地區也受到呂碧城護生運動的影響，如在 1974 年，馬來西亞佛學院院長竺摩法師，為新加坡「東南亞觀音素食館」的開幕獻詞中，尚且提及呂碧城奔走歐美，積極為中西護生運動努力，帶來素食風氣的影響。〔註109〕

綜觀呂碧城的護生歷程與思想變化的脈絡，「文明」一詞不斷地貫穿於其中。以「佛教集戒殺之成，闡文明之真義」為護生宗旨，在儒釋思想可以相互印證的脈絡下，提出「真文明，即吾儒仁恕之道，推己及人、仁民愛物之心，及佛教人我眾生平等之旨，使世界人類物類皆得保護，不遭傷害。」亦即，護生即護心，達成世界和平的願景，人類物類皆得保護，才是真文明的展現，「惟真文明而後有真安樂。」參與西方保護動物團體、蔬食團體後，看見歐美文明的進步，因而引介法律、教育、醫學等保護動物新知，呼籲國人取資借鑑，「俾使文明同躋與各大國」。從呂碧城編譯的《歐美之光》，即能看出她想傳遞的西方文明，以及援引儒家仁恕之道，對舉與評價中西社會景象的調和途徑。隨著身分的移動，成為佛教女居士的碧城，日益深入內典，亦產生對西方經驗的反思，因而在護生行動轉以推廣與佛教戒殺精神呼應的蔬食。對文明的思索，最後朝向大乘佛教這個古老的宗教文明，在其中找到可以含括戒殺、放生、蔬食的依據，以及對來生的終極追求。此時文明的理念，再由西方文明，回歸到中國佛教的精神文明。

在旅行中朝向對宗教的追求，對護生的推動，應該是呂碧城始料未及的生命旅程。她與傳統才女為了宗教信仰，或達到祈福、疾療痊癒的護生實踐

〔註106〕引自范純武，〈清末民初女詞人呂碧城與國際蔬食運動〉，《清史研究》（2010年 5 月）第 2 期，頁 110～111。

〔註107〕〈蓮池放生會公祭名譽會長呂碧城女士通告〉，《蓮池會聞》（呂碧城居士紀念號），收錄於黃夏年主編，《民國佛教期刊文獻集成》，第 97 卷，頁 168。

〔註108〕世界佛教居士林刊印，《素食結婚彙刊》（上海：世界佛教居士林出版處，1942年），頁 1～60。

〔註109〕竺摩法師，〈素食與人生的需要〉，《南洋商報》，1974 年 12 月 19 日，第 9版。

相對比，有更深層的涵義，即是帶來公共性與現代性意義。主要是呂碧城從早期在公共領域以報刊為女權發聲後，持續掌握這個重要的傳播管道，除了日報之外，亦運用廣闊的人際關係，讓自己的言論出現在各領域的重要刊物上，成為公共啟蒙者的角色，將女權發揮的淋漓盡致。此外，護生的契機與推動，與國內佛教界護生救國的理念相合，使她的行動自然而然地回到救國的進路，並且將護生、佛教連結起來。其次，從早期為女權發聲的關注對象為女性；歐美漫遊時，尤其是在傳播西方文明新知，寫作對象已擴及到中國所有的百姓；至引介護生，先是傳達西方保護動物新知，轉為推廣蔬食以符佛教戒殺的實踐，最後更在臨終前囑託友人將其骨灰和麵成丸與水族結緣，關懷的對象已從人類推及物質，進而遍及一切有情眾生。再者，若以思想層面而言，與她同時期在國內推動護生的豐子愷相比，他們的護生思想來源皆為龐雜，既有佛教戒殺、蔬食的觀念，也有儒家天人合一的思想，包含西方人道主義的理念。然而，豐子愷在弘一大師圓寂後，在《護生畫集》創作上已偏離了原先的佛教理念。〔註110〕其次，在茹素修行實踐上，因為不敵口欲而恢復吃葷，他的女兒豐一吟對此說明：「當時他正茹素，後來開了葷，就恢復了『永遠神往』吃蟹這件事。可見『口腹之欲』還是很難克制的。」〔註111〕反觀呂碧城在年少發跡後，可以想見在食事上盡享奢華，而她後來為了實行戒殺的理念，自甘蔬食，又因持守戒律的緣故不食雞蛋，進而大力推廣蔬食。亦即，在護生推廣與自我實踐上，呂碧城並行不悖且我自提升，與豐子愷的背離與矛盾相異。綜言之，在護生的時代潮流中，呂碧城以一介女流之姿，運用自己的語言能力，掌握媒體發聲的能力，在國際會議上演講，引介具有現代性的護生觀，與護生和平救國的風氣接軌，成為現代環境保護，生態平衡的國際運動的先聲，樹立護生典範，也在放生、素食、戒殺的護生方式之外，擴充了傳統才女的護生經驗，並賦予現代性的意義。

〔註110〕 詳參蔣勁松，〈豐子愷護生思想的內在矛盾及其演變〉，《法印學報》第 4 期（2014 年 10 月），頁 91～107
〔註111〕 豐一吟，《天於我，相當厚：豐子愷女兒的自述》（上海：上海遠東出版社，2009 年），頁 160～161。

第五章　說夢：朝向宗教探求的
　　　　夢境書寫

　　呂碧城引介護生後期的思想，已與佛教合流，而她是在 1928 年初漫遊至倫敦時，又重新接觸佛法──1927 年底至次年一月底，碧城頻繁作客於中國駐英公使館。因拾得聶雲台小冊、印光法師《嘉言錄》傳單，後即遵教以十念法開始念佛。〔註1〕在此之前，提出呂碧城已經接觸佛法有幾說：方豪〈呂碧城傳略〉提及她在民初赴上海，因與西商交易，所獲頗豐，遂為西商所忌。乃究心佛學，以求解脫。〔註2〕學者秦方以「家內宗教」的說法，認為宗教思想是上層家庭女性日常生活的重要組成部分，影響女性世界觀和自我認同的形成（domestic religion），由此論證「夙媚竈」，重視夢境的呂母嚴世瑜，將世俗佛教思想和觀念的傳輸給女兒，呈現一種清晰的放生和戒殺的思想傳統。〔註3〕楊錦郁《呂碧城文學與思想》、徐新韻《呂碧城三姊妹文學研究》，從由道入佛，說明呂碧城的學佛因緣。〔註4〕李嵐則以「交往網路及其宗教選擇」為主題，從提攜呂碧城的伯樂，《大公報》的創辦人英斂之是天主教徒談起，再及於道教、佛教。〔註5〕此外，于凌波《中國近現代佛教人物志》寫道

〔註1〕呂碧城，〈蓮邦之路〉，《香光小錄》（上海：道德書局，1939 年），頁 4。
〔註2〕方豪，〈呂碧城傳略〉，收入李保民校箋，《呂碧城集》，下冊，頁 701。
〔註3〕秦方，〈晚清才女的成長歷程──以安徽旌德呂氏姊妹為中心〉，《近代中國婦女史研究》第 18 期（2010 年 12 月），頁 280〜282。
〔註4〕楊錦郁，《呂碧城文學與思想》，頁 263〜268。徐新韻《呂碧城三姊妹文學研究》，頁 71〜79。
〔註5〕李嵐，《近代知識女性佛教信仰研究──以呂碧城為中心》，頁 12〜22。

1918 年諦閑法師在北京說法，呂碧城前往拜謁，將心中疑惑向法師請教，法師回道：「欠債當還，還了便沒有事了。既知道還債辛苦，以後切不可再欠了。」碧城若有所悟，自此皈依佛門。〔註6〕于凌波是佛教著名居士，編撰數本佛門人物志，所據極為可信。

　　呂碧城信佛益誠之後，自此而後的書寫，涉及夢境且結構完整者有九個夢，皆與佛教、修行有關。相信靈異／夢境的啟示，是呂家的傳統，如呂母嚴士瑜曾寫〈紀夢〉，收錄於《安徽名媛詩詞徵略》。嚴士瑜生二女兒呂美蓀前，夢見窮酸秀才、修補衣服的瀚女，因而認定是女兒的前兩世，因此在美蓀的成長過程給予諸多嚴厲的管教，要求她在這一世修習福報，才能扭轉前世卑下的命運。有一回，呂母夢到被羊、豬追趕，差點被撲噬，醒後悟得戒殺、茹素之理，自此呂家嚴格實施庖廚戒殺。呂美蓀在其《菇麗園隨筆》也鋪寫大量的夢境，如呂父鳳岐的元配蔣夫人曾託夢給嚴士瑜，懇求她善待兩個兒子，或是民間傳奇借屍還魂、召鬼等鄉野奇談。甚至在呂母、四妹坤秀離世後，尚且認為母、妹的陰靈一直默默庇祐她，才讓她平安度過幾次生死瞬間的災厄。呂碧城在第二次出洋期間，尤其是 1928 年逐漸深入佛法，開始引介國外護生訊息，記遊風格也有明顯的轉向，時常書寫關於鬼魂、靈異之事。是以，對於鬼魂、靈異的好奇，因果輪迴、報應觀的深信不疑，源自呂母嚴士瑜對於呂家姐妹們的思想灌輸，並且對於未知靈異或虛幻空間報持著敬畏、深信不疑的態度，確信透過占卜、夢境可以探索超驗的空間，帶給現實生活的相關指引。

　　在呂碧城學佛歷程的路上，淨土宗是其入門及弘教的法門，她曾在佛教期刊發表諸多對佛法的知見，並撰譯佛典，出版佛學著作《香光小錄》、《觀無壽量佛經釋論》等書，其中的夢境書寫極為突顯且具特色。目前對於呂碧

〔註 6〕于凌波提到 1920 年，呂碧城前去拜謁，並皈依在諦閑法師座下，但在同一書諦閑法師的專章又稱：「1918 年，京中復設講經會，由徐蔚如居士南下禮請，他乃再到京中講《圓覺經》，由蔣維喬、黃少希從旁記錄，講經歷兩月始畢，成《圓覺經講義》數十萬言。」見氏著，《中國近現代佛教人物志》，（北京：宗教文化出版社，1995 年），頁 27、507。筆者檢閱諦閑法師年譜，1918 年，諦老曾至北京講經，由於呂碧城在 1918、1920 春，皆客居北京，但 1920 年9 月，呂碧城已出國至哥倫比亞大學研習美術，行前皆在處理出國繁瑣事務，不至於特別前去請求法師開示，況且諦老在 1920 年已回寧波講學。是以，呂碧城皈依在諦老座下的年度應是 1918 年。參閱〈諦公年譜〉，《諦閑大師遺集：第五編遺著、語錄》（台北：佛陀教育基金會，2005 年），頁 698。

城的學佛夢境探析，僅有羅秀美教授以「夢境／靈異的邊緣」為題，從夢境是學佛道路的確認與自我認同，現實自我的補償，靈異是人生的預言等面向，分析呂碧城散文中的夢境書寫。〔註7〕而學佛的夢境，前文只舉二例，本章在此基礎上，討論呂碧城有關佛法的九個夢境，配合她的佛學論述、撰譯，及相關詩詞，對應佛經論夢的詮釋，論點聚焦在「夢境」與「修行」之間。

　　其次，呂碧城的夢既然與佛法有關，那麼，佛教如何看待夢境？常被用作夢喻即是《金剛經》四句偈：「一切有為法，如夢幻泡影。如露亦如電，應作如是觀。」〔註8〕「一切有為法」，即現象界的一切皆是從因緣而生，從因緣而滅；夢如幻，夢如泡，夢如影，形容夢之不實；如露、如電，則比喻夢幻之短暫。因此，「夢在佛教，預兆前知的作用先姑且不談，經常充作世間虛妄本質的比喻」。〔註9〕然而，佛教祖師卻提出「醒夢一如」、「夢即佛法」的教法，至晚明以來，叢林對於夢覺關係，多賦與正向的意義。〔註10〕亦即，如幻的夢境，在虛實之間卻又如此通貫，依然影響著於現實意識已經清醒的作夢者。呂碧城是作夢者更是修行者，透過夢境書寫虛幻與實相的越界，九個夢所帶來的預兆、提示與應驗，對應的是她的學修功夫、翻譯經典的調和途徑，由此鋪展開十五年的學佛歷程。再者，以文學之筆鋪寫佛教夢境，是呂碧城夢境書寫的特色之一，學佛深修的工夫，及其衍生的夢境，透過文學之筆描繪出來，在呂碧城的生命版圖刻畫下何種地形樣貌，則是本章討論的要點。

第一節　文學家筆下的夢境與涵義

一、夢所投射的心靈過程

　　文學家透過夢境來表達幽微的感思，是中國文學傳統書寫的典型之一。

〔註7〕羅秀美，〈自我、空間與文化主體的流動／認同──以女詞人呂碧城（1883～1943）的散文為範圍〉，《興大中文學報》第 32 期（2012 年 12 月），頁 191～199。

〔註8〕姚秦・鳩摩羅什譯，《金剛般若波羅蜜經》（CBETA, T08, n0235, p0752b28～29）。

〔註9〕廖肇亨，〈僧人說夢：晚明叢林夢論試析〉，《中邊・詩禪・夢戲：明末清初佛教文化論述的呈現與關懷》（台北：允晨文化，2008 年），頁 438。

〔註10〕觀點引自廖肇亨，〈僧人說夢：晚明叢林夢論試析〉，《中邊・詩禪・夢戲：明末清初佛教文化論述的呈現與關懷》，頁 464。

呂碧城擅長作夢，也擅長寫夢，曾自稱「予生平多奇夢」。〔註11〕辛亥革命前後，碧城寓居北京任公府秘書，一晚參加跳舞大會後，夢見雪花片片化為蝴蝶，振翅一迴旋之間悉化作天女，「黑衣銀縷，皓質輝映，起舞於空際。」對此「冷艷馨逸」的夢境，特以詩紀之。〔註12〕旅居日內瓦時，曾夢雲中有一隻丹鳳，又見天際一架飛艇忽然墜落於鄰宅。〔註13〕〈紐約病中七日記〉述及自己「彷彿身體在空中游行」，並因心情太沉痛，竟「一慟而絕」。〔註14〕1929 年 5 月，赴維也納參加萬國保護動物大會，期間夢聞故國歌聲，聽來極為頓挫蒼涼之致，遂有所感而賦詞。〔註15〕觀察碧城的作品中，不乏此類奇特的夢境，書寫中對於「夢」字的運用極其頻繁，其中明確的指涉夢境者，大抵可分為家國之思、情思、遊仙等風格，茲列表說明如下：

表 6：呂碧城作品中的夢〔註16〕

時　間	地　點	作　　品	夢境／詩詞節錄	旨　趣
1918 年前		〈若有〉	「夢回更喚青鸞語，為問滄桑幾劫消？」	家國之難心繫蒼生
1918 年前		〔摸魚兒〕	「只鷗夢初迴，宮衣未卸，塵劫已千轉。」	閨閣之作
1917 年	廬山	〈遊廬瑣記〉	夢見德國男子威而思	情思
1912 年	北京	七言古詩	夢見黑衣天女翩然起舞	遊仙

〔註11〕呂碧城，〈說舞〉，《紫羅蘭》第 2 卷第 18 號（1927 年），頁 4。
〔註12〕原詩已佚，僅剩殘章，詩曰：「九天閶闔開嵯峨，五雲繚繞群仙窩，樂聲陣陣鳴鸊鵝。萬靈趨步咸儀佗，相偕諸妃頎且瑳，巫雲婑媠堆鬟髻。西來艷蕊皆曼陀，鉥衣閃鑠非綺羅，纖煙縺霧飛天梭。履舃交錯相捉搦，迴風流雪成婆娑。燕尾雙分烏衣窄，鳳翎斜展華裙拖。微聞碎佩鳴玉珂，更見淺笑生梨渦。宜嗔宜喜朱顏酡，一釵一弁同媚婀。天上文鶼比翬翼，海中珊樹交枝柯。月落參橫舞未已，夜闌不管鳴更鼉。採風鄭衛存艷歌，跳月蠻狄多偯娥。禮防漸逐世事磨，殊方異俗君莫訶。」見呂碧城，〈說舞〉，《紫羅蘭》第 2 卷第 18 號（1927 年），頁 4。
〔註13〕由於原詩篇幅過長，又未見詩題，在此僅錄詩序，其曰：「九月三十日，夢雲中一丹鳳，漸斂羽翩，至不可見。惟天際一飛艇，又忽墜落於鄰宅，因之驚醒，詩以紀之。戊辰仲秋誌於日內瓦。」收入李保民校箋，《呂碧城集》，上冊，頁 310。
〔註14〕呂碧城，〈紐約病中七日記〉，收入李保民校箋，《呂碧城集》，下冊，頁 540。
〔註15〕呂碧城，〈還京樂〉，收入收入李保民校箋，《呂碧城集》，上冊，頁 139。
〔註16〕表格內作品，依序參閱李保民校箋，《呂碧城集》，頁 292、19、518～524、269、537、551～553、327～329、310、104、110、139、185、246。

1921 年	紐約	〈紐約病中七日記〉	身體在空中游行	遊仙、夢魂
1924 年	上海	〈橫濱夢影錄〉	夢曾邂逅的日籍男子，寄贈美術用品至呂家。	情思
1927 年	巴黎	〈舟渡大西洋范倫鐵瑙之夢謁〉	夢男明星范倫鐵諾	情思
1928 年秋	瑞士日內瓦	七言古詩	夢雲中一丹鳳，漸斂羽翮，至不可見。惟天際一飛艇，又忽墜落於鄰宅。	遊仙
1928 年秋	瑞士日內瓦	〔沁園春·夢聞故國歌聲，極頓挫蒼涼之致，感而賦此。〕	「家山夢影微茫，記摘蔓燃其舊恨長。」	家國之思
1928 年底	瑞士雪山	〔慶春宮·雪後〕	「宮閣梅花，梁園賓客，夢痕一樣闌珊。」	家國之思
1929 年 5 月	維也納	〔還京樂·夢聞故國歌聲，極頓挫蒼涼之致，感而賦此〕	「㪗春睡，聽引、圓腔激處哀絲顫。話上京遺事，周郎顧罷，龜年歌倦。又夜來風雨，無端撩起梨花怨。」	家國之思
1932 年	瑞士	〔惜秋華·瑞士雪後〕	「歸夢故鄉隔，任胡笳送老，東華詞客。」	家國之思
1937 年	香港	〔鷓鴣天·二月初十，夢得末二句，醒後成之〕	「參貝葉，守禪經，只將因果付蒼冥。復讐早捨春秋義，孤負龍泉夜夜鳴。」	感思

　　由上列表格可以發現，碧城的海外新詞有許多家國之思的作品。每個在異鄉的旅人，都有一個牽繫的故國，觸景而生情時，碧城選擇詞體來表述言情。另在香港時，夢到「復讐早捨春秋義，孤負龍泉夜夜鳴」二句，醒後以〈鷓鴣天〉記之。同樣是龍泉夜鳴，秋瑾〈鷓鴣天〉：「休言女子非英物，夜夜龍泉壁上鳴。」〔註17〕當時秋瑾剛赴日，志在救國。赴日之前，曾邀碧城同渡日本，參與革命活動，碧城表示持「世界主義」，想留在國內「任文字之役」。之後，她們走向相異的女權之路。呂碧城在晚年寫這首詞，詞序中沒有提到秋瑾，然而用同一詞牌，詞曰：「參貝葉，守禪經，只將因果付蒼冥。復讐早捨春秋義，孤負龍泉夜夜鳴。」已然看到她對秋瑾的回憶帶著追悔，而她選擇捨下，以「參貝葉，守禪經」的姿態度過餘生。

　　值得一提的是，上列有三個夢境依人而記，且充滿情思。其一，1917 年，

〔註17〕秋瑾，〈鷓鴣天〉，收入郭延禮選注《秋瑾選集》（北京：人民文學出版社，2004年），頁 161。

碧城將獨遊江西廬山的經過寫成〈遊廬瑣記〉。文中提到在山麓中採花而迷路，
幸遇德國人威而思引導她回返，到飯店時更不忘致上沿路所採紫色山花一束。
面對如此紳士的態度，浪漫的氛圍，可以想見愛花的碧城心裡的愉悅。邂逅
後次日，威而思約碧城散步談心。然而，碧城斷然婉拒威而思的邀約，並刻
意與其他男性出遊。當她獨自前往三疊泉途中，一晚夢見：

> 一西人面白皙，微有短髯，因兵敗國破而自戕，由巨石躍下，頭顱
> 直抵於地，有聲砰然，即委身不動，蓋已暈矣。須臾，勉自起立，
> 予視其顱凹陷，蓋骨已肉碎而皮膚未破。予知其已無生理，欽其為
> 殉國烈士也，乘其一息尚存之際，遽前與握手為禮。其人精神立煥，
> 且久立不仆。予訝之：因問曰：「汝將何如者？」意蓋謂生乎，死乎。
> 其人答曰：「我為汝死須臾」言甫竟，血從顱頂泛出，鮮如渥丹。予
> 大駭，立時驚醒，則一夢耳。〔註18〕

拋頭顱、灑熱血的景象，象徵著情感的澎湃流動，現實中的壓抑投射在夢中
轉為不合常理的奔放。呂碧城無法接受情感的心態極為複雜，或許是早年退
婚的陰影，已立下終生獨身之志，或許是自由慣了不想改變，或許是信仰，
抑或是有其他比感情更重要的事尚未完成，但很顯然的，呂碧城夢境指涉的
對象，即是威而思。方秀潔教授認為，這個殉國烈士帶出威而思的影子，他
不是為國家而死，而是為無法滿足的愛情而死。呂碧城之所以害怕親密的感
情，是因它可能會奪走她好不容易爭得自由與獨立的女性自我。〔註19〕羅秀
美教授進一步提出，「這位在中國空間裡引領呂碧城走出廬山迷途的西方人，
在此文中既呈現了西方價值對呂碧城（中國人）所帶來的明確方向感，也在
呂碧城的夢境中成為極欲被同化的欲望客體。」〔註20〕只是同化欲望客體的
企圖並沒有完成，因為夢醒後的碧城心情惘然且複雜，也決定不去三疊泉，
次日馬上啟程返回上海。

其二，〈橫濱夢影錄〉述及留美返國時，在船上所遇的日籍少年。此人對
碧城極為殷勤，送名片又加註地址，請求碧城日後務必與他通訊往來。基於

〔註18〕呂碧城，〈遊廬瑣記〉，收入李保民校箋，《呂碧城集》，下冊，頁523。
〔註19〕方秀潔，〈重塑時空與主體：呂碧城的「遊廬瑣記」〉，收入張宏生、錢南秀編，
《中國文學傳統與現代的對話》，頁407。
〔註20〕羅秀美，〈自我、空間與文化主體的流動／認同——以女詞人呂碧城（1883
～1943）的散文為範圍〉，《興大中文學報》第32期（2012年12月），頁
194。

國族意識，碧城將少年的名片丟入海底。數年後，橫濱發生大地震，碧城夢見此少年寄贈美術用品至呂家，而被家人責難竟與日本人往來。根據夢境的片段，碧城推論少年恐怕已經罹難，也隱含與少年相遇的往事，一直被她擺放在心底不曾遺忘。〔註 21〕其三，〈舟渡大西洋 范倫鐵瑙（今譯「范倫鐵諾」）之夢謁〉，呂碧城曾到訪好萊塢參加明影星的豪宅，對於范倫鐵諾的屋宅提出「建築古樸而鬱悶，宜居者之不壽」的評價，又說「世人多慕其美，然貌亦尋常。」半個月後，正值 2 月 14 日西洋情人節，呂碧城身在前往法國的船上，當晚竟夢到范倫鐵諾親手致贈「紙作淺藍色，印以深藍墨膠之字，凸起有光」的名片給她。〔註 22〕

　　由上述三個關於情思的夢，表示碧城仍會關注異性，並存有好感，只是她刻意將情欲問題壓抑，卻又透過書寫表達出來，而那些從夢的內容呈現的深層動機，則是解析夢的關鍵。對佛洛伊德來說，那些被壓抑的記憶和願望，總會藉由夢境回返，因為夢的意義在於願望的達成，而這些願望不見得容於意識層，於是夢只好透過各種改裝的方式來表達。亦即，呂碧城藉由夢境的書寫策略，透露現實生活對異性壓抑的情感，在虛實之間的偽裝，不必背負道德的束縛與規範，能於仿夢空間裡暢所欲言，傾訴內心的真相。因此，夢境書寫交織著過去尚未滿足，現在尋求改變，期待未來成真的心靈過程。綜言之，上列表格所舉例的奇夢異事，有文學之筆，豐富的想像力，古代睡眠遊魂和夢兆說〔註 23〕，亦交織日常經驗投射的「我思故我夢」，這也是中國夢文化、夢文學中一個源遠流長的信念。〔註 24〕

二、夢是生命突破的出口

　　呂碧城的生命轉向護生、宗教之後，佛法的修行與書寫，成為她的生命重心。1928 年是呂碧城重新接觸佛法的一年，于凌波《中國近現代佛教人物志》提及碧城皈依在諦閑大師座下，後讀《印光大師嘉言錄》，由此信佛益虔，

〔註 21〕呂碧城，〈橫濱夢影錄〉，收入李保民校箋，《呂碧城集》，下冊，頁 551～552。
〔註 22〕呂碧城，〈舟渡大西洋 范倫鐵瑙之夢謁〉，《收入李保民校箋》，《呂碧城集》，上冊，頁 327～329。
〔註 23〕劉文英，《夢的迷信與夢的探索：中國古代宗教哲學和科學的一個側面》（北京：中國社會科學出版社，1989 年），頁 14～15。
〔註 24〕林順夫教授對中國古代夢理論，有精闢扼要的論述，詳見氏著，〈我思故我夢：試論晏幾道、蘇軾及吳文英詞裏的夢〉，《透過夢之窗口：中國古典文學與文藝理論論叢》（新竹：國立清華大學出版社，2009 年），頁 273～284。

乃守五戒、茹素、不再肉食。〔註25〕值得一提的是，碧城認為遵從《嘉言錄》的十念法開始念佛，是她的「學佛之始」。然則，學佛當自皈依算起，在 1918 年皈依的呂碧城，早已植下日後修學的種子，後來又皈依在興慈老人（1881～1950）門下。〔註26〕據此，1918 年乃是碧城真正的「學佛之始」。

學佛之路是一條很漫長的旅程，但信仰佛教到深信佛教，是兩個不同的層次。明清時期虔修的婦女，誦經、持咒、瞻禮是每天的定課，有些虔誠的婦女甚至每天誦念《華嚴經》二或三次，亦有女性每日「向觀音頂禮六次」，五更即起至佛寺拜謁。〔註27〕呂碧城依止淨土法門，而以「念佛」為日課，更強調「觀想」。未起信淨土宗之前，碧城非常積極進行修行實踐，如念佛，閱藏，甚而練習打坐，進行觀想，對於淨土教義的質疑，則致信給有修為的法師、居士請求解惑。為了尋求對淨土宗的深信，她做了非常多的努力，卻仍心存疑惑，直到夢見生蓮之路的預兆，使她得以安心的往修行之路繼續下工夫。因此，夢境成為呂碧城起信淨土宗的關鍵。綜觀學修歷程的十五年間，碧城有關佛法的夢不斷浮現，以下茲就現存資料的爬梳，將其學佛後的夢境以表格呈現：

表 7：關於佛法的九個夢〔註28〕

時　間	地點	成　因	夢　境	啟　示
1928 年 4 月	瑞士	開始念佛	幼時所繪觀音像	與佛法相應的徵兆
1930 年	瑞士	向彌陀祝禱，祈求得生淨土。	蓮花之路	生西之路已萌芽，自此深信淨土不疑。
1931 年	瑞士	多年後回憶	夢白石之階級	修學佛法的預示
1931 年	瑞士	多年後回憶	夢亡母見召	靜持修十六觀
1936 年 3 月 16 日	香港	譯作《普賢行願品》及《淨土綱要》出版前。	天際光明炳耀，花雨繽紛。	徐蔚如老居士判釋，謂為從事宏布佛法之感應，益加深弘法決心。

〔註25〕于凌波，《中國近現代佛教人物志》，頁 508。

〔註26〕呂依蓮，〈憶呂碧城女居士〉，《人間佛教》，收錄於黃夏年主編，《民國佛教期刊文獻集成》，第 100 卷，頁 368。

〔註27〕美・曼素恩著、楊雅婷譯，《蘭閨寶錄──晚明至盛清時的中國婦女・虔信》，頁 366。

〔註28〕第一欄「時間」，除了 1931 年的兩個夢境，是多年後的回憶之外，所指皆為呂碧城得夢當時。

1938 年 8 月	瑞士靜 怡旅館	旅館館主夫人因 病手術，同情禱 於彌陀尊像前。	點燃白燭光輝耀然，館 主夫人的門牌數字 「5」。	學佛者要及早積修行 善，發菩提心與持戒， 並堅定求生極樂淨土。
1939 年 7 月 10 日	瑞士	憶及地藏菩薩， 祈請賜夢。	夢中開保護動物會，龍 豹鸞鶴皆臨。	肯定多年護生的努力 與成果
1942 年 10 月	香港東 蓮覺苑	依善導大師《念 佛切要》指示， 修觀前祝禱。	波羅蜜形狀之巨型鑰 匙二具	需在大乘佛法下功夫， 行六波羅蜜
1943 年 1 月初	香港東 蓮覺苑	呂碧城往生前	夢中所得詩：「護首探 花亦可哀，平生功績忍 重埋。匆匆說法談經 後，我到人間只此回。」	對佛教貢獻的功績與 評價

　　上列夢境，除了夢觀音像記於詞序和散文，及夢中所得詩外，餘者皆用散文書寫。得夢的地點，分別為瑞士、香港。瑞士是呂碧城歐遊期間，前後住過六年的旅居空間，山光水色的洗禮，讓她煩惱暫歇與身心清淨。香港是呂碧城第二次購屋的地點，一生都在「路上」的呂碧城，會選擇在某地置產，必定經過層層考量，表示想在相應的地域上安定下來，遂擇地而安居。雖然後因白蟻脫售房宅而搬遷至菩提場、東蓮覺苑，但香港在內戰時期，成為佛教南移的重鎮，也讓她得以與佛教界人士頻繁往來交流。或許可說，瑞士、香港彰顯出空間地域對於個人身心安頓的重要性。

　　其次，夢的起因投射出呂碧城個人修行實踐的重心：念佛、觀想、翻譯，然而得夢的方式大多是祈求而來，雖然祈求就能感通而得夢，也是修持成果的展現，但也表示在學佛過程中，呂碧城需要被肯定，因此透過解讀超驗的夢境來尋求自我認同，藉由書寫再一次表達，讓讀者也能看見，認同她實修實證的生命歷程。

　　再者，呂碧城是以文學之筆書寫佛教夢境，此亦是她的夢境書寫特色之一。民初佛教界以文學著稱的佛教信仰者，如龔自珍、蘇曼殊、李叔同（弘一大師）、豐子愷、許地山等，在李向平《救世與救心——中國近代佛教復興思潮》中被列為「異端的情懷」。〔註29〕所謂的「異端」，即是在傳統義理之外，朝向藝術審美趨向，使得信仰的精神多元化。若此，呂碧城也可歸類於異端

〔註29〕詳參李向平，《救世與救心——中國近代佛教復興思潮》（上海：上海人民出版社，1993 年）。

的情懷，以文學的彩筆說夢，傳達她對淨土信仰的深信。

因之，夢境具有現實欲望的投射，又帶有脫離現實的虛構心理，虛／實之間的自由移動，更顯示出夢的詭譎難測。呂碧城透過夢境書寫的策略，在上段的懷人感思之中，透露出壓抑的情感逐漸明晰的心靈過程，然而用以書寫佛教的修行與感應，則是藉由夢境作為突破生命的出口。至此，如何藉由關於佛法的九個夢境來尋求自我認同？如何尋求他人認同？認同之於呂碧城的意義為何？則成為重要的課題。

第二節　回憶、夢兆與宗教實踐

夢是佛典中常出現的比喻和主題，當然，夢也是義蘊豐富的身心現象。大藏經以「夢」為經名者，有《舍衛國王夢見十事經》、《佛說舍衛國王十夢經》、《國王不梨先泥十夢經》、《阿難七夢經》四部經典。舍衛國王，即是波斯匿王。據李建弘先生考證，「不利先泥」，亦是波斯匿王的譯名之一。因此，其中三部與波斯匿王的十夢有關，顯示在佛陀傳教的過程中，是重要的事件，因此有多種版本的記載，而它代表佛教對夢的素樸看法。〔註30〕

《增壹阿含經》記載此事：「國王波斯匿夜夢見十事，王即覺悟，大用愁怖，懼畏亡國及身、妻、子。」〔註31〕國王夢到的十事異事，皆與現實相反，如小牛餵大牛，鍋裡中空，兩旁卻是滿的，馬嘴和臀部都在吃草料……遂即請婆羅門解夢。婆羅門深覺此夢蘊藏惡兆，為求保全國家，祈請國王殺光所有親人、侍者，並燒燬珍寶祭天，以求消災解厄。國王無法下決定，因而前去請教佛陀。佛陀聽完認為夢境預示世界未來的變化，即未來的人們在家不好好孝養雙親，不友愛兄弟，反而在外攀親附貴。因此，夢境涉入倫理道德的內涵，是一種警示，提策國王精進治國與修行。換言之，佛教關心的不是夢在現世中是否究竟真實，而是相信它的預言與象徵意義，這也與常人的日常經驗相似，將夢視為一種徵兆，尋求夢境象徵的未發生事件，所投射具體的人事關係。〔註32〕

〔註30〕引自李建弘，〈以夢作為修行的對境？還是方法（一）〉，《海潮音》，第 94 卷第 8 期（2013 年 8 月），頁 21。

〔註31〕東晉‧瞿曇僧伽提婆譯，《增壹阿含經》卷五十一，（CBETA, T02, n0125, p0829b12）。

〔註32〕引自李建弘，〈以夢作為修行的對境？還是方法（一）〉，頁 18～21。

一、夢觀音像：與佛法相應

　　1927 年底至次年一月底，呂碧城旅居倫敦，頻繁作客於中國駐英公使館〔註33〕，其自撰的《香光小錄・蓮邦之路》提及此事：

> 約十載前，予寓英京倫敦，常往使署，與其秘書孫君夫婦等作樗蒲之戲（俗名噪麻雀）。某日，孫夫人檢得印光法師之傳單，及聶雲台君之佛小冊，作鄙夷之色曰：「當這時代，誰還要這東西！」予立應聲曰：「我要。」遂取而藏之，遵印法師之教，每晨持誦彌尊聖號十聲，即所謂「十念法」。此為予學佛之始。遇佛法於海外，已屬難事，況此種華文刊品，何得流入英倫，迄今猶以為異。然儻不遇者，恐終身不皈大法，險哉。〔註34〕

因拾得印光法師《嘉言錄》宣傳單，即遵教以十念法開始念佛，成為修學佛法的入門方式。1928 年 4 月初，碧城定居瑞士芒特儒（Montreux），自行居家潛心學佛。一日夢中映現幼時繪製的觀音像，醒後則以〈丁香結〉記之，詞序曰：「夢於倫敦友人處，見予所繪水墨大士像，秀髮披拂，現身海中。憶髫齡鄉居，鄉人曾以舊畫觀一幅乞為摹繪，固有其事也。」〔註35〕此夢在其〈畫佛因緣記〉有詳述，源自碧城幼年時隨母鄉居，曾繪觀音畫像，被鄰人求取回去摹繪。1928 年，於倫敦友人住處，夢見自身「所繪觀音大士像，秀髮披拂，現身海中。」三年後試畫佛像，繪成飄海觀音一幀，以贈倫敦佛學會（畫像詳見第二章）。〔註36〕碧城對於因緣聚合，讓觀音像之法身再現於倫敦，感到不可思議。

　　此事緣起於碧城開始念佛後不久便得此夢，夢中見到幼時為鄰居所繪的觀音像，栩栩如生，則認定夢喻不啻是一種與佛法相應的徵兆。這個夢境並不是日有所思，夜有所夢，或祈求而來，而是偶然映現，卻又符合彼時的背景經歷。按照邵雍《夢林玄解》的說法，夢見諸佛菩薩、諸仙的原因是「或誠

〔註33〕李保民，〈呂碧城年譜〉，收入李保民校箋，《呂碧城集》，下冊，頁 817。

〔註34〕呂碧城，〈蓮邦之路〉，《香光小錄》，頁 4。

〔註35〕呂碧城〈丁香結〉：「妙相波縈，華鬘風裊，一笑拈花彈指。記年時桑梓，傳舊影、蘸淥栽細摹擬。夢中尋斷夢，夢飄斷、水驛海滋。無端還見，墨暈化入，盈盈瀾翠。凝思。又劫歷諸天，黯怯清遊遁邐。塵障消殘，春華惜遍，此情難寄。遙瀚低掠倦羽，自返蓮臺底。有菡心靈淨，依樣烏泥不滓。」收入李保民校箋，《呂碧城集》，上冊，頁 117。

〔註36〕聖因女士，〈畫佛因緣記〉，《世界佛教居士林林刊》，收錄於黃夏年主編，《民國佛教期刊文獻集成》，第 15 卷，頁 328。

心所感，或天機所現」。〔註37〕《瑜伽師地論》提及「由當有」，即夢的成因之一，表示未來將要發生的事提前現於夢中，此類夢稱作「先兆夢」。另一種則是天神聖賢通過夢境帶來啟示，給予引導、教誡、警告，或令其瞭解未來將要發生的事，此類夢稱作「天人夢」。〔註38〕以碧城之夢而言，觀音菩薩是修行悟道的智慧者，透過菩薩的示現，顯示吉祥的徵兆，表示她與佛法相應，可在佛法修行上繼續前進。

此外，夢到觀音像後，開啟了呂碧城繼續以繪畫才華描摹清淨的佛菩薩像，她在三年後撰寫〈畫佛因緣記〉時已深信佛法，因此，畫菩薩像成為一種虔信的表現。由於觀音菩薩的慈母、女性形象，成為女性各個階段的重要的守護神，而觀音信仰發展至明代，已是「家家觀世音，戶戶彌陀佛」的盛況，不論是民間宗教、佛道教皆供奉觀音，於是「慈眼視眾生」、「於苦惱死厄，能為作依祜」的觀世音菩薩，成為人間守護者的象徵。因此，「涵義複雜的觀音形象，鮮明地呈現在婦女的腦海裡，也充斥於夢境、畫像和刺繡的圖案中。」詩人錢蕙曾用自己的髮絲，繡出觀音像，才女陳書在五十三歲時畫了一幅觀音自海面浮現的肖像〔註39〕；而呂碧城以夢中的觀音像，回憶起童年往事，因而繼續繪製佛像。是以，才女透過不同的形式，表達對觀音的恭敬與虔誠，帶來心靈的平靜，同時也是一種陶養與修行實踐的展現。

二、夢白石階梯：修學佛法

1931 年刊出的〈呂碧城女士啟事〉提到一則夢境，當時碧城已起信淨土，這個夢卻是多年前的回憶，是因閱報而觸動記憶，遂憶起往年之夢：

> 予往年曾夢白石之階級，高闊如梯，滿刻佛經，上通於天。旁有人（未見其人以意會之）指示曰：「此為登天之路。」復指其他一方面曰：「彼為印度安南之境。」予遂循級登梯，愈行愈高，而階級亦愈窄愈密，不能容納足步。俯視則已離地萬丈，進退維谷。恐慌之際，乃宣佛號（即念阿彌陀佛），忽覺有力將予向上提引，吾身乃得登天。醒後亦不注意，惟閱《申報》忽見有「印度安南者○○○○○」

〔註37〕引自劉文英、曹田玉，《夢與中國文化》（北京：北京人民出版社，2003 年），頁 465～466。

〔註38〕引自陳兵，《佛教心理學》（廣州：南方日報出版社，2007 年），頁 247～248。

〔註39〕美・曼素恩著、楊雅婷譯，《蘭閨寶錄──晚明至盛清時的中國婦女・虔信》，頁 356。

之句，乃解釋印度安南閣之說，且似關重要。茲不宣布，而以五圈
代之。予平日閱報甚多，何能記憶其字句，今事經多年尚能記憶者，
則以其有奇異之徵耳。〔註40〕

碧城將多年後的回憶詮釋為「異徵」，在這個結構、情節完整的夢裡，不惟只有
徵兆，而是清楚指涉與佛法相連結——印度是佛教的發源地，安南是今越南的
前身，是大乘佛法的流傳之地。夢境中白階刻滿佛經，即指示她研習佛法，就
能一步一步往上提升；每當遇到困境時，只要誦念佛號，即能得到救贖的力量。
其次，念誦阿彌陀佛的佛號，正是淨土法門主要的修行途徑，夢境或許可詮釋
為碧城未來會進入淨土法門的預兆，在修學淨業上不斷的提升。

　　再者，佛教有「三世因果」之說，因果融通過去、現在、未來；現在果即
是過去因，現在因即是未來果。中國傳統占夢，道教夢說，對於夢的內容、功
能的詮釋僅涉及於當世。佛教則根據固有的三世說注入到夢的解釋，「夢通三
世說」〔註41〕構成佛教說夢最具宗教特色的觀點。然而，夢何以能通三世？
佛教認為每個凡人都生存在永不結束的生死輪迴中，從前世到今世，從今世
至來世，由三世說形成一個連續不斷的因緣果報的序列。換言之，碧城在信
佛之前，夢中已指引她應該要修學佛法，直到學佛之後，從報上看到相關字
句，觸動聯想後使記憶重現，此亦印證多年前的夢已帶有預示的涵義。

三、閱藏、請法辨惑

　　呂碧城漸入佛法之時身居海外，承蒙國內善信寄贈數種佛教典籍，得以
自行鑽研，後讀《金剛經》有啟發，遂撰寫〈讀金剛經論〉（又名〈梵海蠡測〉）。
文中提到般若空義，天台宗「一心三觀」，引用《起信論》對人我見提出精闢
之見，再由《瑜伽論》所云唯識宗的主要理論法義「圓成實性」，體悟到「蓋
諸法皆相因而立，真因妄而顯，淨因染而顯，空因有而顯，則實相以無相為
本體，此《金經》破相之極致也。」〔註42〕對於佛法能在短期間經由自學而

〔註40〕呂碧城，〈呂碧城女士啟事〉，《海潮音》，收錄於黃夏年主編，《民國佛教期刊
　　　　文獻集成》，第 178 卷，頁 374。

〔註41〕引自劉文英、曹田玉，《夢與中國文化》，頁 488。

〔註42〕兩篇文章的文句，大同小異，在思想義理的表述上則無異同。見呂碧城，〈讀
　　　　金剛經論〉，《世界佛教居士林林刊》，收錄於黃夏年主編，《民國佛教期刊文
　　　　獻集成補編》，第 11 卷，頁 153～154。呂碧城，〈梵海蠡測〉，《海潮音》，收
　　　　錄於黃夏年主編，《民國佛教期刊文獻集成》，第 176 卷，頁 180～182。

融通，可以見到呂碧城宿慧的展現。然而，當她研讀淨土諸經後，卻對教義起了質疑，因而「分別請求太虛大師、常惺法師及王小徐居士解釋。」〔註43〕呂碧城對王小徐（1876～1948）居士十分尊敬，特將其自撰〈梵海蠡測〉寄呈鑑定，提到致信的原由是「崇拜佛法，有歸命捨身之誠，但疑點不解，終為大障礙物耳。」信中對王小徐提出六個疑難〔註44〕，其中，使她「信心頓退」的理由是第六點：

> 淨宗簡而易行，城先亦欲從此門入手，迨讀淨宗各書，信心頓退。
> 淨經自相矛盾，四十八願中有惟餘五逆之句，而《觀無量壽佛經》
> 又許五逆往生……〔註45〕

王居士回覆惡人念佛往生，必定是在念佛時已對過去所作惡業痛自懺悔，也是過去世有作大善業的緣故，此是因果律的展現。文中並勸碧城若是對淨土起疑，不妨擇所服膺的法門專修，但不要妄起謗議，自誤誤人。〔註46〕對於呂、王二人的書信往來，東初老人（1907～1977）評論：

> 呂碧城女士對佛法深入的尺度，所提出問題，不僅涉及科學上所不
> 許的靈魂學，且涉及教理上問題，亦非初入佛門者所能解答。王先
> 生的回覆，是以科學新知與佛法要義融會貫通，來解釋舊說；不唯
> 符合新時代觀念，且近乎人情理解。〔註47〕

信中有關神話的疑問，1931 年 10 月呂碧城投稿《海潮音》，提到迷惑已完全消釋，又從巴黎報上載倫敦軍用機被一巨鳥撞落之事證明，認為見龍或佛說

〔註43〕釋東初，《中國佛教近代史》（台北：東初出版社，1987 年），下冊，頁 633。
〔註44〕（一）佛是否謂時間無始終，空間無邊際，一切皆幻而不實？（二）佛不主張人有靈魂，然三惡道有鬼，鬼非魂乎？果無魂，則善惡果報，所用以輪迴投胎者果為何物？……。（三）《法華經‧從地涌出品》所稱娑婆世界是否即此地球，經典中神話甚多，如此處之無量千萬億菩薩同時涌出，是否可信？（四）《楞嚴中》所言地理，其國數及州及山等，何以與現在地理不同？（五）六祖惠能有種種神通力，但有下雨乃龍所致之言，然現在科學家解釋下雨之原因，已成常識，無人信龍能雨之說。見呂碧城，〈呂碧城與著者書〉，收入王小徐，《佛法與科學比較之研究》（台北：新文豐公司，1977 年），頁 62～64。
〔註45〕呂碧城，〈呂碧城與著者書〉，收入王小徐，《佛法與科學比較之研究》，頁 63。
〔註46〕王小徐，〈答呂碧城〉，《佛法與科學比較之研究》，頁 65～69。
〔註47〕釋東初，《中國佛教近代史》，下冊，頁 583～589。關於呂碧城上太虛法師，與常惺法師、王小徐居士的佛學問答，收錄於李保民校箋，《呂碧城集》，下冊，頁 589～619。

金翅鳥之類，亦在情理之中。〔註48〕

　　在王小徐回信後，目前沒有碧城再致函的相關資料。其後，在其〈上太虛常惺大法師書〉云：「城既憚禪宗之難，而又不克起淨宗之信。」信中提到她已持五戒及慎三業，且詢問是否要按天台所示的趺座法打坐。由此表示未對淨宗起信之前，呂碧城持守戒律，繼續念佛、閱藏，並想嘗試打坐。其次，她在信中的疑惑擴及到對《楞嚴經》質疑、大乘非佛說等課題，再次提問「五逆往生」的矛盾：

> 予覽《雲棲疏鈔》、《十疑論》等，均未能滿意。《無量壽經》譯筆膚淺，章句仍亦凌亂重複……然《楞嚴》中，有一人修真，則大地粉碎之言，蓋諸物質皆妄念所現，何足敬畏？《無量壽經》，有惟除五逆不得往生之說，而《觀經》又許五逆往生，互相矛盾……而淨宗辯曰：「此惡人往生後，則其冤親皆得度脫，同生淨土。」然淨宗以持名念佛為條件，惡人之冤親未曾念佛，但憑一下品往生之人，即得度脫，阿彌陀佛尚不能將眾生度盡，而往生之惡人，反有此權力乎？〔註49〕

常惺法師回應極為詳細，要旨在《無量壽經》所稱五逆不得往生，是兼有「誹謗正法」之過；《觀經》所稱十惡五逆許往生者，以無誹謗正法之過，所以不相矛盾。其次，若能信願堅切，猶可帶業往生；若誹謗正法，不信因果，不解信願，則往生無望。因此再度強調信、願、行，即淨土三資糧，為發願往生淨土者所不可或缺。對於呂碧城提出淨宗典籍記載惡逆之人受淨土福報，其冤親皆得度脫，是因果律失效的說法，則提醒她若對因果必然律疑惑不信，則容易流於廣作眾罪，並提出解釋：「當由此人往生，見佛聞法，得證無生後，再為分身十方，廣勸歷劫冤親，各各發菩提心，解脫輪迴。」亦即，經中並無提及其冤親隨此惡逆之人同時解脫。〔註50〕呂碧城獲得回函後，無再致信表達是否認同師說。

　　至於呂碧城與太虛大師、常惺法師的往來，先是常惺法師因國內少數研究佛學的人，每多傾向英文譯本佛經，對漢譯佛典多持輕視態度，引起呂碧

〔註48〕呂碧城，〈呂碧城女士啟事〉，《海潮音》，收錄於黃夏年主編，《民國佛教期刊文獻集成》，第 178 卷，頁 374。

〔註49〕呂碧城，〈呂碧城與常惺佛學問答〉，收入李保民校箋，《呂碧城集》，下冊，頁 610～611。

〔註50〕呂碧城，〈呂碧城與常惺佛學問答〉，頁 615～616。

城誤會，因此常惺法師致書向碧城說明。她在答書中亦對佛法提出諸多疑難，請求兩位法師解答，時常惺法師主持柏林教理院，即由其負責解答。〔註 51〕常惺法師在信函中強調學佛過程原區分為信、解、行、證之四步，稱許碧城「重依正解，起信而後篤行，甚得學佛之旨」。其次，鼓勵她在教理研摩先從性相經論入手，再進於天台、華嚴，而後棲息於禪宗或淨土。〔註 52〕值得注意的是，她在研習經藏之後，質疑淨土教義，認為各本注釋有異，於是發下大願欲整理異出者。對此，常惺法師提醒她《大藏》中諸譯異出、立名紛歧、急待分類整理者，須用梵藏文精本校對，不容稍加己見，對碧城「所發整理之宏願，或不難得世界英賢共同努力也。」可以見到呂碧城急切地想要藉由整理經藏，疏通整理淨土教義，以達起信的可能。

四、夢蓮花之路：起信淨土

1930 年底，呂碧城已誦持佛名與修習內典近兩年，曾向諸法師、大德請法問惑，卻對淨土宗始終存有質疑，適逢阿彌陀佛聖誕，於是購花供佛，祈求映現往生西方淨土之兆。在《香光小錄》之〈蓮邦之路〉記載此事：

> 顧予雖習淨諦，尚未能深信不疑。期年（即西曆一九三〇年），值十一月十七日，俗所謂彌尊聖誕，予購菊三朵，供於聖像而祝曰：「若我得生淨土者，懇佛賜以徵兆。」是夜睡時，初亦亂夢紛紜，但於雜亂夢境中，忽似影片之展。清景現前，為平闊之水，水面茸茸有物，趨近諦視，則皆蓮芽，……。兩行並列，微露其端，如電車軌路，蓮葉已展大於此路式之中。予夢中自語曰：「此是誰種蓮於路中？」而於「路」字之語音，特別高重遂醒。猛憶晝間所禱，此不啻佛告我曰：汝蓮邦有路，今始萌芽耳。……不唯夢境巧妙，而且意義切合，又為即日所得之答辭。予於淨土，自此遂深信不疑矣！〔註 53〕

呂碧城強調「唯夢境巧妙，而且意義切合，又為即日所得之答辭。」表示並非迷信，而是經過層層的檢驗，從夢境顯相的巧妙，投射的徵兆，與她祝禱的內容相契合，遂自此深信不疑。

〔註 51〕釋東初，《中國佛教近代史》，下冊，頁 855～876。
〔註 52〕釋常惺，〈常惺法師覆呂碧城函〉，收入李保民校箋，《呂碧城集》，下冊，頁 599。
〔註 53〕呂碧城，〈蓮邦之路〉，《香光小錄》，頁 5～6。

夢蓮花之路而起信淨土之事，碧城除了撰文記錄，亦寫下〈喜遷鶯〉一闋：「小試法身無礙。……指歸路，在通明一色，莊嚴金界。」篇末自注：「紀辛未十一月十七日之夢。」〔註54〕然而，辛未為1931年，與前述夢境之1930年不符，所幸在1937年〈述譯經之感應〉亦有提及：

> 中國歷史相傳，十一月十七日為阿彌陀佛聖誕日。余於一九三一年十一月十七日，於彌陀像前頂禮白言：「弟子念誦聖號已一年，尚未蒙佛啟示。弟子將來能否往生安養，於蓮華中化生，今逢佛誕良辰，求賜一兆，以獎勵我，俾我之願力益堅。」〔註55〕

此文由《佛學半月刊》編輯翻譯呂碧城的英文原著而刊登，其原文為 "In 1931 C.E. on the day of 17th November, Iprayed to Buddha Amitabha。"〔註56〕從詩及英文著作中，皆表示1931年夢生蓮之路，若是，此夢源自1930年，還是1931年？其實，彌陀誕辰11月17日是農曆，換算成國曆是1931年1月5日。因跨年度，又有曆法的轉換，導致記錄上有所誤差，而所指均是1930年之夢境。

夢中的「蓮花意象」，對學佛者來說具有重要的涵義。蓮花之美，清淨無染的特質，深受世人喜愛，蓮花之象，在中國固有的占夢中也能看見，如「夢見蓮花滿地，香氣襲人大吉，有君子之交，道義相勉。」〔註57〕蓮花更是與佛教有著密不可分的關係，如劉文英所說：

> 佛教取蓮花清淨之義，但具體則作為佛法的象徵。佛、菩薩像都坐蓮花座，佛塔、佛碑也都採用蓮花座。淨土宗又稱蓮宗，寺院稱蓮舍，佛土稱蓮花世界，袈裟稱蓮花衣。在佛教占夢中，夢見蓮花，就意味著夢見佛或夢見菩薩。〔註58〕

〔註54〕呂碧城，〈喜遷鶯〉：「紺雲西邁，乍翳入寸犀，靈源通海。碩朵扶輪，重臺湧剎，依約萬蓮傾蓋。暗驚絳都花發，休憶玄都花再。綠章奏，謝空王傳語，綸音先賚。凝睞。憑認取、新痕舊愁，慧劍為君解。越網拗絲，吳蠶穿繭，小試法身無礙。已聞宙光飛練，還炫神光飛采。指歸路，在通明一色，華嚴金界。」（紀辛未十一月十七日夢）收入李保民校箋，《呂碧城集》，上冊，頁181。

〔註55〕此文原刊於呂碧城譯《英文華嚴經普賢行願品》及《淨土綱要》合刊本後之附錄，是用英文寫成，後由《佛學半月刊》編輯翻譯刊登。呂碧城，〈述譯經之感應〉，《佛學半月刊》，收錄於黃夏年主編，《民國佛教期刊文獻集成》，第53卷，頁271～272。

〔註56〕呂碧城女史譯，《淨土四經》，頁111。

〔註57〕劉文英、曹田玉，《夢與中國文化》，頁463。

〔註58〕劉文英、曹田玉，《夢與中國文化》，頁463。

蓮花作為佛和教義的不二象徵，如同佛國被稱為「蓮界」，寺廟被稱為「蓮舍」，源自釋迦牟尼佛覺悟成道後，起座而行，每走一步生一蓮花。呂碧城信仰「淨土宗」〔註59〕，又稱為蓮邦、蓮宗，持名念佛是主要的修行法，藉彌陀本願之他力，祈獲生於西方極樂淨土，是修行的終極目標。淨土三經之一的《佛說阿彌陀經》曰：「極樂國土，有七寶池，八功德水，充滿其中，池底純以金沙佈地，……池中蓮華，大如車輪，青色青光，黃色黃光，赤色赤光，白色白光，微妙香潔。」〔註60〕蓮花象徵極樂國土，因此夢到蓮花之路，與見佛無異，對她來說是重要具體的象徵意義。若依《出生菩提心經》所載，夢中若見蓮花、繖蓋、月輪、佛像等，均屬善夢〔註61〕，若以碧城的夢境來驗證，即是善夢的表徵。

夢境帶來的神聖力量確實引導了呂碧城的人生方向，成為創造奇蹟事件的主體，但前提是「因其精勤修行，才能蒙被佛力，產生凡聖的感應，而此超自然的靈驗事蹟，又建立在『信』之上，唯有深信才能引發行者的虔修動機，產生神通感應的超聯結。」〔註62〕換言之，起信淨土之前，呂碧城對於三寶盡信，並精勤修持，才能得此感應，蒙佛力加被。對呂碧城來說，此夢之於信仰是一大關鍵，是修學淨土的成果，表示學佛的努力被佛所認可，於夢境中示現蓮邦之路，無非對她起了巨大的激勵作用，確認她選擇淨土宗作為依止法門，遂自此深信不疑。

五、夢瑞士婦死兆：求生淨土

1938年旅居瑞士，碧城曾撰〈瑞士婦死兆〉，從此事的徵兆和結果，讓她更堅定發願求生淨土，文曰：

> 西曆一九三八年八月，予寓瑞士阿爾伯士山之靜怡旅館 Hotel Placida。……業主斯尼特威廉穆之妻，因病入福羅銳莊醫院，將受手術解剖，予以自身經驗，知解剖後，痛苦甚劇。故發同情之感，為禱於彌尊像前，乞慈恩加被。按數珠一串，誦聖號一百零八聲，

〔註59〕釋慈怡編著，《佛光大辭典》（高雄：佛光山出版社，1983年），頁4684。

〔註60〕姚秦・鳩摩羅什譯，《佛說阿彌陀經》卷一，（CBETA, T12, n0366, p0347a01～05）。

〔註61〕釋慈怡編著，《佛光大辭典》，頁5774。

〔註62〕傅楠梓，〈「淨土聖賢錄」夢研究〉，《玄奘佛學研究》第15期（2012年），頁191～192。

就榻小憩，並未成睡。但甫入朦朧之境，即睹一現相，為斯尼特夫
人之室門。（該旅館各室皆編有號數，室之門牌為五號，其門常閉，
為予下樓必經之處。）門閉如常，而「5」字亦朗朗在目，唯燃有白
燭多枝，光輝燦然。予未能斷此兆之吉凶。〔註63〕

秉持著同體大悲的心念，幫旅館業主夫人在彌佛像前祝禱、念誦佛號，而得
夫人的門牌數字「5」、點燃白燭光輝耀然之夢。然一時無法斷定吉凶，之後
遇見業主夫人跟她提及此事，不料此婦面色愀然，認為是死兆預現，因點白
燭是瑞士當地流傳已久的喪禮風俗。次年，呂碧城輾轉得知業主夫人已經病
逝，內心非常震懾，一個夢境竟能成為死兆顯現的預示。

　　夢具有預言的功能，在佛教經典常見，如前述引用的經典，另在《大智
度論》曰：「或天與夢，欲令知未來事。」〔註64〕《大毗婆沙論》則曰：「謂
若將有吉不吉事，法爾夢中先見其相。」〔註65〕所指皆是夢有預言未來，隱
含吉凶的象徵。不惟是西方以心理學解夢，佛教中被公認為心理學的「法相
唯識宗」，亦以「八識」〔註66〕來論夢。對此，陳兵教授提出：

> 按大乘八識說，阿賴耶識是一個超越時間，貫通過去、現在、未來
> 的大倉庫，其中不僅儲藏著今生乃至前生宿世的經歷，可能在意識
> 被動狀態下以偽裝的形式再現於夢中，形成「曾更夢」，而且儲藏
> 有未來的異熟種子，可能經處理而以象徵、隱喻等方式先現於夢中，
> 形成預兆未來的夢兆。〔註67〕

「曾更夢」又作「曾更念」，即過去的經驗、記憶再現於夢中，此類夢稱「先
見之夢」。〔註68〕「曾更夢」是《瑜伽師地論》歸納夢境的成因之一，論中提
及「由當有」，即預知未來的先兆之夢。依碧城所夢的白燭、數字，已預知其
婦死兆，只是彼時無法解夢，事後證明結果與夢屬實，即能以「由當有」來詮
釋。

　　上述〈瑞士婦死兆〉之夢，讓碧城感受到「心力」能通世外，真實不虛，

〔註63〕呂碧城，〈瑞士婦死兆〉，《香光小錄》，頁 6～7。
〔註64〕姚秦・鳩摩羅什譯，《大智度論》卷六，（CBETA, T25, n1509, p0103c12）。
〔註65〕唐・玄奘譯，《阿毗達磨大毗婆沙論》卷三十七，（CBETA, T27, n1545, p0193c27
　　　　～28）。
〔註66〕八識，包括眼、耳、鼻、舌、身、意等六識，加上第七末那識，第八阿賴耶
　　　　識。
〔註67〕陳兵，《佛教心理學》，頁 253～254。
〔註68〕陳兵，《佛教心理學》，頁 247。

如同《普門品》所云「心念不空過」。因為她按數珠、念誦佛號一串，不到五分鐘之久，即能得此現相感應，由此體悟進而發願，終身依教奉行，求生淨土。文中又舉《觀無量壽佛經》記載「十惡五逆許往生者」之例，提醒佛弟子應及早積修行善，發菩提心與持戒，不要存著僥倖的心態，期待臨命終前得遇善知識，為說大乘十二部經首題名字，就能往生淨土。畢竟此類具有夙世善根之人佔極少數，等到臨命終時才去驗證夙世善根是否成熟，所下的賭注太大，況且沒有修行積累的資糧，對於往生淨土實在無法勝券在握。

第三節　弘揚教理後的夢境驗證

　　呂碧城信佛益虔後，1930 年「絕筆文藝，悉心從事佛典英譯」〔註69〕，是年農曆十一月十七日，夜夢蓮邦之路，遂深信淨土。1933 年冬，由瑞士歸國，隔年「寓滬迻譯經典」。〔註70〕迻譯經典是碧城的弘法方式，而選擇翻譯的途徑，基本上就在調和兩種語言。碧城的業師嚴復，是近代著名的翻譯家，她亦在 1925 年譯出美國派特饒伯子所著《美利堅建國史綱》。翻譯的背景來自晚清受到西學的衝擊，翻譯家將西洋著作翻譯成中文，表示認同西方而急於傳達相關知識給國人，如同她在〈美利堅建國史綱序〉所提：「吾人所需之學，除本國所有外，尚須加以世界之知識。」〔註71〕在護生前期編譯的《歐美之光》，亦是認同西方，急欲「翻譯」西方文明傳回中國的態度。然而，當碧城深信佛法後，發願用英文翻譯淨土諸經典，則與早年翻譯的心態完全相左。亦即，對淨土信仰的正知、正見，佛法廣大無邊的深妙，是西方所欠缺的精髓，因此她要調和兩種語言，向歐美人士弘揚淨土。而在譯經數年後所得的夢境，與現實生活中感應，為她的修行帶來了何種涵義和效用？

一、翻譯淨土經典弘教

　　晚清以來，開始有西方女傳教士在中國從事宗教與文學翻譯，而在中國本土，女性譯者也涉足這個新興領域，不同於傳統才女以詩詞歌賦為主的文學創作方式，她們涉獵小說和戲劇等新穎的文學體裁，創造、翻譯出數量可觀的作品，像是薛紹徽、秋瑾、呂碧城、張默君、陳鴻璧、吳弱男等知識女

〔註69〕李保民，〈呂碧城年譜〉，收入李保民校箋，《呂碧城集》，下冊，頁 818。
〔註70〕李保民，〈呂碧城年譜〉，頁 820。
〔註71〕呂碧城，〈美利堅建國史綱序〉，收入李保民箋注，《呂碧城集》，下冊，頁 537。

性，皆有譯作刊登或出版。﹝註72﹞如單士釐「翻譯日本的女學與家政學專書，包括下田歌子《家政學》與永江正直《女子教育論》，將賢妻良母主義帶進中國。」﹝註73﹞張默君翻譯著名小說《屍光記》、《亞森羅蘋奇案》；近年離世的楊絳，則譯出《堂吉訶德》全本。

呂碧城在早年翻譯《美利堅建國史綱》，後來譯作多以佛典為主，可分為「中譯英」、「英譯中」兩類，「英譯中」作品主要呈現在《法華經普門品（華英合璧）》，貢獻在於譯出比現行本多出的七首偈子，成為《普門品》譯文的重要史料。「中譯英」的作品較多，如《華嚴經‧普賢行願品》、《阿彌陀經》、《觀音聖威錄》，翻譯重心在《普賢行願品》。呂碧城進行翻譯時，對於篇幅較長的經典，常見「節錄」的方式，選擇最重要的部分翻譯，有時更加入自己的觀點，所以她如何選擇、表達，在在呈現自覺的意識，及其體會、修學的淨土思想。翻譯之餘，呂碧城亦用英文撰寫弘教的作品，如《淨土綱要》、《因果綱要》，前者收錄在現存的《淨土四經》中，後者已亡佚。換言之，除了繪畫佛像，翻譯也是呂碧城虔信的表現，透過翻譯調和語言的方式，對歐美人士傳達的動機與目的為何？對應了哪些淨土信仰的內容？茲說明如下：

（一）翻譯動機與對象

1928 年底呂碧城開始推動護生，僅服膺佛教戒殺的宗旨，尚未深信佛法，對於佛教的看法：

> 佛教一切人我眾生平等，願力之宏，道義之廣，猶儒家之止於至
> 善，有過之而無不及，實互相印證，亦何可鄙之有。予不求因果
> 之報，不修淨土之宗，惟以佛教集戒殺之大成，闡文明之真義，
> 心實服膺。﹝註74﹞

碧城認同儒釋教義可以相互融通印證，又提出世變下的中國「應定佛教為國教，而以孔教輔之，此因儒釋二教，體用皆極契合。」﹝註75﹞1931 年《歐美之光》出版，上述引文「有過之而無不及」後面的文句已更動為「集公道之大

﹝註72﹞ 朱靜，〈清末民初外國文學翻譯中的女譯者研究〉，《國外文學》第 3 期（2007年），頁 61～69。

﹝註73﹞ 羅秀美，〈翻譯賢妻良母、建構女性文化空間與訴說女性生命故事——單士釐的「女性文學」〉，《漢學研究》第 32 卷第 2 期（2014 年 6 月），頁 197。

﹝註74﹞ 呂碧城，〈謀創中國保護動物會之緣起〉，收入李保民校箋，《呂碧城集》，下冊，頁 570。

﹝註75﹞ 呂碧城，〈謀創中國保護動物會緣起〉，《歐美之光》，頁 117。

成，闡文明之真義，世界任何宗教，寧有善於此乎！」〔註76〕表示自 1930 年底堅定信仰的呂碧城，日益深入經藏，對於佛法的精妙廣大，更加服膺推崇。

　　早在 30 年代日本的佛教已經相當盛行，呂碧城曾撰〈日本保護佛寺之法律〉，提到各國人士若擅自在寺壁題名皆判有期徒刑，刑中發配充當造橋鋪路之苦工，再由此延伸到日本是強國，而對佛教如此用心，反觀中國卻在提倡破除迷信，甚至有人提出推翻佛教能強國之說。〔註77〕歐遊期間，碧城觀察佛教已在歐洲發展數十年，遂更加肯定佛教對西方社會的功用：

> 近數年間，世界佛教廣為中興運動，蓋以東方形而上之哲學，應西方物質主義之反響，而補救其失。在日本尤為特著，風靡全國。中華因擾亂，欠秩序之發展，幸尚有太虛法師為之拄撐。歐洲承物質之弊，偏枯不樂，遂有多種精神學術之發展，佛教其一也。〔註78〕

佛法是心性之理，可以補救西方物質主義快速發展的流弊，如同引介護生前期，碧城原以西方文明為圭臬，後來發現佛法才是救世之良藥。此因當時碧城在歐洲推展護生運動交流，與歐美護生、蔬食團體有所往來，發覺「學佛者不必吃素，蔬食團體不必信佛，吃素者又未必辦保護動物」，且大多數歐美人士不信因果。她認為「信佛者不吃素，是不知大乘之故，對大乘常誤解，尤其說淨宗消極，是懶惰神仙所居。」〔註79〕因此，呂碧城堅定的以翻譯淨土諸經為己任，所欲弘揚淨土的對象，則由歐美人士起始。上文提到太虛法師，是民初推動人間佛教的著名高僧，除在中國也積極到歐美弘法，曾於「1924年應德人之請，說法於柏林。」〔註80〕呂碧城極為認同太虛法師的修持，及對佛教的改革，後來選擇以英譯佛典向歐美人士弘布佛法，也順應了太虛法師的世界佛化運動。誠如鄧子美教授所云：「呂碧城當為中國第一位具有世界眼光的佛教女性，自從與大虛大師為代表的世界佛化運動建立聯繫後，始終不渝地為佛法西傳與中外文化交流積極努力。」〔註81〕

〔註76〕呂碧城，〈謀創中國保護動物會緣起〉，《歐美之光》，頁 117。

〔註77〕呂碧城，〈日本保護佛寺之法律〉，《佛學半月刊》，收錄於黃夏年主編，《民國佛教期刊文獻集成》，第 47 卷，頁 148。

〔註78〕呂碧城，〈佛教在歐洲之發展〉，收入李保民校箋，《呂碧城集》，下冊，頁 581。

〔註79〕呂碧城，〈呂碧城女士在杭演說〉，《佛學半月刊》，收錄於黃夏年主編，《民國佛教期刊文獻集成》，第 53 卷，頁 276。

〔註80〕呂碧城，〈佛教在歐洲之發展〉，頁 579。

〔註81〕陳兵、鄧子美，《二十世紀中國佛教》（台北：現代禪出版社，2003 年），頁179。

　　除了上述對佛法認同，看到歐洲物質文明發展之弊，跟隨太虛法師的佛
教運動，成為碧城翻譯經典的動機之外，研讀淨土諸經的過程，「教義歧義」
是早先造成她不能起信的緣由，因此立下大願想整理淨土經典中諸譯異出者，
而被常惺法師提醒勿妄自刪改，且要梵藏對校，因而作罷。後又發現「禪宗
多詆淨土」〔註82〕，表示教界對於淨土宗也有不認同的現象。在她起信淨土
之後，與淨土教派同修往來，聽聞有人士提出只要稱誦佛名，不須閱藏的主
張。為了確立淨土在大乘的地位，及閱讀經藏的重要，碧城提出駁斥曰：

> 況今人智識競進，思想複雜，若不將佛法精妙之學理闡明於眾，誰
> 肯起信？僅憑一句佛名，欲使眾皆信從，世事未必如此簡易。彼專
> 倡持名之大師，究是凡夫，並非三頭六臂，丈六金身，饒你說得舌
> 脣焦，誰相信你？且若人人皆晝夜念佛，則萬事無暇顧及，為自了
> 漢。……凡力能兼顧者，應兼任宏法之責，俾佛法中興於世界，方
> 合大乘之旨。〔註83〕

碧城並非反對持誦佛名的修行法，而是強調若要使世人對淨土起信，則須弘
揚佛法之妙，佛法如何弘揚，則須由閱讀經藏開始。又提出有能力兼顧者，
應擔任弘法之責，以闡揚大乘佛法自他兩利的精神，此亦是她秉持弘揚淨土
的動機與理念。

（二）引介淨土法門

　　由翻譯淨土諸經典作為弘法的方式，以目前能見到呂碧城最完整的譯作
《淨土四經》為例，可發現其翻譯重心在《普賢行願品》，嘗說該經發揮大乘
之旨最為酣暢，翻譯原則是「引佛教特有詞彙入英譯本」、「對表達清楚完備
的訴求」〔註84〕，並在譯文後附梵漢對照表。其次，對於可能被提出的質疑，
如佛教經典如此浩瀚，涵義如此深遠，透過翻譯易與原始經文有所落差，提
出說明：

> Among the many wondrous and beautiful things of this universe,
> Buddhist literature stands supreme; but the very short and simple phrases
> of its translations, typical of Chinese classical literature, has made the

---

〔註82〕呂碧城，〈致王小徐居士書〉，收入李保民校箋，《呂碧城集》，下冊，頁591。
〔註83〕呂碧城，〈呂碧城女士來函（一）〉，《海潮音》，收錄於黃夏年主編，《民國佛
　　　　教期刊文獻集成》，第179卷，頁246。
〔註84〕李嵐，《近代知識女性佛教信仰研究──以呂碧城為中心》，頁74。

meaning rather incomplete to a foreign reader; and even to a native of China, if he is not conversant with the ancient classical Chinese literature, may fail to grasp their profound significance. I therefore have taken the liberty of adding words to cetain sentences which perhaps not be entirely clear in meaning to my readers. These additional words are inserted in parenthesis.〔註85〕

宇宙中最令人讚嘆的是佛典，但中國古代漢語簡短凝煉，外國人難以通過閱讀漢文佛典理解佛教，甚至對於中國人來說，若無良好的古典文學素養，也很難理解佛經奧意。因此，決定將中文佛經翻譯成英文。在翻譯過程中，對由於造成一般讀者理解困難的句子，添加詞句補充，使涵義更加完整，俾於讀者閱讀理解。

文中又自謙佛學造詣，英語能力不佳，難以荷負譯事，但為了讓外國人理解淨土教義，於是扛下翻譯重任，弘揚佛法。

為了消除眾人的歧義，確立淨土宗的地位，是為大乘佛教之一宗，在《淨土四經》之〈淨土綱要〉，提出：

The Pure Land Sect shows the easiest and shortest way of achievement among the many different schools of Buddhist teaching. Although there has beencontroversy between the Pure Land Sect and the Dhyana School, the latterasserting there is no actual existence of a Pure Land, that it is only a pious device to lead beings to the Nirvanic state, such a conjecture no longer exists in face of the undeniable records of the devotees who have been born in the Pure Land, so proving the reality of that Buddha-country. Many have broken through the chrysalis of worldly delusion and solved the riddle of life by this particular method which spread widely all over China eventually became the important one among all Buddhist sects. Therefore it is not necessary for me to edit andy additional work to the numerous Chinese books already written on the subject.〔註86〕

〔註85〕呂碧城女史譯，《淨土四經》，頁2。上列引文的中文部分，為筆者依原文所譯。
〔註86〕呂碧城女史譯，《淨土四經》，頁67。上列引文的中文部分，為筆者依原文所譯。

淨土宗用最簡單的捷徑成就了不同的宗派與佛教教義，儘管出現了
淨土宗和禪宗之間的爭議，後者認定淨土不實際存在的，但它只是
一個虔誠的法門，帶領眾生到涅槃的狀態，證明了佛國的現實存在。
許多人通過世俗的妄想的考驗破蛹而出，並將它廣為流傳至中國各
地，最終成為所有佛教宗派中重要的一宗。

淨土法門持名念佛簡單易行，適合初入佛門者修習，鼓勵西方人士能實際從
之。文中並鼓勵行者持守戒律，發露懺悔，發揚自利利他的大乘精神。特別
的是，對極樂淨土及往生前預知時至，身現異香、光繞，荼毘後產生舍利子
等殊勝作了一番描述。目的在於：

The present work is dedicated to our Western fellow-Buddhists who have
not perceived the advantage of this special method. Now the attempt has
been made, and I look forward to the day when our Western brethren
attain an publish their own records of being born in the Pure Land, and
thereby convert those who are limited only to the materialistic lines of
thoughts of the nineteenth century. [註87]

目前的工作是專門為我們的西方佛教徒們發掘他們尚未察覺的這
種特殊方法。我已經開始嘗試，期待有一天，西方教徒能夠往生
淨土，並被記錄下來，從而推翻那些僅限於十九世紀思想的唯物
主義。

呂碧城樂觀期待西方能有深入修學淨土法門者，而往生淨土者能被記錄下來，
由此更能推翻唯物主義以現象界為事實的論點是錯誤的。

對於佛法的諸多論述中，貫穿的宗旨即是「弘揚淨土」的理念，藉由不
斷的書寫，亦是提醒自己必須加功用行。如在〈淨土綱要〉中，碧城寫道：
「我本人已在前往彼岸的途中，無論過程是冰山還是火海，我都將義無反顧
的往前進，直到彼岸。」[註88]由此亦見深切弘揚淨土的信念與堅定。

二、夢現光雨花之瑞相

1936年4月，呂碧城譯作《英文華嚴經普賢行願品》及《淨土綱要》合

[註87] 呂碧城女史譯，《淨土四經》，頁68。上列引文的中文部分，為筆者依原文所
　　　譯。
[註88] 呂碧城女史譯，《淨土四經》，頁76。上列引文，為筆者依原文所譯。

刊本出版前，夢見現天際光明、花雨繽紛：

> 一九三六年三月十六號，余得一夢，見天際光明炳耀，花雨繽紛。
> 余手攜籃，滿盛天花，散撒於一城市之上空。……余以此夢函告天
> 津徐文霨老居士，請其判釋。蒙函復引某書，謂發光與雨花同為從
> 事宏布佛法所得之感應。古來譯經或作疏之大德於卒業之後，獲同
> 樣之感應，見於著錄者，不乏其人也。〔註89〕

「天花」又作「天華」，指天上之妙華。又指法會時散於佛前，以紙作狀如蓮
花瓣者。〔註90〕碧城夢中所見雨天華，是指從天上落下陣陣花雨，如《佛說
阿彌陀經》云：「晝夜六時，天雨曼陀羅華。」〔註91〕境界極為美妙。另又夢
見天際光明，光明、清淨的夢境，已是智慧、吉祥的徵兆，又如《菩提道次第
廣論》所說，若夢見日月光明、大火燃燒等，皆是罪業消滅之吉兆。〔註92〕

　　呂碧城於夢境見城市上方放大光明和雨天花，遂以此異事致信詢問徐文
霨，老居士函覆此為從事宏布佛法所得之感應。呂碧城得此夢時人在香港，
平日與她相交的善知識甚多，何以交由徐文霨判釋？徐文霨（1878～1937），
即徐蔚如，與呂碧城原為舊識，兩人皆任職於袁世凱政府時期。1918年，徐
文霨延請諦閑法師北上講經，呂碧城亦受邀前來聞法，皈依在諦老座下。後
來徐文霨與蔣維喬（1873～1958）共創北京、天津兩刻經處，徐居士以刻經、
流通為己任，因刻印一系列的華嚴經典，被譽為「華嚴學者」。〔註93〕呂碧城
在佛法實踐裡，譯經、付梓發行佔了極大的份量，在翻譯佛典與流通貢獻許
多心力，與徐文霨的理念相符。此外，呂碧城推崇徐文霨最可能的原因，應
是她在倫敦得見《嘉言錄》，是《印光法師文鈔》的心要精髓，而《文鈔》正
是徐文霨所編刊，若無《文鈔》印行，唯恐終其一生無緣學佛。因此，基於感
恩亦敬佩老居士解行並進，遂請其判釋夢境的啟示。

　　自1930年夢生蓮之路後，碧城以英譯佛典來弘法，六年後，在香港無意
間偶得現光、雨花之夢，經由解行並進的老居士判釋，得知夢中所現瑞相，
是對她譯作經典的肯定，遂在譯經弘法一事更加堅定精進。

〔註89〕呂碧城，〈述譯經之感應〉，《佛學半月刊》，收錄於黃夏年主編，《民國佛教期
　　　　刊文獻集成》，第53卷，頁272。
〔註90〕釋慈怡編著，《佛光大辭典》，頁1361。
〔註91〕姚秦・鳩摩羅什譯，《佛說阿彌陀經》卷一，（CBETA, T12, n0366, p0347a08）。
〔註92〕引自陳兵，《佛教心理學》，頁257。
〔註93〕于凌波，《中國近現代佛教人物志》，頁578～579。

三、夢召開保護動物大會

　　同樣的是弘法譯經感應所得的夢，1939 年又回到瑞士山中的呂碧城，健康狀況不佳，仍在病中勉撰英文《因果綱要》。因患失眠已久，苦不成寐，憶及地藏菩薩，祝禱賜夢，後得一有趣之夢，即龍豹鸞鶴等動物皆來參與保護動物大會。在其〈紀夢〉中述及：

> 己卯西曆七月十日（久居海外不知漢曆），余病中勉撰英文《因果綱要》之書，就寢時苦不成寐。偶憶及地藏菩薩，乃默祝曰：「辛苦竟日，求菩薩慈悲，使能安睡。且賜以有興趣之夢，以為慰藉。」然夜起徬徨，仍百計不能成寐。蓋余患失眠已久，固不自是夜始也。至天將曉時，忽夢余開保護動物會議，龍豹鸞鶴皆臨，眾采騰耀。余欲請某演講，遣鸞往迎，夫驂鸞控鶴，為詩家之寓言，亦神仙之境界。余一念之祝，竟獲睹種種奇情幻景，醒時猶興味醰醰，今已不惟悉記。此為余自心之幻相耶？抑果屬菩薩之嘉惠耶？計夏曆聖誕將屆，書此付郵，為佛刊之補白，聊助讀者雅興，不敢認為靈感也。〔註94〕

碧城的字號之一為「聖因」，1932 年，誦讀《地藏菩薩本願經》，見「聖因」之字句甚多，感此因緣，繪地藏像一幀贈英國大菩提會（The British Maha Bodhi society）。〔註95〕1939 年，以英文撰寫《因果綱要》期間，憶起地藏菩薩，祈求賜夢，後得召開動物保護大會之奇夢。碧城一生的成就，其中一個重要區塊為「護生」，堪稱為建立中國保護動物團體的先驅。在 1920 年代末，引介西方保護動物新知，受邀參加維也納萬國保護動物大會，是唯一出席大會的中國人，且是女性，並用英文演講，宣揚戒殺護生理念。期間，將歐美各國佛教與護生消息傳回國內，登於報刊。晚期則反思西方經驗，將西方的戒殺觀、蔬食觀與佛教義理融合，大力推廣蔬食（詳見第四章）。碧城因祝禱得此夢境，乃是與她的慈悲護生理念相結合而映現，但卻不敢妄下斷見以為感應所致，遂撰文寄至《佛學半月刊》，聊助雅興，期獲指正。

　　此夢與現光雨瑞之夢的差別，在於夢由祝禱而來。大乘佛教和密宗，亦

〔註94〕呂碧城，〈紀夢（敬祝地藏菩薩聖誕）〉，《佛學半月刊》，收錄於黃夏年主編，《民國佛教期刊文獻集成》，第 55 卷，頁 65。

〔註95〕聖因女士，〈畫佛因緣記〉，《世界佛教居士林林刊》，收錄於黃夏年主編，《民國佛教期刊文獻集成》，第 15 卷，頁 328。

有讓修行者祈禱佛菩薩、「夢王」求夢兆之法。如在《大方等陀羅尼經》，提及欲修方等陀羅尼法，須先歸求祈禱袒荼羅等十二夢王。〔註96〕而碧城當時因憶念地藏菩薩，遂「賜以有興趣之夢，以為慰藉。」夢中果然熱鬧非凡，各種動物皆降臨，奇情幻相橫生，恰與她推動護生相契合。其實，呂碧城獨自推行護生運動，歷經困境重重，曾說：「諸友來函，對予之主張，反多勸阻，謂君欲救畜生，何如救人類云云」，或是譏諷她提倡蔬食是為了求取福報等責難〔註97〕，種種辛勞不在話下。蔬食的推廣符合佛教戒殺的精神，亦是碧城的日常實踐，所以能得此既有趣又備受慰藉的夢境，自然感到一切辛苦都是值得。而且，兩個夢皆是譯經弘法後所得，由夢境再次肯定她在修行上的努力，為她帶來更加堅定修行的前進動力。

四、夢與現實融通之感應

對於呂碧城而言，夢境是一種真實的顯現，她欣然接受，從中探尋象徵涵義。夢醒之後，夢中的神聖訊息延伸至夢外，形成夢與現實相融通的現象，從而改變她在現實世界的作為，夢覺之間，帶有覺悟的意義。值得一提的是，上述「夢見現光雨花之瑞」、「夢示已得生蓮之路」，收錄於〈述譯經之感應〉，該文除了夢境之外，另記載「蓮華成人手形」、「面盆中顯蓮華形」、「面盆中顯白鶴相」，則是由夢境延伸至現實世界的三則感應。此事源自英譯《普賢行願品》、《阿彌陀經》後而生，三篇敘事皆串貫著「蓮花意象」，呂碧城從中獲得啟示，進而皈依普賢菩薩為本尊，自受菩薩戒，修持普賢十大行願，以往生極樂淨土為依歸。

前揭蓮花意象是佛與佛法的映現，呂碧城不惟在夢中得之，現世中亦從蓮花獲取修行涵義。譯成《普賢行願品》後數日，她買得蓮花數朵供佛，異見其中一朵有兩瓣似人手。「每瓣各有一小分支如大拇指者，相交疊焉。」（圖19）對此奇華輾轉尋思多日，遂查丁福保《佛學辭典》真有此名，其中注釋引《大日經》：「又現執金剛普賢蓮華手菩薩等相貌」，數日後，又從丁氏辭典查得「普賢三昧耶印」，於是「普賢菩薩」與「蓮華手」的象徵合而為一。普賢菩薩，是佛教四大菩薩之一，為大乘佛教行願的象徵，是實踐菩薩道的表徵

〔註96〕引自陳兵，《佛教心理學》，頁257。

〔註97〕呂碧城，〈今日為世界保護動物節——保獸會欲在中國設立分會〉，天津《大公報》，1929年10月4日，版4。

典範；當時她所譯的《普賢行願品》，內容正是詮釋普賢菩薩的十大願王，以及修持讀誦所得利益，而在現實生活中又能得蓮花呈手狀之相，對她來說，是與佛法相應的印記，是精進修持所得的真實顯相，故曰：「蓮華手之名既與余所見之物質的蓮華手相符，而《大日經》中之普賢菩薩，又適為余此書之標名，是豈偶然者哉！」〔註98〕欣喜之餘，並以〈瑞雲濃〉一闋記之。〔註99〕此文末又註記《華嚴經》八十卷末有錄譯經之種種感應，因此並非她過度詮釋，而是真有蓮華手顯相，遂請攝影師前來翻拍為證。

圖 22　呂碧城所攝影之「蓮華手」

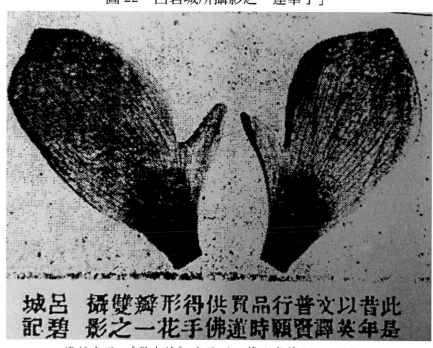

資料來源：《覺有情》半月刊，第 4 卷第 13、14 號。

「蓮華手」異相發生後半年，呂碧城繪畢十大願王普賢菩薩聖像之翌日，見到「洗手之面盆中有不少沉澱於盆底之物質，形成一蓮花模樣，花之直徑

〔註98〕呂碧城，〈述譯經之感應〉，《佛學半月刊》，收錄於黃夏年主編，《民國佛教期刊文獻集成》，第 53 卷，頁 271。

〔註99〕呂碧城，〈瑞雲濃〉題曰：「買蓮供佛，得手形花瓣一雙，考之釋典，果有『蓮華手』名辭，敬賦此闋誌瑞。」詞曰：「金仙露掌，瑤池飛下雙瓣。玉井峰頭雪初綻。螺紋暈碧，通帝網、絲絲靈綰。妙諦試拈花，稱兜羅膩軟。雲袂分攜，憶舊侶、蓮鄉采伴。歷劫人間再相見。綠房珠溜，拭不盡、方諸清泫。苦海垂援，萬紅漂轉。」收入李保民校箋，《呂碧城集》，上冊，頁 213。

約七寸，形圓，適滿遮盆之圓底，數其花瓣，恰為十片，與十大願王數相合。」
呂碧城認為是普賢菩薩再次以蓮花意象傳遞修行感應，由於普賢菩薩是行菩
薩道的典範象徵，她得出修行常例應擇一本尊以求加持，遂擇日依正式儀軌，
皈依普賢菩薩為本尊，並於臂上依法作成三誌，為皈依的證明。〔註100〕此段
記載透露出一些訊息，表示呂碧城的日常實踐，不惟念佛、作觀，亦有畫佛。
其次，她依正式儀軌皈依，並在臂上作三誌，則是受「菩薩戒」〔註101〕；從
其《香光小錄》首頁印有「菩薩戒優波夷智曼呂碧城著」字樣〔註102〕，證明
呂碧城受過菩薩戒。受戒後約莫一個月，「忽又見面盆中顯一異相，係一蓮花
之概形，花面則有一鶴在焉，宛然繪裡而成。」從蓮花意象中，她加以思索：

> 憶起《小彌陀經》中所說極樂世界之一種莊嚴，即蓮華池中有多種
> 天鳥，其一即白鶴也。此殆因余翻譯本書之功德，故蒙以此相顯示，
> 為余將來往生淨佛國之保證，以遂吾願耶？〔註103〕

《小彌陀經》，即是《佛說阿彌陀經》的別名，此經是淨土三經之一，為淨土
宗的主要修持經典。《小彌陀經》中提到「白鶴」曰：

> 復次舍利弗：「彼國常有種種奇妙雜色之鳥：白鶴、孔雀、鸚鵡、舍
> 利、迦陵頻伽、共命之鳥。是諸眾鳥，晝夜六時，出和雅音。其音
> 演暢五根、五力、七菩提分、八聖道分，如是等法。其土眾生，聞
> 是音已，皆悉念佛、念法、念僧。」〔註104〕

從自古延用的祝壽語「松鶴延年」而言，鶴本身具有象徵吉祥、長壽的文化
涵義，當鶴出現在佛典中，則呈現神聖的意義。呂碧城詮釋此顯相是翻譯《小
彌陀經》所獲的功德利益，經中提及白鶴這種神聖之鳥，遂與蓮花意象相結
合，作為往生佛國淨土的保證。

〔註100〕呂碧城，〈述譯經之感應〉，《佛學半月刊》，收錄於黃夏年主編，《民國佛教
期刊文獻集成》，第53卷，頁271。

〔註101〕菩薩所受的戒，稱為菩薩戒；要做菩薩，必須先受菩薩戒。如《梵網經》中
所說，菩薩戒「是諸佛之本源，菩薩之根本；是大眾諸佛子之根本」。（《大
正藏》二四・一〇〇四頁中）不行菩薩道，雖信佛而永不能成佛。參見釋聖
嚴，《戒律學綱要》（台北：法鼓文化，1999年），頁334。

〔註102〕由此亦能證明呂碧城的法號為「智曼」，而非他書及網站資料所誤植成「曼
智」。呂碧城編著，《香光小錄》，頁1。

〔註103〕呂碧城，〈述譯經之感應〉，《佛學半月刊》，收錄於黃夏年主編，《民國佛教
期刊文獻集成》，第53卷，頁271。

〔註104〕姚秦・鳩摩羅什譯，《佛說阿彌陀經》卷一，（CBETA, T12, n0366, p0347a12
～16）。

從蓮花呈手狀、蓮花形物質、蓮花形物質中現白鶴的顯相，呂碧城的詮釋是「感應」，即「感應道交」之意，眾緣和合使眾生之「感」與佛陀之「應」互相交融。〔註105〕事實上感應的前提須建立在戒律上，戒律是佛教修行者的實踐基礎，在生活日常不間斷地持戒修行，解行並進，等待因緣成熟，自然與佛相應感通。呂碧城自皈依佛法後，嚴守五戒，翻譯《普賢行願品》後，從蓮花意象獲得啟示，遂皈依普賢菩薩為本尊，受菩薩戒，發願行菩薩道。《華嚴經》：「戒是無上菩提本。」遵守戒律是修習一切善法的基礎，戒律的尊嚴，正是佛教的根本精神。先前讓呂碧城對淨宗起信的關鍵，來自夢蓮花之路，她也認為是求佛後的感應，此因「蓮華為極樂世界表法之華，淨宗行人皆於華中化生」〔註106〕，顯然已得化生蓮華中之路；而在現實生活裡出現蓮花現白鶴的異相，不啻再次印證將來能往生淨土的證據。對於這些不可思議的徵兆，呂碧城提出「信乎宇宙間中之事理，無窮無盡，難思難議，斷非凡夫所能瞭解，惟有深細推求，或能得其真相耳。」〔註107〕透過神聖體驗探求其中涵義，從夢境延伸至夢外的真實顯相，讓她提升修行層次，發菩提心，行菩薩道，對於往生淨土的信心更加堅定。值得一提的是，呂碧城〈述經之感應〉原用英文寫成，後收錄在目前通行的《淨土四經》，中文版本是由《佛學半月刊》的編輯翻譯而成；表示原先要弘布的對象是歐美人士，呂碧城以感應、神聖體驗的敘事方式，引發讀者的好奇和興味，產生閱讀動機，進而將淨土的基本精神與修持經驗融合於其中，發揮弘揚淨土之目的。綜言之，翻譯弘教的過程中，呂碧城於夢境中得到學佛肯定與自我認同，又由夢境延伸到現實生活得到種種感應，在修持歷程裡繼續堅定的前進。

第四節　夢作為修行指引／自我構建的途徑

前揭《舍衛國王夢見十事經》、《佛說舍衛國王十夢經》的解夢，表現出

〔註105〕指眾生之所感與佛之能應相交之意。乃由於機緣成熟，佛陀之力量自然能與之相應，亦即眾生之「感」與佛陀之「應」互相交融。參見釋慈怡編著，《佛光大辭典》，頁5453。

〔註106〕呂碧城，〈述譯經之感應〉，《佛學半月刊》，收錄於黃夏年主編，《民國佛教期刊文獻集成》，第53卷，頁272。

〔註107〕呂碧城，〈述譯經之感應〉，《佛學半月刊》，頁271。

佛教對夢的素樸看法，相信夢的預言與象徵，並非探討夢是否真實。而其他
佛教經典裡，有針對夢的本質是否虛實進行探究，如一切有部的論著《大毗
婆沙論》，即主張夢為實有，提出「若夢非實，便違契經。」〔註108〕《大毗婆
沙論》對於夢有完整的論述，據其中觀點，夢之所以有意義，因能反映日常
的修行成果。如佛教徒經常進行供養布施，若在夢中行布施，是否能視為增
福，論曰：

> 彼處說生名為增長。此中說能取愛非愛果等思，名為增長。以此能
> 取如應果故。福增長者。如有夢中布施作福受持齋戒，或餘隨一福
> 相續轉。其事云何？彼隨覺時善勝解力，夢中還似彼善事轉，故如
> 覺時能取愛果說為增長。……由斯串習勝解力故，夢中還似此所修
> 轉。由如是等勝解力故，夢中福業亦得增長。〔註109〕

上文表示若在夢中行善，投射出日常生活中也時常行善，即使在虛幻的夢境
中，仍有行善的意念與行動，源自平日串習的結果，是以，夢是日常行為的
鏡射，對於修行的成果亦復如是。比《大毗婆沙論》晚出的《大智度論》，則
採取反對的立場，認為夢非實有，《大智度論》從《般若經》的立場提出：

> 「如夢」者，如夢中無實事，謂之有實，覺已知無，而還自笑；人
> 亦如是，諸結使眠中，實無而著，得道覺時，乃知無實，亦復自笑。
> 以是故言「如夢」。……復次，夢有五種：若身中不調，若熱氣多，
> 則多夢見火、見黃、見赤。若冷氣多，則多見水、見白若風氣多，
> 則多見飛、見黑。所聞見事，多思惟念故，則夢中復現。或天與夢，
> 欲令知未來之事。是五種夢，皆無實事而妄見。〔註110〕

如夢，以夢為比喻，表示夢境皆虛幻不實。論中又列舉夢的五種成因，說明
作夢來自身體中的四大基本元素：地、水、火、風，不平衡失調的緣故，以及
「多思惟念」，即日有所思，夜有所夢。是以，夢既然非實有，所見亦是妄見。
事實上，兩種觀點並非對立，《大毗婆沙論》的主張基於因果法則，故主張夢
為實有；《大智度論》則從法的本質立論，認為一切現象皆虛幻不實，夢既然

〔註108〕唐・玄奘譯，《阿毘達磨大毘婆沙論》卷三十七，（CBETA, T27, n1545,
　　　　 p0193b10）。

〔註109〕唐・玄奘譯，《阿毘達磨大毘婆沙論》卷三十七，（CBETA, T27, n1545,
　　　　 p0192c05～24）。

〔註110〕姚秦・鳩摩羅什譯，《大智度論》卷六，（CBETA, T25, n1509, p0103b29～
　　　　 c12）。

是世間的一種現象，即非實有。〔註111〕對夢的處理態度，《大毗婆沙論》具有修行的實用性，而非停留在哲理的分析上，夢中的行為善惡和因果業報有密切的關聯，醒覺後的行者對於夢中的提示則須著力用功。呂碧城以夢為實有的論調，顯然比較偏向《大毗婆沙論》的觀點。在夢與修行之間，上述已分析夢具有激勵作用，夢的徵兆隱含現實的發展，本節將進一步分析碧城在「念佛」、「觀想」修持上的用心，以及在修行歷程中，得到的夢境對於她的修行所帶來的指引與提示。

一、念佛、觀想後的宗教體驗

《觀無量壽經》云：「是心作佛，是心是佛。」印光大師云：「凡憶佛，念佛，觀佛，禮佛，畫佛，皆名作佛。」1927 年底至 1928 年初，呂碧城從《嘉言錄》開始學習念佛，即「每晨持誦彌尊聖號十聲，即所謂十念法。」稱念佛名為淨土宗的主要修行法門，而印光大師《嘉言錄》所記載的十念法如下：

> 當於晨朝盥漱畢，有佛則禮佛三拜，正身合掌念南無阿彌陀佛。盡一口氣為一念，念至十口氣，即念《小淨土文》，或但念「願生西方淨土中」四句偈。念畢禮佛三拜而退。若無佛即向西問訊，照上念法而念。此名十念法門。〔註112〕

呂碧城自稱初入淨土法門，日誦彌陀聖號十聲，不過，她並無提到有無讀誦《小淨土文》，及附見於佛典正文後的迴向四句偈：「願生西方淨土中，九品蓮花為父母。花開見佛悟無生，不退菩薩為伴侶。」

日後，碧城在念佛上有不同的體會，在〈予之念佛方法〉中提到「除口誦外，應兼念佛（即繫念作觀）。」〔註113〕對碧城而言，「念佛」與「稱名」不同，差別在於觀想。因為稱名的過程中，容易分散注意力，因此「持誦佛號宜從容和緩，則心專神靜。若貪數目之外，則急忙而意不注，與留聲機器無異。」〔註114〕依碧城的自身經驗是「雖誦經念佛，亦不克凝神定慮，雖獲禪

〔註111〕引自李建弘，〈以夢作為修行的對境？還是方法（三）〉，《海潮音》第 94 卷第 10 期（2013 年），頁 21。
〔註112〕印光法師，《印光法師嘉言錄·嘉言錄續編·文鈔菁華錄合刊》（台北：財團法人佛陀教育基金會，2013 年），頁 59。
〔註113〕呂碧城，〈予之念佛方法〉，《香光小錄》，頁 11～12。
〔註114〕呂碧城，《香光小錄》，頁 2。

益，惟合掌作跏趺坐，修觀自持（即修淨土之觀），心始漸定。」〔註 115〕其〈報聶雲台居士書〉亦說：「持名太易，亂心易起，作觀則需全力，亂念無暇插入。」〔註 116〕持誦佛號只須出聲，但誦念過程中時常妄想紛飛，必須兼作觀想，且觀想的方式要用盡全力，才不致生起妄念。又說若是一般事冗心煩之輩，不能作觀，只誦佛號，則須殷切發菩提心。此因「菩提心」為一切諸佛之種子，淨法長養之良田，乃一切正願之始、菩提之根本；大乘菩薩最初必須發起大心，稱為發菩提心、發心、發意。〔註 117〕據此，呂碧城認為念佛不僅是口誦稱名，必須兼作觀想，發菩提心，才是真正的念佛。

　　對於修觀自持的心得，可詳見其所撰《觀無量壽佛經釋論》。如其所說，「此論之作，旨在勸進，非釋經也。」〔註 118〕建議行者在持名之外應採「十六觀」〔註 119〕次第修習，觀想淨土，依正各報，薰成無漏種子，臻至「是心作佛，是心是佛」之境界。此外，碧城強調凡於「十六觀」所未言者，一概不取，更不須另外修觀。因印象入心，每自呈現，揮之不去，不若衣服之垢可以

〔註 115〕呂碧城，〈呂碧城女士啟事〉，收入李保民校箋，《呂碧城集》，下冊，頁 635。
〔註 116〕呂碧城，〈報聶雲台居士書〉，《覺有情半月刊》，收錄於黃夏年主編，《民國佛教期刊文獻集成補編》，第 61 卷，頁 500。
〔註 117〕釋慈怡編著，《佛光大辭典》，頁 5200。
〔註 118〕呂碧城，《觀無量壽佛經釋論》，頁 73。
〔註 119〕（一）日想觀。正坐西向，諦觀於日，令心堅住，專想不移。（二）水想觀。初見西方一切皆是大水，再起冰想，見冰映徹，作琉璃想。（三）地想觀。觀想地下有金剛七寶金幢擎琉璃地，地上以黃金繩雜廁間錯，一一寶各有五百色光等。（四）寶樹觀。觀極樂國土有七重行樹，七寶花葉無不具足。（五）寶池觀，又作八功德水想。觀想極樂有八功德水，一一水中有六十億七寶蓮花。（六）寶樓觀，作此觀想即刻成就以上五種觀法，故又作總觀。（七）華座觀。觀佛及二菩薩所坐之華座。（八）像觀。觀想金色佛像坐彼花上，又觀音、勢至二菩薩像侍於其左右，各放金光。（九）真身觀，又作佛觀、遍觀一切色身想。觀想無量壽佛之真身，作此想即可見一切諸佛。（十）觀音觀。觀想彌陀側身之觀世音菩薩。（十一）勢至觀。觀想彌陀側身之大勢至菩薩。（十二）普觀。觀自生於極樂，於蓮花中結跏趺坐。（十三）雜想觀。觀丈六佛像在池水上，或現大身滿虛空。（十四）上輩觀，又作上品生觀。往生淨土者依其因，而有上、中、下三輩，三輩復分上、中、下三品，總為九品。上輩觀即觀上輩徒眾自發三心、修慈心不殺行等、臨終蒙聖眾迎接，及往生後得種種勝益之相。（十五）中輩觀，又作中品生觀。即觀中輩徒眾受持五戒八戒、修孝養父母之行等，及感得聖眾迎接而往生等相。（十六）下輩觀，又作下品生觀。即觀下輩徒眾雖造作惡業，然臨終遇善知識，而知稱念彌陀名號，因之得以往生，及蒙種種勝益之相。釋慈怡編著，《佛光大辭典》，頁 396。

洗淨，故自當心。〔註 120〕此外，呂碧城駁斥舊說主張以天台宗之基本教義「一心三觀」〔註 121〕來修十六觀，因一心中圓修空、假、中三諦非凡夫能企及，一心三歧，則困難倍增，最後三觀之妙諦未得，反先壞了一心不亂的功夫，無益於修行。〔註 122〕

至於呂碧城念佛的方法與感受如何，在其〈予之念佛方法〉記載：

> 放下萬緣，一心念佛，乃無上清福，最為快樂。……持名每日至少
> 一萬，得暇守七（俗名打七），則每日可得六七萬之數，皆心中默誦，
> 以十分之一出聲口；默誦四字，出聲則六字。〔註 123〕

能夠萬緣放下，一心念佛，確實是人生至樂。碧城旅居瑞士時，每日持佛號至少一萬遍，空閒時則能「打七」——「修行者為求在短期內得到較佳之修行成果，常作限期之修行，通常多以七日為期，稱為打七。」〔註 124〕在守七期間，每日可誦六、七萬遍佛號，其中十分之一出聲口誦「南無阿彌陀佛」，餘者在心中默誦「阿彌陀佛」。此法為呂碧城之創見，是她用來課誦佛號的方式，不是正式儀軌上所規定。稱念佛號後的感受，人人不同，呂碧城則以時間長短與否，及「粗定」、「細定」之分來說明：

> 予個人之功課如此，未知是否合法，不敢望人皆從我。唯有可為同人
> 告者「一心不亂」與否，全憑作課時間之長短。初持誦時，雜念自現，
> 此出彼沒，莫可究詰，二小時後始得粗定，所謂「初伏客塵煩惱」，
> 三小時後得入細定，四五小時後則心澄如水、身世兩忘矣。〔註 125〕

念佛若要達到「一心不亂」，關鍵在於作課時間的長短。初持誦時，雜念紛飛，是多數人的經驗，對於「初伏煩惱」之境界，以「粗定」稱之，久之則得「細定」，逮數小時，則能達到「心澄如水」、「身世兩忘」的「冥契體驗」〔註 126〕。

〔註 120〕呂碧城，《觀無量壽佛經釋論》，頁 71。

〔註 121〕乃天台宗之觀法，為天台宗基本教義之一，又稱「圓融三觀」、「不可思議三觀」、「不次第三觀」。「一心」，即能觀之心；「三觀」，即空、假、中三諦。知「一念之心」乃不可得、不可說，而於一心中圓修空、假、中三諦者，即稱「一心三觀」。釋慈怡編著，《佛光大辭典》，頁 23。

〔註 122〕呂碧城，《觀無量壽佛經釋論》，頁 69～71。

〔註 123〕呂碧城，〈予之念佛方法〉，《香光小錄》，頁 12～13。

〔註 124〕釋慈怡編著，《佛光大辭典》，頁 1931。

〔註 125〕呂碧城，〈予之念佛方法〉，《香光小錄》，頁 13。

〔註 126〕冥契主義共同特徵的核心特質是，冥契者擁有一體之感，並宣稱此合一境界不可言說。本文引用並以冥契體驗來比擬「心澄如水」、「身世兩忘」的境界。參閱美・史泰司（W. T. Stace）著，楊儒賓譯，《冥契主義與哲學》（台北：

念佛之外，呂碧城亦鼓勵淨土行者，宜兼誦《普賢行願品》，常閱「淨土四經」
〔註127〕，綜合參閱則能對淨土法門有圓滿的認識。〔註128〕

二、夢亡母見召：靜持修十六觀

　　1931 年刊出的〈呂碧城女士啟事〉，提及兩個夢，其一是前揭「夢白石階
梯」，其二則是「夢亡母見召」：

> 曩年夢亡母見召，予趨往，則母掛古寺中，榻懸帳幕，未睹慈容，
> 惟母隔幕賜呼予名曰「靜持」。予當時雖不解其意義，因出慈名，亦
> 多年以來，敬志誌不忘。最近讀《瑜伽師地論》見第四十九及五十
> 卷中「靜慮解脫等持等至」之句甚多，且有昔年夢中得句近始發現
> 於《華嚴經》中者。予當年既未聞佛法，且自頂及踵，方沉溺於聲
> 色貨利之中，此等夢不可謂由結想而得也。〔註129〕

呂家四姐妹受到母教的影響極深，也非常敬重母親。碧城在民國元年奉母居
於上海，其母翌年就已仙逝。此夢與白階之夢相似，皆未見到人，但都有指
示，不同的是這次亡母直呼其名曰「靜持」，另則提到「昔年夢中得句」。撰寫
此文時為 1931 年，碧城當時剛起信淨土，對於鑽研佛學發勇猛心，從上文可
知她已在閱讀《瑜伽師地論》、《華嚴經》，同年又以〈繞佛閣〉寫下「十玄遂
闡，重疊帝網，珠影交絢。深意無限……」〔註130〕描述十玄門，讚嘆重重無
盡的華嚴境界。對於此夢，她特別表達過去追逐聲色貨利的懺悔，強調夢境
不是她所強加編織，而是帶有修行的指引，故在夢境後段寫下：

正中書局，1998 年），頁 160。

〔註127〕淨空法師〈淨土五經讀本序〉：「淨土法門，三根普被，群經指歸。專說則有：
《無量壽經》、《阿彌陀經》、《十六觀經》，是為淨土三經。清儒魏承貫源，
益以《華嚴行願品》，合刊為四。印光祖師益以《楞嚴勢至圓通章》，遂與四
經參之為五。」參見釋淨空印贈，《淨土五經讀本》（台北：財團法人佛陀教
育基金會，1990 年），頁 1。

〔註128〕呂碧城，〈予之念佛方法〉，《香光小錄》，頁 14。

〔註129〕呂碧城，〈呂碧城女士啟事〉，頁 374。

〔註130〕呂碧城〈繞佛閣〉：「十玄邃闡，重疊帝網，珠影交絢。深意無限，似他片
月，圓規萬波現。悄迴慧晛，塵障盡泯，同破幽闇。大千衡遍，古今秘鑰，
誰開此關鍵？第一法輪轉，記取金身辭雪巘。剎海湧蓮，當筵難共見。算首
出群經，北拱星璨，梵音沉遠。問上乘摩訶，誰定膚選？渺曼天、只贏淒戀。」
（佛初成道，講《華嚴經》為第一時教）收入李保民校箋，《呂碧城集》，
上冊，頁 179。

按：《瑜伽》中之靜慮，即六度中之禪定，予今覺於修持功夫最所缺
欠而需要者，即「靜持」二字。蓋心思每誦念佛，亦難凝聚，惟結
跏趺坐合掌修觀（即修淨土之觀），心始漸定。而先慈早見及此，雖
幽明境隔，仍於夢中啟示。罔極之恩，與我佛同隆重。予惟有堅決
奉行，庶期不負耳。〔註131〕

碧城在日常修持實踐念佛、作觀，此處體悟要將「靜持」的夢喻融入修持工
夫，以「結跏趺坐合掌」修淨土之觀，即「十六禪觀」。碧城對於參禪、修持
的感受，曾以擅長的詞體賦詞抒發。上文提到「六度」，即是「六波羅蜜」：布
施、持戒、忍辱、精進、禪定、般若，碧城以〈波羅門引〉〔註132〕表達從六
度波羅蜜的修行工夫，體悟自利利他的大乘精神。結跏趺坐禪觀時，以〈夜
飛鵲〉〔註133〕記下「參徹十二因緣」、「四諦微旨」，及達到「小試初禪」
的感受。在禪觀十六參遍體驗「華藏莊嚴是信願」的圓滿意境，則以〈隔浦蓮
近〉〔註134〕敘事。事實上，從1930年〈梵海蠡測〉中，碧城已提到讀《瑜伽
論》的心得，次年，又夢到「靜持」二字，讓她體會《瑜伽論》中的靜慮，即
是六度中的禪定，因此反思修持功夫中最缺靜持，進而在修觀中持守，心漸
始定。而這個重要的夢境指引，是由她尊敬的母親預見所帶來的，因此益加
堅定修行以報母恩。

〔註131〕 呂碧城，〈呂碧城女士啟事〉，收錄於黃夏年主編，《民國佛教期刊文獻集成》，
　　　　　第178卷，頁374。
〔註132〕 呂碧城〈波羅門引〉：「波羅六度，戒持檀屬自惺惺。慈雲普護蒼生，道是羽
　　　　　鱗毛介，一例感飄零。艤蘭橈待渡，彼岸同登。疊雲幾層，未忍向梵天行。
　　　　　比似精禽填海，夙願思贏。神山引風，不空盡、泥犁功不成。申舊誓、水渺
　　　　　沙平。」（胎生卵生皆救度之，地獄未空，誓不成佛，為大乘之旨）收入李
　　　　　保民校箋，《呂碧城集》，上冊，頁179。
〔註133〕 呂碧城〈夜飛鵲〉：「春魂瓣塵網，誰解連環？參徹十二因緣。還憑四諦說微
　　　　　旨，拈花初試心傳。迦陵妙音囀，警雕梁棲燕，火宅難安。何堪黑海，任罡
　　　　　風、羅刹吹船。觀遍色空曇蘽，幻影更何心，往返人天。回首飆輪萬劫，紅
　　　　　酣翠臙，銷與雲煙。阿羅漢果，證無生、只有忘筌。似蝶衣輕褪，金鍼白度，
　　　　　小試初禪。」（聲聞、緣覺只自度而不度他，謂之小乘）收入李保民校箋，
　　　　　《呂碧城集》，上冊，頁178。
〔註134〕 呂碧城〈隔浦蓮近〉：「心香一瓣結念，通過靈臺電。骨借金蕖鑄，雲衣換，
　　　　　塵裝浣。鶗鴂知倦戀。滄波外，隔浦終相見，片蒲展。跏趺減定，禪觀十六
　　　　　參遍。素襟如水，冷入蓮寰秋灩。華藏莊嚴是信願。非幻。綠房珠證圓滿。」
　　　　　（淨土又稱蓮宗，以信願持名，及依十六觀修證。）收入李保民校箋，《呂
　　　　　碧城集》，上冊，頁180。

　　此外，碧城修觀以「十六觀」為主，十六觀的依據來自淨土三經之一《觀無量壽佛經》，其後，隨著理解加深，遂將唯識與淨土的教義結合，撰寫《觀無量壽佛經釋論》。呂碧城從重視念佛、感應，後來加入修觀，確實體證到淨土禪觀相較於念佛法門更加究竟，足見其在佛學思想的轉折，追求自力與他力的均衡。

三、夢巨大鑰匙：行大乘波羅蜜

　　1942 年的呂碧城，已寄宿在香港東蓮覺苑，多年來修持淨業已有心得，尤其強調念佛時須作《觀無量壽佛經》之十六觀。呂碧城嘗作四闋〈菩薩蠻〉，含括修觀所得及玄妙理境：其一，〈菩薩蠻〉（照空花網如星月）〔註135〕，對應第二觀「水想」，詞中的「瑩冰」、「琉璃水」，即是水想過程中的流動意象。「隨風說苦空」，則是第二觀中「八種清風，從光明出，鼓此樂器，演說苦、空、無常、無我之音。」呂碧城融上句入詞作，詮釋破除「我執」之重要，於無常苦空諸諦中究竟解脫。其二，〈菩薩蠻〉（楞寶樹千尋起）〔註136〕，此詞對應第四觀「樹想」，從觀寶樹「作七重行樹想」，由葉間涌生諸果，化成無量寶蓋，是中映現三千大世界。〈菩薩蠻〉（金支十四文流注）〔註137〕及〈菩薩蠻〉（明明如月寒光起），〔註138〕對應第五觀「八功德水想」與第十三觀「雜想觀」。〔註139〕

　　修觀有得的呂碧城，融入唯識教義，撰寫《觀無量壽佛經釋論》，此書是其晚年之作，為佛教思想成熟期的代表作。晚清民初西學東漸，應崇尚理性、

〔註135〕呂碧城〈菩薩蠻〉：「照空花網如星月，樓臺五億生光顯。仙樂響琤琮。隨風說苦空。瑩冰清澈底，地是琉璃水。此想若成時，檀邦得概窺。」收入李保民校箋，《呂碧城集》，上冊，頁210。

〔註136〕呂碧城〈菩薩蠻〉：「毗楞寶樹千尋起，行行葉葉皆相對。世界等微塵，隔花見寫真。十方諸佛事，了了窺無礙。列子漫乘風，神遊一霎中。」收入李保民校箋，《呂碧城集》，上冊，頁210。

〔註137〕呂碧城〈菩薩蠻〉：「金支十四交流注，八池翠繞蓮華澈。珠水泛摩尼，波柔意自怡。妙音宣苦寂，贊嘆波羅蜜。此想若纍成，花房待化生。」收入李保民校箋，《呂碧城集》，上冊，頁210。

〔註138〕呂碧城〈菩薩蠻〉：「明明如月寒光起，伊人宛在水中央。身相大無邊，晶棱射萬千。凡夫心力弱。照眼疑將曨。小小貯心房。金身丈六長。」收入李保民校箋，《呂碧城集》，上冊，頁210。

〔註139〕上述「水想」、「樹想」、「八功德水想」、「雜想觀」，見呂碧城，《觀無量壽佛經釋論》，頁30～49。

講求邏輯驗證的科學時代之機，時人希望藉助佛教知識來理解並超越西學，而使重智尚行的法相唯識學再興。〔註 140〕呂碧城涉入佛法之始，亦受風氣所及，遍閱《瑜伽論》、《解深密經》、《成唯識論》、《唯識三十頌》等唯識諸經典，後深入淨土，注重念佛、觀想等修行實踐，隨著理解加深，至晚年的佛學思想有轉向禪觀之勢，遂而撰寫此書。書中強調《觀無量壽佛經》確屬唯識之理，事實有契機之用。論中能見碧城援引唯識的熏種理論，說明識與業、識的作用；建議行者在持名之外，應採十六觀次第修習，觀想淨土依正各報，熏成無漏種子，由觀佛身亦見佛心，臻至「是心作佛，是心是佛」之境界。因此，《觀無量壽佛經釋論》之書一出，能見碧城以唯識詮釋淨土之進程，融合唯識與淨土二宗義理解經之特色，亦補淨宗偏重小本《阿彌陀經》，忽視深層佛理與觀行之缺失。

　　由《觀無量壽佛經釋論》又延伸出一個特殊的夢境，即在碧城往生前三個月（1942 年 10 月）寄〈夢境質疑〉一文至《覺有情》，論及感應、修觀之祝禱：

> 予修淨業，惟自期精進，不敢希求靈感，故拙著《觀經釋論》有云：「初機行人，不求與佛相應，唯求與經相應，所謂與修多羅合也。」偶見《念佛切要》一書，中有善導大師教云：「行人於修觀之前，可先祝曰『某是凡夫，障深慧淺，未覩聖相，求佛力加被示現，俾有遵循。』」〔註 141〕

修多羅，即一切佛法總稱。〔註 142〕學佛本不應求感應，呂碧城深明此理，但因是淨土宗創始人善導大師所撰《念佛切要》所教導之法，乃如法遵循。祝禱數次，末次終得一夢：

> 夢在一巨宅門外，心知宅為己有，但門加雙鍵。予手中攜有巨大鑰匙二具，各長數尺，色如白銀或白鋼。予以匙啟鍵，門遂得開。其下一匙，匙柄作波羅式（波羅果名，味甘如蜜，故又名波羅蜜）。啟門時，未覺費力，但啟後，予坐其旁，喘息不已。大喘特喘，若勞力過度者。醒覺後，綜思此夢之大旨，似謂汝欲開此門，須自己努

〔註 140〕引自陳兵、鄧子美，《二十世紀中國佛教》，頁 304～316。
〔註 141〕呂碧城，〈夢境質疑〉，《覺有情半月刊》，收錄於黃夏年主編，《民國佛教期刊文獻集成補編》，第 62 卷，頁 7。
〔註 142〕釋慈怡編著，《佛光大辭典》，頁 4040。

力，行「大乘波羅蜜」，鑰匙巨大者「大乘」也，但何用雙匙，此予
自識所變之妄夢耶，抑佛所啟示耶？特記之，求當世高明指教。然
無論此夢之因緣如何，其意義皆足以勉勵行人也。〔註143〕

前揭碧城以《瑜伽師地論》中的「靜慮」，對應六度中的「禪定」。「六度」，又
稱「六波羅蜜」，指六種修成功德的方式。大乘佛教中修六度萬行，是成佛的
重要途徑，得從生死輪迴的苦海至解脫的彼岸，此亦是呂碧城夢醒後所覺悟
的行「大乘波羅蜜」。

　　此夢極為具象，出現的巨宅為呂碧城所有，開門使用的是長數尺、波羅
蜜形狀之巨型鑰匙（圖20）。對此，她是以巨匙比喻大乘佛法，體悟到行大乘
波羅蜜，須自行努力。雖然不知此夢源自何處，撰寫此文的目的在於得到高
明之士的指教與認同，藉此鼓勵修學佛法必須精進。夢境中透顯呂碧城在大
乘佛法的精進，雙匙象徵加倍的努力，最後門打開了，表示已開啟覺悟之門。
是以，夢境是碧城修行的驗證，帶有修行指引，故將覺悟撰述出來，勉勵修
學大乘行者勤加努力。

圖23　夢中鑰匙樣式

資料來源：《覺有情》半月刊，第4卷第15、16號。

　　綜言之，獲得此夢之前，呂碧城篤行淨業，信受奉行，後因《念佛切要》
之說，起心動念祈求獲睹佛聖相之感應。夢中出現波羅蜜狀雙巨匙，讓她覺
悟修習大乘波羅蜜，解脫生死才是究竟，除了佛力加被的他力，自力亦是重

〔註143〕呂碧城，〈夢境質疑〉，收錄於黃夏年主編，《民國佛教期刊文獻集成補編》，
　　　　　第62卷，《覺有情半月刊》，頁7。

要的關鍵，遂寫〈夢境釋疑〉寄至《覺有情》。《覺有情》編者陳法香於此文後附註：「去年十月間，女士由港寄來。編者擬留以實婦女學佛專號，故未即發表，後女士數來書詢收到未？」〔註144〕其後了知碧城預知時至，因而急於刊出，以茲勸勉更多大乘行者精勤用功。因之，夢境存在於特殊的時空之間，夢中的感受常異於日常意識的認知，夢醒後從中得到的啟示，往往比日常訓誡更容易令人心生警惕，對於修行者而言，夢境也就成為一個開悟的場域。

四、夢中所得詩：死亡／再生與自我認同

1943 年元月初，呂碧城由夢中得一詩：「護首探花亦可哀，平生功績忍重埋。匆匆說法談經後，我到人間只此回。」〔註145〕沒有多餘的敘述，沒有更多的畫面，只能從文字探求夢中的意境。探花，即是看花，看花人遮著頭，應是花雨繽紛；哀，有憐憫、愛惜之意。「平生功績」與「說法談經」，再與上述花雨之夢對應，象徵撰譯經典的成就。呂碧城深入佛法期間，約莫十五年之久，說法談經確實是匆匆，末句「我到人間只此回」，預示在人間的時日不久將盡。至此，彷彿看見一個修行有成的人，深深埋下帶有佛學成就的片片花瓣，使其化作春泥更護花，這些成就終將滋養更多淨土行者的意象。對呂碧城來說，夢中所得詩再次肯定她在佛法的精進與貢獻，故能預知時至。最後，碧城將夢中所得詩寄給文史名家張次溪，再寄給《覺有情》半月刊的編者，囑咐每年十月為保護動物專號製版登刊。未及半個月，則於 1 月 24 日捨報往生，圓滿結束匆匆談經說法，又極其耀眼的一生。

呂碧城捨報之後，張次溪撰寫〈嗚呼呂碧城女士〉以茲紀念，文中提及「當一月四日女士曾以〈夢中所得詩〉寄余。……蓋其生有自來，死有所歸，非偶然也。」張次溪是徐蔚如居士的外甥，呂碧城深研佛典期間，經聶雲台引薦而與徐蔚如相識，以信函往返向徐公請法多年。徐蔚如離世之後，張次溪治其喪，檢得徐、呂二人往來的信件五十三封，內容大多是碧城「歷遊世界耳目見聞」，「凡與佛法有關，皆請徐公為之解剖，示以真理。」原本張次溪要將信函公開出版，但被碧城以「雖多討論佛學，然大抵因一人一事請益之作，與公眾無關，其中談家務者，及涉及月溪法師者，尤不願宣佈」的理

〔註144〕呂碧城，〈夢境質疑〉附識，《覺有情半月刊》，收錄於黃夏年主編，《民國佛教期刊文獻集成補編》，第 62 卷，頁 7。
〔註145〕呂碧城，〈夢中所得詩〉，《覺有情半月刊》，收錄於黃夏年主編，《民國佛教期刊文獻集成補編》，第 61 卷，頁 508。

由索回信件。〔註 146〕月溪法師（1879～1965），人稱「八指頭陀」，香港沙田萬佛寺的開山祖師。一生多方雲遊，能作詩，駐錫廣州大佛寺、沙田萬佛山晦思園。法師樂修苦行，參究三藏，畢生講經二百五十餘會。〔註 147〕目前僅能從《月溪法師問答錄》看見呂碧城請示曾犯偷盜戒該如何處置〔註 148〕，有關與月溪法師往來，向徐公問法，甚至家務部分的資料，皆被她收回而無法流通。

不過，從上段呂碧城對張次溪的回應中，可以得知她在佛法的持續用功，願意與諸法師、居士相互請益，而不是一個人盲修瞎練。由於呂碧城在國外期間居無定所，在香港也曾搬遷過幾個地方，除了最後兩年住在東蓮覺苑，與他人往來的方式大多透過信件。在佛法的修行上，對於閱讀艱深的佛教義理，特別需要高明的大師來指導，像是明清時期的閨秀，必須在進香時順便請法，或請大師進到閨閣空間來指正學修方式，碧城則是透過書信往返，獲得學修上的辨惑釋疑。另一方面，碧城提到「一人一事請益之作，與公眾無關」，堅持不讓內容曝光，表示她認為請益是個人的事，等到她融會貫通之後的書寫，才是她想呈現給讀者觀看的道理，才與「公眾」有關。這也是呂碧城一向特立獨行的表現，包括書寫中極少涉及家務事，甚至晚年與二姐美蓀和好，都是透過澄澈居士（後出家為本際法師）的文章才讓後人得知。

至於人際往來，除了她筆下的書寫，早年在上海，像是《申報》或其他日報、小報，都能窺探出碧城人脈的廣闊。之後，歷經三次出洋，生命歷程也在旅途中轉向對護生、宗教的追求，致使碧城的人際網絡轉向佛教團體。起

〔註 146〕張次溪，〈嗚呼呂碧城女士〉，《覺有情半月刊》，收錄於黃夏年主編，《民國佛教期刊文獻集成補編》，第 62 卷，頁 12。

〔註 147〕香港沙田萬佛寺網站「開山祖師」月溪禪師簡介，網址：http://www.10kbuddhas. org/showroom/model/T0215/templateCustomWebPage.do?customWebPageId=1 337585999451266009&webId=1226429551048&editCurrentLanguage=122642 9551050，（2016 年，3 月 1 日點閱。）「八指頭陀」另有民初著名高僧敬安（字寄禪），與月溪法師非同一人。

〔註 148〕姜智圓敬編，《月溪法師問答錄》：「香港呂碧城問：『昔與某公同遊北京香山碧雲寺，某人將寺內數寸高金沙泥小佛偷一尊，交我帶回，從前未學佛，不知是過，今已學佛，乃知犯戒，如何處置？』答：『自性中覓罪性、福性、損益了不可得，皆如幻化，以世法來說，無心不為過，若放不下，則做一尊送去亦可。』」網址：http://www.10kbuddhas.org/showroom/model/T0215/ templateCustomWebPage.do?webId=1226429551048&editCurrentLanguage= 1226429551050&customWebPageId=13364594058095 06226，（2016 年，3 月 1 日點閱。）

信淨土之前，曾向太虛大師、常惺法師、王小徐居士請法的書信，後來被碧城投稿到佛教期刊刊出。呂碧城曾寫信請教弘一大師，房屋有白蟻該如何處置，但未見大師回函〔註149〕；另有致函給聶雲台、李圓淨、陳無我（法香）、蔣維喬、張次溪、榮柏雲、范古農等民初著名佛教居士，從中可見碧城對護生的堅定，提倡念佛之外必修十六觀，更鼓勵培養翻譯人才，以接續她在淨土英譯的工作，這些內容一如她的佛學思想與著作，透顯出修行實踐與成果，亦是碧城願意讓公眾看到她對淨土虔信的面向。

　　然而，早年皈依在諦閑法師座下，後又皈依在興慈法師座下，興慈老人曾致信勸戒碧城不要吃蛋，要以天台趺坐法養生〔註150〕；又曾與印光大師書信往來〔註151〕，向徐蔚如請法中論及月溪法師的重要史料，皆是透過他人書寫而得知。亦即，在刻意避免公開的書寫或書信中，隱藏了她與重要佛教人物的往來，及其在學修上的思辨進程。此外，呂碧城不像才女沈宜修因接連喪失子女，導致身心病苦，而請教泐大師，如何在世情與出離心的衝撞中尋求超脫〔註152〕，她學佛的宗旨當然在於超脫，只是刻意將「世情」隱藏，轉為書寫佛學思想，因此其中的說夢就成為重要的象徵意義。從夢境書寫對應修行實踐，勾勒出呂碧城的修行歷程，夢也帶來預示、認同和對現實生活的補償。至此，可以想像終其一生都在追求孤獨的信仰者，即使外表是如此的華麗與時尚，卻不影響她對佛法的契入，發菩提心、行菩薩道的信願行，能夠維持修行的動力，堅定往生淨土的決心，必然是在佛法裡獲得身心安頓的力量，也曾在狂心頓歇中感受到一絲絲清涼。

第五節　餘論：女性信仰者的終極追求

　　上述探討呂碧城關於修行的九個夢境書寫——因拾得印光法師《嘉言

〔註149〕呂碧城，〈香港通訊〉，《佛教公論》，收錄於黃夏年主編，《民國佛教期刊文獻集成》，第 82 卷，頁 54。

〔註150〕興慈，〈興慈法師復呂碧城女士書〉，《覺有情半月刊》，收錄於黃夏年主編，《民國佛教期刊文獻集成補編》，第 61 卷，頁 30～31。

〔註151〕李圓淨 http://buddhistinformatics.ddbc.edu.tw/minguofojiaoqikan/search.php?paperAuthor=%E8%88%88%E6%85%88，〈紀呂碧城女士〉，《覺有情半月刊》，收錄於黃夏年主編，《民國佛教期刊文獻集成補編》，第 62 卷，頁 11。

〔註152〕明‧沈宜修〈呈泐大師〉，收入明‧葉紹袁編，冀勤輯校，《午夢堂集》上冊，頁 82。

錄》宣傳單，即以十念法開始念佛，未久「夢見幼時所繪的觀音像」，不啻是一種與佛法相應的徵兆。「夢示已生蓮之路」，成為起信的關鍵，因之將生命重心轉向宣揚淨土義理。「瑞士婦死兆」，使她獲得體悟，以此發願求生淨土，且終身奉持。「夢見現光雨花之瑞」、「夢見召開動物大會」，皆是譯經弘法後所作的夢，夢境再次肯定修行的精勤，為她帶來堅定前行的動力。多年後回憶「夢白石之階」、「夢亡母見召」，則與佛法和修行方式有關，由夢喻得到靜持、修十六觀的啟示；另從「夢波羅蜜形狀之巨型鑰匙」，體悟到行大乘波羅蜜，必須自行努力。「夢中所得詩」，再次肯定她對佛學的貢獻與自我成就。

綜觀上述，夢為實有是基本的定調，夢的徵兆與預言，夢是弘法的印證，夢為修行的指引，僅是權宜的分類，並不是截然二分，顯然有些夢境既是修行印證，亦與修行指引交涉，或是夢中預言未來的事件，又帶有修行的指引。是以，為了配合呂碧城的修行實踐，於是將夢境概分成三類。其次，本文試圖融合呂碧城的修行與夢境，但關於修行的夢境並不多，材料上短缺的限制，又須力求最大的解釋範圍，不免偏於臆想與過度詮釋，是這個主題的缺失與侷限。

其次，夢境與醒覺是延伸的，「夢覺關係」在佛教夢論成為討論的重心，是從唐大慧宗杲提出「醒夢一如」的教法之後，終極意義乃是希冀在世俗脈絡中完成人生意義的建構。至晚明叢林已將夢覺融合，賦與其正面積極的功能與意義，帶有社會價值的涵意。亦即，認清夢的本質，從而契悟生命的本質，對夢的諦視成為超脫生死的重要進路之一。〔註153〕換言之，「關於佛教的修行過程和修行方式，佛教不僅客觀地進行夢喻，而且特別重視信仰者和修行者主觀上的夢悟。夢悟不是普通的認知，而是帶有超越性的一種覺解。」〔註154〕亦即，夢境不惟是徵兆，更成為積極導引的助緣，當呂碧城從夢中醒覺，日後回憶加以印證，皆在增長學佛信心，運用到日常生活的修行實踐上。至此，當虛無的夢境構築成一個特殊的空間場域，讓修行者有所契悟而改變，更加精進實踐修行，即蘊含由世俗跨越神聖的意義，離覺悟之路亦不遠矣。

〔註153〕引自廖肇亨，〈僧人說夢：晚明叢林夢論試析〉，《中邊・詩禪・夢戲：明末清初佛教文化論述的呈現與關懷》，頁459～464。
〔註154〕劉文英、曹田玉，《夢與中國文化》，頁455～456。

　　綜言之，呂碧城透過夢境的雙重特質來書寫宗教體驗，已經具有特殊性，對於夢的詮釋並非論理，而是將夢境內容以文學之筆托出。夢境印證她的學修歷程與工夫，其中的夢覺關係，帶有正向積極的意義，指引她修持的方向，堅定弘揚淨土的信心。是以，藉由夢境書寫，呂碧城建構一條朝向宗教性的修行之路，從書寫中獲得自我肯定，尋求同為修行人的讀者認同，呈現一個女性信仰者對於宗教的終極追求，致力突破其中的限制、恐懼與妄想，最終得到身心安頓之可能。

第六章　結　論

第一節　研究成果

　　本論文旨在探究才女呂碧城的後期書寫，主要架構有幾個面向：其一，為多重身分／形象的呂碧城建構流動的生命圖景，以越界後延伸的跨文化視野，趨向宗教性的生命經驗，對應前半生的盛名與風華。其二，由「旅遊」、「護生」、「信仰」三大主題，呈顯後期書寫的重要涵義。其三，呂碧城在書寫上，對於才女傳統的承繼與創新。這些預設面向，經由前面幾章的探析，有了初步的研究成果，試說明如下：

一、流動的身影：呂碧城動態的生命圖景

　　本文在前輩學者的研究基礎之上，廣為運用最新的材料，整合報刊登載呂碧城的撰述，對於她的報導，以及時人評價，作為論證的依據。生命圖景的建構，首先聚焦在基礎的重要問題：對「家」的感受，擴充到「家」與「家學」，「家」與「家國」之間，乃至對「家屋」的建構等課題，如何延伸成一條漫長的「返家」之路。

　　其次，分析從才女轉渡到新女性，在才女傳統的延續，背離閨秀的生命軌跡之間，呂碧的城擺盪、抉擇與矛盾。另則是呂碧城身上如影隨形的不安、焦慮、孤獨感，所呈現的人格特質，如何影響自身與人際關係，如何書寫，如何表達自我？即女性自我的定位，建構自我認同的課題。

　　再者，越界後的漫遊，跨文化的視域，影響觀看與書寫的因素，又何以與佛法相應，開展護生運動的契機，從而將兩者結合；另尚有宗教實踐與宗教體驗的分析。綜合前述問題意識，為呂碧城流動的身影，建置一幅動態的

生命圖景，亦即，勾勒出一位既孤獨又時尚的近現代才女，對生命的叩問，碰撞，擺盪，追尋，突破，由小我至大我，自利到利他，明白生從何來，死歸何處的至理，從而安頓身心的生命歷程。

二、趨向宗教性：旅行／護生／信仰所鋪展的後期書寫

從呂碧城的動態生命圖景裡，以 1920 年越界後至 1943 年之間的散文書寫為主，兼及詩、詞，用旅行／護生／信仰三大主題，分析其所鋪展的後期書寫，再論述後期書寫的重要涵義與特殊性，用以補足目前研究成果多以呂碧城的前期研究，或以詞的文類考察為主；次則從後期書寫帶入呂碧城的跨文化視野，生命轉向，趨向宗教性等重要課題。

在「旅行」專題，分析一個女性的自我主體，如何與異地展開對話，如何觀看與書寫，在現代性、西方文明的衝擊下，如何碰撞、鑄造她的身心。其次，在漫遊中，如何延伸出對宗教的企望與追求，在生命座標的推移與回返之間的差異，延伸女性旅行的意義。

在「護生」專題，探析呂碧城從女權到護生，如何善用報刊的傳播力量，在公共領域發揮效益。其次，彰顯一個中國女性在國際會議用英文演講的獨特性，《歐美之光》的現代性意義，及呂碧城護生思想的轉折脈絡。再者，分析呂碧城擴充女性護生經驗的意義。

在「信仰」專題，以表格分列呂碧城所書寫，關於文學與佛學的夢境，分析文中採用夢境作為敘事手法的涵義，以文學之筆鋪寫佛教夢境的特殊性。其次，結合夢境與修行，詮釋學佛深修的工夫，及其衍生的夢境，在呂碧城的生命版圖刻畫下何種地形樣貌。

最後，統整後期書寫的要旨，論述呂碧城如何以宗教涵攝生命所有課題，將自我定位／自我認同，／身世／情感，家／家國，過去／未來、理想／超越，此岸／彼岸等課題串連起來，進而釋懷獲得身心安頓。

三、歷時性／並時性：呂碧城於才女書寫的承與變

呂碧城紹承曾外祖母沈善寶、其母嚴士瑜之後的才女傳統，在才女如何轉型到新女性的歷史背景中，藉由報刊、出版、演講等管道，在公共領域發聲，發揮啟蒙者的作用。1920 年起，前後三次出洋跨越地理疆界，超越多數傳統才女的旅行經驗。漫遊歐美期間，呂碧城繼續掌握公共媒體，呈現旅行者與報導者的雙重敘事，擴充才女的旅行經驗、文化資本的累積。旅途中，

開啟了護生、信仰佛教的因緣，是以，碧城已從歐美漫遊轉向帶有朝聖意味的宗教之旅。在護生思潮中，碧城善用外語能力，掌握媒體發聲傳播，在國際會議上演講，引介具有現代性的護生觀念，與中國護生運動、和平救國的風氣相接軌，成為現代環境保護，生態平衡的國際運動的先聲，樹立護生典範，又在放生、素食、戒殺的護生方式之外，擴充了傳統才女的護生經驗，賦予現代性的意義。

　　1928 年，是呂碧城重新接觸佛法的關鍵，從念佛、觀想、閱藏等修行實踐，進而翻譯淨土經典弘教。然而，其中不斷浮現腦海的夢境成為重要的象徵意義。從夢境書寫對應修行實踐，勾勒出碧城對宗教與追求來世的渴望，而夢也帶來預示、認同和對現實生活的補償，進而由世俗跨越神聖，朝向覺悟解脫的可能。其次，傳統才女多以詩詞作為書寫載體，多含隱喻；呂碧城則用散文的形式，呈現以文學之筆實寫佛教夢境的特色。

　　上述是以「歷時性」的視角，分析呂碧城在才女身分和書寫上的轉變，進一步以「並時性」的視角，對比後期書寫：「漫遊」、「護生」、「說夢」三大主題相關的女性，對映呂碧城的承與變。

　　首先，單士釐、呂碧城、張默君、王茂漪、蘇雪林等女性，皆以舊文體書寫歐美鏡像。其中，單士釐是女性域外書寫的第一人，其後留下整本遊記的即是呂碧城，故研究《歐美漫遊錄》可作為繼單士釐之後，五四時期之前，民初女性域外記遊的補白。單士釐探「旅行者」和「研究者」的雙重敘事，呂碧城則是兼具「旅行者」與「報導者」，兩人取資東、西洋的見解不同，但目的皆是期待落後的中國得以進步，俾與歐美文明相等齊。對於女權與女學的提倡，兩人皆具女性自覺，超越性別的時代意義。在同中有異的思想脈絡，能見呂碧城在性別意識，教育理念，與國族認知，具有更豐厚的思考，更開闊的思想空間。

　　其次，呂母嚴士瑜與明代才女沈宜修相同，均利用持家的權力，保持一個嚴格的「素食廚房」，實施庖廚戒殺。當中的分別在於沈宜修的護生實踐來自虔誠的宗教信仰，嚴士瑜則是因為解讀夢喻所致，因而讓呂家四姐妹從小承襲不殺生、茹素等護生觀念，對靈異的好奇，以及相信夢境的隱喻與指引。呂碧城在歐遊期間，開始引介西方保護動物、蔬食觀的護生運動，與同時期在國內推動護生的豐子愷對比，兩人的護生思想淵源極為龐雜，既有佛教戒殺、蔬食的觀念，又有儒家天人合一的思想，包含西方人道主義的理念。然

而，豐子愷在弘一大師圓寂後，在《護生畫集》創作已偏離原先的佛教理念。在茹素的修行實踐，卻因不敵食欲而恢復吃葷，無法克制口腹之欲。反觀呂碧城由庖廚戒殺，進而蔬食，又持守戒律不食雞蛋，更大力推廣蔬食、戒殺。在護生推廣與自我實踐方面，呂碧城並行不悖且我自提升，與豐子愷的背離與矛盾相異。

再者，與呂碧城同期的女教育家施淑儀（1876～1945），專講英雄主義，亦有對閨秀文化的深情，然而當她進入中年時，則很明確的提出「然脂寫韻」與「忉利華鬘」的兩大人生方向，前者指編輯《清代閨閣詩人徵略》，後者指宗教追求。〔註1〕呂碧城亦在中年轉向對護生、宗教信仰的追求，另一方面，她以「翻譯」的方式詮釋護生、佛法，不同於施淑儀「編輯」女性文學的生命方向。晚清以來，具備外語能力的才女多涉足翻譯的新興領域，不囿於傳統才女以詩詞歌賦為主的文學創作方式，她們涉獵小說和戲劇等新穎的文學體裁，創造、翻譯出數量可觀的作品，像是薛紹徽、秋瑾、呂碧城、張默君、陳鴻璧、吳弱男等知識女性，皆有譯作刊登或出版。如單士釐翻譯日本的女學與家政學專書，包括下田歌子《家政學》與永江正直《女子教育論》，將賢妻良母主義帶進中國；張默君翻譯著名小說《屍光記》、《亞森羅蘋奇案》；近年甫離世的楊絳，譯出全本《堂吉訶德》。

有別於其他才女以文學、戲劇作品為翻譯對象，呂碧城在早期翻譯過《美利堅建國史綱》，後來的翻譯作品則以佛典為主，譯作分為「中譯英」、「英譯中」兩大類。「英譯中」作品以《法華經普門品（華英合璧）》為代表，貢獻在於譯出比現行本多出的七首偈子，成為《普門品》譯文研究的重要史料。「中譯英」的作品較多，如《華嚴經・普賢行願品》、《阿彌陀經》、《觀音聖威錄》，翻譯重心在《普賢行願品》。呂碧城進行翻譯時，對於篇幅較長的經典，常以「節錄」的方式，選擇翻譯其認為最重要的部分，偶有加入自己的觀點，說明如何抉擇段落和用意，以此展現所深信、弘揚的淨土宗思想。綜言之，從歷時性／並時性的視角，清晰的映現呂碧城對才女書寫承與變的脈絡。

第二節　研究展望

說明研究成果之後，進一步提出侷限與展望。由於本論題進行個案研究，

〔註1〕胡曉真，〈杏壇與文壇——清末民初女性的教育與文學志業〉，頁283。

在取材上是以呂碧城的自撰為主，難以呈現不同作者，不同類型的文本風格，是故，無法展現與他者進行多層次的比較分析，視野必然有所侷限。另在夢境書寫，因文本材料短少的限制，又須力求最大的解釋範圍，不免偏於臆想與過度詮釋，亦是缺失之一。至外，對於呂碧城的研究展望，可分為幾個面向來談：

其一，**文獻／報刊史料**：呂碧城的上海時期尚未被完整的探討，若能加以運用近代報刊，廣為蒐集在大報、小報上的呂碧城新聞，擴充現有材料，進一步了解她的生活面向，人際關係，文學作品，甚至是如何致富，想必能加以還原「開上海摩登風氣之先，經商名媛的滬上風華」。

其二，**視覺圖像／物質文化**：呂碧城有意識的散播自己的照片，甚至贈送給親友，在刊行的文集中，都附上展現自我時尚／華麗的獨照。在今人編選的文集中，已有蒐羅數十張關於呂碧城的個人獨照，題字，書信，住屋，所拍攝的景物等相片，在她所投稿的報刊中，應有更多尚未被發現的珍貴照片。因之，從視覺圖像、物質文化的視角切入，考察與呂碧城相關的議題，值得進一步探究。

其三，**文學／比較文學**：碧城以詞名家，在目前研究中，亦以詞學成果最夥。散文研究有增加的趨勢，然而詩歌較少學者論及。柳亞子曾曰：「在南社派中間，舉得出名字的，卻有旌德呂碧城，湘鄉張默君，和崇德徐自華蘊姊妹，足以擔當女詩人之名而無媿。」因此，若以南社女詩人為主題，進行比較分析，成果應有可觀之處。其次，對於旅遊書寫，或加入西洋文學理論，當代的旅遊觀點，對碧城的歐美之遊進行不同取徑的剖析。此外，在民初女性域外書寫，尚有以文言創作的女作家，可選取數本遊記，以遊記的文學體裁，進行比較文學分析。

其四，**現代性、生態倫理與護生、疾病的隱喻**：「現代性」的視角在本文中並未被聚焦探析，然而在多處都提及現代性，此亦表示現代性之於呂碧城，尚有發揮延伸的空間。其次，護生的議題很龐大，本文是以思想的角度，初探呂碧城從護生到佛教的轉折脈絡。事實上，護生不只是保護生命，也與生態倫理有密切的關係，能與西方倫理學、動物學相比較，因此，護生層面可以詮釋的向度非常寬廣。再者，呂碧城的作品時常提到疾病，而她的健康狀況確實欠佳，整全的健康包含身心靈三大層面，即使在精神方面有信仰的寄託，然「身體」的疾病通常顯露「心理」的壓抑或隱憂。在文學上，疾病的隱

喻經常有所指涉，表達某一種精神涵義，或是文化、審美的意蘊。因之，從以上與呂碧城相關的議題中，尚待研究者加以深入剖析。

其五，**從護生到佛教**：受到民初唯識學再興的現象影響，加上一門深入淨土宗的學修歷程，呂碧城到晚年撰寫《觀無量壽佛經釋論》，表達以唯識學詮釋淨土宗的進路，提出淨土思想與唯識學結合的識見，深層含義值得加以發揮。亦即，關於呂碧城「淨相融合」的思想，從護生到淨土思想的脈絡，尚需被完整建構。其次，從呂碧城的佛學思想延伸，能對映近代女性的信仰群體，尤其是同為才女轉向知識女性的信仰者，可將其修行實踐和思想進行對比，在民初知識女性與宗教之間，發掘更多元的信仰群像。

綜合之，認識呂碧城、喜愛呂碧城、剖析呂碧城的研究三階段，為筆者開啟「才女」與「書寫」的知識通道。跟隨著她的足跡，彷彿也到了歐美，漫遊在異國的人文風情，未久便積極奔走引介中西護生運動，旋及又在佛法裡安頓身心。從她多變繁複的生命歷程中，也讓筆者開闊了眼界，從研究之中拓展知識領域，延伸人際關係的交流。在呂碧城的風華之中，筆者選擇「後期書寫」作為分析面向，相關的研究方向尚有跨界、多元發展的可能。因此，期待學界持續關注「呂碧城」，開展出多面向的研究視角，創造更繁盛的學術風景。

參考文獻

一、古籍文獻

1. 宋・朱熹撰，《四書章句集注》，北京：中華書局，1983 年。
2. 明・葉紹袁編，冀勤輯校，《午夢堂集》，北京：中華書局，1998 年。
3. 清・郭慶藩，《莊子集釋》，北京：中華書局，1997 年，共 4 冊。
4. 清・陳夢雷編，《古今圖書集成・閨媛典》，台北：鼎文書局，1977 年。

二、呂碧城自撰、編譯

1. 呂碧城，《呂碧城集》，上海：中華書局，1929 年。
2. 呂碧城編譯，《歐美之光》，上海：開明書店，1932 年。
3. 呂碧城，《法華經普門品・華英合璧》，上海：上海佛學書局，1933 年。
4. 呂碧城編著，《香光小錄》，上海：道德書局，1939 年。
5. 呂碧城，《曉珠詞》（四卷本），台北：廣文書局，1970 年。
6. 呂碧城，《觀無量壽佛經釋論》，台北：天華出版，1986 年。
7. 呂碧城女史譯，《淨土四經》，台北：財團法人佛陀教育基金會，2012年。

三、呂碧城著作編選、傳記、集成

1. 王忠和，《呂碧城傳》，天津：百花文藝出版社，2010 年。
2. 李保民編著，《一抹春痕夢裡收──呂碧城詩詞注評》，上海：上海古籍出版社，2004 年。

3. 呂碧城著，李保民箋注，《呂碧城詞箋注》，上海：上海古籍出版社，2001
年。

4. 呂碧城著，李保民箋注，《呂碧城詩文箋注》，上海：上海古籍出版社，
2007 年。

5. 呂碧城著，李保民箋注，《呂碧城集》，上海：上海古籍出版社，2015 年，
上下冊。

6. 呂碧城，《歐美漫遊錄：九十年前民初才女的背包旅行記》，台北：大塊
文化，2013 年。

7. 英斂之，《呂氏三姊妹集》，天津：大公報館，1905 年。

8. 林杉，《香國奇才呂碧城》，北京：吉林出版集團，2012 年。

9. 夏曉虹編，《金天翮・呂碧城・秋瑾・何震卷》，北京：中國人民大學出
版社，2015 年。

10. 黃夏年主編，《民國佛教期刊文獻集成》，北京：全國圖書館文獻縮微復
制中心，2006 年。

11. 黃夏年主編，《民國佛教期刊文獻集成補編》，北京：中國書店，2008 年。

12. 劉納，《呂碧城評傳・作品選》，北京：中國文史出版社，1998 年。

13. 戴建兵編，《呂碧城文選集》，天津：天津古籍出版社，2012 年。

四、專書

（一）外文譯作

1. 小濱正子著，葛濤譯，《近代上海的公共性與國家》，上海：上海古籍出
版社，2000 年。

2. Christine Sylvester 著，余瀟楓等譯，《女性主義與後現代國際關係》，杭
州：浙江人民出版社，2003 年。

3. Dorothy Ko 著，李志生譯，《閨塾師：明末清初江南的才女文化》，南京：
江蘇人民出版社，2005 年。

4. Gaston Bachelard 著，龔卓軍、王靜慧譯，《空間詩學》，台北：張老師文
化，2003 年。

5. Linda McDowell 著，徐苔玲、王志弘譯，《性別、認同與地方》，台北：
群學出版社，2006 年。

6. Mike Crang 著，王志弘等譯，《文化地理學》，台北：巨流文化，2003 年。

7. Susan Mann 著，楊雅婷譯，《蘭閨寶錄——晚明至盛清時的中國婦女》，台北：左岸文化，2005 年。

8. Sigmund Freud 著，孫名之譯，《夢的解析》，台北：左岸文化事業，2010 年。

（二）中文專著

1. 于凌波，《中國近現代佛教人物志》，北京：宗教文化出版社，1995 年。

2. 戈公振，《中國報學史》，上海：上海書店，1990 年。

3. 太虛大師，《太虛全書》，台北：善導寺佛教流通處，1980 年。

4. 王小徐，《佛法與科學比較之研究》，台北：新文豐公司，1977 年。

5. 王麗麗，《曉珠詞題材與思想研究》，台北：國寶魚出版社，1997 年。

6. 王栻主編，《嚴復集》，北京：中華書局，1986 年。

7. 王緋，《空前之跡（1851～1930）中國婦女思想與文學發展史論》，北京：商務印書館，2004 年。

8. 王德威，《被壓抑的現代性——晚清小說新論》，北京：北京大學出版社，2005 年。

9. 王力堅，《清代才媛文學之文化考察》，台北：文津出版社，2006 年。

10. 王力堅，《清代才媛沈善寶研究》，台北：里仁書局，2009 年。

11. 毛文芳，《物・觀看・性別：明末清初文化書寫新探》，台北：台灣學生書局，2001 年。

12. 毛文芳，《卷中小立亦百年：明清女性畫像文本探論》，台北：台灣學生書局，2013 年。

13. 衣若蘭，《三姑六婆——明代婦女與社會的探索》，台北：稻鄉出版社，2002 年。

14. 弘一大師，《弘一大師全集》，福建：人民出版社，1992 年 9 月。

15. 光鐵夫，《安徽名媛詩詞徵略》，合肥：黃山書社，1986 年。

16. 印光大師，《印光大師文鈔三編》，台北：財團法人佛陀教育基金會，2013 年。

17. 印光大師，《印光法師嘉言錄・嘉言錄續編・文鈔菁華錄合刊》，台北：財團法人佛陀教育基金會，2013 年。

18. 呂美蓀，《葂麗園隨筆》，青島：1941 年，自刊本。

19. 呂明純，《徘徊於私語與秩序之間：日據時期臺灣新文學女性創作研究》，台北：臺灣學生書局，2007 年。

20. 巫仁恕，《奢侈的女人——明清時期江南婦女的消費文化》，台北：三民書局，2005 年。

21. 李又寧編著，《近代中華婦女自述詩文選》，台北：聯經出版，1980 年。

22. 李又寧、張玉法主編，《近代中國女權運動史料 1842～1911》，台北：傳記文學出版社，1995 年。

23. 李歐梵，王德威主編，《現代性的追求——李歐梵文化評論精選集》，台北：麥田出版，1996 年。

24. 李歐梵，《都市漫遊者：文化觀察》，香港：牛津大學出版社，2002 年。

25. 李歐梵，《未完成的現代性》，北京：北京大學出版社，2005 年。

26. 李歐梵，《中國現代文學與現代性十講》，上海：復旦大學出版社，2005 年。

27. 李孝悌，《戀戀紅塵：中國的城市、欲望與生活》，台北：一方出版，2002 年。

28. 李豐楙、劉苑如主編，《空間、地域與文化——中國文化空間的書寫與闡釋》，台北：中央研究院中國文哲研究所，2002 年，上下冊。

29. 何建明，《佛法觀念的近代調適》，廣州：廣東人民出版社，1998 年。

30. 余新忠編，《清以來的疾病、醫療和衛生》，北京：三聯書店，2009 年。

31. 明暘主編，《圓瑛法師年譜》，北京：宗教文化出版社，1996 年。

32. 林順夫，《透過夢之窗口：中國古典文學與文藝理論論叢》，新竹：國立清華大學出版社，2009 年。

33. 胡文楷編，《歷代婦女著作考》，台北：鼎文書局，1973 年。

34. 胡適著，歐陽哲生編，《胡適文集》，北京：北京大學出版社，1998 年，第 4 冊。

35. 胡曉真，《才女徹夜未眠——近代中國女性敘事文學的興起》，北京：北京大學出版社，2008 年。

36. 胡曉真，《新理想、舊體例與不可思議之社會：清末民初上海「傳統派」文人與閨秀作家的轉型現象》，台北：中央研究院中國文哲研究所，2010 年。

37. 周冠群,《遊記美學》,重慶:重慶出版社,1994 年。

38. 周慧玲,《表演中國:女明星,表演文化,視覺政治,1910～1945》,台北:麥田出版,2004 年。

39. 姚霏,《空間、角色與權力:女性與上海城市空間研究:1843～1911》,上海:上海人民出版社,2010 年。

40. 吳宓,《空軒詩話》,《民國詩話叢編》,上海:上海書店,2002 年,冊 6。

41. 郭少棠,《旅行:跨文化想像》,北京:北京大學出版社,2005 年。

42. 高世瑜,《中國古代婦女生活》,北京:商務印書館,1996 年。

43. 康正果,《風騷與豔情──中國古典詩詞的女性研究》,台北:雲龍出版社,1991 年。

44. 康正果,《女權主義與文學》,北京:中國社會科學出版社,1994 年。

45. 孫石月,《中國近代女子留學史》,北京:中國和平出版社,1995 年。

46. 孫康宜,《文學經典的挑戰》,南昌:百花洲文藝出版社,2002 年。

47. 徐新韻,《呂碧城三姊妹文學研究》,廣州:暨南大學出版社,2015 年。

48. 秦燕春,《青瓷紅釉:民國的立愛與鍾情》,福建:福建教育出版社,2010 年。

49. 梅家玲主編,《文化啟蒙與知識生產:跨領域的視野》,台北:麥田出版,2006 年。

50. 夏鑄九、王志弘編譯,《空間的文化形式與社會理論讀本》,台北:明文書局,1993 年。

51. 夏曉虹,《晚清文人婦女觀》,北京:作家出版社,1995 年。

52. 夏曉虹,《晚清社會與文化》,武漢:湖北教育出版社,2001 年。

53. 夏曉虹,《晚清的魅力》,天津:百花文藝出版社,2001 年。

54. 夏曉虹,《晚清女性與近代中國》,香港:香港中和出版,2011 年。

55. 夏曉虹,《晚清文人婦女觀(增訂本)》,北京:北京大學出版社,2016 年。

56. 梁啟超,《飲冰室合集》,北京:中華書局,1989 年,據上海中華書局 1936 年版影印,第 1 冊。

57. 梁乙真,《中國婦女文學史綱》,《民國叢書》第 2 編第 60 冊,上海:上海書店,1990 年。

58. 張宏生編,《明清文學與性別研究》,南京:江蘇古籍出版社,2002 年。

59. 張小虹，《時尚現代性》，台北：聯經出版，2016 年。

60. 陳攖寧，《道教與養生》，北京：華文出版社，1989 年。

61. 陳東原，《中國婦女生活史》，北京：商務印書館，1998 年。

62. 陳兵、鄧子美著，《二十世紀中國佛教》，台北：現代禪出版社，2003 年。

63. 陳兵，《佛教心理學》，廣州：南方日報出版社，2007 年。

64. 陳室如，《近代域外遊記研究（1840～1945）》，台北：文津出版社，2008 年 1 月

65. 陳平原，《中國現代小說的起點——清末民初小說研究》，北京：新華書店，2010 年。

66. 陳玉女，《明代的佛教與社會》，北京：北京大學出版社，2011 年。

67. 游鑑明、胡纓、季家珍主編，《重讀中國女性生命故事》，台北：五南圖書，2011 年。

68. 游鑑明，《超越性別身體：近代華東地區的女子體育（1895～1937)》，北京：北京大學出版社，2012 年。

69. 彭小妍，《浪蕩子美學與跨文化現代性：一九三〇年代上海、東京及巴黎的浪蕩子、漫遊者與譯者》，台北：聯經出版，2012 年。

70. 黃夏年主編，《民國佛教期刊文獻集成》，北京：全國圖書館文獻縮微復制中心，2006 年。

71. 黃夏年主編，《民國佛教期刊文獻集成補編》，北京：中國書店，2008 年。

72. 黃克武，《惟適之安：嚴復與近代中國的文化轉型》，台北：聯經出版，2010 年。

73. 黃嫣梨，《女性社會地位：傳統與變遷》，香港：香港特別行政區政府教育局，2012 年。

74. 黃錦珠，《晚清小說中的新女性研究》，台北：文津出版社，2005 年。

75. 黃錦珠，《清末民初女作家小說研究：女性書寫的多元呈現》，台北：里仁書局，2014 年。

76. 旌德縣地方誌編纂委員會編，《旌德縣誌》，合肥：黃山書社，1992 年。

77. 趙世瑜，《狂歡與日常——明清以來的廟會與民間社會》，北京：三聯書店，2002 年。

78. 葛兆光,《西潮又東風：晚清民初思想、宗教與學術十講》,上海：上海古籍出版社,2006 年。

79. 聞妙、吳豐合編,《護生文集》,上海：上海佛學書局,2000 年。

80. 廖肇亨,《中邊・詩禪・夢戲：明末清初佛教文化論述的呈現與關懷》,台北：允晨文化,2008 年。

81. 楊錦郁,《呂碧城文學與思想》,高雄：佛光文化,2013 年。

82. 鄭逸梅,《人物品藻錄》,上海：日新出版社,1946 年。

83. 鄭毓瑜,《文本風景：自我與空間的相互定義》,台北：麥田出版,2005 年。

84. 潘桂明,《中國居士佛教史》,北京：中國社會科學出版社,2000 年。

85. 鄧紅梅,《女性詞史》,濟南：山東教育出版社,2000 年。

86. 劉文英,《夢的迷信與夢的探索：中國古代宗教哲學和科學的一個側面》,北京：中國社會科學出版社,1989 年。

87. 劉文英、曹田玉,《夢與中國文化》,北京：北京人民出版社,2003 年。

88. 劉詠聰,《女性與歷史——中國傳統觀念新探》,台北：台灣商務印書館,1995 年。

89. 劉詠聰,《德才色權——論中國古代女性》,台北：麥田出版,1998 年。

90. 劉禾著、宋偉杰等譯,《跨語際實踐：文學,民族文化與被譯介的現代性（中國：1900～1937）》,北京：三聯書店,2014 年。

91. 謝無量,《中國婦女文學史》,《民國叢書》第 2 編第 60 冊,上海：上海書店,1990 年。

92. 謝長法編,《中國留學教育史》,太原：山西教育出版社,2006 年。

93. 鍾慧玲主編,《女性主義與中國文學》,台北：里仁書局,1997 年。

94. 鍾慧玲,《清代女詩人研究》,台北：里仁書局,2000 年。

95. 豐一吟,《天於我,相當厚：豐子愷女兒的自述》,上海：上海遠東出版社,2009 年。

96. 羅久蓉、呂妙芬編,《近代中國的婦女與文化》,台北：中央研究院近代史研究所,2003 年。

97. 羅秀美,《從秋瑾到蔡珠兒——近代知識女性的文學表現》,台北：台灣學生書局,2010 年。

98. 譚正璧，《中國女性的文學生活》，台北：莊嚴出版社，1991 年。

99. 嚴明、樊琪，《中國女性文學的傳統》，台北：洪葉文化事業有限公司，1999 年。

100. 釋東初，《中國佛教近代史》，台北：東初出版社，1987 年。

101. 釋聖嚴，《戒律學綱要》，台北：法鼓文化，1999 年。

102. 釋淨空印贈，《淨土五經讀本》，台北：財團法人佛陀教育基金會，1990 年。

五、單篇論文

（一）期刊論文

1. 方豪，〈英斂之筆下的呂氏四姊妹（上）〉，《傳記文學》第 6 卷第 6 期（1965 年 6 月），頁 44～50。

2. 方豪，〈英斂之筆下的呂氏四姊妹（中）〉，《傳記文學》第 7 卷第 1 期（1965 年 7 月），頁 44～50。

3. 方豪，〈英斂之筆下的呂氏四姊妹（下）〉，《傳記文學》第 7 卷第 2 期（1965 年 8 月），頁 41～46。

4. 王麗麗，〈試析呂碧城曉珠詞的夢〉，《文藻學報》第 11 期（1997 年 3 月），頁 119～137。

5. 毛文芳，〈閱讀與夢憶──晚明旅遊小品試論〉，《中正大學中文學術年刊》第 3 期（2000 年 9 月），頁 1～44。

6. 朱靜，〈清末民初外國文學翻譯中的女譯者研究〉，《國外文學》第 3 期（2007 年），頁 61～69。

7. 呂依蓮，〈憶呂碧城女居士〉，《人間佛教》，收錄於黃夏年主編，《民國佛教期刊文獻集成》第 100 卷，頁 368。

8. 何國璋，〈通訊體裁及其「異化」的思考〉，《暨南學報》第 17 卷第 3 期（1995 年 7 月），頁 122～129。

9. 李圓淨，〈紀呂碧城女士〉，《覺有情半月刊》，收錄於黃夏年主編，《民國佛教期刊文獻集成補編》第 62 卷，頁 11。

10. 李奇志，〈論清末民初女性生存空間的新開拓──以女作家呂碧城為例〉，《海南師範學院學報》（社會科學版）第 19 卷第 5 期（2006 年），頁 19～24。

11. 李建弘，〈以夢作為修行的對境？還是方法（一）〉，《海潮音》94 卷 8 期（2013 年），頁 18～22。

12. 李建弘，〈以夢作為修行的對境？還是方法（二）〉，《海潮音》94 卷 9 期（2013 年），頁 24～28。

13. 李建弘，〈以夢作為修行的對境？還是方法（三）〉，《海潮音》94 卷 10 期（2013 年），頁 19～22。

14. 李建弘，〈以夢作為修行的對境？還是方法（四）〉，《海潮音》94 卷 11 期（2013 年），頁 24～28。

15. 李建弘，〈以夢作為修行的對境？還是方法（五）〉，《海潮音》94 卷 12 期（2013 年），頁 16～21。

16. 沙培德，〈中國婦女史新解：書評〉，《近代中國婦女史研究》第 12 期（2011 年 6 月），頁 279～285。

17. 林楞真，〈呂碧城女士捨報實記〉，《覺有情半月刊》，收錄於黃夏年主編，《民國佛教期刊文獻集成補編》第 62 卷，頁 22～23。

18. 林楞真，〈致榮柏雲居士函〉，《覺有情半月刊》，收錄於黃夏年主編，《民國佛教期刊文獻集成補編》第 61 卷，頁 508。

19. 金鮮，〈韓中近代女性作家吳孝媛與呂碧城比較研究〉，《學術界》總第 157 期（2011 年 6 月），頁 29～34。

20. 胡曉真，〈藝文生命與身體政治——清代婦女文學史研究趨勢與展望〉，《近代中國婦女史研究》第 13 期（2005 年 12 月），頁 27～64。

21. 胡錦媛，〈旅行隱喻，《歐蘭朵》〉，《文化越界》第 3 期（2010 年 3 月），頁 1～30。

22. 高彥頤，〈「空間」與「家」——論明末清初婦女的生活空間〉，《近代中國婦女史研究》第 3 期（1995 年 8 月），頁 21～50。

23. 侯杰、秦方，〈男女性別的雙重變奏——以陳攖寧和呂碧城為例〉，《山西師大學報》（社會科學版）第 3 期（2003 年 7 月），頁 118～122。

24. 范純武，〈清末民初女詞人呂碧城與國際蔬食運動〉，《清史研究》，2010 年 5 月，第 2 期，頁 105～113。

25. 夏曉虹，〈晚清女性典範的多元景觀——從中外女傑傳到女報傳記欄〉，《中國現代文學研究叢刊》第 3 期（2006 年），頁 17～45。

26. 夏曉虹，〈呂碧城的個人「完足」女學論〉，《漢語言文學研究》第 2 期（2015 年），頁 4～10。

27. 夏曉虹，〈金天翮的「女權革命」女學論〉，《南京師範大學文學院學報》第 1 期（2015 年 3 月），頁 1～6。

28. 陳法香，〈紀念呂碧城居士〉，《覺有情半月刊》，收錄於黃夏年主編，《民國佛教期刊文獻集成補編》第 61 卷，頁 508～509。

29. 陳瓊婷，〈呂碧城之自我放逐與歐美遊蹤──以《曉珠詞》為中心考察〉，《東海中文學報》第 15 期（2003 年 7 月），頁 239～268。

30. 陳室如，〈閨閣與世界的碰撞──單士釐旅行書寫的性別意識與帝國凝視〉，《彰化師大國文學誌》第 13 期（2006 年 12 月），頁 257～282。

31. 張朋，〈旅行書寫與清末民初知識女性的身份認同──以《婦女時報》女性遊記為中心〉，《汕頭大學學報》（人文社會科學版）第 29 卷第 5 期（2013 年），頁 45～51。

32. 郭延禮，〈南社作家呂碧城的文學創作及其詩學觀──紀念南社成立一百周年〉，《文學遺產》第 3 期（2010 年），頁 127～137。

33. 游鑑明，〈千山我獨行？廿世紀前半期中國有關女性獨身的言論〉，《近代中國婦女史研究》第 9 期（2001 年 8 月），頁 121～187。

34. 楊雪瓊，〈京津重遊記〉，《婦女時報》第 13 期（1914 年 4 月），頁 40～43。

35. 楊彬彬，〈由曾懿（1852～1927）的個案看晚清「疾病的隱喻」與才女身分〉，《近代中國婦女史研究》第 16 期（2008 年 12 月），頁 1～28。

36. 楊錦郁，〈誰種蓮於路中──論呂碧城追尋淨土之路〉，《普門學報》52 期，2009 年，頁 513～528。

37. 費昌勇、楊書瑋，〈動物權與動物對待〉，《應用倫理評論》第 51 期（2011 年），頁 98～101。

38. 傅楠梓，〈「淨土聖賢錄」夢研究〉，《玄奘佛學研究》第 15 期，2012 年，頁 191～192。

39. 黃錦珠，〈空間、身分與公共再現：清末民初（1840～1919）女作者小說的「移動性」〉，《清華中文學報》第 14 期（2015 年 12 月），頁 335～373。

40. 溫金玉，〈呂碧城與戒殺護生〉，《美佛慧訊》第 91 期，2004 年 7 月，頁 41～46。

41. 雷祥麟，〈習慣成四維：新生活運動與肺結核防治中的倫理、家庭與身體〉，《中央研究院近代史研究所集刊》第 74 期（2012 年 12 月），頁 133～177。

42. 劉人鵬，〈「中國的」女權、翻譯的慾望與馬君武女權說譯介〉，《近代中國婦女史研究》第 7 期（1999 年 8 月），頁 1～42。

43. 蔣勁松，〈豐子愷護生思想的內在矛盾及其演變〉，《法印學報》第 4 期（2014 年 10 月），頁 91～107。

44. 蔡慧誠，〈拜識呂碧城居士之因緣〉，《覺有情半月刊》，收錄於黃夏年主編，《民國佛教期刊文獻集成補編》第 62 卷，頁 41～42。

45. 潘少瑜，〈時尚無罪：《紫羅蘭》半月刊的編輯美學、政治意識與文化想像〉，《中正漢學研究》第 2 期（2013 年 12 月），頁 271～302。

46. 賴淑卿，〈呂碧城對西方保護動物運動的傳介——以《歐美之光》為中心的探討〉，《國史館館刊》第 23 期（2010 年 3 月），頁 79～118。

47. 賴信宏，〈越界與回歸：《纂異記》、《瀟湘錄》中小說托寓主題的兩種態度〉，《臺大中文學報》第 38 期（2012 年 9 月），頁 155～201。

48. 薛海燕，〈試論呂碧城的歷劫思想〉，《齊魯學刊》第 6 期（1998 年），頁 25～27。

49. 鍾怡雯，〈旅行中的書寫：一個次文類的成立〉，《臺北大學中文學報》第 4 期（2008 年 3 月），頁 35～52。

50. 韓子奇，〈進入世界的挫折與自由——二十世紀初的《地學雜誌》〉，《新史學》19 卷 2 期（2008 年 6 月），頁 151～179。

51. 蕭義玲，〈走在一條建造家屋之路——論七等生《重回沙河》中的時間光影與生命家屋〉《中正大學中文學術年刊》第 12 期（2008 年 12 月），頁 201～240。

52. 蕭義玲，〈鯨豚、返家與宗教性探求——廖鴻基海洋歷程下的鯨豚書寫與文化意義〉，《中央大學人文學報》第 52 期（2012 年 10 月），頁 133～179。

53. 蕭義玲，〈愛與戰鬥的雙向命運——七等生《耶穌的藝術》的理想藝術之追求〉，《東華漢學》第 23 期（2016 年 6 月），頁 207～248。

54. 羅秀美，〈流動的風景與凝視的文本──談單士釐（1856～1943）的旅行散文以及她對女性文學的傳播與接受〉，《淡江中文學報》第 15 期（2006年 12 月），頁 41～94。

55. 羅秀美，〈從閨閣女詩人到公共啟蒙者──以近代女性報刊中的論說文為主要視域〉，《興大中文學報》第 22 期（2007 年 12 月），頁 1～46。

56. 羅秀美，〈自我、空間與文化主體的流動／認同──以女詞人呂碧城（1883～1943）的散文為範圍〉，《興大中文學報》第 32 期（2012 年 12月），頁 163～210。

57. 羅秀美，〈翻譯賢妻良母、建構女性文化空間與訴說女性生命故事──單士釐的「女性文學」〉，《漢學研究》第 32 卷第 2 期（2014 年 6 月），頁197～230。

58. 譚桂林，〈論呂碧城的佛學貢獻及其佛教文學創作〉，《人文雜誌》第 1 期，2012 年，頁 72～79。

59. 蘇美文，〈一方之師與佛化之母：《佛教女眾》與《覺有情》「婦女學佛號」之佛教女性論述比較分析〉，《新世紀宗教研究》第 12 卷第 3 期（2014年 3 月），頁 103～135。

60. 釋昭慧，〈動物權與護生〉，《應用倫理學研究通訊》第 13 期（2000 年 1月），頁 26～28。

（二）專書論文

1. 方秀潔，〈另類的現代性，或現代中國的古典女性：呂碧城充滿挑戰的一生及其詞作〉，林凡、李小榮譯，收入華東師範大學中文系編，《慶祝施蟄存教授百歲華誕文集》（上海：上海古籍出版社，2003 年），頁 330～344。

2. 李又寧，〈呂碧城是怎麼開始信佛的〉，《觀無量壽佛經釋論》（台北：天華出版事業公司，1979 年），頁 1～4。

3. 方秀潔，〈重塑時空與主體：呂碧城的「遊廬瑣記」〉，《中國文學：傳統與現代的對話》，（上海：上海古籍出版社，2007 年），頁 393～413。

4. 吳盛青，〈彩筆調和兩半球──呂碧城海外詞中的文化翻譯〉，收錄於高嘉謙、鄭毓瑜主編，《從摩羅到諾貝爾：文學·經典·現代意識》（台北：麥田出版，2015 年），頁 124～147。

5. 胡曉真，〈《蘭閨寶錄——晚明至盛清時的中國婦女》導論〉，收入美・曼素恩著、楊雅婷譯，《蘭閨寶錄——晚明至盛清時的中國婦女》（台北：左岸文化，2005 年），頁 5～21。

6. 胡曉真，〈恰似飛鴻踏雪泥——民國才女呂碧城與她的時代足跡〉，收入呂碧城，《歐美漫遊錄：九十年前民初才女的背包旅行記》，（台北：大塊文化，2013 年），頁 4～27。

7. 梁其姿，〈醫療史與中國現代性問題〉，收入余新忠編，《清以來的疾病、醫療和衛生：以社會文化史為視角的探索》（北京：三聯書店，2009 年），頁 3～30。

8. 黃嫣梨，〈呂碧城與清末民初婦女教育〉，收入鮑家麟編著，《中國婦女史論集五集》（台北：稻鄉出版社，2001 年），頁 235～256。

9. 黃嫣梨，〈呂碧城的思想革新與女權運動〉，《清代四大女詞人——轉型中的清代知識女性》（上海：漢語大詞典出版社，2002 年），頁 103～137。

10. 黃嫣梨，〈從徐燦到呂碧城——清代婦女思想與地位轉變〉，《清代四大女詞人——轉型中的清代知識女性》（上海：漢語大詞典出版社，2002 年），頁 138～152。

11. 楊萬里，〈薛紹徽、呂碧城異同論〉，收入張宏生、錢南秀編，《中國文學傳統與現代的對話》（上海：上海古籍出版社，2007 年），頁 379～391。

六、學位論文

1. 王學玲，《明清之際辭賦書寫中的身分認同》，台北：輔仁大學中文所博士論文，2002 年。

2. 王慧敏，《民國女性詞研究》，天津：南開大學博士論文，2012 年。

3. 李雅雯，《近代護生戒殺思想之發展與實踐》，台北：台灣師範大學國文所博士論文，2008 年。

4. 李嵐，《近代知識女性佛教信仰研究——以呂碧城為中心》，北京：中國人民大學碩士論文，2009 年。

5. 李嵐，《傳統與現代交織下的中國近代女性居士佛教研究》，北京：中國人民大學博士論文，2015 年。

6. 秦方，《呂碧城：擅舊詞華，具新理想——清末民初男權社會中女性新形象的構建》，天津：南開大學碩士論文，2005 年。

7. 許慧琦，〈清末民初新女性意識的出現〉，《「娜拉」在中國：新女性形象的塑造及演變（1900s～1930s)》，台北：國立政治大學歷史所博士論文，2000 年。

8. 黃小蓉，《呂碧城及其詞研究》，香港：香港中文大學碩士論文，2008 年。

9. 楊錦郁，《呂碧城研究》，台北：淡江大學中文所博士論文，2013 年。

10. 蔡家儒，《新女性與舊文體──呂碧城研究》，南投：國立暨南國際大學中語所碩士論文，2007 年。

11. 潘宜芝《空間・行旅・新女性──呂碧城作品研究》，台中：東海大學中文所碩士論文，2011 年

12. 劉峰，《清末民初女性西遊與文學》，蘇州：蘇州大學博士論文，2012 年。

七、資料庫網站、光碟

1. 中研院近史所報刊檢索資料庫：http://lib.mh.sinica.edu.tw/wSite/mp?mp=HistM。

2. Newspaper SG（新加坡、馬來西亞舊報紙）：http://eresources.nlb.gov.sg/newspapers/Default.aspx。

3. 民國佛教文獻期刊集成及補編資料庫：http://buddhistinformatics.ddbc.edu.tw/minguofojiaoqikan/。

4. CBETA 電子佛典集成 version 2011。